GEQ

大地震

柴田哲孝

角川文庫
17264

目次

この物語は、フィクションである。

だが、登場する人物、団体、地名にはできる限り実名を使用し、主幹となるエピソードはすべて事実に基づいている。その他の匿名の人物、団体、創作の部分に関しても、すべてに実際のモデルが存在する。

それでもあえて、この物語は概念においてフィクションである。

作者

第一章　激震

1

海は、静かだった。

夜明けまでには、まだしばらくの間がある。だが東の空はかすかに白みはじめ、前方の淡路島《あわじしま》の島影を浮かび上がらせていた。

一九九五年一月一七日、未明——。

大分発・松山経由で神戸に向かう定期フェリー『クイーンダイヤモンド号』は、順調に瀬戸内海の明石《あかし》海峡航路を東に進んでいた。船長の成村敏夫(49)は、航海室に立ち、暗い海を見つめていた。この時間帯は、各船舶の密集地帯として知られる明石海峡にも船影は比較的少ない。熱いコーヒーをすすり、周囲の風景を眺めた。左舷《さげん》の窓には、明石市の市街地の明かりが映っている。右舷《うげん》の窓から見上げると、空に薄い雲がかかり、赤い満月が光っていた。

成村は左腕のセイコーのダイバーズ・ウォッチに視線を落とした。午前五時三〇分——。間もなくクイーンダイヤモンド号は予定どおり明石海峡航路の1号ブイを通過した。何事もない、平穏な朝だ。この分でいけば定刻どおり、夜明け前には六甲《ろっこう》アイランドのフェリー埠頭《ふとう》に着岸できるだろう。

前方に目を移す。明石側と淡路島側に、巨大なアンカレイジ基礎の異様な影が見える。海峡には直径八〇メートルにも及ぶコンクリートの円形基礎が沈められ、静かな海面から二本の天を突くような主塔が聳《そび》えていた。アンカレイジ基礎から二本の主塔、さらに対岸のアンカレイジ基礎にかけて、すでに海峡の空を渡る航空機の軌跡のように長いケーブルが張られている。

通称『明石海峡大橋』の影である。瀬戸内海の定期航路を一〇年以上も航海してきた成村にとって、ここ数年は見馴《みな》れた風景となった。着工は七年前の一九八八年。竣工《しゅんこう》予定は三年後の一九九八年。一〇年にも及ぶ工期と、五〇〇〇億円もの巨費を投ずる巨大プロジェクトだった。

完成すれば全六車線、全長三・九一キロにも及ぶ世界最大のオープンケーソン法によるトラス吊橋《つりばし》が、本州と淡路島を結ぶことになる。さらにすでに開通している『鳴門《なると》海峡大橋』と直結し、本州の関西地区と四国を結ぶ大動脈になると聞いていた。

成村は、思う。もしこの橋が完成すれば、フェリーの需要はどうなるのだろうか。だがそれ以前に、目の前に広がるこの異様な光景にある種の不安を覚えずにはいられなかった。

人間は、このような巨大な建造物を地球上に造ることを神に許されたのだろうか。海と、すべての自然――森羅万象に対する冒瀆《ぼうとく》のようにすら思えてならなかった。

淡路島側のアンカレイジ基礎の近くで、何か小さな光が動くのが見えた。右舷前方に一キロ以上は離れていたが、それが何らかの船舶の明かりであることはすぐにわかった。まだ夜明け前だというのに、その船は航行用のスポットライトを消していた。点《つ》いているのは、視認用の赤と青の小さなランプだけだ。にもかかわらずその船は、かなりの速度で淡路島から西に向かって進んでいた。ちょうど、クイーンダイヤモンド号とはすれ違う位置関係にある。おそらく、三〇ノットは出ているだろう。

航路が重なる心配はない。だが成村は、奇妙な胸騒ぎを覚えた。こんな時間に、なぜそれほど急いでいるのか。船影から見ると、二〇〇〇トン近くはある大きな船だ。大きさからして、漁船ではない。しかも船は、瀬戸内海ではあまり見かけない珍しい形をしていた。タンカーや、貨物船とも違う。

「小島君。あの船、何だろうね」

成村が、操舵輪を握る一等航海士の小島満伸（38）に訊《き》いた。小島も、少し前からその船に気付いているようだった。

「何でしょうね……」小島が、レーダーを確認した。「かなり速度を出してますね。海上保安庁の、巡視艇か何かじゃないですかね」

「そうかな。巡視艇には見えんが……」

航海室にいるのは、二人だけだった。何気ない会話は、ひとまずそこで終わった。だがしばらくして、小島が奇妙なことをいいはじめた。

「今夜は、何かがおかしいですね……」

「どうしてだい？」

成村が訊くと、小島が前方を見つめたまま答えた。

「船長は、気が付きませんか。スポットライトですよ。先程から光の中に、魚の群れが飛ぶんです。たぶん、コノシロか何かだと思うんですが……」

成村は、前方の窓際に立った。最近は歳のせいか、目が悪くなってきている。ガラスに顔を近付け、両手で室内の光を遮ってスポットライトに光る水面を注視した。

本当だった。光の中に、コノシロらしき小魚の群れが飛んだ。それだけではない。スズキか、もしくはマダイなのか。時折、大きな魚らしきものが、腹を出して水面に浮いているのが見えた。

「本当だね。魚が、水面に浮いてきている」

だが、海は穏やかだった。クイーンダイヤモンド号は、正確なエンジン音を響かせながら坦々《たんたん》と進み続ける。船は、間もなく明石海峡大橋の真下に差し掛かる。二本の巨大な主塔の間に船首を向けた。すでに2号ブイを通過し、遥か前方に3号ブイの小さな明かりを確認した。

その時だった。成村は、右舷前方——淡路島側の主塔とアンカレイジ基礎の中間地点—

―に異様な光景を見た。それまで鏡面のようだった暗い水面が、急に盛り上がるように泡立ちはじめた。

成村は、小島と顔を見合わせた。

「見たかい、いまの？」

「ええ……」

二人は、それ以上の言葉は交わさなかった。海で、何かが起きている。だが人生の半分近くを洋上で過ごしてきた成村にも、何が起きているのかはわからなかった。

時計を見た。午前五時四五分――。

成村はスロットルを引き、エンジンの回転数を上げた。理屈ではなく、一刻も早くこの海域から離れたいと思った。

船が、明石海峡大橋の下を潜る。右舷の主塔に満月が隠れ、陰になった。海面が、白濁していた。重く、息苦しい時間がゆっくりと流れた。

主塔の陰から赤い満月が現れ、また周囲の海が明るくなった。成村と小島は、どちらからともなく鉛のような息を吐いた。

目を上げるのと同時だった。左舷前方の神戸市舞子《まいこ》地区の上空に、稲妻にも似た青白い閃光《せんこう》が走った。いままでに見たこともない強い光だった。光は一瞬で空を覆い、頭上の明石海峡大橋の全景を闇に描き出した。

息を呑《の》んだ。二人はまた、無言で顔を見合わせた。

次の瞬間だった。クイーンダイヤモンド号の船底が、巨大な力で突き上げられた。船が傾き、成村は航海室の壁に叩《たた》きつけられた。

エンジンが止まった。見ると、一等航海士の小島も床の上に倒れていた。操舵輪《そうだりん》が、右に勢いよく回転していた。

飛び起き、操舵輪を押さえた。レーダーを見る。だが、すべての計器は停止していた。

「小島君、ここを頼む」

操舵輪を小島に預け、成村は航海室を飛び出した。クイーンダイヤモンド号には約一五〇台の一般車輛《しゃりょう》と、約三〇〇人の乗客が乗船している。まず最初に、すべての安全を確保しなくてはならない。

ブリッジに出たところで二等航海士の大野直彦（32）を見つけ、成村が叫んだ。

「車輛甲板で爆発。エンジン停止。乗客の安全確保！」

成村は、デッキから船室へと向かった。その時、信じ難い光景が目に入った。左舷にあるはずの神戸市の明かりが、右舷に見えた。

山が、動いていた。市街地の夜景が、次々と消えていく。成村は、その光景を呆然《ぼうぜん》と見守った。

空間が、歪《ゆが》んで見えた。神戸の町が、海に沈んでいくのだと思った。

2

神戸市長田区《ながたく》──。

宮口秀豊（35）は、その日、深夜遅くに帰宅した。宮口は若松町三丁目の新長田駅前で、『パスタポット』というレストランを経営していた。いわゆるオーナーシェフである。

店を閉めるのが午後一一時。片付けを終えて店を出ると、普通は午前〇時近くになる。だがその日は、近所の仲間が最後まで店に残り宮口を待っていた。いつものように、「近くに飲みに行こうや」という話になった。

最初は駅前の居酒屋で飲み、その後はスナックとバーを梯子《はしご》した。海運町八丁目のマンションの自宅に戻ったのは、午前四時近かったことを記憶している。妻の京子（36）と生まれたばかりの娘の咲は、すでに眠っていた。起きていたのは飼い犬のブルドッグ、牝《めす》のピーチだけだ。

シャワーを浴び、宮口も寝室に入った。だが、寝つけない。原因は、ピーチだった。宮口のベッドに上がり、鼻を鳴らすように鳴きながら、顔を舐《な》め回す。いくら叱っても、やめようとしない。ピーチを飼いはじめて二年、こんなことは初めてだった。

仕方なく、宮口はピーチを連れて居間に戻った。それでも、ピーチの興奮は治まらなかった。不安そうに鳴きながら、宮口の周囲を歩き回る。そのうちに宮口のパジャマの裾《すそ》を銜《くわ》え、引っぱりはじめた。

何かを伝えようとしているらしい。だが、その〝何か〟がわからない。

宮口が立つと、今度はピーチが玄関に走った。時折、宮口を振り返りながら、鉄の扉を前肢《あし》で掻《か》いた。どうやら、外に出ようといっているらしい。

急に、嫌な予感に襲われた。何か危険が迫っているのではないか……。

壁の時計を見た。すでに午前五時を回っていた。宮口はピーチを抱き上げ、ソファーに腰を下ろした。ピーチは宮口の体の上で、諦《あきら》めたように体を伏せて動かなくなった。

少し、うつらうつらした記憶がある。しばらくして宮口は、ピーチの異様な声で目を覚ました。

興奮状態で、部屋の中を走り回っていた。立ち止まり、狼が遠吠《とおぼ》えをするように大きな声で吠えた。そしてまた、走る。

「どうしたんだ……」

宮口がソファーから立った、その時、〝何か〟の気配を感じた。得体の知れないものが、地響きと共に迫ってくる。

何も考えなかった。宮口は寝室のドアを開けて飛び込み、眠っている京子と咲の上に覆い被さった。次の瞬間、地響きが空間を走り抜けた。マンション全体が、とてつもなく巨大な力で突き上げられた。同時に、周囲にあった箪笥《たんす》などの家具が宙に舞った。

何が起きたのかはわからなかった。宮口は家具に潰《つぶ》され、そこで記憶が途切れた。

3

神戸市東灘区《ひがしなだく》――。

夜明け前の阪神高速道路は順調に流れていた。帝産《ていさん》観光バスの運転手、野本義夫（37）は、法定速度の時速六〇キロを守り神戸線の走行車線を走っていた。助手席には交代運転手の長井政伸（33）が座っていた。

前日の夜に長野県の野沢《のざわ》温泉スキー場を出て、神戸に向かう途中だった。京都と大阪で四三人の乗客のほとんどが降りて、いまは三人の若い女性客しか残っていない。中央分離帯にはナトリウム灯の薄橙黄色の光が延々と続いている。時折、長距離トラックや乗用車が、猛スピードで横を追い越していった。

間もなく、バスは芦屋《あしや》の辺りを通過した。交代運転手の長井が時計を確認する。午前五時四二分。この分なら定刻どおりに三宮《さんのみや》駅前のバスターミナルに到着する。

運転手の野本は、慎重にステアリングを握り続けていた。長年の経験から、一日の業務の内で最も気が緩む時間であることを知っていた。もう一度、速度計を確認。さらにバスのあらゆる機能と道路情況に異状がないことを反芻《はんすう》した。問題はない。すべては順調だった。

バスが西宮《にしのみや》本町に入った時だった。野本と長井は、信じ難い光景を目撃した。左前方のポートアイランドから右の六甲山《ろっこうさん》にかけて、目が潰れるような強い閃光が走り抜けた。同時に周囲のナトリウム灯が消え、野本は一瞬の内に視界を失った。

何かに、突き上げられた。バスが跳ね上がり、バウンドを繰り返した。ステアリングが不規則に振られた。野本は必死にステアリングを押さえつけ、ブレーキを踏んだ。だがバスは制御を失った暴れ馬のように蛇行した。

次に視界が戻った時、野本はまたしても異様な光景を目にした。阪神高速道路のアスファルトの路面が、バスのヘッドライトの光軸の中でまるで生き物のように波打っていた。

車内の乗客から、一斉に悲鳴が上がった。

野本はさらにブレーキを踏む足に力を込めた。エア・ハイドロブレーキがロックしたのがわかった。タイヤから白煙が上がる。野本も、何かを叫んだ記憶がある。

大気を裂く、轟音《ごうおん》。次の瞬間目の前にあるはずの高速道路が、消えた——。

バスが止まった。野本と長井は、それでも何が起きたのかを理解していなかった。地上にいるはずの自分たちが完全に宙に浮かび、揺れていた。

目の前に水平に存在するはずの阪神高速の路面が、遥か前方で縦になっていた。対向車線から止まりきれなかった乗用車やトラックが、滑るように闇の中に落ちていく。爆発音が響き、熱い炎と黒煙が上がった。

自分も、落ちる。野本はそう思った。

「全員、避難。非常扉へ！」

最初に席を立ち、声を上げたのは長井だった。後部座席に走り、一〇列目の席の非常扉のロックを解除し、開けた。乗員乗客全員の避難が始まった。だが野本だけは体が凍りついたように、いつまでも運転席を立つことができなかった。

「おっちゃん、何してんのや。早よう逃げんと、バスが落ちるで」

若い女性客の声に、野本は我に返った。震えながら立ち上がり、後ずさるようにバスの後部に向かった。非常扉から、路面に降りた。そこで自分の運転していたバスがどのような状態になっているのかを見て、改めて膝《ひざ》の力が抜けた。

バスの前輪が崩落した高架路面から落ち、車体の前四分の一が宙に浮いていた。

阪神高速道路の崩落、倒壊は、東灘区の至る場所で起きていた。野本義夫が運転する帝産観光バスが数分前に通過した地点では、さらなる惨状が繰り広げられていた。

同時刻、深江本町――。

国道四三号線沿いのマンションの六階に住む高橋喜三郎（66）は、下から突き上げられる激震と爆発音で目を覚ました。家具が宙を舞って倒れ、粉々に割れた窓ガラスが飛散した。起き上がろうと思ったが、立てなかった。

強い縦揺れと横揺れが、三〇秒以上も続いた。高橋は横に寝る妻の輝子（59）に蒲団《ふとん》を被せ、自分もその上に蹲《うずくま》った。揺れが治まるのと同時に、どこからかガスの臭いが流れてきた。

「何があったんですか……」

蒲団の中から、輝子が顔を出して訊いた。

「地震らしい。ガスの臭いがする。ともかくここを、出んと……」

パジャマの上にガウンだけを羽織り、二人で玄関のドアに向かった。立とうとした時に割れたガラスで足を切っていたが、たいした怪我ではなかった。スイッチを入れてみたが、明かりは点かなかった。

暗闇の中を、手探りで歩いた。部屋の中は、自分の住んでいた家とは思えないほど様相が変わっていた。

廊下に出ると、同じマンションの住人に何人も出会った。

「何があったんや？」

「地震やろ」

「まさか。飛行機でも落ちたんとちゃうか？」

口々にそんなことを叫びながら、高橋は妻と共にマンション北東側の非常階段に走った。五階の踊り場まで下りた。その時だった。地響きにも似た、大きな音を聞いた。振り返った。国道四三号線の上に立つ、阪神高速道路の高架が目の前にあった。その頑強な巨大建造物が、横に倒れるように倒壊をはじめた。

轟音。闇の中に土煙が舞い、ライトを点けたままのトラックが、乗用車が、玩具《おもちゃ》の自動車のように落ちていく。まるでスペクタクル映画の一シーンを、スローモーションで見ているようだった。

「あなた……」

妻の輝子が、震える体で高橋にしがみついた。高橋はその細い肩を抱いたまま、この世のものとは思えない光景を呆然と見守った。

4

JR新大阪駅――。

午前五時四五分。新幹線の運転士、川村直彦(36)は、予定どおり一四番線に停車中の博多行き『ひかり一三一号』の運転席に乗車していた。

当日のひかり一三一号は一二輌編成。川村は社内の規定どおり運行表の照合を終え、各計器による電圧やブレーキ情況など走行システムの確認作業に入った。

突然、強い揺れを感じた。最初は〝ドン〟という音と共に下から突き上げられ、体が飛ばされた。その後は縦横に激しく振られ、床の上をころがった。運転席の壁とドアに何度も叩きつけられたが、不思議と痛みは感じなかった。

激震は、三〇秒以上続いた。揺れが治まり、運転士の習慣として時間を確認した。時計の針は、午前五時四七分を指していた。自分が大きな怪我をしていないことを確かめ、立ち上がった。運転席の計器の中で、赤い非常灯が点滅していた。

車外に出た。ホームには煙とも粉塵《ふんじん》ともつかないものが充満し、その中を乗客が逃げまどっていた。非常ベルが鳴り響き、自動販売機が倒れていた。

「ただいま、地震が発生しました。地震が発生しました……。ホームにいるお客様は、すみやかに二階に避難してください。二階に避難してください……。繰り返します。ただいま、地震が発生しました……」

川村は場内に流れる緊急アナウンスを聞いて、初めて何が起きたのかを理解した。

同じ頃、山陽新幹線の高架は至る場所で倒壊していた。その崩落箇所は、新大阪から六甲トンネルにかけて計八ヵ所。特に西宮市では高架橋が長さ三〇メートル以上にわたり、阪急今津線《はんきゅういまづ》の上に崩落していた。

川村はその事実を、数時間後に知ることになる。もし地震が起きるのがあと一五分遅れていたら、自分も含め、乗客数百人を巻き込む大惨事になっていた。

同時刻、関西国際空港上空——。

バリ発ジャカルタ経由の『日本アジア航空222便』は、乗客一四九人を乗せ関空まで三〇キロの上空を飛行中だった。高度五〇〇〇フィート（一五〇〇メートル）、時速三七〇キロ。着陸までおよそ一五分。機長の坂井和人（41）はレシーバーから流れる管制塔からの指示に従い、ランウエイ（滑走路）06に向けて着陸態勢に入った。

左に旋回しながら、フラップを一三度まで下げる。間もなく薄い雲を抜け、関空と大阪市街、そして左手に神戸市街の夜景が見えはじめた。

その瞬間だった。ちょうど神戸港からポートアイランド、六甲山にかけて、神戸市街地を切り裂くように白い閃光が走り抜けるのが見えた。長年のパイロット生活でも、見たことのない強い光だった。同時に、神戸市街地の明かりが次々と消えた。

坂井は本能的に、フラップを上げた。

「何ですかね、いまの光は……」

副操縦士の島村興一(34)がいった。

「わからない。地上で何か大きな爆発があったようだが……」

坂井は自分で〝爆発〟という言葉を使っておいて、その意味に気が付いて恐ろしくなった。そのようなことは有り得ない。だが坂井の目には、確かに地下で大爆発が起こり、その閃光が地表の割れ目から噴き出したように見えた。

直後、地上管制官から緊急の連絡が入った。

――エマージェンシー、エマージェンシー……。ウィ・ハブ・ビッグ・アースクエイク……ウィ・ハブ・ビッグ・アースクエイク――。

坂井は島村と顔を見合わせ、息を呑んだ。

「地震……ですか？」

「どうやらそうらしい……」

坂井はその時、重大な事実に気がついた。ジャカルタのトランジットの時だ。予期せぬ病人の搬出があり、離陸が一五分ほど遅れたのだ。さらに途中で低気圧や気流の影響などがあり、関空に着陸態勢に入ったいまも取り戻せていない。

もし、定刻どおりに関空に着陸していたとしたら……。

地上管制官から、さらに無線が入った。

――高度を六〇〇〇フィートに上げよ。高度を六〇〇〇フィートに上げよ――。VOR（無線標識）の南一八キロで待機せよ。繰り返す。

坂井は恐ろしい想像を打ち消し、一四九人の乗客を乗せたDC―10の操縦桿《そうじゅうかん》を引いた。

中央区加納町四丁目――。

阪急交通のタクシー乗務員大江則秀（56）は、阪急電鉄三宮駅前の路上に車を駐めて客待ちをしていた。だが、未明のこの時間帯は人通りも少ない。「明けまで客はないな……」と思いながら車を降りた。

外は冷えていた。体を伸ばして新鮮な空気を吸う。雨の後のような、埃《ほこり》臭い嫌な臭いがした。なぜだろう。そう思いながら、近くの自動販売機で缶コーヒーを買った。プルトップの蓋《ふた》を開け、熱いコーヒーを口に含む。タバコに火を付け、煙を吸い込んだ。

その時、どこからか地鳴りのような音が聞こえた。電車が来たのだと思い、何げなく鉄の高架と古い駅ビルを見上げた。次の瞬間だった。大江は地面が盛り上がるような奇妙な感覚に襲われ、衝撃と共にその場に叩きつけられた。

大音響と同時に、周囲に白い閃光が走った。目の前にあった駅ビルが奇妙な形に歪み、アーチ型の巨大な窓のガラスが木っ端微塵《みじん》に吹き飛んだ。目の前で、駅ビルの右半分が山崩れのように崩壊した。

一瞬で土煙に包まれ、大江は視界を失った。何が起きたのか、まったくわからない。頭上から降り注ぐ大量の瓦礫《がれき》の粉塵を浴び、頭を抱えながら揺れが治まるのを待った。

中央区三宮町一丁目――。

中根里子(28)は県道二一号線の歩道を三宮駅に向かって歩いていた。時計は午前五時四五分。ホテルのフロントマネージャーという職業柄、年末から新年にかけては休むことができず、久し振りの休暇だった。六時前の電車に乗って新神戸の駅に向かい、博多の実家に帰省する予定だった。右手でキャスター付きの旅行用スーツケースを引いていた。

国道を渡るために、横断歩道で信号を待った。斜め前方に『神戸交通センタービル』――通称〝さんちか(三宮地下街)入口ビル〟があった。夜明け前の国道を、トラックやタクシーが猛スピードで走り抜けていった。

轟音と閃光。突きあげるような衝撃。目の前の神戸交通センタービルが一瞬で歪み、ガラスが飛び散った。県道を走っていたトレーラーが急ブレーキを掛け、車体が〝くの字〟に曲がり、横になりながら滑っていった。

中根は、「爆発が起きた」のだと思った。爆破テロだ。頭を抱え、その場に蹲った。だが、地面が揺れている。そこで初めて、中根は地震であることを理解した。揺れが治まり、目を開けた。信号も、街路灯も、町の明かりのすべてが消えていた。ともかく逃げようと思い、粉塵の中に立った。

中根はその時、奇妙なことに気が付いた。歩けない。靴を確かめると、両足のハイヒールの踵《かかと》が折れていた。路上には、スーツケースの蓋が開き中のものがばらばらに飛び散っていた。

須磨《すま》区寺田町一丁目——。

山口恒男(44)は突き上げるような揺れと何かが砕けるような音で目を覚ました。朦朧《もうろう》とする意識の中で、何が起きたのかを考えた。地震だ——。

だが、体が動かない。気が付くと、暗闇の中で本棚の下敷きになり、他の家具との僅《わず》かな隙間に自分がいることがわかった。

本の中から這《は》い出し、唖然《あぜん》とした。部屋の中がトラックにでも突っ込まれたように破壊され、家全体が斜めに歪んでいた。横に寝ていたはずの妻の洋子(42)の姿が見えない。呻《うめ》き声だけが聞こえる。山口は倒れた本棚と本の山を掻き分け、下から洋子を助け出した。

「何があったんや……」

洋子がいった。頭に怪我をしているようだった。

「わからへん。地震とちゃうか？　子供達を見てくる……」

散乱した家具を踏み越え、隣の部屋に向かった。ドアが歪み、開かない。無理矢理こじ開けると、中から二段ベッドに寝ていた二人の子供（貴史・14、理恵・12）が起きてきた。

「お父さん、何があったの？」

壁際にあったはずの二段ベッドが、部屋の中央に移動していた。

「地震らしい。ここにいるんや。すぐに戻るから」

山口は、階下で寝ている両親（恒次郎・77、史恵・72）が気になった。波打ち、坂になっている廊下を歩き階段に向かう。だが、そこにあるはずの階段が消えていた。

何が起きたのかを、考えた。外から、人の声が聞こえてくる。山口は割れた窓から外を覗《のぞ》いた。周囲にあったはずの町並みが、爆風で吹き飛ばされたようになくなっていた。二階にいるはずの自分の目の高さに、道路の路面が見えた。


淡路島北淡町《ほくだんちょう》野島——。

野崎カナエ（55）はいつもより二〇分早く目を覚ました。亭主の政晴（60）は、隣でまだ軽い寝息を立てていた。

一度便所に行き、また寝床に潜り込んだ。部屋の中は寒く、なかなか床を離れる決心がつかなかった。だが、畑仕事がある。そろそろ朝食の仕度を始めなくてはならない。そう思った時だった。遠くから、地響きのような音が聞こえてきた。

音が「自分の真下を通過する……」と思った瞬間だった。下から激しく突き上げられ、蒲団ごと体が宙に浮いた。破壊音と共に、上から家具や時計が落ちてきた。悲鳴を上げた。

地響きが鳴り止むのを待って、カナエは恐る恐る目を開けた。しばらくは土埃で何も見えなかった。いつの間にか政晴が起き上がり、暗闇の中に座っていた。

「何があったんや……」

「さあ……」

部屋の中を、冷たい風が吹き抜けた。しばらくすると、土埃が治まりはじめた。だが、そこにあるはずの部屋の壁が、なぜか見えなかった。

カナエはそこで、家の半分が無くなっていることに気が付いた。

5

一九九五年一月一七日午前五時四六分——。

直下型の大地震が京阪神地区を直撃した。

兵庫県の神戸市、淡路島の洲本《すもと》市で震度6（当時）の烈震を観測。気象庁はこれを『兵庫県南部地震』と命名。大阪管区気象台は、震源地を淡路島北部、震源の深さを約二〇キロ（後に一四キロ↓一六キロと修正）と推定し、地震の規模を示すマグニチュードを7・2（後に7・3に修正）と発表した。

激震は瞬時の内に淡路島から明石海峡を渡り、神戸市内を走り抜けた。市街地ではビルやマンション、一般住宅が倒壊し、まるで空襲を受けたように焦土と化した。道路や鉄道などの交通網は至る場所で寸断、神戸大橋も各所に亀裂が入ったために交通不能となり、人工島ポートアイランドが孤立した。神戸港のメリケン波止場は液状化現象などにより南側の護岸が平均四〇センチ沈み、水際線約一二〇キロの内一一六キロが海没、崩壊した。神戸市内の水道、ガス、電気などのライフラインも壊滅。阪神地区は一瞬にして都市機能を失った。

兵庫県警などの発表によると、人的被害は当日午後の段階で死者四三九人、不明五八〇人以上。翌一八日には死者一六八一人、不明一〇一七人。被害は日を追うごとに増大し、最終的には死者六四三四人、行方不明者三人、負傷者四万三七九二人（以上二〇〇五年消防庁最終報告）にまで膨れ上がった。

建造物の被害は全半壊戸数二四万九一八〇棟。全半焼戸数七一三二棟。後に『阪神淡路大震災』と命名された地震災害は、史上稀《まれ》に見る未曾《みぞう》有の大災害となった。

地震から時間が過ぎても、各地の被害情況はなかなか明らかにならなかった。

大阪管区気象台が測候所からの第一報を伝えたのが、地震から九分後の五時五五分。だが震度5の地域からの情報は入ってくるが、震源地に近い神戸市内や淡路島の震度は空白のままだった。気象庁のＮＴＴ専用回線が断線していた。結局、気象庁が短波無線を使って神戸・淡路の〝震度６〟を大阪管区気象台に報告したのは、地震から一八分がすぎた六時〇四分だった。

兵庫県警でもパニックが起こっていた。神戸市の災害時には、ポートアイランドの県警港島庁舎の災害対策室が機能中枢を果たす。だが交通網の遮断と液状化現象によりポートアイランドそのものが孤立。港島庁舎は完全にその機能を失った。

六時一五分、県警は中央区中山手通《なかやまてどおり》の生田《いくた》警察署に暫定警備本部を設置。ポートアイランドの港島庁舎から警備艇で戻った警備部長の石渡重定（58）が対策本部長に就任した。

当時の県警は全五二署に職員約一万一五〇〇人。内約二〇〇〇人が当直の任につき、パトカーなどで市内を警邏《けいら》していた。ところが、情報がまったくといっていいほど入ってこない。

――阪急伊丹《いたみ》駅倒壊。死者三名。駅前交番も潰れた――。

――芦屋地区で家屋、マンションが倒壊。約一〇〇人が生き埋めになっている模様――。

――東灘区で阪神高速三号線が崩落。車輛が多数落下――。

――長田区海運町で火災発生。死者が多数出ている模様――。

断片的な情報が、パトカーの無線から流れてくるだけだ。いったい神戸に、何が起きているのか。重苦しい時間が刻々と過ぎていく。事態を見守っていた県警本部長の滝澤正次（53）は、すみやかに警察庁に応援を要請した。

中央区下山手通《しもやまてどおり》五丁目にある兵庫県庁も、きわめて甚大な被害を受けていた。庁舎そのものは倒壊を免れたが、ほとんどのガラスが一瞬の内に砕け散った。各フロアには割れたガラスや書類、倒れたロッカーや書類棚などが散乱し、足の踏み場もないような状態だった。停電した上に非常用電源も損壊。寒風が吹き抜ける暗闇の庁舎内に、電話のベルだけが鳴り響いていた。

消防交通安全課防災係長の野間元一（43）が自宅から県庁第二庁舎に辿《たど》り着いたのは、地震の発生からおよそ一時間後の六時四五分頃だった。車で走ってきた途中の街の様子で、地震の被害の大きさはある程度把握していた。庁舎を見上げ、さらに事態が深刻であることを認識した。もし余震が起これば、庁舎ビルは倒壊するかもしれない。だが、そんなことはいっていられなかった。野間は止まったままのエレベーターを諦め、階段で一二階の消防交通安全課に向かった。

ドアを壊し、中に入った。鳴り響く電話のベル。室内の惨状を見て、また呆然とした。整然と並んでいたはずのデスクや事務用品が、爆風で吹き飛ばされたように散乱していた。

書類の山を掻き分けて電話機を探し出し、片っ端から受話器を取った。どの電話からも、市民の悲鳴が聞こえてくる。だが、「もう少し待ってくれ」と繰り返す以外に対応のしようがない。頼みの綱である通信衛星をつかった防災専用無線も、システムがダウンしていて使えない。

五分後、副知事の芦尾長司（61）が登庁した。

「どんな具合だ？」

芦尾の問い掛けに、野間は受話器を押さえたまま首を横に振った。

「まったく、駄目です。何も情報が入らない。とにかく職員の安全を確かめて、災害対策本部を立ち上げてください」

それだけをいって、また電話の応対を続けた。

七時五分前、県警警備本部の石渡から最初の電話が入った。

「そちらの様子はいかがですか？」

野間は、受話器に縋《すが》りつくように訊いた。

――港島庁舎の災害対策室は機能停止。生田署に暫定警備本部を設置。市内の被害情況は……被害甚大。いまのところ、それ以上は不明――。

「こちらも間もなく、災対本部を開設します」

それだけを伝え、電話を切った。どこも同じだ。市内の防災システムは、まったく機能していない。

県警や県庁のレベルでは、今回の地震による大規模災害にはまったく無力だった。対応できるとすれば、自衛隊だけだ。八時一〇分、その自衛隊の姫路《ひめじ》駐屯地陸上自衛隊第三特科連隊から連絡が入る。電話をしてきたのは、警備幹部三尉の中尾浩（46）だった。

――こちらはすでに、出動態勢を整えております。現在LO（連絡幹部）がそちらに向かいました。被害情況と派遣地域の指示をお願いします――。

さらに、自衛隊の出動要請に対するやり取りがあった。だが野間には、その決断を下せなかった。自衛隊の災害派遣には、県知事本人による要請と自衛隊法第八三条による複雑な手続きが必要だ。ところが肝心の県知事、貝原俊民（61）が八時を過ぎたこの時点でもまだ登庁してこない。

「被害情況は、まったく把握できていません。いずれ派遣を要請することになると思いますが、いまはそのまま待機していていただけますか……」

野間はそれだけをいって、電話を切った。

知事の登庁を待つしかなかった。野間はすでに後から現場に入った部下に命じ、知事を迎えにやらせていた。その貝原知事が職員に連れられて登庁したのは、地震発生から二時間半以上が経過した八時二〇分過ぎ頃だった。

県庁で最初の対策本部会議が開かれたのは、その直後だった。場所は五階の県庁会議室。二一人の防災責任者全員に呼集を掛けたが、出席したのは知事の貝原と副知事の芦尾、他に都市住宅部長、総務部長、商工部長と野間の計六人だけだった。重大な緊急時であるにもかかわらず、会議は遅々として進まない。

「被害情況は？」

知事に発言を求められた野間は、まくし立てるように報告した。

「現在のところ、公式的な情報は皆無です。しかし市民からの訴えによると、ビルや家屋が多数倒壊し、死者や怪我人、行方不明者もかなり出ている模様です。一部では、火事も発生している。一刻の猶予もありません。すみやかに自衛隊の出動を要請すべきです」

誰かがその時、耳を疑うようなことをいった。

「自衛隊か……。どうしますかね……」

「先程、八時一〇分頃に、姫路駐屯地から連絡がありました。いつでも出動できるそうです。決断してください」

だが、全員が顔を見合わせたままで何も発言しない。責任逃れをするような、奇妙なやり取りが続いた。野間は居た堪《たま》れなくなり、会議室を出て災対本部へと戻った。

電話が鳴り続ける。次々と、未確認情報が入ってくる。だが、こうしている間にも、次々と人が死んでいるのだ。

午前一〇時、姫路駐屯地から二度目の連絡。電話をかけてきたのは、先程の中尾三尉だった。

――まだですか。県庁は、いったい何をやってるんですか？――。

自衛隊は、県知事からの正式な要請がなければ手も足も出ない。

「いま、会議中なんです。申し訳ありません……」

――そんなことをいっている場合ですか。正式な要請など、後でもいい。我々がどこに行けばいいのか、それだけでもいってくれませんか――。

野間は、苦渋の選択を迫られた。地上一二階の割れた窓の外に、市街地から黒煙が上がるのが見えた。

「わかりました。神戸市内全域、並びに淡路島北淡地区への出動をお願いします」

——派遣要請を、受諾しました——。

午前一〇時。県方の災害対策担当者の実務レベルによる、史上初の自衛隊派遣要請が決定した。第三特科連隊の約七〇〇人の部隊は、この要請を受けてただちに出動。神戸地区へと向かった。さらに兵庫県の災害派遣要請は防衛庁から各部隊へと連絡され、すでに出動態勢を整えていた伊丹駐屯地、宇治《うじ》市の大久保《おおくぼ》駐屯地などの各部隊の総勢約三三〇〇人が次々と動きだした。

だが道路交通網が寸断され、各部隊は間もなく行く手を大渋滞に阻まれた。すでにこの時、瓦礫の山と化した長田区や須磨区の市街各地で出火。延焼が始まっていた。

だが八時の時点で姫路を出発していたＬＯは、まだ県庁に入っていない。本隊の第一陣が炎と煙に包まれた長田区に入ったのは、地震から七時間近くが経った午後〇時三〇分。延焼は手の付けられないほどに広がっていた。

東京・首相官邸——。

自衛隊の派遣を即時要請できる人物がもう一人いた。首相（社会党）の村山富市（70）である。だが村山が地震の第一報を秘書官の報告とテレビのニュースで知ったのは、当日の七時三〇分頃（国会答弁では六時と証言）。場所は自宅だった。

この報を受けて、村山は予定よりも五二分早く八時二六分に首相官邸に出邸した。だがこの時すでに、地震から二時間四〇分もの時間が経過していた。

九時一九分。官邸内での非公式な会見。村山はまず第一声、次のようなコメントを出した。

「大変な情況らしいな。被害が大きいようだし、『非常災害対策本部』を官邸に設置しようと思っている……」

記者から質問が飛ぶ。

「首相の現地視察は？」

「まず国土庁長官（小沢潔）に行ってもらう。私が行くかどうかは、その報告を待って決める。もう少し、様子を見ないと……」

結局、村山のいう〝非常災害対策本部〟の第一回会合が開かれたのが地震から五時間半以上も経った一一時二五分。一国の政府首脳として、信じられないほど遅い対応だった。

ちなみに隣の国、韓国では、阪神地区に住む約八万五〇〇〇人の同胞と日本政府への救援のために、すでに八時五〇分の段階で『日本関西地域非常対策本部』（本部長・金勝英・在外国民領事局長）を立ち上げていた。

村山は、以後も迷走する。九時二〇分からは地震のことなど忘れたかのように、月例経済報告関係閣僚会議に出席。その後、一〇時〇四分からは定例閣僚会議に出席。さらに一一時を過ぎて、文化人との交流を目的とした『二一世紀地球環境懇話会』に出席した。

村山が事態の深刻さを悟ったのは、昼過ぎから行われた政府与党首脳連絡会議の席である。秘書官からメモ――〈正午現在、死者二〇三人〉と書かれていた――を受け取り、目を丸くして大きな声を上げた。

「えっ……。何だって？」

だが、それでも村山首相は動かない。結局、村山が現地に入ったのは、地震から二日後の一月一九日。しかも僅か数時間の視察だった。

県庁の避難センターを訪れ、被災者に声を掛けた。

「大変でしたね。頑張ってください……」

老人や子供連れの家族を中心に、月並みな言葉で激励して歩く。被災者が、「何事か」というような顔で村山の一行を見つめる。その時、後方から中年の女性が罵声《ばせい》を浴びせた。

「あんた、何様のつもりだい。言葉やないやろう。具体的な行動で示すもんとちゃうんかい」

その場の空気が一瞬、凍りついた。

大阪府内——。
米カリフォルニア大学の地質学教授ダン・セルゲニー（54）は、この日から三日間にわたり大阪で開催される『日米都市防災会議』に出席するために府内のヒルトンホテルに宿泊していた。五時四七分頃（ベッド脇の時計で確認）、ホテル一〇階の自室で目を覚ました。地震を専攻するセルゲニーにとっても、初めて体験する大激震だった。慌てて窓の外を見ると、本来水平であるはずの市街地の風景が波のように動いている。その様子から、自分のいるホテルのビルが鞭《むち》のようにしなりながら揺れていることがわかった。

ビル全体から、鉄骨が軋《きし》むような不気味な音が聞こえてくる。いつ倒壊するかわからない。アメリカに残してきた家族の顔が脳裏に浮かび、死を覚悟した。逃げなくてはならないと思ったが、恐怖と揺れで体が動かなかった。

完全に揺れが治まるまでに、二分以上の時間がかかった。テレビをつけると、間もなく地震情報らしきテロップが流れた。引き続き、男性のアナウンサーが画面に現れ、マイクを前に原稿を読み上げる。だが日本語がわからないセルゲニーには、まったく意味不明だった。唯一、有名な都市の名前であるキョウト、オオサカ、コウベという単語だけが聞き取れた。

やがて、断片的な市街地の様子が画面に映し出される。倒壊した家屋。逃げまどう市民。市街地に立ち昇る煙。セルゲニーは外に出ない方が安全だと判断し、ホテルに残る決心をした。

七時少し前に、会議の主催者側の一人、京都大学教授の木崎博樹（62）から電話が入った。

――おはようございます。セルゲニーさん、そちらはいかがですか。大丈夫ですか？――。

久し振りの英語を聞き、安堵《あんど》の息を吐いた。

「いったい、何が起きたのですか？」

——地震です。大阪や京都はそれほどでもありませんが、神戸はもっとひどいらしい。今日の会議が開かれるかどうかは、まだ未定です。そのままホテルで待機していてください——。

セルゲニーはその時、前日のことを思い出した。午後に関空に着き、木崎たちに迎えられ、夜は市内の料理屋で歓待を受けた。その席で、今回の日米都市防災会議の日程が急遽《きゅうきょ》変更された理由を聞いた。

「なぜ会議が〝この日〟だったのか、やっとわかりましたよ。まさかあなた方が、このような大掛かりなアトラクションを用意してくれていたとは……」

セルゲニーは、皮肉まじりにいった。

大阪府茨木市《いばらき》——。

梨元和明（61）は、自宅の寝室で強い揺れに目を覚ました。地震だ。震度5はある。パジャマの上に上着だけを羽織って家を飛び出し、離れにある〝研究室〟に向かった。

梨元は、気象庁のＯＢだった。定年の後も、趣味として地震の観測を続けていた。研究室には、退職金から二〇〇万円以上を注ぎ込んだ震度計や解析コンピューターが並んでいた。

まず、震度計を見た。やはり、震度5を観測していた。次にコンピューターがはじき出す観測波形に目を移す。ＫＭＣ波、ＫＯＢ波、ＦＫＩ波、ＡＳＹ波、ＦＫＥ波などの各波形が次々と画面に現れる。

梨元は、目を疑った。四〇年近く地震観測を続けてきて、一度も見たことのない波形だった。

いったい、何が起こったのか……。

滋賀県大津市――。

『大津エアサービス』の社長、久間康裕(44)は、強い揺れで目を覚ました。時間は五時四七分。地震情報を見るために、すぐにNHKのテレビをつけた。大津の震度は、5と表示された。どうりで揺れが大きかったはずだ。

お茶を飲みながら、テレビをつけた。間もなく、妻の友恵(42)が起きてきた。

「地震ですか?」

「どうやらそうらしい」

しばらくすると画面に神戸の震度6という数字が出て、久間は「あっ!」と声を上げた。

「出掛けてくる」

妻にそういい残して、家を出た。いつもよりも一時間以上早く、車で会社に向かった。

もし本当に神戸が震度6ならば、大変なことになる。

六時四〇分に会社に着いた。予想どおり、誰もいない事務所に電話のベルが鳴り響いていた。受話器を取る。その後、僅か一〇分の間に、三機所有するヘリコプターの内の二機が新聞社と地元テレビ局の予約で埋まった。残る一機は、一週間前に外資系の『K・B・I』（ケニングス・ボーリング・インコーポレーション）という会社から予約が入っていた。八時から、淡路島の北淡町まで往復する飛行計画になっている。

パイロットの到着を待ち、七時三〇分までには最初の二機が飛び立った。八時五分前にK・B・Iの客が来社。搭乗者は外国人二名と、通訳らしき日本人が一名の計三人。だが、大阪から通っているもう一人のパイロットの出勤が遅れていた。仕方なく、久間が自らヘリを操縦することになった。

八時ちょうどに、ヘリポートを離陸。飛行計画どおりに、針路を西に取った。ここで日本人の男が、久間に指示を出した。

「大阪の市内上空から海岸線に沿って阪神地区の上空を飛び、舞子のあたりから明石大橋に沿って淡路島に向かってほしい」

ヘリの運航では、乗客がコースを指定することは珍しくない。久間はいわれたとおりに、機首を向けた。

間もなく大阪を通過。ここまでは地震の被害はまったく確認できなかった。だが、前方の空が煙でかすんでいる。阪神地区に入り、宝塚《たからづか》、さらに東灘区の市街地が見えはじめたあたりで地上に広がる惨状に目を疑った。一面の瓦礫の山。至る所で火の手が上がり、煙が立ち昇っている。まるで戦時下の空襲の後のようだ。その上を、新聞社やテレビ局のヘリコプターが無数に飛び回っていた。

客席の三人の乗客も、無言で地上の光景に見入っていた。日本人の男はカメラを取り出し、しきりにシャッターを切る。外国人の内の一人——金髪の初老の男だった——は、ソニーのビデオカメラを地上に向けて撮影をはじめた。長田区は、すでに火の海になっていた。

「もう少し速度を落として、高度を下げられませんか」

日本人の男がいった。だが久間は、この注文を断った。

「無理です。これ以上高度を下げると、延焼を煽《あお》ることになる……」

煙に乗って、人の体が焼ける臭いが流れてくるような錯覚があった。

長田区から須磨区上空を通過。舞子で針路を南西に向け、明石大橋に沿って淡路島を目指した。巨大な橋の橋脚は、まったく被害を受けていないように見えた。乗客の外国人同士がそれを見て、何かを小声で話している。海は何事もなかったように静かだった。

間もなく目的地の淡路島側アンカレイジのヘリポートが見えてきた。上空に達し、着陸態勢に入ろうとしたところでまた日本人の男から指示を受けた。

「予定を変更してください。着陸はしないで結構です。いまと同じコースを取って、大津に戻ってください」

久間は一瞬、耳を疑った。日本人の男に、再度確認する。だが、それでいいという。

「了解しました」

久間はアンカレイジの上空で旋回し、高度を上げて機首を北東に向けた。

神戸市長田区――。

夜はまだ明けきれていない。薄光の中で、次第に周囲の全貌《ぜんぼう》が顕《あらわ》になりはじめた。

街は、もう存在しない。延々と、瓦礫の山が続いている。煙に包まれた闇の中を、人々が嗚咽《おえつ》を洩《も》らし、家族の名を呼びながら徘徊《はいかい》していた。

倒壊した民家の下からも、人の声が聞こえてくる。少女の声だった。

「お父ちゃん……お母ちゃん……どこにいるの……。お姉ちゃん……しっかりして。死んじゃやだよ……」

少女は瓦礫の下から見えている姉の右手を握りしめ、泣きながら叫び続けていた。

「麻紀……。しっかりして……。お姉ちゃんのことはいいから、早く逃げて……」

折り重なる柱と壁、家具の下から、姉のかすかな声が聞こえた。だが、麻紀と呼ばれた少女は、首を横に振った。

「いやだよ……。私、絶対にお姉ちゃんのことを助けるから……。だから、逃げろなんていわないで……」

姉の指が、少女の手の中で弱々しく動いた。

その時、外に人の足音が聞こえた。

「お姉ちゃん、ちょっと待ってて。すぐに戻るから」

少女はそういい残し、瓦礫の外に這い出した。周囲を見渡す。暗がりの中を男が一人、歩いてきた。

「お父ちゃん、助けて。お姉ちゃんが死にそうなんや。お父ちゃんとお母ちゃんも、埋まってるんや……」

男が立ち止まった。だが男は少女を一瞥《いちべつ》すると、また瓦礫の中を歩きだした。

少女はその後ろ姿を、呆然と見守った。理由もなく、恐怖を感じた。あの男の人は、何をしているのだろう。ふと、そう思った。

やがて、男の歩き去った方角から火の手が上がった。少女はそれを見て、また倒れた家の中に潜り込んだ。

「お姉ちゃん、火事や。早く逃げんと……」

闇の中で姉の手を握り、叫んだ。姉の手が、かすかに動いた。

「私は……いいから……。早く、逃げて……」

「いやや。私は、いやや。ここに一緒にいる。お姉ちゃんを、助けるんや……」

少女は、瓦礫を掘った。泣きながら、手で掘った。指に血を滲《にじ》ませ、必死に掘り続けた。

「いいから、逃げなさい。あんただけでも、生きて……」

「いやや。お姉ちゃんを、助けるんや……」

煙が、漂いはじめた。火の爆《は》ぜる音が聞こえてきた。少女が外に出た。目の前に、火の手が迫っていた。

倒壊したカトリック教会の瓦礫の中に、一体のキリスト像だけが残っていた。キリストは両手を広げ、炎で顔を赤く照らされながら、遠く少女の姿を見守っていた。

第二章　二〇〇七年・神戸

1

　新神戸の駅を出ると、季節はまだ真夏だった。

　目の前に、オリエンタルシティのビルが聳《そび》えている。午前中の強い陽光に東側のガラスの城壁が輝き、抜けるような青空を映していた。

　確かに見たことのある風景であるはずなのに、未知の土地に迷い込んだような違和感を覚えた。このような建物が、ここにあっただろうか。記憶があやふやだった。

　神戸を訪れるのは、何年振りだろう。一九九五年の一月以来だから、すでに一三年近くの月日が流れていることになる。だが、記憶が時間に埋没したわけではなかった。あの頃、この空間に存在したすべての者は、自らの足元だけを見つめ怯《おび》えながら町を歩いていた。とても視線を上に向ける余裕などはなかったのだ。

　ジョージ・松永は、暑い空を見上げた。思い起こしてみると、神戸の空を見るのはこれが初めてのような気がした。

麻のジャケットを脱ぎ、肩に掛けて歩きだした。荷物は他に、ハンティングワールドのショルダーバッグがひとつ。身軽な服装だった。どうせ、長い旅になる予定はない。

歩きながら、左腕のオメガに目をやった。九月二七日、午前一一時二〇分。日付は、間違いない。だが指定された時刻までには、まだかなりの間があった。

世継山《よつぎやま》に登る『新神戸ロープウェー』の看板が目に入ると、ごく自然に乗り場の方に足が向いた。確か頂上には小さなハーブ園があり、レストハウスの前の展望台からは神戸の市街地が一望できたはずだ。だが〝あの頃〟は、ロープウェーは動いていなかった。カメラの機材を担ぎ、他社の報道関係者に連なって狭い登山道を登った記憶がある。

神戸の町は、まだそこにあるのだろうか。神戸港やポートアイランドは、沈まなかったのだろうか。展望台に登ったら、神戸は消えてしまっているのではないか。ふと、そんな不安が脳裏をかすめた。

入口の自動販売機で往復のチケットを買い、乗り場に向かった。古いロープウェーは、ガラス張りの卵の殻のような乗り物だった。目の前にカプセルがくるのを待ち、長身を屈《かが》めて乗り込む。松永が山側の椅子に座ると、卵の殻は生き物のように大きく揺れた。

背後に向けて、急な角度で登っていく。間もなく足元の地面が消え、乗り場の建物が見る間に遠ざかっていった。山陰を離れ、目映《まばゆ》い陽光の中に出た。眼下に、神戸の市街地が霞《かす》んでいた。自分は、どこに運ばれていくのか——。

展望台に立つと、下界の遥か彼方《かなた》から潮風が吹き上げてきた。生温《なまぬる》い風に、だが、急速に汗が引きはじめた。

神戸は、まだそこにあった。松永は、一三年前の記憶を辿《たど》った。正面に広がるのは、三宮の市街地だ。左手に貿易センタービル。右手に神戸市役所。奥に新しいツインタワービルが見える。どの建物も、マッチ箱のように小さかった。

ツインタワービルを見て、松永はかつて住んでいたニューヨークの町の風景を思い出した。あの町にも、以前はこれと同じようなツインタワービルがあった。神戸とニューヨークは、どこか似ている。そんなことをぼんやりと考えた。

ビル群の向こうには、蒼《あお》い海が煌《きら》めいていた。遠く右前方に、神戸港のバースが延々と続いている。左に浮かぶ広大な島は、人工島のポートアイランドだ。さらにその先に神戸空港の島影が重なり、水平線は空と同化するように霞んでいた。

海岸線に沿って、視線を移す。左手の山の向こうに、灘《なだく》区の市街地が連なる。松永はその時、幻を見た。立ち昇る黒い煙。市街地のあちらこちらで燃え上がる、命を焼く炎。自分はその中を、UPI大阪支局の契約記者として走り回っている――。

だが、幻は一瞬で消えた。すべては、一三年前の出来事だった。いまは平穏な風景だけがそこにある。神戸は、立ち直ったのだ。もし何らかの爪痕《つめあと》が残っているとすれば、人々の心の奥に潜む見えない傷だけだ。その記憶も、いまは時空を超えて少しずつ風化しはじめている。

気が付くと展望台は、人々で賑《にぎ》わっていた。いまもロープウェーが、新しい旅行客を運んできた。人々は陽光の中で潮風を吸い込み、楽し気に言葉を交わしながら歩く。展望台に進み、美しい景観に見とれ、感嘆の息を洩《も》らす。そしてお互いにカメラを向け合い、指で平和のサインを象《かたど》りながら、神戸の街並みを背景にして笑う。

誰も覚えていない。少なくとも、意識することはない。一三年前に、この平和な風景の中で、何が起きたのかを……。

その時、松永は誰かの視線を感じた。然《さ》りげなく、振り返った。展望台の左の隅に女が一人、立っていた。

若い女だ。まだ三〇にはなっていない。ごく普通の白いTシャツに、ジーンズ。日本人としては背が高い。長い黒髪が潮風になびくと、耳でダイヤのピアスが光った。だが、サングラスで表情がわからない。

松永は時折、女を観察した。だが、女は松永を意識していない。他の旅行客と同じように神戸の風景を眺め、携帯電話のカメラで写真を写していた。

どうやら、気のせいだったようだ。悪い癖だ。最近はどうも、疑心暗鬼に駆られているらしい。ジャーナリストとして国際謀略を専門に扱っていると、よく背後に人の気配を感じることがある。だが、ここはアメリカではない。平和な国、日本なのだ。それにあの女は、どう見てもプロには見えない。

松永は、肩から力を抜いた。自分の考えていることが、おかしくなった。しかも今日この場所に松永がいることを知っているのは、自分だけだ。そしてもし可能性があるとすれば、もう一人……。

情報収集用に開設しているメールアドレスに奇妙なメールが届いたのは、一カ月ほど前のことだった。差出人は「タケシ・ヨシムラ」となっていた。松永はそのメールを、ニューヨークのオフィスで受け取った。文面は、日本語だった。

〈――親愛なるジョージ・松永様。

お久し振りです。お元気でしょうか。貴方《あなた》のアメリカでの御活躍、遠く日本にも聞こえてきます。

ところで最近、貴方が日本に帰国するという噂を耳にしました。よろしければ、一度お会いできませんでしょうか。ぜひ旧交を温めたく。

別記の時間、場所にてお待ちしております。もし都合がつきましたら、お越し下さい。

吉村武士拝――〉

端的な文面だった。その後に、日付と時間、神戸市内のある店の名前と場所が記されていた。差出人のメールアドレスには覚えがなかった。だが松永は、〝吉村武士〟という名前には確かに記憶があった。

最初に吉村という男に会ったのは一九九一年の一月、サウジアラビアの首都リヤドだった。前年の八月二日、イラク軍の機甲師団約一〇万人が戦車三五〇輌《りょう》と共にクエートに進攻、全土を制圧した。これを受けて同六日、国連安全保障理事会はイラクに対する経済制裁を決議。続いてアメリカはサウジアラビアに圧力を掛けて軍を駐留。さらに多国籍軍が周辺諸国に配備され、イラク軍のクエートからの撤退を迫った。

当時、松永は、UPIの特派員記者としてリヤドに滞在していた。その記者クラブで知り合ったのが、フリージャーナリストとしてサウジアラビアに入ってきた吉村だった。

松永は、アメリカ国籍を持つ日系三世である。父方の祖母にアングロサクソンの血が入っているが、基本的には日本人だ。小学校から高校まで六年間を母方の実家の東京で暮らしていたこともあり、日本語も話せる。年齢も近く、同じ日系人であることからお互いに親しみを感じたのかもしれない。松永と吉村は、ごく自然と行動を共にすることが多くなった。英語が苦手で、正式のプレスカードを持たない吉村にいろいろと便宜を図ったこともある。

一月一七日、「砂漠の嵐」作戦をもって多国籍軍がイラク本土空爆を開始。第一次湾岸戦争が開戦した。さらに二月二四日、「砂漠の剣」作戦によってクエートを包囲。多国籍軍の地上部隊は敗走するイラク軍を追ってイラク本土に進攻した。これに対しイラク軍はイスラエル本土やサウジアラビアのダーランをスカッドミサイルにより攻撃、応戦したが、軍備の差は歴然としていた。二月二七日、多国籍軍はクエートを解放。三月三日の停戦協定締結により、イラクの敗戦をもって第一次湾岸戦争は終戦を迎えた。

開戦の直後に、松永は米軍の作戦本部が置かれたエジプトのカイロに移動した。吉村も後を追うといっていたが、終戦までカイロには姿を現さなかった。結局、三月一五日に松永は取材を終えてアメリカに帰国した。吉村の消息も、そのままになった。

松永が吉村と再会したのは、その四年後の一九九五年一月一七日だった。そうだ。あの阪神淡路大震災が起きた当日だった。

当時、松永は、その二年前からUPIの大阪支局に籍を置いていた。早朝に、激震で目を覚ました。時間は、五時四七分。すぐにテレビをつけ、NHKにチャンネルを合わせた。画面に各地の震度が表示される。大阪は、震度5。かなり大きな地震だ。だがその数分後、アナウンサーが「兵庫県は震度6……」と告げた。松永はそれを聞くと同時に取材機材を手にし、部屋を飛び出した。

タクシーで、神戸に向かった。だが道路が渋滞し、遅々として進まない。東灘区の阪神高速倒壊現場に着いたころには、すでに午前一一時を過ぎていた。

ここでタクシーを乗り捨て、写真を撮りながら歩いた。煙、炎、瓦礫《がれき》の山。そして人々の涙と、叫び。目の前に繰り広げられる光景が、とても現実のものとは信じられなかった。あの神戸の町が、一夜にしてこのようになってしまうとは……。

松永はその時、湾岸戦争の直後に訪れたバグダッドの町を思い出した。多国籍軍の空爆による、見るも無残な爪痕。だがこの時の神戸は、それ以上に悲惨だった。まるで、核戦争で破壊された町を歩いているようだった。

夕刻になった。まだ、至る所に火の手が上がっていた。三宮まできた時、瓦礫の山の中に見覚えのある顔が目についた。髪と髭《ひげ》を伸ばしてはいたが、リヤドで別れた吉村武士であることはすぐにわかった。その時、松永は、吉村が日本の神戸の出身であると聞いていたことを思い出した。

吉村はカメラを肩に提げたまま、黙々と瓦礫を取り除く作業に没頭していた。松永と顔を合わせても、挨拶《あいさつ》を交わすでもなく、手を休めようとすらしなかった。

松永も、いつの間にか瓦礫を運ぶ作業を手伝っていた。その崩壊した古い木造の家の下には、子供と老人が埋まっていた。間もなく子供は救助されたが、老人は助からなかった。

それから数日の間、松永は吉村と行動を共にした。吉村は常に「自分はジャーナリストだ」といいながら、まるでボランティアのように不眠不休で人命救助に奔走していた。そして涙を流し、手を合わせながら被災者に向けてシャッターを切り続けた。そういう男だった。

翌日、「神戸の全景が見たい」という松永に対し、この世継山の展望台に案内してくれたのも吉村だった。あの日、松永は吉村と共に、いまと同じこの場所に立っていた。吉村は何もいわず、ただ神戸の町を眺め泣きながら黙禱《もくとう》を捧《ささ》げていた記憶がある。

あれから、一三年……。

松永は一月の末日まで神戸の取材を続けたが、その後は大阪支局の通常の勤務に戻った。以来一度も吉村には会っていない。その松永も二年後にUPIのニューヨーク支局に転属。

二〇〇一年九月一一日に起きた通称『９１１』テロを機に、ＵＰＩを辞めてフリーになった。

神戸港から、潮風が吹き上げてくる。昼下がりの日差しは、熱く肌を焦がす。時計を見ると、間もなく一時になろうとしていた。

急に、空腹を覚えた。辺りを見渡すと、サングラスをかけた女はまだそこに立っていた。

松永は展望台を離れ、ロープウェーの乗り場へと向かった。来た時と同じように卵の殻に揺られながら、下界へと下りていく。

なぜ自分は、この町に戻ってきたのか――。

理由は明白だった。今夜、待ち合わせの場所に、いったい誰が姿を現すのか。それを確かめるためにだ。

あのメールの送信者は、誰なのか。吉村武士は、二〇〇四年一二月二六日、バンダ・アチェのスマトラ島沖地震で死んでいるはずなのだ――。

2

『ＳＷＩＮＧ』という店の看板は、すぐに見つかった。

阪急三宮駅から北野町《きたのちょう》に少し戻ると、中山手通と呼ばれる一角がある。繁華街から少し外れた静かなバー・ストリートのビルの地下に、その店はあった。

階段の降り口に、ライヴのポスターが貼ってある。『CHISATO』という女性ボーカルの名前と、写真。どうやらジャズのライヴ・ハウスらしい。

午後七時半――。

約束の時間にはまだ早い。だが松永は、店の暗い階段を降りていった。

重い木の扉を開けた。中から、スタンダードのジャズのナンバーが流れてきた。古く、そして広い店だった。一三年前にも、おそらくここにあったはずだ。

松永は、店内を見渡した。客はまだほとんど入っていない。左手にオーク材のカウンターがあり、右手の煉瓦《れんが》の壁際にボックス席が並んでいる。奥に、小さな舞台。舞台の上にはピアノとドラムス、コントラバスが置かれていた。だが演奏はまだ始まっていない。

ボックス席に、壁を背にして座った。ここならば舞台だけでなく、カウンターから入口まで店のほとんどが視界に入る。テーブルを回ってきたボーイに、ジャック・ダニエルズのソーダ割りを注文した。

運ばれてきたグラスに口をつける。口の中に、甘い香りが広がった。どうせ、夜は長くなる。ゆっくりとやるつもりだった。

八時を過ぎた。そろそろ、約束の時間だ。あれから何組かの客が店に入ってきている。背広を着た、会社員風の男。肩を出したワンピースを着た、水商売風の女。ジーンズにアロハシャツ姿の若いカップル。だが、知っている顔は一人もいない。誰も、松永を見ていない。

八時二〇分に、ライヴが始まった。最初にコンボ三人のジャズメンが出てきて、インストルメンタルの曲を演奏した。『That Warm Feeling』。心に沁《し》みる、スローのバラードだった。松永は曲を聴きながら、二杯目のウイスキーを注文した。

一曲目が終わり、黒いドレスを着た女性ボーカルが登場した。店内から、小さな拍手が起こる。背の高い、美しい女だった。

ジャズ・ボーカルとしては、年齢は若い。ウエイヴが掛かった長い黒髪が、壁に絡まる蔦《つた》のように白い肩と胸元を隠していた。女は優雅な仕草で挨拶すると、ハスキーな声で、自分がＣＨＩＳＡＴＯであると紹介した。

一曲目は、定番の『Route 66』。アップテンポの曲だ。パンチの利いた、なかなかいい歌い方だった。

二曲目はボサノバの『So many Stars』をジャズ風にアレンジしたもの。三曲目は、これも定番の『Over the Rainbow』と古い曲が続く。だが、それぞれの曲には何かを訴えるような情感があった。松永は一曲ごとに、ＣＨＩＳＡＴＯというシンガーの歌声に引き込まれていった。なぜこの若さで、このような歌い方ができるのだろう。この女性は、どのような人生を生きてきたのだろう。いつの間にか、ふとそんなことを考えていた。

ファーストステージの最後の曲を聴き終えた時には、時間の経つのを忘れていた。時計を見ると、すでに九時を回っていた。だが、店の中に変化はない。最初のステージで何組かの客が帰り、また新たに何組かの客が店に入ってきた。松永は、三杯目のウイスキーを注文した。

二度目のステージは一〇時少し前に始まった。今回は構成を変え、ブルースから入った。最初の曲は、イーグルスの『Desperado』だった。ハスキーな歌声が、心を揺さぶる。吉村武士が好きだった曲だ。奴はリヤドで、よくこの曲をソニーのウォークマンで聴いていた……。

それからも古いブルースが続いた。エリック・クラプトンの『Hello Old Friend』、そして『Innocent Times』。その曲を歌う時、CHISATOの頬にひと筋の涙が伝った。そして最後の曲は、ジャクソン・ブラウンの『Stay』だった。すべての曲に、意味があるように思えた。

松永は、何が起きるのかを待った。ステージの上で、CHISATOが長い髪を掻《か》き上げる。耳に、ダイヤのピアスが光った。その時、最後の曲が終わった。客席から、拍手。そしてアンコールの声が掛かった。一度ステージを降りたCHISATOが戻り、またマイクを手にして話しはじめた。

「今日、ここに、私の大切な友人がいます。その人のために、オリジナル曲の『毎日がバースデイ』を……」

松永はその時、奇妙なことを思い出した。自分は、あと一時間と少しで、四二歳の誕生日を迎える……。

CHISATOが歌いだした。

――生まれてから今日まで
いくつの星数えました
生まれてから今日まで
いくつの願いかなえました
生まれてから今日まで
いくつの言葉おぼえました
生まれてから今日まで
出会えた人おぼえてますか
この広い地球の上で
小さな両手を広げた時から
運命と奇跡が時の中で混じり合い
迷いながらも自分の色を染めている――

心に重く響くような歌声だった。松永には、それが自分に対するメッセージであるように聞こえた。

歌いながら、ＣＨＩＳＡＴＯが松永を見た。濡れるような視線が、何かを語りかけてくる。耳に、ダイヤのピアスが光る。

曲が、終わった。

客席から、拍手が湧く。スポットライトの照明が落ちて、ステージが暗くなった。CHISATOと、バンドの三人が引き揚げていった。


客が、帰りはじめた。だが松永は、席を立たなかった。ボーイに、四杯目のウイスキーを注文した。

しばらく、待った。やがてステージの裏のドアが開き、ジーンズとTシャツに着替えたCHISATOが姿を現した。いや、違う。昼間、世継山の展望台にいたあの女だった。

女は、迷わなかった。真っすぐに、松永のテーブルに歩いてきた。そして目の前の椅子に座り、いった。

「ジョージ・松永さんね」

「そうだ。君は？」

松永が訊《き》いた。

「CHISATOと呼んでもらってかまわないわ。一杯いただいていいかしら」

「どうぞ」

女が、ボーイを呼んだ。

「何を飲んでるの？」

「ジャック・ダニエルズ」

「私にも、同じものを」

女が、ボーイにいった。

ウイスキーが運ばれてきた。グラスを軽く合わせた。だが二人共、しばらく無言だった。女が、マールボロのメンソールに火をつけた。

最初に、松永が口を開いた。

「あのメールをくれたのは、君だね」

「そうよ」

女が目を逸らし、煙を吐き出した。

「吉村武士は？」

「彼は、死んだわ。三年前に、バンダ・アチェの大地震で。知っているんでしょう」

松永は、知っていた。湾岸戦争の時、リヤドで行動を共にしていたUPIのジャーナリスト仲間から聞いていた。地震後、外国人の行方不明者リストを調べている時に、その中にタケシ・ヨシムラ・JPN(37)の名前を見つけたという。その後、インターネットで日本のニュースを検索し、それが吉村武士本人であることを確認した。

「いい奴だった……」

松永がいった。

「そう。いい人だったわ。でも、まだ確定したわけじゃない……」

「なぜだ？」

「遺体は発見されていないわ。正確にいえば、行方不明。あの津波に呑《の》み込まれたのかどうかも、わからない……」

松永は、ウイスキーを口に含んだ。それまでと違い、鉛のような重い味がした。

「君はいったい、吉村武士とどういう関係なんだ?」

女がタバコを揉《も》み消し、松永に鋭い視線を向けた。

「友達……。知人……。もしそれで満足できなければ、恋人……」

松永が頷《うなず》いた。

「今日、君と会うのは二度目だ。昼間、世継山のハーブ園の前にいたね」

「ええ、いたわ。あなたが私に気が付いたことも、知っていた」

「私を呼び出すために、なぜこんなに手の込んだことをしたんだ?」

「どうしても、あなたに会わなければならなかったから」

「なぜ?」

「武士から、あなたへの〝プレゼント〟を預かっているのよ」

女がハンドバッグの中から小さな封筒を取り出し、松永の前に置いた。

3

浅い眠りの中で、夢を見ていた。穏やかな、夢だ。

目映い光の中に女が一人、立っている。明るいブラウンの髪。光に透き徹《とお》るような、長くしなやかな手足……。

キャシー・ディキンソン。彼女は、服を着ていない。松永は、彼女の名を呼ぶ。キャシーが、ゆっくりと振り向く。

深いグリーンの瞳《ひとみ》。つんと上を向いた鼻筋。口元が、かすかに微笑む……。

松永は、ゆっくりと歩み寄る。柔らかい、ビロードのような肢体を引き寄せる。

彼女は、松永の腕の中にいた。確かに、その感触がある。優しげな目差《まなざ》しで、キャシーは松永を見つめる。そして口元が動く……。

――愛してるわ――。

彼女は、そういった。松永にはそれがわかる。だがその声は、風に吹き消されたように聞こえない。

松永は、応《こた》える。胸の中で、呟《つぶや》く。

――愛してる……。愛してる……。愛してる――。

松永は、キャシーの体を抱き締める。産毛の光る、蜂蜜《はちみつ》のような肌に顔を埋める。キャシーの体温と、肌の感触を確かめる……。

だが、松永の腕の中からキャシーが消えた。見ると、彼女は遥か先を歩いていた。

松永は、キャシーの名を呼ぶ。懸命に、後を追う。だが、彼女は気が付かない。追いつくこともできない。少しずつ、二人の距離が離れていく。やがて彼女は、彼方に聳える一対の巨大な摩天楼の中へと去っていく。

どこからか、爆音が聞こえてくる。松永は、天を見上げた。まるで銀色に輝く怪鳥のように巨大な旅客機が飛来する。

松永はその場に跪《ひざまず》き、神に祈る。だが怪鳥は、止まらない。松永の頭上を飛び越し、キャシーのいる摩天楼へと向かっていく。そして、激突した。

轟音《ごうおん》——。

摩天楼から、黒煙が上がる。松永は、キャシーの名を呼ぶ。泣きながら、叫び続ける。だがその声は、キャシーには届かない。黒煙と炎が渦まく強風の中に、掻き消されていく……。

やがて摩天楼は、キャシーの最後の笑顔と共に、粉塵《ふんじん》を上げて崩れ落ちた——。

何かを叫び、松永は目を覚ました。

気が付くと、柔らかいベッドの中にいた。寝る前にカーテンを閉め忘れたのか、窓から朝日が降り注いでいた。

背中が、汗でべっとりと濡れていた。自分がいまどこにいるのか、しばらくはわからなかった。だがベッドの上に起き上がり、窓から外の風景を眺め、自分がいま神戸にいることを思い出した。加納町の『北上ホテル』の一室だ。大丈夫だ。ここは、日本だ。ニューヨークではない……。

あくびをして、頭を掻いた。どうやら昨夜は、少し飲み過ぎたらしい。

松永は、ＣＨＩＳＡＴＯという女の顔を思い出した。あれから二人で、二軒目のバーに行った。広く、低いカウンターのある静かなバーだった。彼女と、いろいろなことを話したような気がする。だが、彼女の本名も素性もわからない。

彼女は、また連絡を取ってくるのだろうか……。

時計を見た。午前八時。松永は冷蔵庫の中のボルヴィックを一本飲み干し、バスルームへと向かった。

熱いシャワーを浴びた。汗が流れ落ちるのと同時に、脳細胞がひとつずつ命を取り戻していくような感覚があった。昨夜の出来事を、少しずつ思い出していく。

バスタオルを腰に巻き、部屋に戻った。ミネラル・ウォーターをもう一本。キャップを開け、喉《のど》に流し込みながら、ベッドサイド・テーブルの上の白い封筒を手に取った。ベッドに体を投げ出し、封筒を開ける。中に、Ａ４の紙が二枚。パソコンのプリンターで印刷されたものだ。

いったい、これは何なのだろう。手紙ではない。二枚の紙には、三〇人以上の人の名前が並んでいる。何らかの名簿のようなものだ。

人名の下には住所や電話番号が記されているものもある。名前だけが書かれているものもある。名前の頭に手書きで「〇」印が入っているもの。「×」印が入っているもの。何も印の入っていないもの。もしくは二本の線で、名前そのものが消されているものもある。消されているのは、「死んだ」という意味なのだろうか。理屈ではなく、そんな気がした。

松永は昨夜の二軒目のバーで、CHISATOという女と交わした話の内容を思い起こした。

「吉村が、これを私に？」

松永は、名簿を見ながら訊いた。

「正確にいえば、そうじゃないの。二〇〇四年の一二月に彼がインドネシアに旅立つ前に、私に預けていったのよ。もしもの時のために、持っていってほしいって……」

CHISATOは、その経緯を説明した。吉村が日本を発《た》ったのが一二月の八日。当初はジャカルタに滞在していたが、その後スマトラ島のメダンに移動。さらに一二月の二三日に、ナングロ・アチェ・ダルサラーム州の州都バンダ・アチェに向かうと連絡があった。そしてその三日後、現地時間の二六日午前七時五八分五〇秒、あのスマトラ島沖地震に遭遇して消息を絶った。

「そもそも彼は、なぜインドネシアに行ったんだ？」

「わからないわ。私はあの人と一緒に暮らしていたけど、仕事のことはあまり話してくれなかったから……」

「それなら、なぜこれを私に渡したんだ？」

「彼は、何か難しい取材に取り組んでいたのよ。仕事に、行き詰まっていた。それで、よくあなたの名前を口にしていた。ジョージ・松永なら、何とかできるかもしれないと……」

「しかし、あれからもう三年だ。なぜすぐに私に連絡を取らなかった？」

「あなたのことを、よく知らなかったの。聞いていたのは名前と、湾岸戦争の時にサウジアラビアのリヤドで知り合ったアメリカ人のジャーナリストという話だけ。でも今年になって、あなたの書いた本が日本で発売されたでしょう。それを見て、同一人物だと思ったのよ」

ＣＨＩＳＡＴＯのいう〝本〟とは、松永が二〇〇四年の九月にアメリカで刊行した『Confidential of 9.11（９・11の極秘）』のことだ。その後、松永自身の手によって日本語に翻訳し、二〇〇七年の八月に邦題を『謀略の９・11』として日本でも発売された。

「それで、私にあのメールを送ってきたわけか」

「そうよ」ＣＨＩＳＡＴＯはウイスキーを口に含み、頷いた。「あの本を買って、読んだの。私には難しくて、何もわからなかった。でも本の最後のページに、情報提供先としてメールアドレスが入っていたでしょう。それで思い切って、メールを送ってみたの。もしあなたに会えば、武士のことが何かわかるかもしれないと思ったから。でも、本当にあなたが神戸に来てくれるとは思わなかったけど……」

ＣＨＩＳＡＴＯの説明に、矛盾はなかった。時系列も、すべて一致する。

だが……。

吉村武士はなぜ阪神淡路大震災とスマトラ沖地震、二つの歴史的な大地震の現場に遭遇したのか。単なる偶然なのか。もしくは、必然だったのか——。

松永は、ペットボトルのボルヴィックを口に含んだ。改めて、名簿に見入る。何の脈絡もなく、名前が並んでいる。性別、住所、年齢らしき数字。すべてがばらばらだ。住所は、神戸市内とその近隣の市街地が多い。だが中にはタクシー会社やバス会社、フェリー運航会社、航空会社の名前が連絡先に書いてあるものもある。

数を数えてみた。日本人が三三名。外国人が一名の計三四名。その中に、たった一人だけ、松永の知っている名前があった。

村山富市——。

忘れもしない。一九九五年一月一七日、あの阪神淡路大震災が起きた当時の首相の名前だ。その名前の後ろに、(70)と記されている。これで、他の名前にも書いてある数字の意味がわかった。おそらく、大震災の時の年齢だ。村山の連絡先は現社民党東京本部の住所になっていた。そして名前の頭に、手書きで「×」がひとつ。意味は不明だ。

松永は、次に唯一の外国人の名前に注目した。ダン・セルゲニー(54)。どこかで聞いたことのあるような名前だった。だが、連絡先は書いていない。

ショルダーバッグを開き、松永は中からＭａｃのｉＢｏｏｋ・Ｇ４を取り出した。インターネット回線に接続し、〝dan selgeny〟と入力して検索を開始する。間もなくモニターに、データが現れた。

〈ダン・セルゲニー。

一九四〇年六月三日、カリフォルニア州サンフランシスコ生まれ。現ＵＣＬＡ（カリフォルニア大学ロサンゼルス校）地質学部長。全米でも有数の地震研究家、地震による都市防災の専門家として知られる。著書に『地殻変動と都市防災』（'91年）、『大都市崩壊・阪神淡路大震災』（'98年）、『未来文明の行方』（'03年）など……〉

やはり、そうだ。吉村武士は、九五年の阪神淡路大震災のことを調べていたのだ。このメモランダムに書かれているのは、彼が証人、もしくは取材相手としてリストアップした人物の名前なのかもしれない。

だが、何のために？

吉村がこの名簿を残したのは、二〇〇四年の一二月だ。その時点ですでに、大震災から一〇年近くの歳月が経過していた。いったい、それほどの時間が経ってから、吉村はあの大震災の何を調べようとしていたのか――。

松永は、もう一度名簿を確認した。他には、思い当たるような名前はない。だが名簿の最後に、何か別の文字が書かれていることに気が付いた。

アルファベットの大文字で、『Ｋ・Ｂ・Ｉ』と書かれている。しかもその字が、赤いボールペンで丸く囲まれていた。人の名前ではない。何かの名称、もしくは熟語の頭文字だろうか。松永は、試しにこれもインターネットで検索してみた。二万件以上の情報がヒットした。美術館の名前。家電量販店のホームページ。素人のベースボールチーム。そして『関西聖書学院（KBI）』というキリスト教系の学校――。

だが、どの情報もあの大震災に何らかの関係があるとは思えなかった。唯一、わずかに引っ掛かるとすれば、関西聖書学院だ。ただしそれも、同じ〝関西〟というキーワードで結びつくだけだ。

思い過ごしだろう。松永は、パソコンを閉じた。

その時、部屋の電話が鳴った。受話器を取る。CHISATOからだった。

――おはよう。御機嫌はいかが？――。

ハスキーな声が聞こえてきた。

「バッカス神の怒りに触れたらしい。少し頭が痛む。それ以外は上々だ」

松永がいった。

――よかったわ。ひとつ、提案があるの。これからランチを一緒にどうかしら？――。

「かまわないが……。何かあるのか？」

――昨夜の名簿よ。あの中の一人に、いま連絡が取れたの。私たちに会ってもいいといっているわ――。

そういうことか。CHISATOという女は、どうしても松永を何かに巻き込みたいらしい。しばらく考え、返事をした。

「わかった。行こう」

場所と時間を指定して、電話が切れた。松永はまた、ベッドの上に体を投げ出した。

時計を見た。九月二八日、午前九時二〇分——。

少なくとも四二歳の誕生日を、退屈せずに過ごせそうだ。

4

神戸市中央区の北野町は、異人館の町として知られている。

松永は一時間ほど早くホテルを出て、約束の場所に向かった。久し振りに、北野町を歩いてみたかったからだ。

中山手通を渡り、北野坂を登る。ひとつ目の信号を左に折れて神戸中央教会の前を過ぎると、さらにハンター坂を右に上がっていく。周囲の風景に、少しずつ、古い西洋風の建物が目立ちはじめた。

間もなく、通称「異人館通り」と呼ばれるメインストリートにぶつかる。左に行けば旧キャセリン・アンダーセン邸やシュウエケ邸などの私邸、右に向かえば英国館や仏蘭西《フランス》館、ラインの館などが軒を並べる。さらに山側に足を運ぶと、入り組んだ細い坂道の奥に、有名な風見鶏の館やうろこの家、本家オランダ館の建物が神戸の港町を眺めるようにひっそりと佇《たたず》んでいる。

一八六八年（明治元年）以来一九世紀の末にかけて、旧外国人居留地として発展した区域だ。同時に治外法権の町として、港町神戸の独特な文化の一端を支えてきた。一九八〇年に国の「重要伝統的建造物群保存地区」に指定され、現在に至っている。

だが、周囲の風景は変わっていた。一九九五年一月のあの日、神戸異人館街もまた大震災による甚大《じんだい》な被害を受けた地区だった。

町の入口にある中山手カトリック教会は、神戸で最も歴史の古い教会だった。だが美しいゴシック風建築の屋根は、七〇年以上も神戸を見守ってきた十字架と共に崩れ落ちた。風見鶏の館やうろこの家も、見るも無残に半壊した。一瞬の内に、歴史的建造物の三分の一が瓦礫と化した。現在、修復を受けながらも残っているのは、全一二六区画の内の六〇棟あまりにすぎない。

だが、町に爪痕は見えない。震災で消えた洋館の跡地には新しく美術館や土産物屋の建物が建ち、町の新しい表情を作っていた。その間を若い女性やカップルの旅行者が、パンフレットやソフトクリームを手に闊歩《かっぽ》する。町は、生まれ変わったのだ。こうして歴史は、少しずつ時の流れの中に埋もれていく。

『メコン』というベトナム料理屋は、異人館街の外れのマンションの一階にあった。道路から見ると店の前が半地下のように低くなっていて、熱帯植物で飾られた小さなガーデンテラスがある。その奥に、東南アジア風の店の入口が見えた。新しい店だが、周囲の町の風景に違和感なく溶け込んでいた。

店に入ると、昼時ということもあって、ほとんどのテーブルが客で埋まっていた。CH

ＩＳＡＴＯが、窓際の席で手を振った。横に、四〇歳くらいの女が座っている。グレーのスーツを着た、上品な顔立ちの女性だった。

席に着き、簡単に自己紹介をすませた。女の名は中根里子。例の名簿を見ると、一ページ目の上から八人目にその名前があった。末尾に書かれた（28）が震災当時の年齢を意味するとすれば、彼女の歳は現在四〇歳もしくは四一歳ということになる。

「この店は、フォーが美味《おい》しいわよ」

ＣＨＩＳＡＴＯがいった。フォーは、ベトナム風のヌードルだ。バッカス神の怒りを静めるには、ちょうどいい食べ物かもしれない。松永はウェイトレスに、チキンのフォーと食後のコーヒーを注文した。

食事を待ちながら、話をはじめた。最初に、松永が訊いた。

「中根さん、とおっしゃいましたね。実のところ、私はあなたに何を訊くべきなのかわからないのです。あなたは以前に、吉村武士という男に会ったことがあるのですか？　もし会ったとしたら、その時に彼に何を訊かれたのですか？」

中根里子が、小さく頷いた。

「吉村さんには、一度お会いしたことがあります。友人の紹介でした。その時に、あの大震災の時に私が経験したことをお話ししました」

知性を感じる話し方だった。だが、やはりそうか。名簿の中根の名前の前に、「〇」印が書き込んである。これは、「すでに会った」という意味なのかもしれない。だとすれば、何も書き込まれていない名前は「まだ会っていない」という意味なのか。逆に「×」印が書かれているのは、「会うことが不可能」という意味にも受け取れる。元首相の村山富市の名前には、「×」印が入っていた。

「わかりました。覚えている範囲内で結構です。その時に吉村に話したことを、もう一度私に聞かせてもらえませんか」

「わかりました……。吉村さんにお会いしたのは、確か四年ほど前だと思います。震災当日のことを、いろいろと訊かれました。でも、何から話したらいいのか……」

中根里子は、言葉を選ぶようにゆっくりと話しはじめた。

当日の朝、中根は朝五時に目を覚ました。久し振りに、博多の実家に帰省する予定になっていた。五時四〇分頃に中山手通の自宅マンションを出て、三宮駅方向に歩いた。地下鉄西神《せいしん》・山手《やまて》線でひとつ目の駅の新神戸に向かい、そこから新幹線に乗るつもりだった。当日の六時一〇分頃の『ひかり』博多行きの指定席を予約していた。

「地震が起きたのは五時四六分頃でしたね」松永が訊いた。「その時、中根さんはどこにいたのですか?」

「ちょうど、三宮駅に着くところでした。道を渡るために、信号が変わるのを待っていたんです。目の前に〝さんちか入口ビル〟がありました……」

話しながら、中根の表情が少しずつ硬くなりはじめていた。あの震災の現場にいた者なら誰でもそうだが、少なからずトラウマがあるらしい。ちょうどそこに、三人分の食事が運ばれてきた。

「とりあえず、食事をすませましょう。話の続きは、その後で……」

ＣＨＩＳＡＴＯはイカとレモングラスの炒め物のプレートランチ、中根は松永と同じようなミートボールの入ったフォーだった。松永は、白い米の麺《めん》が入った透明なスープをすった。淡白で、優しい味だった。アメリカから日本に戻ってきて、何物にも代え難い恩恵がひとつ。二日酔いの日の昼食に、ジャンクフード以外の選択肢を与えられたことだ。

食事を終え、コーヒーを飲みながら話を再開した。

「その瞬間のことを、覚えていますか？」

松永が訊いた。

「ええ……」中根が頷く。「まだ、辺りは暗かったんです。私の前を、何台ものトラックやトレーラーが走っていきました。最初は、その音だと思っていた。どこからか、地響きが迫ってくるように感じたんです。〝おかしい〟と思ったのと同時でした。辺りが一瞬、昼間のように明るくなって、地面が波のように盛り上がりました。体が、下から突き上げられるような感じで。目の前を走っていたトレーラーが、一メートルくらい浮き上がったんです……」

「波のように、ですか？　アスファルトの地面が？」

「そうです。海で、ものすごく速い波が自分の下を通り過ぎるように……」

松永は、その場面を想像した。ビルの建ち並ぶ市街地の地面を、大きな波が持ち上げる。

だがいくら想像しても、実感が湧かなかった。

「先程、辺りが明るくなったといいましたね。どんな感じで?」

「とても強い光です。真っ暗だった空が、真っ白になるくらいに。一瞬、目が潰《つぶ》れるんじゃないかと思ったほどです」

中根里子の表現は、きわめて具体的でわかりやすい。松永はその言葉を、できるだけ正確にメモに取った。長年のジャーナリストとしての癖だ。CHISATOは黙って、二人の会話に耳を傾けている。

「それから、何が起こりました?」

「〝ドン〟という大きな音がして、目の前にあった〝さんちか入口ビル〟が斜めに潰れました。ガラスが全部、粉々に吹き飛んだんです。ほとんど同時に、私の体も地面に叩《たた》きつけられました……」

中根は、そういって目を閉じた。瞼《まぶた》の裏に焼き付けられた、一三年前の光景を確認するかのように。

「何が起きたのだと思いました?」

「最初は、わかりませんでした。大きな音と、強い光を見て、何かが爆発したのかと思いました。ビルのガラスがバラバラに吹き飛んだので、爆弾テロか何かだと……」

爆弾テロ、か。確かにあれだけの大地震の瞬間を外で目撃すれば、瞬時の内にそれが地震であると理解するのは難しいだろう。それが〝爆発〟だと思うのは、人間の感性としてむしろ自然なのかもしれない。

「最初に異変……つまり地響きですか……それを感じてからビルが潰れるのを見るまで、どのくらいの時間差があったか記憶にありますか？」

松永が訊くと、彼女はまた目を閉じた。何かに苛立《いらだ》つように、眉間《みけん》に皺《しわ》を寄せる。そして徐《おもむろ》に目を開け、答えた。

「時間の感覚が、あまりないんです。私のイメージでは、スローモーションのように画面が流れるんです。でも、一瞬だったのかもしれない。もしかしたら、すべてが同時だったのかも……」

同時――。松永はその言葉を、メモに書きとめた。

「他に何か覚えていることはありますか？」

中根は、考える。そして自らにいい聞かせるように、話した。

「町が、揺れていました。電柱やビルが、まるでゴムでできた玩具《おもちゃ》のように歪《ゆが》むんです。それでやっと、これは地震だと思った。信号も、街路灯も、町の明かりがすべて消えていました。やっと揺れが治まって、立ち上がろうとしたんですが、立てなかった……」

「立てなかった？」

「ええ。その時、暮れのボーナスで買ったばかりのハイヒールのブーツを履いていたんですが、その踵《かかと》が両足とも折れていたんです」

「最初の波……つまり地面からの突き上げを受けた時に、その衝撃で折れたのですか？」

「おそらく、そうだと思います。それに、鍵《かぎ》を掛けていたはずのスーツケースも蓋《ふた》が開いていて、中の着替えや何かが辺りに飛び散っていたんです……」

松永は、息を呑んだ。阪神淡路大震災の規模はマグニチュード7・2。震度は6。いやその数値は当時の基準であって、神戸地区は最終的に震度7に訂正された。

その衝撃で、重いビルが潰れるのは感覚的に理解できる。だが、質量が遥かに小さい女性のハイヒールやスーツケースまで一瞬の内に破壊するとは。地震の衝撃波とは、それほどまでに凄《すさ》まじいものなのか……。

松永はその時、小さな異変に気付いた。CHISATOが体を強張《こわば》らせ、かすかに震えていた。

中根里子が帰った後も、松永はCHISATOと二人で店に残った。彼女はマールボロの煙を漂わせ、窓の外の風景を眺めていた。今日は、あのダイヤのピアスをしていない。

タバコを消し、CHISATOがいった。

「いまの彼女の話、どう思う?」

松永は、腕を組みながら答えた。

「地震の体験談とすれば、興味深い。衝撃でハイヒールの踵が折れたというのには正直、驚いた。しかし、なぜ吉村武士が彼女に会ったのか。彼女の証言のどこに興味を持ったのか。それがわからない……」

「彼女は、白い光を見たといっていたわ」

だが、松永は首を傾《かし》げた。

「単純に、そう思い込んでいるだけなのかもしれない。もしかしたら、切れた電線から火花が散ったのか。それにもし自然現象だとしても、他の大地震で似たような閃光《せんこう》が確認された例もある……」

松永は冷めたコーヒーを口に含み、続けた。

「この名簿だ。彼女に連絡を取ることができたということは、君も同じものを持っているのか？」

「持っているわ」

CHISATOがハンドバッグの中から折り畳んだA4の紙を出し、テーブルの上に置いた。松永は、それを開いた。同じものだ。だがその名簿には、「○」や「×」の印が書き込まれていない。

「これは、どうしたんだ？　吉村が君に渡したのか？」

「違うわ。私が彼のパソコンからプリントアウトしておいたの。もしもの時のために……」

CHISATOはまたタバコに火をつけた。どうりで声が、ハスキーになるわけだ。

「もし吉村のパソコンがあるなら、それを見せてくれないか。中に、何かデータが残っているかもしれない」

だが、CHISATOは首を振った。

「それが、駄目なの……」

「どうしてだ？」

「彼は、二台パソコンを持ってたのよ。一台、ノート型の方は、あの時インドネシアに持っていった。彼と一緒にインド洋に流されて行方不明。もう一台、私たちが暮らしていた部屋にデスクトップ型のがあったんだけど……」

「それでいい。とにかく彼が何を調べようとしていたのか、それがわからなければ話にならない」

CHISATOが煙を吸い込み、吐き出した。

「もう、ないわ」

「なぜ？」

「彼がバンダ・アチェの地震で行方不明になった翌週に、私たちのマンションに泥棒が入ったの。部屋がめちゃくちゃに荒らされて、パソコンも盗まれたのよ……」

頭の中で、またバッカス神の怒りが再発した。何やら、きな臭いものを感じた。

5

『メコン』を出ると、熱い陽光に町が揺らめいていた。

店の前の道に、黒いタクシーが走ってきた。ＣＨＩＳＡＴＯがそれを停めた。

「どこに行くんだ？」

松永が訊いた。

「いいから乗って」

タクシーに乗り込み、ＣＨＩＳＡＴＯが運転手に告げた。行き先は、メリケン波止場だった。だが、ＣＨＩＳＡＴＯはそれ以上、何も語らない。

車は北野坂から中山手通を横切り、片側二車線の広い道を海へと向かった。ＪＲ三ノ宮《さんのみや》駅のガードを潜り、国際会館の前を通り過ぎる。右手に、神戸市役所の高層ビルが見えた。

松永は、初老の運転手に話し掛けた。

「運転手さんは、神戸に住んで長いんですか？」

バックミラーの中で、運転手の目が愛想よく笑った。

「ええ、生まれも育ちも神戸ですわ。この狭い町しか知りまへん」

松永は、料金メーターの横の名札を見た。大江則秀、六八歳。あの大震災の当時は、五十代の半ばだったことになる。

「地震の時は、どこにいたんですか？」

松永が訊いた。

「ちょうど明け番で、乗務してましたわ。ほら、さっき通った三ノ宮のガード。あの下あたりで客待ちしてたんですわ」

「どんなでした？」

「どないもこないも、そりゃ凄《すご》かったですわ。正月明けで客も無くて、車を降りて缶コーヒーを飲みながら一服してたんやけどな。そしたらいきなりドン！　ときて、目の前のビルのガラスが吹き飛んでもて……」

饒舌《じょうぜつ》な運転手だった。車を走らせながら身振り手振りをまじえ、講談師のように話し続ける。

最初は、爆発だと思ったという。目の前でビルが山崩れのように崩壊し、粉塵で何も見えなくなった。頭を抱えて地面に伏せ、何が起きたのかを考えた。それが〝地震〟だとわかるまでに、しばらく時間がかかった。大江という運転手の経験談は、先刻の中根里子の証言と申し合わせたように共通していた。

この町にはどこにでも、震災の記憶が残っている。証人を探すのは簡単だ。

「他に何か……」松永が訊いた。「地震の時に何か気付いたことはありませんか」

「そうやな……。何かが、こっちに向かってきたんや」

「向かってきた？」

「そうや。何か、とんでもなく大きなものですわ。地響きのように、音を立ててな。最初は、電車が来たのかと思って高架を見上げたんや。そしたらいきなり、空が真っ白く光ってな……」

「光……それはどんな光でした？」

「強い光ですわ。でっかいストロボが光ったような……。目が潰れるかと思いましたわ」

中根里子が見た光と、同じだ。松永は、横に座るCHISATOを見た。だが彼女は表情には何も出さず、ただ黙って前を見つめていた。

「光は、一瞬だったんですか？」

「一瞬ですわ。あの光は一生、忘れまへん。ほとんど同時にビルが崩れて、次に目を開けた時には辺りは真っ暗でしたわ……」

車は阪神高速神戸線の下を潜り、国道二号線を右折した。窓を少し開けると、潮風が流れ込んできた。間もなく左手に、青空の下で輝く神戸港の海面が見えてきた。

タワーサイドからホテルオークラに向かって左折。しばらく行くと、メリケンパークの入口でCHISATOがいった。

「ここでいいわ……」

広大な空間で、タクシーが停まった。二人を残し、車は走り去った。CHISATOが長い黒髪を潮風になびかせながら、海に向かって歩きだす。松永はその後を、無言でついていった。

眩《まばゆ》い陽光に耐えられなくなり、松永はレイバンのサングラスを掛けた。あの神戸の町になぜこれほど太陽の光が溢《あふ》れているのか、そんな些細《ささい》なことに違和感を覚えた。

周囲を見渡す。震災の直後に、松永は一度このメリケン波止場を取材で訪れたことがあった。だが、やはり風景に見覚えがない。当時はひどい有様だった。地面のいたる所がひび割れ、液状化現象で泥と水が噴出し、港も公園も海に沈みかかっていた。

歩きながら、記憶を辿った。右手の突堤の先端にはオリエンタルホテルの白い波形の建物があり、左手の彼方にはホテルオークラのタワーが聳えていた。背後に奇妙な形をした赤い鉄塔。周辺の広い芝の上には意味不明の石やコンクリートのオブジェが点在していた。一三年前に、これらのものはここにあったのだろうか。あったような気もするし、なかったような気もした。

しばらくすると、右手に不思議なものを見つけた。松永は、その前で足を止めた。原寸大の、木造の帆船の模型だった。

サンタ・マリア号――。

一四九二年一〇月一二日、イタリアのジェノヴァの商人クリストファー・コロンブスが現アメリカ大陸に到達した時に乗っていた船だ。昔は見た記憶がない。一三年前には、このようなものはここになかったはずだ。

サンタ・マリア号は、ヨーロッパの白人文化による有色人種支配の象徴ともいえる船だ。

新大陸を〝発見〟した最初の人間は、コロンブスではない。そこに住んでいた先住民族――すなわち、ネイティブ・アメリカンだ。そのネイティブ・アメリカンと祖先を共にする日本人が、なぜあの未曾有《みぞう》の大震災からの復興の陰で、莫大な費用を投じてこのようなものをここに建造したのか。何かの皮肉なのか。それとも、悪い冗談なのか。アメリカで育った日系人の松永には、理解できない感覚だった。

「どうしたの？」

船を見上げる松永に、CHISATOが声を掛けた。

「いや……大したことじゃない。このサンタ・マリア号さ。日本はいつ、コロンブスに〝発見〟されたんだ？」

「知らないわ。私は、まだ生まれてなかったもの」

CHISATOがそういって、悪戯《いたずら》っぽい笑みを浮かべた。

「そうだな。私も生まれていなかった」

CHISATOが歩きだした。松永もサンタ・マリア号に背を向け、その後に続いた。

間もなく、海に出た。延々と続くコンクリートのバースに、小さな波が打ち寄せていた。青空に海鳥が舞い、人をあざ笑うような声で鳴いた。

海に沿って北に歩くと、しばらくしてバースに白い金柵で囲まれた一角があった。CHISATOがその前で足を止めた。

松永は、囲みの中を見た。そこには一三年前、大震災の折に被災したバースの一部が当時のまま保存されていた。

ひび割れ、砕け、陥没したコンクリートや瓦礫が折り重なるように横たわっていた。そこにいまも海水が浸水し、錆《さ》びた街灯が斜めに突き出ていた。いったい、頑丈なコンクリートの岸壁が、どのような力を受ければこのように変形するのか。あらためて考えてみても、想像できなかった。

いた。

「私に見せたかったものというのは、これか？」

松永が訊いた。だがCHISATOは何もいわず、ただ黙って瓦礫を洗う波を見つめていた。

周囲を、松永は歩いた。近くに『神戸港震災メモリアルパーク』と彫られた石碑が立っていた。さらに石の壁が碑を取り囲み、写真や説明文のパネルが掲示されていた。

写真はすべて、震災当時に神戸港とその周辺で撮られたものだ。六甲アイランドのコンテナバースの、ひしゃげたガントリークレーン。一階部分が斜めに潰れた荷物積み出し用の倉庫。完全に破壊されたメリケンパーク付近のバースと、圧縮されて鉄筋が露出したハーバーハイウェイの橋脚。写真を見ているうちに、松永の脳裏に少しずつ記憶が蘇《よみがえ》りはじめた。

パネルの説明文を読んだ。神戸港はメリケン波止場など南側のバースを中心に、液状化現象などにより平均四〇センチ地盤沈下。全水際線約一二〇キロの内一一六キロが海没。ほとんどのコンクリート護岸と大型港湾機器が崩壊、壊滅した。日本の五大主要港のひとつ、世界でも有数の巨大商業港は、一瞬にしてその機能を停止した。

一部機能復旧までに約二ヵ月。完全復旧までに約二年。その被害額はあまりにも莫大すぎて試算することすらできない。

松永はもう一度、CHISATOに訊いた。

「なぜ私をここに連れてきた。これを見せたかったわけではないだろう？」

「違うわ……」

「それなら、本当の理由は？」

CHISATOは、しばらく何もいわなかった。空と海の色が映る澄んだ瞳で、松永の背後を見つめていた。そして、徐にいった。

「もう一人、会ってもらいたい人がいるの。〝彼〟が、来たわ」

松永は振り返り、CHISATOの視線の先を追った。石の壁の陰にグレーのスーツを着た壮年の男が立っていた。男は一度、小さく頷くと、ゆっくりとこちらに歩いてきた。

「誰なんだ、彼は？」

松永が訊いた。

「会えばわかるわ。話をしてほしいの。それだけよ。私はその辺りで待ってるから……」

CHISATOはそういうと、踵《きびす》を返し、海に向かって歩き去った。

6

男は、長身だった。身長が一八〇センチの松永とそれほど変わらない。

肩幅が広く、潮に焼けた浅黒い肌をしていた。スーツを着ていても、何らかの船の仕事に携わる海の男であることがわかる。

「ジョージ・松永さんですね？」

男が、穏やかな声でいった。

「そうです。あなたは?」

松永は、右手を出した。男が、それを握る。力強い手だった。

「成村敏夫といいます。神戸と大分を結ぶ定期フェリーの会社で役員を務めてます」

松永は、CHISATOから受け取った名簿を開いた。一枚目の上から二番目に、成村敏夫(49)の名があった。名前の上に「○」印が書き込まれ、その下に『ダイヤモンドフェリー』という社名と電話番号が入っていた。

「吉村武士に会ったことがあるんですね?」

松永が訊くと、成村が頷いた。

「あります。もう、三年以上も前になりますが……」

三年前。吉村が、バンダ・アチェに向かった直前だ。

「その時に、彼に何を話したのか。それと同じことを私に話してもらえませんか」

「わかりました。しかし私は、吉村さんの質問に答えただけです。いまは勤務の途中なので、あまり時間がない。歩きながら話しましょう」

成村はそういうと、バースに沿って歩き出した。何かを、考えているようだった。しばらくして成村は、自分に問いかけるように話しだした。

「吉村さんは、亡くなったそうですね」

松永は横に並び、歩きながら答えた。

「そうです。二〇〇四年の一二月に、インドネシアのバンダ・アチェで行方不明になってます。例の、スマトラ島大地震の時です」

成村は右手を顎《あご》に当て、もう一度また大きく頷いた。だが松永には、成村が何を考えているのかはわからなかった。

「まず最初に、なぜ私が吉村さんに会ったのか。その辺りからお話しした方がいいかもしれませんね」

「できれば……」

成村は、ひとつひとつ自分の言葉を確認するように話しはじめた。

最初に吉村武士が成村に連絡を取ってきたのは、二〇〇三年の秋頃だった。吉村は震災当時のある新聞記事で成村のことを知り、「あの日のことについて話を聞かせてほしい」といってきたという。実際に会ったのは翌二〇〇四年の五月頃だった。吉村は記事を片手に質問を繰り返し、成村はそれに対して細かく答えた。それだけだった。

「その新聞記事というのは？」

松永が訊いた。

「さて、どの記事だったか……。私は当時、様々な新聞のインタビューを受けていたので、吉村さんが持っていたのがその内のどれだったのかは覚えていませんね。おそらく、三大紙の中のどれかだとは思いますが……」

「なぜ、吉村から連絡が入ってから半年以上も会わなかったのですか？」

松永の質問に、成村はしばらく無言だった。だが一度、大きく息を吸うと、思い切ったようにいった。

「話すな、と。そういわれていたんです」

「いったい、どういうことです？」

「あの震災があってから、半年程たった頃です。警視庁公安の〝田代〟という人物から自宅に電話があったんです。あなたの証言の内容は事実関係の誤解を招く恐れがあるので、これ以上マスコミの取材は受けないでほしい、と……」

「公安……ですか？」

「そう。公安です。穏やかな口調ですが、有無をいわせない空気を感じました。それで吉村さんとお会いするのを躊躇《ためら》っていたのですが……」

「それならなぜ、吉村に会ったのですか？」

「彼は、熱心でした。一度でもいいから、話を聞かせてほしいと。それで私も根負けして、公安の方に連絡を取ってみたのです。ところが〝田代〟などという人物は、存在しませんでした。それであの電話は誰かの悪戯だと思い、吉村さんの申し出を受けることにしたんです」

松永は、成村の話を聞きながら空を見上げた。海風が、陽光に火照る肌に心地好い。上昇気流に乗って、海鳥の群れが高い空に舞っていた。

「記事の内容は？」

松永が訊いた。

「たいした内容ではないんですがね。あの日、一九九五年一月一七日の早朝、私は社の『クイーンダイヤモンド号』に船長として乗船し、大分から六甲アイランドのフェリー埠《ふ》頭《とう》に向かっていました。地震があったのは、五時四六分でしたか。ちょうどその頃、私の船は明石海峡の洋上を航海中でした。その時に船で起きたこと、見たものを、記者に話しただけだったのですが……」

成村の口調は、あくまでも淡々としていた。特に気負うところもなく、何かを隠そうとする様子もない。

松永は訊いた。

「いったい、成村さんは何を見たのですか？」

成村は一瞬の間を置き、答えた。

「ひとつは、〝赤い月〟です」

「赤い月？」

「そうです。当日は薄曇りの天気だったのですが、時折、雲間から満月が出ていた。その月の色が、妙に赤かったことを覚えています。普通、満月は白っぽく見えるものなのですがね」

松永は歩きながら、その言葉を手帳にメモした。確かに通常の満月は、白く見える。それが赤く見えるということは、単なる自然現象なのか。もしくは、他に何らかの意味があるのか——。

「他には？」

「これはその時に舵《かじ》を取っていた一等航海士の小島君が最初に気付いたのですが、海の中でも異変がありましたね。地震の起きる数分前でしたか、魚が水面に上がってきたんです。コノシロなどの小魚がスポットライトの光の中を飛んだり、大きな魚が腹を出して浮いていたり……」

「普通は、有り得ないことなんですか？」

「有り得ないとはいえませんが、少なくとも私はあまり見たことはないですね。特に冬場の水温が低い時期は、魚は海底近くにいるのが普通ですから」

長年、海で生活してきた人間の言葉だけに、説得力があった。

「海底で、何かが起きていた？」

「そうかもしれませんね。魚が浮いた直後でした。今度は右舷前方の水面が、急に盛り上がるように泡立つのが見えたんです」

「場所はどのあたりでしたか？」

「定期航路の2号ブイの先ですから、ちょうどいまの明石海峡大橋の下あたりですね。橋の淡路島側の橋脚の近くです」

「何が起きていたんでしょうね……」

「考えられることは二つですね」成村はそう前置きした上で、言葉を選ぶように自説を話しはじめた。「ひとつは、明石海峡大橋です。一九九五年当時、あの橋はまだ工事中でした。最初は、その工事が原因ではないかと思ったんです。しかし早朝の五時四〇分頃に工事をやっているわけではないし、それは考えにくい……」

「もうひとつは？」

「地震の予兆、ではないでしょうか。私は地質学者ではないので確かなことはわかりませんが、あれだけ大きな地震だったのですから、その数分前に震源地近くの海底で何かが起きていても不思議ではないですね」

松永は、メモを取りながら考えた。地震の予兆、か……。だが水面が泡立つように盛上がり、魚が浮くほどの地殻変動が起きていたとしたら、その動きが気象庁の地震計に記録されていたはずだ。だが松永の知る限りでは、そのような記録は存在しなかった。

「その異変に気付いたのは、成村さんと一等航海士の小島さんだけだったのですか？」

「我々の船では、そうです。当日、航海室にいたのは私と小島君の二人だけでしたから。しかし前日でしたか、似たような現象を目にしていた者はいたようですね」

成村によると、最初に海の異変に気付いたのは地元の漁師だったという。一月は、ちょうど明石海峡のタコ漁の季節だった。タコ漁船は海底にタコ壺《つぼ》を仕掛けるのだが、地震の数日前からそれが海流とは無関係に動いてしまい、漁にならなかったらしい。明石海峡大橋の下では海水が濁っていたり、死んだ魚が大量に浮いているのを見た者が何人もいた。

松永が、呟くようにいった。

「やはり、予兆ですか……」

「そう考えるのが自然だと思います」

だが、予兆だったとするならば、成村の証言になぜ警視庁の公安を名乗る〝田代〟という男が興味を持ったのかがわからない。

成村が、公園の芝の上にあるベンチに座った。松永も、その横に腰を下ろした。遥か水平線に、フェリーや貨物船が行き交うのが見える。彼方から潮風に乗り、むせぶような汽笛が聞こえてきた。

「その数分後に、地震が起きたわけですね」

「そうです。正確には海面が盛り上がるのを見てから、一分か二分か。そんなものだと思います」

成村は、自信を持っていい切る。さすがに大型船の船長まで務めた人間だけあり、記憶にぶれがない。

「しかし、海上にいて地震がわかるのですか？」

「通常はわかりません。しかし、あの時はわかりました」

「というと……」

「最初に、光を見ました。とてつもなく大きな、強い光です。左舷前方にちょうど神戸の舞子の夜景が見えていたのですが、その上空を一瞬、青白い閃光が包んだんです。最初は、落雷による稲妻だと思いました」

またしても、〝光〟か……。

「しかし、稲妻ではなかった。そうですね？」

「違いますね。長年、航海をしていれば、雷の稲妻などは何度も見ている。しかし、光の質が違う。もっと白く、明るくて、強い光です」

成村はそこで言葉を切り、松永の顔を見た。松永はメモを取り、いった。

「続けてください」

「その直後でした。〝ドーン〟という大きな音と共に、船が船底から巨大な力で突き上げられたんです。ちょうど外洋で三角波を受けたような、そんな感覚でした。最初に光を見てから、一〇秒から二〇秒程してからだと思います」

「ちょっと待ってください」松永はそこで成村を制した。「いま、一〇秒から二〇秒とおっしゃいましたね。それは確かですか？」

中根里子も、先程のタクシーの運転手も光を見てから最初の揺れを感じるまで「ほとんど同時だった……」といっていた。

「時間を計っていたわけではありません。しかし後に小島君と話し合い、おそらくそのくらいの時間差があったと確認しています。私も当日の航海日誌に一〇秒から二〇秒と書き残していますので、ほぼ間違いはないと思います」

地殻変動が起きてから、エネルギーが海面に伝わるまでにそのくらいの時間がかかるということなのか……。

「先を、続けてください」

「私と小島君は、航海室の床に倒れました。幸い船は転覆を免れましたが……」

起き上がって船の情況を確認すると、エンジンが止まっていた。レーダーを含むすべての計器も停止していた。成村は乗員乗客の安全確保のためにすみやかにデッキに出たが、そこでまた信じ難い光景を見た。船が一瞬で半回転し、左舷前方に見えていた神戸の夜景が右舷後方に見えた。

「その時すでに、成村さんは地震が起きたことを認識していたのですか？」

「いえ、そうではありません。正直、その時点では何が起きたのかを把握していませんでした。ただ、呆然と、揺れる神戸の市街地の風景を見守っていました」

「神戸が、揺れていた？それが船の上から見えたのですか？」

成村は一瞬考え、大きく頷いた。

「見えました。最初は目の錯覚かと思ったのですが、確かに見えたんです。まるで古いテレビの画面が乱れるように、夜景が、山が、震動していたんです。音も聞こえました。地響きのような、山が唸《うな》るような……不気味な音です。そして夜景の光が次々と消えていき、やがて真っ暗になった……」

松永は、その光景を想像した。まるで、スペクタクル映画のシーンのように、揺れる神戸の町が脳裏に浮かび上がった。だが、そのようなことが現実に有り得るものなのか……。

「その時、成村さんは何を考えていたのですか？」

松永が訊くと、成村はまた自分に問いかけるように考えた。

「神戸の町が、海に沈んでいくのだと思いました」

二人は、しばらく無言で海を見つめていた。陽光に、海面がきらめく。穏やかな、そして平和な風景だった。遠くで汽笛が鳴り、それに応えるように海鳥が鳴いた。水平線を、外国の貨物船がゆっくりと進んでいく。

船を眺めながら、成村がいった。

「もうひとつ、お話しすることを忘れていた。当日の朝、地震の起きる一五分ほど前に、奇妙なものを見たんです」

「奇妙なもの？」

「ええ。いや、奇妙というのは少し大袈裟《おおげさ》かもしれませんね。私が見たのは、一隻の船でした……」

「どんな船ですか？」

松永は、成村を見た。その顔に、初めて迷いが浮かんだように見えた。

「最初は、小さな光が見えたんです。右舷前方の、明石海峡大橋の淡路島側の基礎の近くでした。距離は、一キロ以上は離れていたと思います。その船は航行用のスポットライトを点《つ》けずに、我々の船とは逆方向に走り去っていきました」

「その船のどこが……」

「距離がありましたし、船影だけしか確認していないので断言はできないのですが、私には見たこともないような形の船に思えたんですよ。二〇〇〇トンはあるような大きな船だったので、漁船ではないことは確かでした。しかし、タンカーや貨物船でもない。横にいた小島君は海保の巡視艇ではないかといっていましたが、私にはそうは見えなかった。それに……」

「それに?」

「その船は、目測で三〇ノット以上の速度を出して西に向かっていたんです。まだ夜明け前のあの時間に、前照灯も点けず、狭い明石海峡を航行する速度としては明らかに異常です。私にはその船が、一五分前の時点ですでに地震が起きることを知っていて、我々の船を襲った三角波から逃れるために急いでいたように思えるのですよ。まあこれは、根拠のない直感なのですがね……」

直感、か……。

だが長年にわたり海の上で過ごしてきた男の直感だけに、笑うことのできない説得力があった。

「そろそろ、社に戻らないと」

成村が、腕の時計を見てベンチを立った。二人はまた、海に沿ってバースを戻った。遥か先の岸壁にCHISATOが座り、海を眺めているのが見えた。

歩きながら、松永が訊いた。

「この港も、かなりひどかったようですね。先程、公園に書いてある説明を読んだのですが、一二〇キロの水際線の内一一六キロが海没したとか……」

「ええ、そうです。完全に復旧するまでに、二年以上かかったと聞いています」

「被害額もかなりのものだったでしょうね」

「ええ。神戸港は、年間総入港数約三万九〇〇〇隻、外航船だけでも約八〇〇〇隻を誇る巨大港ですから。しかも全輸入量の約二〇パーセントを、アメリカが占めている……」

成村は、そこまでいって言葉を切った。見るとまた、成村は右手で顎を支えていた。どうやら物を考える時の、この男の癖であるらしい。

「どうかしましたか？」

松永が訊いた。

「いや、ちょっと奇妙な噂を耳にしたことがあるんですよ。年間三万九〇〇〇隻といえば、一日に一〇〇隻以上です。当然それだけの船の入港予定が宙に浮くわけですから、普通ならば対処のしようがない。ところが一部の外国船……特にアメリカの船の入港の振り替えに関しては……思ったほどの混乱はなかったというんですよ」

成村が何をいわんとしているのか。松永には理解できなかった。

「どういうことですか？」

「あくまでも風説ですよ」そう念を押した上で成村が続けた。「アメリカの船、特にＧＭ、フォード、クライスラーなどいわゆるビッグスリーの車載船が、あの地震の一ヵ月ほど前から寄港地を名古屋港などに変更していたというんです」

奇妙な話だ。もしそれが事実ならば、ビッグスリーの上層部は事前に大地震が起きることを知っていたとも受け取れる。

「噂としては、面白いですね。しかし調べてみる気になれば、簡単でしょう」

「ええ、簡単です。実は私も、気になって調べてみたことがあるんですよ。しかし神戸港の方には、そのような記録は何も残っていなかった。念のために名古屋港の方にも問い合わせてみたのですが、やはり宙に浮いた荷を臨時に受け入れただけだとの答えが返ってきました……」

地震に限らず、歴史を揺るがす大きな事件の裏では必ずそのような風説が流されるものだ。二〇〇一年の例の『911』同時多発テロの時もそうだった。だがその風説の内のいくつかは、紛れもなく〝事実〟だったのだが――。

成村が立ち止まった。

「では、私はここで。車を置いてありますので」

松永は礼を述べ、会った時と同じように手を握り合った。成村の手が、少し汗ばんでいるように感じた。

成村が、歩き去る。広く、大きな背中だった。振り向くとCHISATOが、潮風の中で松永を見つめていた。

7

夕刻の元町《もとまち》は、観光客で賑わっていた。

東門から南京町《なんきんまち》に入り、石畳のメインストリートを歩く。両側に肩を寄せ合うように建つ中華料理屋の店先に屋台が出て、菓子や点心、小鉢の麺などを売っていた。

チャイナタウンの空気は、世界じゅうどこに行っても変わらない。ここは、小さな宇宙だ。外界と隔絶された空間の中に、密度の高い熱気と活気、そして郷愁が溢れている。

明治初期に中国人の居留地として開かれた南京町は、この辺りでは比較的、震災の被害の少なかった地域だ。それでも何軒かの老舗《しにせ》の中華料理屋が瓦礫と化し、町を見守る名物の兵馬俑《へいばよう》も倒壊した。現在、町の西を守る西門は、震災から一〇年目に復興の象徴として再建されたものだ。

だが、いまはその傷痕も見えない。売り子の高い声が、町に飛び交う。その声に人々が足を止め、料理を買い求める。食欲をそそる匂いに誘われて、松永の腹が鳴った。どうやらバッカス神も、やっと怒りを治めてくれたらしい。

「何を食べようか?」

周囲を物珍しそうに眺めながら歩く松永に、CHISATOがいった。

「そうだな……。だけど、中華料理のことはよくわからないんだ。私が知っているのはフライドライスにチャーメン、他にはスイート・サワー・ポークくらいのものだ」

「OK。それじゃあ、私のよく行く店に入りましょう」

メインストリートから、狭い路地へと入っていく。CHISATOが選んだのは、『劉華門』という小さな店だった。時間が早いこともあり、まだ店内に客は少ない。松永は、店の奥の小さなテーブルに座った。ここならば、狭い店内のすべてを見渡すことができる。

片言の日本語を話す若い女の店員に、CHISATOが二人分のビールと料理を注文した。何を注文したのか。二人のやり取りを聞いていても、松永にはほとんど理解できなかった。

最初に、大きな皿に何種類かの料理を盛った前菜のようなものが出てきた。ハムとチキンはわかったが、他のものは食べたことがなかった。

「この黒い卵は？」

松永が皿の中身を指さして訊いた。

「ピータンよ。アヒルの卵を土の中で腐らせたもの」

松永が、首をすくめた。

「このプラスチックのミミズのようなものは？」

「クラゲ……ジェリーフィッシュよ。中華料理を食べたことはないの？」

「あるさ。ニューヨークにもチャイナタウンはあるし、他の国でも食べたことはある。でもいつも、肉か魚、あとは野菜の料理しか食べなかった。OK……試してみる」

松永が料理を小皿に取り、ピータンを口に入れた。奇妙な味が口の中に広がり、思わず顔をしかめた。その様子を見て、ＣＨＩＳＡＴＯが笑った。

「大丈夫？　でも、安心して。あなたの好きなスイート・サワー・ポークとフライドライスも注文しておいたから」

松永は頷き、ビールで口の中のものを流し込んだ。

「楽しみだ」

「それで、どうだったの」とＣＨＩＳＡＴＯが料理を食べながら訊いた。「成村さんの話は……」

「まあ、話としては興味深いが……」

松永は、成村の話を順を追って説明した。一九九五年一月一七日未明の明石海峡の様子。成村と一等航海士の小島が見た、稲妻のような強い閃光。地震の瞬間に、船に起きたこと。そして揺れる神戸の市街地と、消えていく夜景。だが、成村が見たという奇妙な船のことはあえて話さなかった。

スイート・サワー・ポークがきた。日本では酢豚というらしい。ニューヨークのチャイナタウンのものとは似て非なる料理だったが、これはこれで悪くはなかった。

ＣＨＩＳＡＴＯが訊いた。

「成村さんは、もうひとついっていなかった？」

松永は箸《はし》を止めた。

「何を？」

「隠さないで。奇妙な船を見たって、そういっていたでしょう」

「吉村から聞いたのか？」

CHISATOが、頷いた。

「そうよ。もしかしたらその船は、地震が起きることを知っていた……」

松永は、ジョッキのビールを飲み干した。そしていった。

「馬鹿ばかしい。成村さんは、〝根拠のない直感〟だといっていた。大きな地震や災害の時にはよくあることだよ。人は誰でも、疑心暗鬼になっている。些細なことが、気になりだすんだ。そんなことが、風説を生む。一三年前に取材した時にも、よくその手の話を耳にしたよ。地震を一週間も前に日時まで予言した占い師がいたとか、須磨《すま》寺に遺体が一〇〇体以上も並んでいたとか。しかし、調べてみるとすべて、根拠のない風説だった。人間の心理とは、そういうものなんだよ」

CHISATOは黙って聞いていた。だが、納得した様子はない。松永から目を逸らし、タバコに火を付け、煙を吐き出した。

松永は、二杯目のビールを注文した。

食事を終え、三宮に戻った。元町からは、歩いても一〇分ほどの距離だ。松永はそのままホテルに帰るつもりだったのだが、CHISATOに誘われ、昨夜と同じカウンターの広いバーに入った。

そして、同じジャック・ダニエルズのソーダ割りを注文した。ただし今夜は、二杯までだ。そう心に誓った。二日続けて、バッカス神の怒りに触れるつもりはない。

ＣＨＩＳＡＴＯは、ブッカーズを注文した。女性の好みとしては、かなりきつい酒だ。しかもロックで、ダブルでだ。どうやら今夜は、酔うつもりらしい。

二人の前にグラスが置かれるのを待って、ＣＨＩＳＡＴＯが訊いた。

「神戸には、いつまでいられるの?」

松永は、ジャック・ダニエルズに口をつけた。いつもの味だ。ここ数年、ウイスキーは他の銘柄を飲んだことがない。

「明日、東京に戻る。午前中の新幹線のチケットを持っている」

ＣＨＩＳＡＴＯが、ブッカーズを飲んだ。一口で目に見えてグラスの中身が減るような、無茶な飲み方だった。

「まだ何も終わっていないわ。あの地震について、何もわかっていない……」

「忙しいんだ。日本に戻ってきたばかりで、やらなければならないことが山ほどある」

ＣＨＩＳＡＴＯがブッカーズを口に含む。またグラスの中身が、目に見えて減った。

「武士はいってたわ。ジョージ・松永なら、何とかなるかもしれないって。あなたは友達の遺志を、裏切れるの?」

「馬鹿な。私は彼が、あの地震について何を調べていたのかも知らないんだ。それに彼は、友達とはいえない。過去に何回か取材現場で顔を合わせた程度だ」

ジャック・ダニエルズを飲んだ。やはり、いつもの味だ。

「冷たい人ね。証人はどうするの。まだ何人も残ってるのよ」

「これ以上、いくら会っても同じだよ。みんな、確証はないんだ。一三年もたてば、記憶もあやふやになっている。実際に見たものと、後から頭にイメージしたものを混同しているのさ。確かに面白い話は聞けるかもしれない。しかし、いくらそれを並べても、何もわかりはしないんだ」

あの『911』テロもそうだった。証人の記憶は、常に流動的だ。最後にものをいうのは、映像などの物証だけだ。

松永はグラスを飲み干し、同じものを注文した。これを飲み終えたらホテルに戻る。そう心に決めた。

「冷たい人ね……」

CHISATOがいった。

「何とでもいってくれ。私は、プロのジャーナリストだ。仕事にならない取材には、首を突っ込まないことにしている」

二杯目のウイスキーを飲み終え、松永はCHISATOを残してバーを出た。支払いはすませてある。この先いくら飲もうが、それは彼女の勝手だ。

ホテルに戻り、熱いシャワーを浴びた。長い一日だった。だが適度な疲れと酔いで、夜はよく眠れそうだ。

下着だけを身に着け、ベッドに入った。モーニングコールの時計を合わせ明かりを消そうとした時に、ドアをノックする音が聞こえた。

時間はすでに一一時を過ぎていた。こんな時間に、誰だ？　松永はパイル地のガウンを羽織り、ドアに向かった。

覗き穴から外を見る。CHISATOが立っていた。松永はチェーンを外し、ドアを開けた。

「どうしたんだ？」

CHISATOが、部屋に体を滑り込ませてきた。あれからまた飲んだらしい。かなり酔っているのがわかった。

「今夜……ここに泊めて……」

焦点の合わない目で見上げながら、CHISATOがいった。

「なぜだ？」

「あなたと寝るのよ……。そして、引き止めるの……」

「そういうのは好きじゃないんだ。帰ってくれ」

松永はそういってCHISATOを部屋の外に押し出し、ドアを閉めた。

ベッドに体を投げ出し、明かりを消した。だがしばらくすると、またドアをノックする音が聞こえた。ドアの外を覗くと、まだそこにCHISATOが立っていた。

ドアを開け、いった。

「しつこいぞ。私は眠りたいんだ。本当に、帰ってくれ」

だがCHISATOは、帰ろうとしなかった。

「お願いだから、ここにいさせて。もう、引き止めるなんていわないから……」

「一体、どうしたんだ？」

「怖いのよ……。私、時々こうなるの。淋《さび》しくて、一人でいられなくなるの……。そうすると、自分で何をするかはわかってる。町を歩いて、酔ったいきおいで誰か男を拾うの。そして、次の朝、知らない男のベッドで目が覚める……。そんなの、もう嫌なの……」

松永が後ろに下がった。CHISATOが部屋に入り、後ろ手にドアを閉めた。松永はCHISATOの腕を摑《つか》み、体を引き寄せた。

腕の中で、潤んだ大きな瞳が見つめていた。松永は体を抱き締め、濡れた唇を奪った。

8

神戸にきて三日目、三人目の証人――。

朝、松永は新神戸の駅で新幹線のチケットを払い戻し、かわりにトヨタのレンタカーを借りた。日本に戻ってきて、恩恵がもうひとつ。速く、正確で、信頼性の高い小型車を安い料金で借りられることだ。アメリカの車とは同じ乗り物とは思えない。このままだといずれビッグスリーの内の一社か二社は、日本のメーカーの傘下に入ることになるだろう。

　ＣＨＩＳＡＴＯが指定した場所は、明石市の市役所だった。三宮から国道二八号線で兵庫区、長田区、須磨区を抜ける。この辺りも震災の被害が最も大きかった場所だ。やがて須磨浦を過ぎると左手に海が広がり、垂水《たるみ》の先で前方に本州と淡路島を結ぶ明石海峡大橋が見えはじめた。

　ＣＨＩＳＡＴＯは、朝から無口だった。昨夜のことを気にしているのか。それとも、これまでに通り過ぎてきた場所に何か記憶を重ねているのか。この二日間、彼女は常に奔放に振る舞いながら、いつも子羊のように震えている。

　明石市役所は、海辺に建っていた。駐車場に車を入れ、古い建物に入っていく。二階に、『シーフード浦活』というレストランがあった。ちょうど昼過ぎということもあり、店は市の職員や外部の客で混み合っていた。松永は、店の外のオープンの展望席に座った。穏やかな海風が心地好い。目の前に、明石海峡大橋が一望できた。料理も、店の造りも、市役所のレストランとは思えないほど豪華だった。

「ここに、次の〝証人〟がくるのか？」

　運ばれてきた刺身定食に箸を伸ばしながら、松永が訊いた。

「ええ、来るわ。昼時が終わったら……」

　ＣＨＩＳＡＴＯは、自分の料理にほとんど手を付けない。何か考え事をしている様子で、ぼんやりと海を眺めている。

松永も、海を見た。遠くに、淡路島の島影と天を渡るような明石海峡大橋が霞《かす》んでいる。淡路島側の橋脚の近くに、島と明石の間を行き来するフェリーが浮かんでいるのが見えた。船は、ゆっくりとした速度でこちらに進んでくる。成村が、奇妙な船を見たというのはあの辺りだろうか。松永はふと、そんなことを考えた。

二時近くなって男が一人現れた。白い調理服を着ているところを見ると、この店の調理師か何からしい。

「こちら、宮口さん……」

ＣＨＩＳＡＴＯが紹介した。名簿を確認すると、六人目に宮口秀豊(35)の名前があった。現在は、四七、八歳ということになる。だが年齢よりも、かなり若く見える。

「何やねん、おれに話があるって」

宮口はそういって椅子に座り、メンソールのタバコに火を付けた。短く整えた髪も、髭をたくわえた風貌《ふうぼう》も、いかにも遊び人という風情だった。これまでの二人の証人とは、まったく雰囲気が違う。

「前に、吉村さんという記者の人に、地震の日のことを話しましたよね。その話をもう一度してほしいんです」

ＣＨＩＳＡＴＯがいった。

「ああ、あれか。あまり思い出したい話やないんやけどな……」宮口が、タバコの煙を吐き出す。「まあいいか。仕事中やから、手短にな」

そう前置きして、宮口が地震当日のことを話しはじめた。

当時、宮口は長田区海運町のマンションに妻の京子、娘の咲と共に三人で住んでいた。その日は新長田駅前で経営していた『パスタポット』というレストランを終え、深夜に帰宅した。地震が起きた五時四六分には、まだ目を覚ましていた。どこからか地響きのようなものが迫ってくるのを感じ、咄嗟《とっさ》に眠っている妻と娘の上に覆い被さった。次の瞬間にマンション全体が突き上げられるような、強い揺れを感じた。箪笥《たんす》などの家具が飛ぶようにして倒れ、その下敷きになり、気を失った。ここまでは、どこにでもあるような地震の体験談だった。

「ほらな、これがその時の傷やねん」

武勇伝のように話しながら、宮口が頭の傷を見せた。短く刈り込まれた髪の中に、七センチほどの大きな傷があった。

松永が訊いた。

「店が終わってから地震まで、六時間以上の時間がありますね。宮口さんは、なぜ起きていたのですか？」

「仲間と飲んでたねん。それで四時頃に家に戻って……。ああ、そうや。飼っていたブルドッグが、妙に騒いでたんや。何か、地震の予兆でも感じてたんやろな」

犬が、騒いでいた……。

大地震の前には、確かにそのような話が多い。松永は、一三年前のことを思い起こした。

阪神淡路大震災の前にも動物園のゴリラが暴れたとか、水族館のイルカが曲芸を拒否したとか、神戸の町から野良犬や野良猫が消えたとか、その手の流言はいくらでも耳にした。

「気を失って、その後はどうしたのですか？」

「一〇分ほどで、すぐに目が覚めたんや。電気が切れてて、部屋の中が真っ暗やった。かみさんに何があったんや、って訊いたら、地震や思うっていわれてな。それで初めて、地震ってわかったんや。顔が血だらけやったんで、絆創膏《ばんそうこう》で傷を止めてな……」

宮口はそのまま、外に出た。店がどうなっているのか、心配だった。見馴《みな》れた長田の町が、まるで爆撃にでもあったように破壊されていた。若松町まで歩くと、古いビルの一階にあった店は完全に倒壊していた。商店街は、ほぼ全滅だった。仕方なく宮口は、そのまま家に戻った。

「途中で、瓦礫の中から人の声が聞こえたんや。助けて……助けて……ってな。女の人の声やった」

「何時頃ですか？」

「まだ夜が明けはじめた頃やから、七時頃やろな。周りから火が出てるし、急いでその声のする場所に走ったんや。そしたら瓦礫の中に、中学生くらいの女の子がおってな。その子が、変なことというねん」

「変なこと？」

「いまそこにいた男の人が、火を付けたって。放火して歩いてるて……」

そこに、コーヒーが運ばれてきた。松永は、ブラックのまま口をつけた。鉛のように、重く苦い味がした。

一三年前にも、被災地に誰かが放火したという風説が絶えなかった。実際に震災の翌日の夜、テレビ朝日の『ニュースステーション』がその噂を報道している。

「その男は、本当にいたのですか？」

「いたよ。女の子の指さした方に行ったら、黒いコートを着た男が歩いてた。その男は、本当におれの目の前でも倒れかけた家に火を付けたんや……」

宮口は男を呼び止め、追った。だが男は瓦礫の中を飛ぶように走り、逃げ去った。

「それで、どうしたんですか？」

「元の少女のいた場所に、戻ったんや。瓦礫の中にその子の家族が埋まってたし、火の手が迫ってるから助けなあかんと思ってな。けど、駄目やったわ……。その少女だけは何とか連れ出したんやけど、他の家族はみんな、焼け死んでもた……」

宮口は少女の細い体を抱き締め、その両耳を押さえた。猛火の中から聞こえてくる少女の姉の断末魔の悲鳴が、いまも耳の中に残っているという。

「なぜその男は、火を付けてたんでしょうね……」

「さあな。地震のついでにあの辺り一帯を焼け野原にしてもて、再開発をやりやすくしようとしたんちゃうか。それまでうちの店も立ち退き迫られて頑張ってたんやけど、あの地震ですべてパーや。そんなの、いくらでもおるで」

確かに、そのような風説もあった。震災後、長田区の被災地の復興があまりにも早かった為に、「誰かが地震を知っていて再開発計画が用意されていた」という噂が立ったことがある。だが、あまりにも荒唐無稽《こうとうむけい》だ。

「その女性……宮口さんがその時に助けた少女は、その後どうなったんでしょうね」

松永が訊いた。

「さてな。確か樋口麻紀とか、麻紀子とか、そんな名前やと思ったけどな。その日に長田区役所の救護所に連れてってやってから一度も会ってへんしな。まあ、どこかで元気にしてくれてるんやと思うんやけど……」

松永はもしやと思い、名簿を確認した。だが、それらしき名前は載っていなかった。

「仕事の途中なんで、このへんでいいかな」

そういって、宮口が店の中に戻っていった。昼時を過ぎて、客もほとんどいなくなっていた。広いテラスに、松永とCHISATOだけが取り残された。

松永は考えた。なぜ吉村は、あの宮口という男の名前を名簿に残したのか。なぜCHISATOは、松永を引き留めてまであの男に会わせようとしたのか。その理由がわからなかった。

CHISATOに視線を向けた。その時、松永は、小さな異変に気付いた。CHISATOが、震えている。大きな目を見開き、鬼のような形相で松永を見つめていた。

「どうしたんだ？」

松永が訊いた。

「聞いたでしょう……。いまの話を……」

低い声で、ＣＨＩＳＡＴＯがいった。

「聞いたよ。しかし、あの話のどこに意味があるのか、それがわからない。動物が地震を予知したとか、倒壊した家に誰かが火を付けたというのは当時からよくある風説だった……」

だが、ＣＨＩＳＡＴＯは首を振った。

「風説じゃないわ……。誰かが本当に、火を付けたのよ……」

「まさか。あの男の、作り話だろう。もしくは、何かを見間違えたのさ」

「違うわ……。それならなぜ、地震が起きてから一時間以上もして、次々と火事が起きたのよ……」

「それも、大地震の被災地ではよくある話だよ。ガスや石油が漏れて、そこに漏電の火花が飛べば、簡単に引火する」

「有り得ないわ……」

「なぜだ？」

「あなたは、覚えていないの？　昨日会った中根里子も、成村敏夫も、それにタクシーの運転手もいっていたはずよ。地震の直後に、神戸は真っ暗になった。すべての送電が切れた。それなのになぜ、漏電で引火するのよ……」

確かに、そうだ。松永は、自分の考えの矛盾に気が付いた。電気がなければ、漏電も存在しない。漏電がなければ、引火は起こらない……。

「しかし、他に火事が起きる理由などいくらでもある。いずれにしても、いまの宮口という男の証言だけを信じるわけにはいかない」

「他にも見た人間はいるわ」

「例えば、彼のいっていた少女か？　しかしその少女は……」

松永は、そこまでいってある符合に気が付いた。当時、その少女は中学生くらいだった。一三年後の現在の年齢は……。

「そうよ。彼のいっていた少女というのは、私なの。私の本名は、樋口麻紀……」

「まさか……」

CHISATOの大きな目が、さらに見開かれた。瞳が滲み、大粒の涙がこぼれ落ちた。その涙が、一瞬、血の色に染まって見えた。

「あの男が、殺したのよ。私の姉さんと、両親を焼き殺した。私は、絶対に、許さない……」

CHISATOが、震える声でいった。

9

海辺の国道を、東に向かった。

前方に明石海峡大橋と、彼方に淡路島の島影が霞んでいた。

松永はトヨタのステアリングを握りながら、時折、助手席のＣＨＩＳＡＴＯ――樋口麻紀――の様子を窺《うかが》った。彼女は晩夏の陽光の中で、厳冬の空に舞う粉雪を見つめるように凍えていた。

「君を、どう呼んだらいい？」松永が訊いた。「ＣＨＩＳＡＴＯか？　それとも、麻紀か？」

彼女は、しばらく黙っていた。そして、いった。

「どちらでも……。でも、麻紀はもう、この世にはいないのかもしれない……」

「それなら私は、あえて〝麻紀〟と呼ぶことにしよう」

松永は、ステアリングを左に切った。国道を離れ、山側へと入っていく。

「どこに行くの？」

麻紀が訊いた。

「淡路島だ。あの地震の、震源地があるはずだ。麻紀という少女を、二人で探してみよう」

道はやがて第二神明《しんめい》道路に合流し、神戸淡路鳴門自動車道へと入っていく。間もなく舞子トンネルの長い闇の中を抜けると、眼前にまた広大な海の風景が広がる。陽光に輝く海原を左右に分かつ、一本の巨大な橋。それは人工の建造物というよりも、人を神々の世界に導く天の道のように見えた。

自分が地上を走っているのか、それとも空を飛んでいるのかさえあやふやになる。松永はいつの間にか、モーセの十戒の光景を思い浮かべていた。

私をおいて、他に神があってはならない――。

海を渡り、松帆《まつほ》アンカレイジパークに車を入れた。展望台まで歩き、海を眺めると、目の前に高さ二八三メートルの橋の主塔が天に聳えていた。

北緯三四度三六分、東経一三五度〇二分、深さ一四キロメートル――。

震源地は、ちょうどあの辺りだ。一九九五年一月一七日午前五時四六分、すべてはこの海の底で始まった。だが、いまは過去を忘れたかのように静かだった。

松永は、目を閉じた。深い闇を思い浮かべる。ちょうど震源地の真上の海上を、成村敏夫が見たという謎の船影が走り去っていく。

「何を考えてるの?」

いつの間にか隣に麻紀が立っていた。

「別に……。あの地震のことさ……」

「どんなことを?」

松永は海風を胸に吸い込み、空を見上げた。

「確かにあの地震は、最初からおかしかった。君の考えていることとは、まったく別な意味でね」

「どうしてそう思うの？」

「ひとつは、気象庁の発表だよ。気象庁は当初、あの地震を震度6の烈震、震源地を淡路島北部の深さ約二〇キロと発表した。ところが後になって、震源地を明石海峡の海底一四キロ、さらに震度も7に訂正した。その経緯があまりにもあやふやだった。当時、『FCCJ』——日本外国特派員協会の記者仲間は、冷ややかな目で見ていたものさ。世界有数の地震多発国であり技術先進国でもある日本が、いったいどうしたんだ、と……。

しかも気象庁は当初、震源地を一三五度〇三分、震源の深さを一六キロと発表している」

「想定外の巨大地震だったから、測定システムが正確に作動しなかった。そう聞いたわ」

「有り得ないね。観測所は、何ヵ所もあるんだ。一ヵ所か二ヵ所がシステムダウンしたとしても、震源地くらいは即座に特定できる。日本だけでなく、そのくらいは世界の先進国の常識だよ。震源地や震度が二転三転し、地震から一〇年以上も経ってから確定報を出すなんて絶対に考えられない」

日本の気象庁は、何かを隠している。当時、FCCJの特派員仲間の間で、そのような噂が立ったことがあった。

「他には？」

「麻紀……君はあの地震が起きることを、誰かが予知していたと信じていた。そうだね？」

「そうよ。誰かが知っていた。しかも、大勢の人が……」

「実は、そのような話が他にもあったんだ……」

大震災から二五日後の二月一一日、『讀賣新聞』の社会面に僅《わず》か七行の小さな記事が載った。

〈米国人を中心とする欧米人の内、約四〇〇人は地震発生後の一月一九日から二〇日にかけ、自前で船をチャーターし、関西国際空港から日本を脱出する素早い避難を見せた〉

関西国際空港が開港したのは大震災の僅か四カ月前、一九九四年の九月四日だった。だがなぜチャーター機ではなく、チャーター船だったのか――。

「どうせそれも、風説なんでしょう」

麻紀がいった。

「いや、そうともいえない。実はこの〝噂〟を、後から調べた男がいるんだよ……」

調べたのは、当時米大手紙『ワシントンポスト』の東京支局で社会部記者を務めていたウィリアム・バーンズという男だった。バーンズによると四〇〇人であったかは別として、一〇〇人単位の欧米人が一月二〇日に関空のポートターミナルから船に乗り込んだことは事実だそうだ。チャーター船はアメリカ船籍の大型船だったが、船名は特定されていない。欧米人の大半は阪神地区の教会関係者で、その他に商社の人間や当時まだ建設途中だった神戸空港の建設関係者らが含まれていたらしい。

記事が掲載されてから数週間の間は、この謎の四〇〇人の欧米人に関する情報がインターネット上に溢れていた。だが、ある時を境に、有力なサイトが次々と消されていった。いまは、紙の上に残された讀賣新聞の記事で読めるだけになってしまった。

『９１１』テロの後もそうだった。政府に都合の悪い情報は、次々とインターネット上から消されていく。

「不思議な話ね……。でも、なぜ欧米人だったのかがわからないけど……」

「そうだな。しかし日本やその他の欧米諸国でもそうだけど、理屈では説明できない出来事があるとすべてＣＩＡ（米国中央情報局）のせいにしたがる傾向がある。いわゆる、陰謀史観というやつだ。そのような考え方をする者には、都合のいい情報ではあるな……」

そこまで話して、松永は奇妙なことを考えはじめた。数百人の欧米人と共に、関空のポートターミナルから消えたアメリカ船籍の大型船。その二日前、あの地震の直前に、『クイーンダイヤモンド号』の船長成村敏夫が明石海峡で謎の大型船を目撃していた。その大型船は関空とは逆方向に走り去ったが、そのまま四国を一周したとすれば、二日後の一月一九日には太平洋側から関空に入ることができる……。

まさか。想像力が働きすぎている。ジャーナリストとしては、よくない傾向だ。

「せっかく淡路島まで来たんだから、もう一人、証人に会ってみない？」

麻紀がいった。

「証人？」

「そう。名簿の二枚目の下の方に、淡路島の証人が一人、載っていたはずよ」

松永は、名簿を見た。下から三行目に北淡町に住む野崎カナエ（55）の名があった。

「そうだな。せっかくの時間を無駄にしたくない。会ってみよう」

麻紀が携帯を開き、名簿の電話番号を入力した。

10

野崎カナエの家は、ゆるやかな丘陵地帯の田園風景の中に建っていた。周囲の家と比べて、比較的新しい。おそらく震災の後に建て換えられたものだろう。

玄関の呼び鈴を押すと、しばらくして中から野良着を着た初老の小柄な女性が顔を出した。年齢からして、この女性が野崎カナエであることはすぐにわかった。松永が名乗り、来意を伝えると、カナエは陽に焼けた屈託のない笑顔をほころばせた。

「あんたらも、物好きやなぁ」

野崎カナエの名前の上には、例の「○」印が書き込まれていた。確かめると、カナエはやはり吉村武士のことを知っていた。

「吉村は、野崎さんに何を訊きにきたんですか？」

「訊きにきたというより、前の家を見にきたんよ。新聞か何かで、地震で潰れた家の写真を見たとかいってな」

松永は、麻紀と顔を見合わせた。

「その〝家〟というのを、私にも見せていただけますか」

「ええよ。もう、ほとんど何も残ってへんけどな」

カナエと共に、松永は狭い農道を歩いた。周囲の棚田には稲が穂を垂れて実り、そろそろ刈り入れが始まっていた。途中でコンバインに乗った男に、カナエが声を掛けた。男が松永に、頭を下げて笑う。どうやら、カナエの亭主らしい。

茫洋《ぼうよう》とした風景の中を歩き続ける。やがて小道は棚田の裏へと回り、小高い丘の上へと登っていく。その上に、夏草の生《む》した広い平地があった。

「ここだよ。ここに建ってたんや……」

カナエがいった。

見下ろすと、棚田から新しい家までが一望できた。家を建てるには、いい場所だった。

松永は、平地の中を歩いた。草の中に、まだ古い家のコンクリートの基礎の一部が残っていた。

「なぜここに家を建て換えなかったんですか？」

松永が訊いた。

「だって、活断層の上だもの。おっかなくて……」

カナエにいわれて、気が付いた。確かに夏草の中に、高さ一メートルほどの段差が隠れていた。基礎の中央が、断層で東西に真っ二つに割れていた。

「これが野島《のじま》断層よ……」

近くに立っていた麻紀がいった。

活断層——。

阪神淡路大震災を機に、新しく認識されるようになった言葉のひとつだ。その言葉の象徴とされるのが、淡路島の北西部に現れた野島断層だった。地震により野島断層は総延長一〇キロにわたって活動し、南東方向に約七五度傾斜する断層が露出。中でも野島平林では最大変位量二・一メートルを記録した。現在も小倉地区の約一四〇メートルの地震断層区間は、国の天然記念物として『北淡震災記念公園』に当時のまま保存されている。

活断層の活動は、一〇〇〇年から二〇〇〇年に一度だといわれている。だがあの地震を一度でも経験すれば、二度と活断層の真上に住もうとは思わなくなるだろう。

「あの地震があった時、この家の中にいたんですね？」

「そうだよ。凄かったさ……」

「その時のことを、話してもらえませんか」

カナエは頷き、自分自身に語りかけるように話しはじめた。

「うちは、目を覚ましとったんよ。でも寒くて、なかなか起きられなくてね。蒲団《ふとん》の中におったのよ。そうしたら地面の中を、何かが向かってくるような気がして……」

「どんなものがですか？　何か、音が聞こえてきた？」

「わからない……。でも、音は聞こえたわ。地響きのような、そんな音。それが自分の真下を通過すると思った瞬間、体が飛ばされて……」

後は、何が何だかわからなかった。破壊音と共に、上から家具や時計が降ってきた。カナエは、ダンプカーに突っ込まれたのかと思ったという。気が付くと、土埃《つちぼこり》の中に、亭主の政晴が座っていた。

「それで、家が壊れたんですね？」

「壊れたも何も……」カナエがそういって、家の基礎の上に立つ松永に歩み寄った。そして地面を指さしながら、話を続けた。「私は、この辺りに寝とったんよ。父ちゃんはここ。そして気が付いたら、この先から向こうの家が無くなってた……」

ちょうど、断層のあたりだ。

「家が無くなっていた？」

「そうだよ。あんた、新聞に載った写真を見てないのかい。まるで包丁で切ったみたいに、真っ二つにさ。ここから先は、ぺしゃんこ。もし家のこっち側に寝ていたら、私も父ちゃんも御陀仏《おだぶつ》だったわ……」

カナエは当時のことを思い出したのか、首をすくめて体を震わした。

「吉村の他に、誰かこの家を調べに来た人がいましたか？」

松永が訊いた。

「来たよ。町役場の人や、いろいろさ。気象庁のお役人や、学者さんなんかもね。それで後から、この辺りは震度7だったたって聞いたんや……」

震度7――。

普通ならば、有り得ない数字だ。気象庁の地震観測基準に「震度7」が制定されたのは、死者・行方不明者三七六九人を出した『福井地震（昭和二三年）』の翌年の一九四九年だった。だが気象庁の震度計は理論上「震度6」までしか計測することができず、その後は一度も適用されることはなかった。

『阪神淡路大震災』においても、気象庁は当初「震度6」と発表。だが地震から三日後の一月二〇日になって、大阪管区気象台は揺れの周期の大きさや家屋の倒壊率などから震度を訂正。神戸市と西宮市の一帯の須磨区から芦屋市、淡路島の北淡町などを「震度7」と発表した。これが一九四九年の制定以来、初めての「震度7」の適用となった。

松永はカナエの話を聞きながら、どこか違和感のようなものを感じていた。確かに、地震の体験談としては興味深い証言だ。だが、吉村武士はなぜこの野崎カナエを証言者のリストに入れたのか。そしてなぜ、わざわざ淡路島まで足を運んだのか。

他の証人の時にも感じたことだが、松永にはその理由がわからなかった。それとも吉村の目的は、野島断層そのものにあったのか。もしくは〝震度7〟という数値に……。

いずれにしても、摑み所がない。

松永は、野崎カナエと別れトヨタに乗った。車を運転しながら、考えた。もし淡路島まで来たメリットがあるとすれば、自分はあらためて、スタートラインに立ったというほのかな実感だけだった。

帰りは、フェリーで明石に戻ることにした。明石海峡大橋が開通したいまも、明石港と淡路島の間に通称『たこフェリー』と呼ばれる定期船が運航されている。日中は、およそ三〇分に一本。うまく時間が合えば明石海峡大橋を通るよりも早く、料金も安い。

岩屋《いわや》港に着くと、ちょうど四時三〇分発の明石行きが出港するところだった。慌ててチケットを買い、乗り込む。船員たちはその様子を見ながら、出港を待ってくれていた。

車を降りてデッキに出ると、汽笛が鳴った。船はすでに港を離れ、明石海峡に向かいはじめていた。西日を浴びて、明石海峡大橋の巨大な影が空に光っていた。何度見ても、それが人間の造った建造物とは思えなかった。

橋を眺める松永に、麻紀が寄り添う。何もいわず松永の腰に腕を回し、肩に頭を預けた。長い髪が風になびき、松永の頰を撫《な》でた。懐かしい香りがした。松永はその感触を、死んだキャシー・ディキンソンと重ねていた。二〇〇一年の九月一一日以来、忘れかけていた感触だった。

そして、思う。麻紀もまた、松永の感触を、吉村武士と重ねているのか、と……。

間もなく船は、明石海峡大橋の下を潜る。目の前に、淡路島側の主塔の直径七八メートルの基礎が見える。巨大な、コンクリートの塊だ。

海は、静かだった。周囲には貨物船や漁船が、穏やかな波間に漂う。だが……。

北緯三四度三六分、東経一三五度〇二分、深さ一四キロメートル――。

松永はまた、その数字を思い出した。いま、自分はその真上あたりにいる。そしてあの日、クイーンダイヤモンド号に乗る成村敏夫が海の異変に気が付いたのもこのあたりだった。

松永は、成村の言葉を思い浮かべた。あの日、海底で何が起きていたのか。成村は、考えられることは二つ……と前置きした上で、当時まだ建設途中だった明石海峡大橋についてこういった。海の異変は、「その工事が原因ではないかと思った……」と——。

確かに、明石海峡大橋の工事が「阪神淡路大震災を引き起こした」とする〝風説〟はあった。噂は地震の二、三日後から自然発生して口コミで広がり、その後は小田実《おだまこと》など一部のジャーナリストによっても大々的に報道された。根拠は「世界最大の橋の大規模な基礎工事によって、地盤に計算外の圧力が掛かった」というものだった。実際に震源地が淡路島側のアンカレイジと主塔に近かったこともあり、一時は京都大学の防災研究所でもその可能性が検証されたという。

だが後に、同大学理学部の尾池和夫教授など、一部の地震学者が「科学的根拠がない」としてこの説を否定。橋を建設した本州四国連絡橋公団も同様の見解を発表し、噂は立ち消えになったという経緯があった。

だが、本当にそうなのだろうか。海底にこれだけ巨大な建造物を建築し、地下の地盤に何も影響を与えないものなのか……。

「なあ、麻紀」松永がいった。「この近くに、明石海峡大橋について調べられるような施設はないか？」

「いったい、どうしたの。急に……」

「この橋について、知りたいんだ。これを造った建築会社とか、資料館とか、何でもいい。この橋に関するデータがほしい」

麻紀が少し考え、そしていった。

「それならば、理想的な場所があるわ。明石海峡大橋の本州側のアンカレイジの下に、『橋の科学館』というのができたの。そこに行けば、この橋に関する資料はほとんど揃っているはずよ」

「よし、いまからそこに行ってみよう」

だが、麻紀が時計を見ていった。

「いまからじゃ遅いわ。そこは、五時までなのよ。もうすぐ、閉まっちゃう」

「そうか……。それでは、明日だな……」

「そう。明日ね。ということはつまり、あなたは明日まで神戸にいることになる」

麻紀が背伸びをし、松永に口付けをした。

遠く明石港に、明かりが灯《とも》りはじめていた。

11

明石公園に近い『グリーンヒル』という古いホテルに部屋を取った。窓を開けると、目の前の森の中に明石城が佇んでいた。

日本人……日本で生まれ育った本当の日本人……には、この風景はどのように映るのだろう。単なる日常のひとこまなのだろうか。だが長年アメリカで暮らしてきた松永には、現実からかけ離れた幻想的な風景のように見えた。

明石市は、あの地震の時にもそれほど大きな被害を受けなかった。明石海峡の震源地から、最も近い都市であるにもかかわらず、だ。距離の遠い神戸の方が、遙かに被害が大きかった。その明暗を分けたものは、何だったのだろうか。活断層の位置と、その機能に関連しているのかもしれない。あの野崎カナエの家が、断層を境にして運命を分けたように。

夜は桜町に出て鮨《すし》をつまみ、麻紀と二人で町をさまよった。手頃なバーを見つけ、古く、色彩の沈んだカウンターに落ち着く。グラスを傾けながら、とりとめもない時間を過ごした。

あの頃もそうだった。まだキャシー・ディキンソンが生きていた時代。輝きを放っていた、ニューヨークの町。仕事が早く終わると、松永はいつも五番街でキャシーと待ち合わせ、食事をし、行きつけのバーでお互いを見つめ合った。それが二人の存在を確かめる、唯一の方法であるかのように。

だがいまは、松永の隣には麻紀がいる。

麻紀は、自分の正体を明かしてから、人が変わったように物静かになった。日本流にいうなら、まるで憑物《つきもの》が落ちたかのように。いまはもう、強い酒を飲まなかった。松永と同じジャック・ダニエルズのソーダ割りを、ゆっくりと嚙《か》みしめるように味わっている。

グラスを重ねながら、松永は麻紀の生い立ちに耳を傾けた。

父親は、ごく普通の会社員だった。若く美しい母と、やさしい姉。何の変哲もない、平穏な四人家族。そしてあの地震の時に起きたこと。小学校の避難所での、窮乏した地獄のような時間。親戚《しんせき》の家に預けられて過ごした五年間。家出。女が一人で生きていくための、どん底の生活。吉村武士との出会い。

麻紀は、二一歳の時から吉村と暮らしていた。その生活が自分の人生の、唯一の現実だと信じていた。

「なぜ、ＣＨＩＳＡＴＯと名乗っていたんだ？」

松永が訊いた。麻紀はウイスキーを口に含み、静かに目を閉じる。

「千里……。死んだ姉の名前なの。私は、姉の分まで生きなくてはならないから……」

麻紀が、小さな声でいった。

ホテルに戻っても、穏やかな時間が流れ続けていた。麻紀はシャワーを浴び、浴衣《ゆかた》に着替えた。だが松永は、すぐにその帯を解き、体を抱きしめた。

心を焦がす懐かしい温もり。神戸という町に関わることによって、松永は失った時間の空白を取り戻せるような気がした。

翌朝、松永は麻紀と共に明石海峡大橋に向かった。

『橋の科学館』は、明石海峡の美しい海を見下ろすアンカレイジの脇に立っていた。画期的な技術を用いた橋や特殊なダムが建造された時に、付随して造られるよくありがちな観光教育施設だった。

二人分のチケットを買い、館内に入った。日曜日の午前中にもかかわらず、中は閑散としていた。いや、そうではない。この手の施設は、日本だけでなく欧米でもよく見かける。だが本来の目的は観光客を楽しませるためではなく、行政の事業を美化、もしくは正当化することにある。民衆は、それを理解しているということだ。

だが、明石海峡大橋の基礎知識を得るためには、必要かつ十分な施設だった。館内には巨大な写真パネルや模型、実際に橋に使われた部品などが並び、橋の歴史から工法、作業工程に至るまでを効率良く説明している。これならば、小学生にも理解できるだろう。少なくとも、上べだけは。

松永は麻紀と共に、ゆっくりと館内を見て回った。

建設省が初めて「本州四国架橋調査費」を予算に計上したのは、まだ高度成長期の一九五九年のことだった。三年後の六二年には土木学会の協力により『本州四国連絡橋技術調査委員会』が発足し、当時候補に挙がっていた四つのルートに関し土木技術や経済問題、環境、地質調査が開始された。

一九六九年、「新全国総合開発計画策定」に基づき、本州、淡路島、四国を結ぶ『神戸淡路鳴門自動車道』の計画を正式に起案。翌七〇年には『本州四国連絡橋公団』が設立され、三年後の七三年に建設大臣及び運輸大臣により工事実施計画が認可された。以後、神戸調査事務所が最終候補地の地盤などを調査。七六年には早くも、淡路島と四国を結ぶ『大鳴門橋』が起工された。

九年後の一九八五年、大鳴門橋が竣工《しゅんこう》、供用開始。同時に当時の国土庁長官、運輸大臣、建設大臣が次期『明石海峡大橋』を自動車道路単独橋とする方針で基本合意。事業化追加が正式に決定された。

明石海峡大橋の起工式は翌一九八六年四月。着工は八八年五月。以後、一〇年の工期を経て、九八年四月に世界最長のトラス吊橋《つりばし》が完成した。阪神淡路大震災が起きた一九九五年一月は、すでに二年近く前に二本の主塔の架設が終わり、前年の六月には本州と淡路島側の二つのアンカレイジのコンクリート打ちも完了。二ヵ月前の九四年一一月には橋を吊るすケーブルストランドもすでに張り終えていた。

だが、この時間差はある意味では微妙だ。つまり、あの巨大なコンクリートの塊——まるでエジプトのクフ王のピラミッドのようだ——が淡路島側に完成してから僅か半年後に、そこから一・五キロの海底を震源地としてM7・2の阪神淡路大震災が起きたことになる。

はたして、偶然なのか……。

「よろしければ、御説明しましょうか？」

突然、後ろから声を掛けられた。振り返ると、背後に初老の男が立っていた。人の良さそうな笑顔。建設会社の社員を想わせる薄いグレーの制服のようなものを着ていた。

「あなたは？」

松永が訊いた。

「前畑といいます。この館の、案内係みたいなものです。もしわからないことがあったら、何でも訊いてください」

男が、笑顔でいった。胸に「案内係・前畑」と書かれたネームプレートが付いていた。訊くと、以前は某大手の建設会社に技術者として勤め、明石海峡大橋の建設に一〇年以上も携わっていたという。いまは定年で引退したが、暇を持てあまし、何人かの仲間と共にボランティアで橋の科学館の案内を務めているとのことだった。

松永はアメリカで使っていたプレスカードを見せ、明石海峡大橋について取材に来ていることを伝えた。十分な説明にはなっていないが、少なくとも嘘ではない。

「そうでしたか。それは御苦労様です。それで、この橋の何をお調べなんですか？」

前畑が穏やかな口調で訊いた。松永に、何の疑いももっていない。

「いま、明石海峡大橋の建設の経緯について、だいたいのことは説明を読みました。何でも、世界最大の吊橋だそうですね。もしよろしければ構造や建築手順、建築時のエピソードなどについて聞かせていただけると助かるのですが……」

松永がいうと、また前畑の顔がほころんだ。

「そうなんですよ。なにしろこの橋は、本州側の基点である舞子から淡路島まで三九一一メートル、中央支間長だけでも一九九一メートルもありますからね。本来なら、橋を架けるだけでも不可能に近い距離なんです。正確には3径間2ヒンジ補強トラス吊橋というんですが、正に世界最大最長の吊橋なんですよ……」

前畑が、まるで自分の子供の自慢をするような口調で橋の説明を始めた。

日本でそれ以前に建設された最大の吊橋は、一一〇〇メートルの中央支間長を持つ『南《みなみ》備《び》讃《さん》瀬戸大橋』だった。だが橋の長さが二倍になるということは、必然的に強度は四倍以上に設定しなくてはならない。秒速八〇メートルの強風とM8・5の大地震にも耐える構造を目標とし、設計が行われた。その結果、二カ所のケーソンと二本の主塔は、それまでの常識では考えられないほど巨大なものとなった。

ボーリング掘削による度重なる地質調査の末に、工事が始まった。その中で、最大の難関となったのが本州側2P（直径八〇メートル）、淡路島側3P（直径七八メートル）と呼ばれる二本の主塔基礎の海底への施設だった。

「何しろ軟弱な海底にそれだけ巨大なものを設置するのですからね。正に、大自然への挑戦でした……」

大自然への挑戦……か。視点を変えれば、大自然への冒瀆《ぼうとく》……といえなくもない。だが、松永は訊いた。

「いったい、どのような方法をとったのですか。一般人には、とても不可能なことのように思えるのですが」

「そうです。通常は不可能です。しかし、潮流の激しい明石海峡に直径八〇メートルもの基礎を築くにはどうしたらいいのか。まず大きな課題となったのがその工法でした。結果、採用されたのが、『設置ケーソン法』なんです」

設置ケーソン法が最初に考案されたのは、本州と四国を結ぶ初の連絡橋『瀬戸大橋』の基礎施工だった。この時には計一一基にも及ぶ海中基礎が、ケーソン法によって設置されている。

理論としては、それほど難しいものではない。まず別のドックでケーソンと呼ばれる鋼製の型枠を製作し、それをタグボートで現地へ曳航《えいこう》する。基礎を設置する海底はあらかじめ最大級のグラブ浚渫《しゆんせつ》船によって掘削され、その上にケーソンを沈める。あとはケーソンの中に「プレパックドコンクリート」と呼ばれる特殊な方法でセメントを打設し、基礎が完成する。

「何しろ直径八〇メートル、高さ六〇メートル、重さ一万五〇〇〇トンもの巨大なケーソンがタグボートに曳航されて海上を進むわけです。その光景は、壮観のひと言ですよ……」

前畑が、当時を懐かしむような表情で展示してある写真パネルを見上げた。写真の日付は一九八九年一月三〇日。そこには明石海峡を計八隻のタグボートによって曳航される巨大な2Pケーソンが写っていた。阪神淡路大震災が起きる、ちょうど六年前だ。コンクリート量は2Pが三六万立方メートル、3Pが三二万立方メートル。それがはたしてどのくらいの重さになるのか。さらにその上に高さ二八三メートルもの鋼鉄の主塔が架設される。

「しかし、軟弱な海底にケーソンを設置しただけで、強度は大丈夫なのですか？」

松永が訊くと、前畑は大きく頷いた。

「大丈夫ですよ。砂場の砂を平らにして、その上に水を張ったバケツを置いてみればわかります。意外と安定しているでしょう。それと同じ理屈ですよ。その前に地盤は、何度もボーリングによって地質調査を実施しています」

だが明石海峡大橋は、結果として阪神淡路大震災を引き起こした活断層のほぼ真上に立っている。松永は訊いた。

「耐震設計に関してはどうなのですか？」

「それも心配はいりません。この橋は、M８・５の地震にも耐えられるように設計されています。実際に阪神大震災の時にはすでに二つのアンカレイジと主塔が完成し、ケーブルも張り終えていましたが、ほとんど問題はありませんでした。2P橋脚が東に〇・二メートル、3P橋脚が西に〇・三メートル、南に〇・八メートル動いただけでした。全長四キロもの吊橋の場合、この程度の誤差は想定の範囲内です」

だが……。

「いま、阪神大震災の話が出ましたね。以前、あの地震の原因は明石海峡大橋の工事にあるという説がありましたが、前畑さんは専門家としてどう思いますか？」

前畑の表情が一瞬、強張ったように見えた。だが思いなおしたように笑いを浮かべ、話しはじめた。

「それは有り得ないと思いますよ。専門の地震学者もその可能性を否定しているし、当時の建設省や運輸省も同じ見解だったと思いますが……」

確かに、そうだ。あの『911』や、『ケネディー大統領暗殺』の時もそうだった。政府と一部の専門家の見解が、歴史的〝事実〟となる。一部のジャーナリズムが〝真実〟を暴いても、歴史は動かない。

「その科学的な根拠は？」

松永が訊くと、前畑は困惑した表情を見せた。

「根拠、ですか……。わかりました。説明しましょう。まず明石海峡大橋には、四つの支点があります。すなわち神戸側と淡路島側のアンカレイジ1Aと4A、そして二本の主塔の2Pと3Pです。しかしこれらの支点の基礎を埋設するために、最大でも数十メートルしか地盤を掘り下げていません。ところがあの地震の震源地は、地下一四キロです。関連しているわけがない」

だが、あの地震を引き起こした活断層は、北淡町の地表にまで現れていた。そもそも、震源地が地下一四キロという定説すら疑わしい。

「こうは考えられませんか。あの地震は北緯三四度三六分、東経一三五度〇二分の明石海峡の海底で起きている。アンカレイジ4Aと主塔3Pからは、どちらも一・五キロしか離れていない。二つの支点にどれだけの荷重が掛かっているのかはわかりませんが、それだけの重さが一点に集中すれば、圧力だけでも活断層が動く……」

「まさか」前畑が強い口調で否定した。「なぜ主塔3Pは2Pより小さいのか。その理由を説明しましょう。明石海峡の淡路島側の海底には、厚さ数キロにも及ぶ頑強な花崗《かこうがん》岩質の岩盤があるんです。つまり、4Aも3Pもその上に設置されている。震源地は、さらにその数キロも下です。確かにあの橋は、人間の造った建造物としては巨大かもしれない。しかし地球規模の自然環境の中では、逆に微々たる質量にしかすぎません。あの程度の荷重が掛かったくらいで、その数百倍もの質量がある岩盤が動くわけがないんですよ」

前畑の説明は、理路整然としていた。確かに、理屈としてはそうなのかもしれない。だが松永は、根本的な所で納得できなかった。もし前畑の説明が正しいとするならば、世界一の吊橋の工事中に日本最大級の巨大地震が、僅か一・五キロの近距離で〝偶然に〟起きたことになる――。

だが、松永はいった。

「それで理解できました。この橋があの地震の原因だなんて、考えてみれば馬鹿げてますよね。ところで、これだけ巨大なプロジェクトです。建設費用も、莫大なものだったのでしょうね」

前畑が、安堵したように息を吐いた。

「ええ、莫大でした。ルート全体では一兆四七〇〇億円、明石海峡大橋の架橋部分だけでも五〇〇〇億円もの費用が掛かったと聞いています」

建設に関わった企業も、莫大な利益を得たことになる。

「どのくらいの企業が、この橋の建設に参画したのでしょう」

「とても一社で請け負えるような事業ではありませんから、かなりの数にのぼると思いますよ。私のいた社を含めて、大手ゼネコンだけでも数社。各ケーソンや主塔、アンカレイジの建設だけでも手分けして行いますし、ケーブルの架設や路面の舗装、事前のボーリング調査や試掘にしてもすべて担当が違う。末端の下請けまで入れれば、数百社にはなると思いますね」

「すべて日本の企業ですか？」

松永が訊くと、前畑はそこで少し考える様子を見せた。

「ほとんどは日本国内の企業です。しかし、アメリカからも試掘業者が一社、参加していましたね……」

「試掘業者ですか？　ということはつまり、橋の建設が始まる前の地質調査の段階でですか？」

だが、前畑は首を傾げた。

「違いますね……。私の知っている限りでは、橋の建設が始まってかなりたってからだと思います。確か、一九九三年の春頃からだったか……」

一九九三年といえば湾岸戦争の二年後、そして阪神淡路大震災が起きる二年前だ。

「その会社は、何を調べてたんでしょうね？」

「本来は、石油の試掘に関する、地質調査専門会社だと聞いた記憶があります。他には、地震に関する地盤調査ですか。あのあたりには活断層が多いので、それを調べていたんじゃないですかね……」

奇妙な話だ。一九九三年の春頃に地震に関する地盤調査をしていたとしたら、建設省や運輸省は、その時点で淡路島の沖に阪神淡路大震災を引き起こすほどの活断層が眠っているのを知っていたことになる。だが「活断層」という言葉がマスコミに流れたのは、あの地震の後だった。

「地質調査というのは、実際にはどのような方法でやるのですか？」

「主には、ボーリングですね。他にもその会社は奇妙な船を持ち込んできて、エコーを使った地盤調査のようなこともやっていたようですが……」

奇妙な船――。

その言葉を聞いて、松永はまた成村敏夫の証言を思い浮かべた。一九九五年一月一七日、成村が明石海峡で出会ったのはその船ではなかったのか……。

「その会社が工事に参加していたのは、いつ頃までですか？」

「確か、翌年の暮れか、その年明けまではいたと思いますよ。そうそう、あの地震の前後までですよ。その後は、まったく見なかったなぁ……」

松永は息を吞み、隣に立つ麻紀と顔を見合わせた。

「それにしても、なぜアメリカの会社が日本の公共事業に参加したんでしょう？」

「当時はよくあったんですよ、そんなことが。貿易摩擦の緩和とかで、アメリカの国策企業が日本の公共事業に食い入ることが。まあ、ほとんど仕事もしないで莫大な予算を持っていくだけですけどね。いわば、損失補塡《ほてん》の一環……といったところでしょう」

アメリカの国策企業。石油の試掘会社。その二つのキーワードに、松永には引っ掛かるものがあった。

「社名……その会社の社名はわかりませんか？」

「さて、忘れちゃったなぁ……。もう一五年も前ですからね。確か、何とかボーリング・サービスとかいったと思うけども……。もしお時間があるなら、調べてみましょうか。この資料室に、社名と概要くらいは残ってると思いますが……」

「お願いできますか」

松永がいうと、前畑は笑顔を残して歩き去った。

麻紀と共に、館内で時間を潰した。展示してあるものには、すべて目を通した。退屈だったが、おかげで松永は明石海峡大橋について、ちょっとした論文を書けるほどの知識を得ることができた。

三〇分ほどして、前畑が戻ってきた。だがその表情が、明らかに困惑していた。

「どうです、わかりましたか？」

松永が訊いた。

「いや、それが……」前畑が溜《た》め息をつき、続けた。「資料が無くなっているんですよ。その会社に関するものは、すべて。コンピューターの方の情報にもアクセスしてみたんですが、やはりすべて削除されてしまっている。そんな会社など、最初から存在しなかったかのように……」

「そうですか。仕方ありませんね……。いろいろとありがとうございました」

やはり、と思う。呆然と立ちつくす前畑をその場に残し、松永と麻紀は橋の科学館を後にした。外に出ると、太陽が眩《まぶ》しかった。遠い空の向こうに、明石海峡大橋が霞んでいた。

海沿いの遊歩道を歩きながら、麻紀がいった。

「楽しかったわ。とても……」

「楽しかった？　なぜだ？」

松永が訊いた。

「あの人の話よ。あの地震を、〝誰が起こした〟のか……」

「君は、何をいいたいんだ？」

風になびく長い髪を掻き上げ、麻紀が振り返った。

「あなたも、いまにわかるわ。あの地震の本当の恐ろしさが……」

麻紀の言葉が、遠い貨物船の汽笛の中に消えた。

12

早朝のニューヨーク・シティは、活気に満ちていた。道路には車が溢《あふ》れ、歩道にはビジネススーツを着た男女が胸を張って闊歩していた。間もなく一〇月になるというのに、あの『911』の日のように暑かったが、誰も当時のことを思い出す者はいない。

翌年に北京オリンピックを控え、世界経済は空前の好景気に沸いていた。鉄をはじめアルミ、ステンレス、銅などの金属の需要が高まり、相場が数年前の三倍以上に跳ね上がっている。政府が代替燃料の長期計画を発表したため、小麦やコーンなどの穀物相場も上昇し続けている。世界金融市場では債券や株価の高騰が止まることを知らず、そこで生まれた天文学的な数字の資金が一度ニューヨークに集まり、ドバイの都市再開発計画やロシアの天然ガス・石油開発計画に振り分けられ投資されていく。

イラク戦争の終結以来、中東から大量かつ安定して流れ込む原油のおかげで、アメリカのビッグスリー（GM、フォード、クライスラー）の作る大型車も順調に売れ続けていた。このままいけば、原油相場も上がりはじめるだろう。唯一の不安材料は不良債権化が表面化しつつある国内の低所得者向け住宅ローン——サブプライム・ローン——くらいのものだ。だが、その影響力はあくまでも限定的だ。

好景気は、まだまだ続く。北京オリンピックが終わるまで……いや、ジョージ・Ｗ・ブッシュの政権が続く二〇〇八年の末までは。あの男は政治家としても人間としても未熟な石頭のキリスト教原理主義者だが、少なくとも資本家の手先としてうまく立ち回る術《すべ》だけは心得ている。経済誌『フォーブス』と『ウォールストリート・ジャーナル』を小脇《こわき》に抱え、ランチにはマティーニを飲み、あとは一日数時間パソコンの画面を見つめているだけでいくらでも金が入ってくる。ニューヨークの人間は、誰もがそう信じていた。

だが、ハリー・ミルズだけは別だった。

ハリーは二ブロック手前の二四番地でタクシーを降りると、背を丸めて歩道を歩きだした。身に着けている紺色の背広はブルックス・ブラザーズのオーダーメードだが、長いことクリーニングに出していないこともあって色褪《いろあ》せて見えた。小脇には忌々しいイギリスの大手新聞社『ガーディアン』が発行する雑誌、『ザ・ガーディアン・ウィークリー』を抱えていた。なぜアメリカの最大の同盟国であるイギリスで、このような反体制的な雑誌や新聞を発行することが許されるのか。だが、そう思ってはいても、読まずにはいられない。

途中の『スターバックス』でエスプレッソのラージサイズを買い、それを飲みながら歩いた。コーヒーを飲むと必ずタバコが吸いたくなるが、それは三年前に禁煙に成功するまでの悪癖の名残だ。いまはもう、その誘惑に負けることはない。

コーヒーを飲もうとした時に通行人と肩が触れ、薄いブルーのシャツに染みをつけたが、ハリーはあまり気にしなかった。どうせ自分は、背が低い。長身の他のニューヨーカーからは、姿が見えないのだろう。そう思えば、腹も立たなかった。

だが、機嫌がいいわけではなかった。むしろ、今朝の気分は最低だった。昨夜、眠りについてすぐに、日本の情報員からの連絡で起こされた。以後、ほとんど一睡もせずに、報告書の作成に追われながら朝を迎えた。

フェデラルプラザ二六番地まで来ると、ハリーは目の前の二八階建ての高層ビルに向かった。ビルに入る直前に、空を見上げた。一瞬、脳裏に焼きついた『911』テロの光景が浮かんだ。だが、このビルに旅客機が突っ込むことは有り得ない。なぜならこのビルのオフィスのほとんどが、FBIの外郭団体やニューヨーク市警の出向機関など、連邦政府関係機関で占められているからだ。

ハリーは、エレベーターに乗った。一度、二二階で降り、エレベーターを乗り換える。ここから上には、指紋承認システムを通過しなくては昇れない。ハリーはコーヒーと朝食のドーナッツで汚れた手を、ジャケットで拭《ぬぐ》った。親指を指紋リーダーに当て、専用のエレベーターの扉を開くと、オフィスのある二六階に昇った。

『連邦マスコミュニケーション共済組合』と書かれたドアを開き、中に入る。もちろん実際に行っていることは、オフィスの名目とはまったく逆だ。むしろ、マスコミのドブネズミどもに圧力を掛け、監視することを目的としている。さらに正確には、CIAの対マスコミ工作管理部門の出張機関といってもいい。だが都合のいいことに、中年のさえない小男のハリー・ミルズは、とてもＣＩＡのエージェントには見えなかった。

ハリーはデスクに座りコーヒーをすると、深く一度、溜め息をついた。そしてデスクの上のＭａｃを起動させた。Ｍａｃを使うのは、ウイルスやハッカーの被害を最小限度に防ぐためだ。ＣＩＡやＦＢＩなどの連邦機関は、表向きはウィンドウズを導入しているが、実際にはほとんどＭａｃを使っている。

早朝に自宅から送信した報告書のメールを開き、ハリーはそれをもう一度確認した。大丈夫だ。正確かつ簡潔、ミスは見当たらない。プリンターを起動させ、報告書をプリントアウトする。その最終頁に自らのサインを入れると、ハリーはそれを手にして席を立ち、同じフロアにある〝局長〟のオフィスに向かった。

ドアをノックし、中に入る。局長のロバート・カーランドは、ハリーと同じタイプのブルックス・ブラザーズのグレーのスーツを着て、オーク材の広いデスクの向こうにゆったりと座っていた。だがカーランドのスーツは染みひとつなく、しっかりとプレスが利いていた。

「何かあったのかね？」

銀縁の眼鏡の奥で、カーランドの灰色の目がハリーを見つめた。

「報告案件が一件。昨夜、日本から連絡が入りました」

ハリーはそういって、手にしていたＡ４用紙三枚の報告書をカーランドに渡した。カーランドは指先で眼鏡を少し上げると、書面に目を落とした。

報告書を読みはじめてしばらくして、カーランドが訊いた。

「この〝ティン・バード〟とは？」

「例のジャップのジャーナリストですよ。『911』の件で、我々に散々面倒をかけた……」

彼らはジョージ・松永を、「ブリキの小鳥」のコードネームで呼んでいた。つまり、飛べない鳥だ。

「ああ、あの男か。しかしあの案件は、一年以上も前に片が付いていたはずではなかったかね？」

「確かに。しかし我々は、いまでもティン・バードの監視は続けています」

あの男は確かにこちら側の要求を呑んだ。『911』の真相を追求した本『Confidential of 9.11』を絶版回収し、以後は事件の調査からは手を引いた。だが今年になって、奴はあの本を翻訳して日本とドイツで同時出版している。重要な部分は削除しているが。アメリカの世論には大きな影響はないが、いずれにしても油断のならない相手だ。

「そのティン・バードが、日本に姿を現したわけか。しかし、問題はないだろう。あの男が日本に移住するなら、かえって厄介払いになる」

「しかし局長、問題は奴が立ち寄った先です。日本に帰国して二日後に、あの男は神戸に向かいました。そして、CHISATOと接触しています。他に、何人かの有力な証人とも……」

「ＣＨＩＳＡＴＯとは例の……ヨシムラとかいう日本人ジャーナリストの〝女〟だったな。しかしあの案件は、一三年も前の話だ。すでに〝掃除〟も終わっているし、いまさら何も出てこないだろう」

「確かに、そうは思いますが……。しかし、ヨシムラの例もあります。そしてもうひとつ、問題は〝ホワイト・モウル〟（白いモグラ）です。あの男の所在を摑まれると、また以前のように問題が大きくなる可能性があります……」

ハリーがいうと、カーランドは報告書をデスクに伏せて頷いた。

「わかった。一応、監視はこれまでどおり続けよう。もし何か動きがあったら、逐一報告してくれ」

「了解しました」

ハリーは局長室を出て、大きく息を吐いた。

これでゆっくりと、冷めたエスプレッソを飲むことができる。

第三章 二〇〇七年・東京

1

雨が降りはじめていた。

気象庁は、南から低気圧が近付いていると告げている。明日には東京も、台風の影響で天気が荒れるだろう。

地下鉄の六本木《ろっぽんぎ》駅で降りて地上に出ると、松永の知らない町がそこにあった。かつては毛利家の広大な庭園が広がっていた六丁目の一帯に『六本木ヒルズ』という高層オフィスビルが建ち、超空から町を見下ろしていた。最近はこのビルの中に〝ヒルズ族〟と呼ばれる若手の企業経営者らが住みつき、アメリカ資本の手先として日本の株式市場に旋風を巻き起こしたと聞いている。中には、小さなIT企業の経営者がラジオ局やテレビ局、プロ野球の球団を買収しようとした〝事件〟もあったらしい。あらゆる意味で、かつてのワールド・トレードセンターに似ていなくもない。

だが、時代の移り変わりは早い。ワールド・トレードセンターのツインタワーが二〇〇一年九月一一日に崩壊したように、六本木ヒルズの時代も急速に――病魔が蝕《むしば》むように――終焉《しゅうえん》を迎えようとしていた。ヒルズ族は影をひそめ、いまは六本木のマネーゲームの中心は新しく赤坂九丁目の旧防衛庁跡地に建設された『東京ミッドタウン』に移りはじめている。

東京ミッドタウンが竣工《しゅんこう》したのは、確か今年（二〇〇七年）の一月だった。開発は日本の三井不動産が主体で行われたが、全体計画は『スキッドモア・オーウィングズ・アンド・メリル』が入札したと聞いている。アメリカ資本を代表する最大手の建築会社だ。なぜ地震多発国の日本に、海外の建築会社が五四階建ての超高層ビルを建てることになったのか。その裏でどのような政治的取引があったのかは、想像するまでもない。

時間はまだ早い。夕刻の雨に濡れながら、松永はしばらく町を歩いた。六本木の交差点からロアビルの前を通り、飯倉《いいくら》の方面に向かう。二つの高層ビルができたことで人の流れが変わってしまったのか、かつては六本木のメインストリートだったこの辺りもどこか閑散としていた。ロシア大使館の前まできたところで外苑《がいえん》東通りを渡り、元の道を戻った。

最近は人と待ち合わせる時に、前もって周辺の様子を探ることが癖になっている。あの『９１１』以来だ。町を歩いていると、すべての人の目が自分を見張っているような錯覚に襲われることがある。

路地の前で立ち止まり、松永はその奥を見た。かつて、記者仲間たちとよく立ち寄ったカフェ『バーガーイン』も、いまは他の店に替わっていた。

松永はまたロアビルの前で道を渡り、路地に入っていった。だいじょうぶだ。誰にも尾行はされていない。『ハードロックカフェ』の脇を抜けて芋洗坂《いもあらいざか》方面へと向かう。この辺りの街並みは、昔とあまり変わっていなかった。

『ジアンカーノ』というトラットリア・バーは、昔の場所に、昔のままの佇《たたず》まいで店を構えていた。雨のために、オープンスペースには客がいない。だが、店内は若い男女や外国人客で混み合っていた。窓際の席に、懐かしいサム・ラングフォードの背中が見えた。チェックのシャツがはち切れそうな大きな背中は、見間違えようがない。松永が肩の雨を払い、店に入っていくと、サムが眼鏡を下にずらして愛嬌《あいきょう》のある笑みを浮かべた。

「本当に生きてたのか。電話をもらった時には、幽霊かと思ったぜ」

サムがそういって、右手を差し出した。厚く、温かい手を握る。一〇年の時の流れが、一瞬にして解けていくような気がした。

「何とかね」松永はサムの向かいの椅子に腰を下ろし、店内を見渡した。「この店は、だいじょうぶなのか？」

サムが、笑いながら頷《うなず》く。

「心配するな。アメリカ大使館は近いが、〝カンパニー（ＣＩＡ）〟の奴らはこんな安い店には出入りしない。もしいるとすれば、ＫＧＢ（旧ソ連国家保安委員会）の奴らだけさ。まだ絶滅していなければな」

サムは、イギリスの『ガーディアン』紙のアジア太平洋支局長を務めている。現在は、『ＦＣＣＪ（日本外国特派員協会）』の理事を兼務。他のリベラルな新聞社の記者と同じように、ＣＩＡよりもＫＧＢの方が安全だと信じているらしい。

「ＯＫ。ところでそれは？」

松永が、テーブルの上の空いた皿を指さした。

「ニョッキだよ。この店はこれしか旨《うま》い物がない。だから〝カンパニー〟の美食家たちも近付かないのさ。忘れちまったのか？」

「そうだったな……」

松永は、ウェイターにニョッキとジョッキのビールを注文した。サムも、ビールをもう一杯。しばらくジョッキを傾けながら近況を語り合っているうちに、ニョッキが運ばれてきた。松永はそれを頬張り、大きく一度、溜《た》め息をついた。

「どうした。ニョッキがそんなに珍しいのか？」

サムが笑いながらいった。

「そうじゃない。神戸でアジアン・フードばかり食べてたんだ。寿司《すし》に刺身、ベトナムのフォー。それはいいんだが、チャイナタウンでピータンというのを食わされた。中国人が土の中で腐らせたアヒルの卵だ。知ってるか？」

「知ってるさ。旨いじゃないか。卵で作った色の黒いチーズだと思えばいい」

「さすがにイギリス人は悪食だな」

「ハンバーガーとフライドチキンだけで生活しているアメリカ人よりはましさ」ジョッキを傾け、サムが続けた。「ところで、本気で日本に戻ってくるつもりなのか?」

「そのつもりだ。どうやらいまのニューヨークには、私のいる場所はないようなんでね……」

ニョッキを口に運ぶ。懐かしい味だ。二日酔いでなければ、この手のジャンクフードも悪くはない。

松永は、アメリカに帰ってからの一〇年間のことを話しはじめた。特に、二〇〇一年九月からの六年間のことを。『911』テロと、恋人キャシー・ディキンソンの死。その取材を通して、UPIの特派員を辞めざるをえなくなったこと。テロの陰謀を暴いた本、『謀略の9・11』の出版と、CIAからの圧力。その後のアメリカ国内での出版停止、絶版回収と、日本とドイツでの翻訳出版。話しながら、我ながらいろいろなことがあったものだと思う。

いつの間にか、酒はワインに変わっていた。キャンティの赤を一本。テーブルの上にはさらに、サムが注文したピッツァやサラダ、サラミソーセージが並びはじめていた。

「あのテロで、キャシーが死んだのか……。知らなかったよ……」

サムがいった。

松永がキャシー・ディキンソンと知り合ったのは、一九九七年のニューヨークだった。当時キャシーは、『モルガン・スタンレー』の株の若手トレーダーとして頭角を現しはじめたころだった。サムに、会わせたことはない。だが、その年のクリスマス・カードに二人の写真を同封し、将来は結婚するつもりであると書いた覚えがあった。

「彼女がなぜ〝殺され〟たのか。いまでも考えることがある……」

松永が、そういってワイングラスの中を見つめた。

「それであの本を書いたわけか。しかし、ＵＰＩを辞めたのはそれだけが理由じゃないだろう？」

「確かにね。それ以前から、例の一件以来、私たち現場の記者にはまったく自由がなくなっていたんだ。フリーになるのには、いい機会だった……」

〝例の一件〟とは、二〇〇〇年五月に起きたＵＰＩの買収事件を意味する。元来ＵＰＩは、一九〇七年に創立されたアメリカでも最大手の通信社だった。ベトナム戦争当時には日本人ジャーナリストの一ノ瀬泰造や沢田教一が所属し、一九六三年にはケネディー大統領暗殺の謀略疑惑をスクープしたことでも知られている。ピューリッツァー賞を計一〇回受賞し、「アメリカの報道の良心」ともいわれた。だが九〇年代に入るとＡＰやロイターなど他の通信社とのシェア争いに敗れて経営が行き詰まり、買収が繰り返された。そして二〇〇〇年五月、韓国の統一教会系の通信社『ＮＷＣ』が買収。五七年間もＵＰＩに勤めていた名物記者のヘレン・トーマス（当時七九歳）が、抗議のために退社するという騒ぎがあった。

「それで、今日はなぜ私を呼び出したんだ。世間話をするためではないんだろう？」

サムの言葉に、松永が頷いた。

「そうなんだ。いくつか、頼みがある」

「いってみろよ。女房を貸してくれという頼み以外なら、一応は話を聞く準備はある」

「そういってもらえると、有り難い。ひとつは、落ち着ける場所がほしい。日本に戻ってからこの一〇日間、ずっとホテル暮らしなんだ。この国では住所が決まらないと、モバイルも買えないし銀行に口座も開けない」

「広さは？」

「別に、どうでもいい。東京の部屋が世界一狭いことは、十分に知ってるさ」

松永はアメリカを発つ前に、ニューヨークのフラットを整理し、家具もすべて処分してきた。一週間ほど後に、着替えや資料など身の回りの物が横浜港に船便で届くだけだ。

「わかった。それならば当面、うちの支局員の部屋を使えばいい。来年のオリンピックの関係で一人、北京に転勤になってね。狭いが、そこならば家具も揃っている。場所は東麻《ひがしあざ》布《ぶ》だ。モバイルも、とりあえずうちの社の物を用意しよう。他には？」

松永はワインを口に含み、息を整えた。そして、いった。

「〝仕事〟がほしい。正直、金にそれほど余裕がないんだ……」

サムは頷き、溜め息をついた。

「わかっているだろう。いまこの東京で、新聞社や通信社が君のことを雇うわけがない……」

松永には、わかっていた。六年前、ＵＰＩを辞めた時に、社の取材費を横領して解雇されたという噂が立った。誰もが、どうせＣＩＡあたりが流したデマであることは知っている。だが一方で、それは「ジョージ・松永には関わるな」という暗黙の圧力であることも理解している。

「しかし、『ガーディアン』は別だろう。イギリスの良心と誇り……ジョンブル魂があるはずだ」

「確かに……」サムが難しい顔をして、太い腕を組んだ。「確かにイギリス人は、ジョンブル魂を持っているさ。しかしアメリカ人のように、湯水のごとく金を持っているわけではない。うちの支局も同じだよ。もう一人、人手を増やすほどの余裕はないんだ。もし君が、特別に大きなネタでも持ち込むならば別だがね」

「ネタか……。そんなものは、何もないな。ここ数年は、『９１１』にばかり関わってきたんでね……」

だが最近は、『９１１』関連の陰謀説は情報が氾濫《はんらん》している。多くの書籍が出版され、実写画像を編集して解説したＤＶＤまでが相次いで発売された。いまさら松永の出る幕はない。

「神戸に行ってきたといっていたろう。何かの取材じゃなかったのか？」

「取材といえば取材なんだが……。別に大した情報じゃないよ」

「例えば？」

「地震さ。神戸のGEQ（Great Earth Quake・大地震）だ。覚えているだろう」

「ああ、覚えてる。しかし、もう一三年も前の地震じゃないか。それがいまごろ、どうしたっていうんだ？」

「だから、大した話じゃないといっただろう」

だが、厚い眼鏡のレンズの下で、サムの好奇心に溢《あふ》れた目がきょろきょろと動き出した。何かを考えている時の彼の表情だ。

「ちょっと、話してみないか」

サムがいった。

「かまわないが……摑《つか》み所のないような話だぜ」

「最初は、何だってそうさ。例の『911』だって、ケネディー暗殺だって、ウォーターゲート事件だってすべて摑み所のない話だったんだ。しかし、誰かが、何かに気が付く。君だって、何かが臭うから神戸まで行ったんだろう」

「わかったよ。実は、神戸に知っている男がいた。名前は、タケシ・ヨシムラ。日本人のフリーのジャーナリストだ。その男から、一カ月ほど前に突然メールが入った。神戸で会いたいとね。しかし彼は、三年前に死んでいるはずだった」

「死んでいた？」

「そうなんだ……」

松永は、順を追って話しはじめた。一カ月前に受け取った吉村武士からの、奇妙なメールの内容。相手が指定した日時に合わせて、日本に戻ったこと。神戸で出会ったＣＨＩＳＡＴＯ——本名樋口麻紀——という女と、吉村が残した証人の名簿。証人の一人、定期フェリーの船長成村敏夫が地震当日に見たという、謎の大型船。そして世界最大の吊橋《つりばし》、明石海峡大橋と阪神淡路大震災の震源地の関係——。

話は、長くなった。サムはグラスを片手に松永の話に耳を傾け、時折、疑問点に口をはさんだ。その間に一本目のワインのボトルが空き、二本目のキャンティを注文した。

「もう一度、確認しておきたい」サムがいった。「そのヨシムラという男は、三年前……正確にいえば二〇〇四年の一二月二六日に死んでいるんだな？　しかもあの、バンダ・アチェで」

「そうだ。スマトラ島沖地震の時に」

「そうだ。しかし、遺体は発見されていない。公式には、行方不明ということになっている」

「そんなことはどうでもいい。問題は、場所と時間だよ。阪神淡路大震災を調べていた人間が、バンダ・アチェで死んだ。それを君は、偶然だと思うのか？」

「わからない。何ともいえないな……」

「まさか。よしてくれ。君は、ジャーナリストだろう。もしそれが偶然だとしたら、チャールズ・バーリンゲームがペンタゴンに突入したのも偶然だということになる」

チャールズ・バーリンゲームは、元米陸軍のパイロットだった。二〇〇〇年の一〇月に、『ＮＯＲＡＤ』——北米航空宇宙防衛司令部——が「ペンタゴンに民間旅客機が激突した」ことを想定した軍事演習を行った時に、反テロ戦略の専門家として演習に参加したメンバーの一人だった。バーリンゲームはその直後に軍を退役し、民間航空会社に就職。演習から一年もたたない二〇〇一年九月一一日に、『アメリカン航空77便』の機長として、今度は本当にペンタゴンに突入したことになる。そのようなことが、偶然では有り得ない。

「わかった。サム、君のいうとおりだ。神戸とバンダ・アチェは、何らかの理由で繋《つな》がっている。そういうことにしておこう。他に訊きたいことは?」

「そのヨシムラという男が残した名簿があったら、見せてくれ」

「持ってきている」

松永は、ハンティングワールドのショルダーバッグから名簿を取り出し、サムに渡した。あらかじめこのような展開になることを予想し、名簿はすべてアルファベットで打ち直してある。

サムは、しばらく名簿を見つめていた。そして訊いた。

「このダン・セルゲニーという男は?」

「有名な地震学者だよ。いまはUCLAで地質学部長を務めている。あの大地震があった日から三日間、大阪で『日米都市防災会議』が開催される予定だったのを覚えてるか。その会議の出席者の一人だった」

「なるほど……」サムが、また名簿を読み進む。「最後に書いてある、この〝K・B・I〟というのは?」

「わからない。人の名前ではなさそうだ。インターネットで検索してみたんだが、該当するような情報は何もヒットしない……」

「よし。これはうちで調べてみよう。そして、他の証人とのセッティングも」

「どういうことだ？」

松永が訊いた。

「つまり、このネタをうちが買うということさ。これからは、取材費も出す。最初は短期の契約記者としてやってもらうことになるが、かまわないだろう？」

サムが眼鏡の厚いレンズの奥で、片目を閉じた。

2

卵の殻の中にいるような、小さな部屋だった。三〇平米ほどのリビング・キッチンに、その半分ほどの広さの寝室がひとつ。あとは狭いバスルームとクローゼットが付いているだけだ。

日本では、このような部屋を〝兎小屋《うさぎ》〟と呼ぶらしい。だが、兎が住むには贅沢《ぜいたく》だった。それにいまの松永には、このくらいの広さの方がかえって落ち着ける。少なくとも、ホテルよりはましだ。

部屋には、必要最小限度の家具が揃っていた。革張りのソファーの古いリビングセットに、カップボードがひとつ。キャビネットの上のテレビとDVDプレイヤーは、ソニーの新型だった。

ベッドルームは、ダブルベッドでいっぱいだった。他には、何も置けそうもない。だが、すべてにクリーニングが行き届き、清潔だった。

キャビネットの中に、飲みかけのウイスキーが一本。銘柄は、ラガブリンの一六年だった。上等だ。ボトルには、カードが付いていた。

〈——新しくこの部屋を使うダンケルクの戦友に。願わくは君がヒトラー、ブッシュ、ビンラディン、そして女王陛下の友人ではないことを祈る——〉

カードには、そう書かれていた。いかにもイギリス人らしい。もしやと思い、松永は冷蔵庫を開けてみた。やはり、あった。中に新品のソーダ水が五本と、ギネスが三本残っていた。

ラガブリンでソーダ割りを作り、ソファーに体を投げ出した。たまにはアイラ物のシングルモルトも悪くない。

テレビのスイッチを入れる。ちょうど深夜のニュース番組の途中で、自由民主党の政治家、福田康夫が画面に映っていた。ここのところ忙しくてニュースをチェックする時間もなかったが、どうやらこの議員秘書上がりのこの男が日本の新しい首相になったらしい。

前政権の安倍晋三内閣は、自民党の最後の切り札といわれながら結局一年しかもたなかった。九月一二日だったか突然、安倍首相が辞意を表明した時には、世界じゅうのマスコミが呆気《あつけ》にとられたものだ。日本の政治家は——なぜ子供がサッカーチームを辞めるように——一国の首相という要職をいとも簡単に放棄してしまうのだろうか。ジョージ・Ｗ・ブッシュはいくらバッシングを受け、いかなる罪を犯したとしても、絶対に大統領の椅子を離れようとはしない。

テレビでは福田首相が、無表情に政治記者のインタビューに応じていた。その言葉にはユーモアもなければ、熱意も感じられない。あくまでも官僚的で、政治よりも世間話を語るような無責任な態度だった。少なくとも欧米の政治家には、絶対にいないタイプだ。おそらくこの男も、一年もしないうちに首相の座を投げ出してしまうのだろう。

松永はウイスキーを飲みながら、サムから受け取ったモバイルを開いた。『ａｕ』という電話会社の機種らしい。このモバイルにも、日本人の国民性がよく表れている。電話やメールといった機能だけでなく、テレビを見たり、写真を送ったり、インターネットのウエブサイトに直接アクセスすることもできる。

松永は説明書を読みながら設定を英語から日本語に変更し、麻紀にメールを打った。新しい部屋の住所と、モバイルの番号とメールアドレスだけを知らせる簡単なメールだった。

グラスを片手に、デッキに出た。目の前の雨の夜空に、東京タワーが光っていた。この鋼鉄のテレビ塔は、来年で建造五〇年になる。朝鮮戦争時代の米軍の戦車を解体し、その鉄で造られたといわれている。だが、何度見ても美しく、神秘的な風景だった。

グラスのウイスキーを口に含む。松永はその時、ふと奇妙なことを想像した。もしこの鋼鉄のテレビ塔に、ボーイング767が激突したとしたら……。

一瞬、その光景が脳裏をかすめた。巨大な旅客機が光る鉄塔に突入し、木っ端微塵《こっぱみじん》に砕け散る。夜空を焼く炎と共に、機体のアルミ破片がきらめきながら降り注ぐ光景を想像した。だが、鋼鉄の摩天楼は微動だにしない。傷つきはしても、超然とここに立ち続ける……。

そうだ。けっして、倒れはしない。あのニューヨークのワールド・トレードセンターもそうだった。ツインタワーと呼ばれた二棟の超高層ビルの内部には、目の前にある東京タワーと同じように、まるで巨大な鳥籠《とりかご》を想わせるような鋼鉄の骨格が組まれていた。アルミでできたボーイング767が激突したくらいで、粉塵《ふんじん》に帰すわけがないのだ。

二〇〇一年九月一一日――。

あの日が、世界を変えた。

米東部標準時間午前八時四五分、何者かによってハイジャックされたボストン発アメリカン航空11便が、ニューヨーク・シティのロワー・マンハッタンに建つワールド・トレードセンター北タワーの九七階付近に突入した。青く澄みきった初秋の空は、一瞬のうちに炎と黒煙に包まれた。

だが、人々の目を疑うようなこの光景は、後に同時多発テロ――史上最悪の航空機テロ

――と呼ばれる惨劇の序章にしかすぎなかった。一八分後の同九時〇三分、やはりハイジャックされたボストン発ロサンゼルス行きのユナイテッド航空１７５便が、今度は南タワーの八三階付近に突入。世界経済の中枢は、瞬時にしてその機能を停止した。

九時五九分、南タワーが瓦礫《がれき》が崩れるように倒壊。続く一〇時二九分、北タワーが倒壊した。美しいロワー・マンハッタンの風景は、僅《わず》か数十分の内に地獄絵図と化した。

ニューヨーク以外でも、テロは着々と進行していた。南タワー倒壊前の九時四〇分、ワシントン発ロサンゼルス行きのアメリカン航空77便が、アメリカの国防の要《かなめ》であるペンタゴン（国防総省）に激突した。そして一〇時〇三分、南タワーが倒壊した直後に、やはりハイジャックされたニューアーク発サンフランシスコ行きのユナイテッド航空93便がピッツバーグの南東およそ八〇マイルの地点に墜落した。この機は後に、米国会議事堂もしくはホワイトハウスに向かう予定であったのではないかと推察された。

四機のハイジャック機による四カ所のテロの被害者は、ニューヨークのツインタワーだけでも二七四九人。ペンタゴンの死者や墜落した93便の乗員乗客を含めると、総犠牲者数は三〇〇〇人以上にものぼる。米政府は一連のテロに対し、「犯行はアルカイダの指導者ウサマ・ビンラディンによるもの」と結論付け、すみやかに発表した。

松永は雨の東京タワーを見上げながら、口元に笑いを浮かべた。

馬鹿ばかしい。アルカイダが、単独であのようなテロを実行するわけがないのだ。やったのはアメリカ政府と、一部の資本家たちだ。つまり、アメリカの自作自演だった――。

根拠は、いくらでもある。まず、倒壊したワールド・トレードセンターのツインタワーだ。あの地上四一七メートル、一一〇階建ての二棟の超高層ビルは、建築が始まった一九六六年当時、ボーイング747が激突しても持ちこたえるように設計されていた。それとほぼ同じ大きさの767が突入しても、理論上は倒壊するわけがない。もし様々な偶然が重なってどちらかが倒れたとしても、二棟が同時に倒壊することなど絶対に有り得ない。

アメリカ政府はこの大いなる矛盾を、次のように説明した。

「ジェット燃料による火災のためビルの鋼材が溶解し、上層部の重さによって押し潰《つぶ》されるように倒壊した——つまりパンケーキ現象だった——」

冗談じゃない。子供だましもいいところだ。通常、鋼材の融点は摂氏一五〇〇度以上。そのくらいのことは、中学生でも知っている。しかもツインタワーの設計時に構造材の試験を行った諮問機関『アンダーライターズ・ラボラトリーズ』は、ワールド・トレードセンターに使用された日本製の鋼材の融点を摂氏一六四九度と試算していた。だが、航空機のジェット燃料はどのような好条件で燃焼したとしても、絶対に摂氏一〇〇〇度を超えることはない。もし一五〇〇度以上に達したら、航空機のエンジンの噴射口そのものが溶けてしまうことになる。

しかもアメリカ政府はその熱のために、「二機のボーイング767の機体はブラックボックスもろとも溶けて消えてしまった……」と主張している。ここまで荒唐無稽《こうとうむけい》なことを平然といわれると、驚くよりも呆《あき》れてしまう。

こうしたアメリカ政府の〝嘘〟を暴く物証は、無数に存在する。例えばテロの当日に撮影されたニュース映像には、旅客機が突入した階で助けを求める女性の姿が映っていた。いったい、鋼材を溶かす摂氏一五〇〇度以上の高温の炎の中で、なぜ人間が生きていられたのか。さらに政府は、機体すら燃え尽きたとされる事故現場から、犯人——アルカイダのメンバー——のパスポートが発見されたと発表した。ボーイング767の鋼鉄のエンジンまで溶けてしまった現場で、紙でできたパスポートが燃えず、人間も生きていた？　そんな不思議な炎を作り出すことができたとしたら、ウサマ・ビンラディンはノーベル化学賞を受賞するだろう。

南タワーに突入するユナイテッド航空175便の光景も、さまざまな映像に残されている。この映像も、奇妙だった。窓のない、黒い機体。しかも機体の下部に、ミサイルのようなものを搭載しているのが見える。少なくともあの機体は、民間機——ボーイング767ではない。機体の形状はよく似ているが、明らかに軍用機だった——。

これらの矛盾を合理的に説明する方法は、ひとつしかない。何者かが——おそらく国防総省の誰かが——遠隔操作によってミサイルを装備した二機の軍用機をワールド・トレードセンターに突入させた。そしてそのタイミングに合わせ、あらかじめ仕掛けられていた爆薬により、ツインタワーを爆破解体したのだ——。

松永は、夜空に聳《そび》える東京タワーを眺めながら、ラガブリンのソーダ割りを口に含んだ。いかにも東洋的な、神秘的な風景の中で、スコットランドのシングルモルトならではの頑固な香りが心地好かった。たとえイギリス人であっても、ブッシュの盟友のトニー・ブレア首相にはこの味と香りは理解できないだろうが。

ツインタワーだけではない。さらに奇妙なのは、テロからおよそ八時間後に倒壊した第七ビルだ。この建物は周囲の高層ビルより低い四七階建てで、ツインタワーからかなり離れた場所にあり、テロの影響をほとんど受けていないにもかかわらず〝自然崩壊〟してしまった。その崩壊速度は、一〇〇メートルあたり僅か四、五秒。これは通常の鉄の落下速度（五、六秒）より二〇パーセントも速い。ビルに爆薬が仕掛けられ、その爆発で内部が真空状態になったとしか説明がつかない。

ツインタワーと第七ビル。このテロで崩壊した三棟のビルの事実上の所有者は、二〇〇一年の七月にワールド・トレードセンターのリース権を得たユダヤ系大富豪のラリー・シルバースタインだった。彼は契約から僅か六週間後のテロで、四六億ドル（約五〇〇〇億円）もの保険金を手に入れた。

不可解な出来事が起きたのは、ロワー・マンハッタンの現場だけではない。ペンタゴンの現場は、さらに欺瞞《ぎまん》に満ちていた。当時、ペンタゴンの東側の執務室にはドナルド・H・ラムズフェルド国防長官がいた。ところがテロリストによってハイジャックされたアメリカン航空77便は、その東側からペンタゴンに進入していながら、わざわざ上空で急旋回して西側から突入した。この西側は、一九九八年以来、ミサイル攻撃を想定して補強工事が行われた部分だった。これはインターネット上に開示された情報であり、当然テロリスト側はその事実を把握していたはずだ。にもかかわらず、なぜ被害を最小限に食い止める攻撃を行ったのか。結局この突入で一二五人の死者が出たが、ほとんどが国防総省の職員ではなく、臨時の文民スタッフだった。

FBIの捜査でも、あからさまな情報改竄《かいざん》と隠蔽《いんぺい》が行われている。当時、周辺の高速道路やホテルには計八四台もの監視カメラが設置されていたが、それらのビデオテープはすべてFBIが押収してしまった。テロの半年後に一部の映像——すべて静止画像だった——が公表されたが、そこにボーイング757の姿はなく、小型機かミサイルのような機体の一部が映っていただけだ。

　事件直後のペンタゴンの現場写真を見れば、誰でも疑問を抱くだろう。一階の突入部分の壁面には、最大でも直径五メートルの円形の穴が開いていただけだ。ちなみにこの穴に突入したとされるボーイング757は、高さ一三・六メートル、両翼三八メートルもある。七歳の子どもが自分の野球のボールでガラスに穴を開けておきながら、「ママの留守中にスーパーマンが飛び込んできたんだ……」と嘘をついているようなものだ。

　しかもこのペンタゴンの現場でも、機体の破片はおろか旅客機のエンジンさえ発見されていない。アメリカ政府はやはり、「ボーイング757はアイスクリームのように溶けてしまったのだ……」といい張っている。

　ペンシルバニア州に墜落したとされるユナイテッド93便の例は、さらに酷《ひど》い。ハイジャック機が国会議事堂、もしくはホワイトハウスに突入しようとするのを阻止するために命懸けで戦った乗員七名、乗客三三名の話は、すでに愛国心と勇気の象徴として、〝神話〟と化している。多くの出版物が発行され、『ユナイテッド93』という映画にもなった。

だが、すべて捏造《ねつぞう》だ。公表されたボイスレコーダーの音声は、誰かがシナリオどおりに読んだものだ。だいたい操縦席にあるはずのボイスレコーダーのマイクに乗客の声が入るわけはないし、録音はなぜか墜落の三分前に終わってしまっている。

また、乗客の何人かが、自分のモバイルを使って機内から家族に電話をした話もよく知られている。だが、これも陳腐な作り話だ。高度一万メートルの上空から、携帯電話が通じるわけがない。そしてもちろんこの現場からも、乗客乗員の遺体や荷物、機体の主要部分などは何も発見されていない。

なぜユナイテッド93便に限り、アメリカの謀略者たちは目標物に突入させなかったのか。その答えも明白だ。ツインタワーやペンタゴンの一部は壊すことができても、まさかアメリカの象徴である国会議事堂やホワイトハウスを破壊するわけにはいかなかったからだ。

いずれにしても、これだけは断言できる。

二〇〇一年九月一一日、あの日はたった一機たりとも、民間機はハイジャックされていない。ツインタワーとペンタゴンに突入し、さらにペンシルバニアに墜落したとされる四機の旅客機の内の何機かは、いまも機体番号を変えてどこかで運航されているだろう――。

すべては〝やらせ〟だった。その証拠は、他にもいくらでも存在する。例えばFBIは、『911』テロの実行犯として一九人のアルカイダのメンバーの名前と顔を発表した。ところが後に、〝死んだはず〟の一九人の内、少なくとも七人が生きていることが確認された。

旅客機に乗ってツインタワーに激突した犯人が生きている？　なぜだ？

この事実はいくつかのメディアによって報道されているが、そのひとつは『ガーディアン』だった。アメリカ政府は、この件に対してはコメントを避けている。しかもＦＢＩのウェブサイトは現在もなお、生きている七人を含む一九人全員を実行犯のリストに載せている。

民衆は、〝大きな嘘〟には騙《だま》される。しかし、騙されない者もいた。アメリカやヨーロッパの一部のジャーナリストや知識人の間で、『９１１』の陰謀に対する追及が始まった。

筆頭は著名なラジオ番組の司会者、アレックス・ジョーンズだろう。彼はテロが起こる二カ月も前に、「アメリカの主導者の何人かがニューヨークを標的にしたテロを計画し、それをアルカイダの犯行に見せかける計画がある」と番組内で公表した。後から考えれば、ジョーンズは確かな情報を得ていたのだ。

ジョーンズは『９１１』の後も、テロの原因究明と『愛国者法』の撤廃のために精力的な活動を続けている。自らの番組の中で同じ目的のために闘う同志をインタビューし、問題を喚起した。その中で最もよく知られているのは、ハリウッドの有名俳優のチャーリー・シーンだろう。彼はラジオのインタビュー番組の中で、「９１１はアメリカ政府主導の下に行われたことを確信している」ことを明言した。

「ブリガム・ヤング大学」の物理学者、スティーヴン・ジョーンズ博士の功績も大きい。彼は実際にベテランのビル爆破解体業者にインタビューを試み、ツインタワーや第七ビルの崩壊を物理学的に「爆薬を用いたビルの解体だった」と実証した。さらにジョーンズは、「アメリカ政府が主張するジェット燃料の火災でツインタワーが崩壊したとする説は、まったく物理学の法則を無視している」と科学的な根拠をもって反論している。

テロの謀略を暴くドキュメンタリー映画『９１１ボーイングを捜せ』を製作した、ディヴ・ヴォンクライストもその一人だ。彼は映画の中でテロがアメリカ政府の陰謀であることを証明し、インターネットで無料配信することによりその事実を広く社会に訴えた。その他にも二二歳の若者が製作した『ルース・チェンジ』、個人撮影の映像を使って政府の主張を覆す『９１１アイウィットネス』など、『９１１』関連のドキュメンタリー作品は次々と世に送り出されている。

書籍も多い。最も衝撃的だったのは、元イギリスのMI6の諜報《ちょうほう》員を経てアメリカに亡命したジョン・コールマン博士の著書『9・11陰謀は魔法のように世界を変えた』だろう。コールマンはこの本の中でブッシュ一族とアメリカの三〇〇人委員会、さらにウサマ・ビンラディンの関係を暴露し、『９１１』の真相を理路整然と解き明かしてみせた。他には日本に在住する『フォーブス』のアジア太平洋支局長だったジャーナリスト、ベンジャミン・フルフォードも、『9・11テロ捏造』などアメリカ政府を糾弾する著作を数多く発表している。もちろんジョージ・松永本人も、その一人だった。

だが、『９１１』の真相究明は、ある意味で命懸けだ。アメリカ政府の陰謀を暴こうとする者は、多かれ少なかれ、ＣＩＡからのあからさまな迫害を受ける。ジョン・コールマンの著作は本国アメリカでの刊行を妨害され、日本語とドイツ語でのみ翻訳出版された。現在も資産、年金、保険など全財産を剝奪《はくだつ》され、あらゆるメディアを使った非難と妨害工作が繰り返されている。最近は放射線とおぼしきものを自宅にまで照射され、深刻な健康被害に陥っている。そのやり方のいくつかは、松永も身をもって経験したものだ。さらに『９１１』の陰謀の証拠を掴み、自らの著作で発表しようとした作家ハンター・Ｓ・トンプソンは、妻との電話中に本当に銃で〝暗殺〟されてしまった。もちろんＦＢＩは、「自殺だ」と主張しているが――。

イデオロギーは、人を殺さない。多くの犠牲の裏で、誰が得をしたのか。それを突き止めれば、ある程度は陰謀の図式を解明することができる。

得をした一人は、ワールド・トレードセンターのリース権を所有するラリー・シルバースタインだった。彼はアスベストを大量に使っていたことで問題になっていたツインタワーを格安で解体し、その上に莫大《ばくだい》な保険金を手に入れた。いくらシルバースタインがユダヤ系の大富豪だといっても、僅か六週間で四六億ドルの儲《もう》けは悪くない。

もうひとつは、株だ。ニューヨークだけでなくロンドン、東京、ベルリンなどの株式市場において、テロの数日前から航空関連株と保険関連株に異常な〝売り〟の動きがあった。ほとんどがクレジットカードによる取り引きで、ベルリンだけでも一日に一億ドル以上。

ロンドンの経済アナリストとして知られるリチャード・クロスリーは、「テロの直前に『メリルリンチ』が一〇〇〇万株以上もの航空・保険関連株を空売りしていた……」と証言している。

それまで好調だった株が、なぜ急に売られたのか。普通ならば――テロが起きることを知っていなければ――有り得ない動きだ。

『モルガン・スタンレー』も、テロ直前の株取引で莫大な利益を上げた証券会社のひとつだった。しかもモルガン・スタンレーは、ツインタワーの最大のユーザーであるにもかかわらず、四〇〇〇人もの社員と関係者にまったくといっていいほど犠牲者を出さなかった。まるでテロがあることを知っていて、全員が当日の出社を遅らせたとしか思えない。いや、たった一人、テロの前日にモルガン・スタンレーを辞めたキャシー・ディキンソンを除いては……。

誰が、得をしたのか。だが、ラリー・シルバースタインの保険金や株取引での利益は、氷山のほんの一角にすぎない。アメリカの主導者たちは、あのテロを利用し、さらに途方もない富を得ようとしていたのだ――。

部屋の中から、小さなベルの音が聞こえた。松永はグラスを片手に部屋に戻り、モバイルを開けた。メールが着信していた。麻紀からだった。

〈――メールありがとう　これで神戸と東京に離れていても　あなたとひとつに繋がって

いるような気がする
愛してる　おやすみなさい　　　　　　麻紀――〉

短いメールだが、温《ぬく》もりを感じる文面だった。そして各文章の合間と、最後に、笑顔や花、ハートマークなどの小さな絵が付いていた。

松永は、思わず笑った。日本は良くも悪くも……平和な国だ。

3

一週間が、何事もなく過ぎた。

アメリカにいた時には、松永は常に背後に〝何者か〟の気配を感じていた。だが一〇年振りの東京の生活は穏やかで、むしろ退屈ですらあった。

松永は毎日のようにインターネットを検索し、阪神淡路大震災の情報を収集した。もしくは神田神保町《かんだじんぼうちょう》の古本屋街や新宿の『紀伊國屋書店』に出掛け、関連書籍を読み漁《あさ》った。だが、あの地震が何らかの謀略に結びつくような情報はほとんど出てこない。『911』と同じように情報はすべて〝掃除〟された後なのか。最初から、何もないのか。もしくは、それが日本人の国民性なのか……。

夜は昔の仲間に連絡を取り、会った。だがこの一〇年で、かつての『FCCJ』――日本外国特派員協会――のメンバーは大きく変わっていた。他国や本国に転勤になっていたり、辞めた者、もしくはすでに鬼籍に入っている者もいた。時の移り変わりが早いのは、アメリカも日本も同じだった。

それでも何人かの旧友たちと、旧交を温めることができた。彼らは連絡を取ると、一様に同じことをいう。

「サムから聞いたよ。生きてたんだってな……」

そして実際に会うと、また申し合わせたように同じことを訊く。

「君があの『Confidential of 9.11（9・11の極秘）』に書いたことは事実なのか？」

松永はグラスを片手に、笑いながら頷く。するとまた、同じことを訊かれる。

「それならばなぜ、日本語版ではその部分を削ったんだ？」

〝あの部分〟に関しては、様々な誹謗《ひぼう》中傷があった。「完全な捏造」とさえいわれたこともある。だが、事実だった。結局は、〝カンパニー〟の圧力に屈したということだ。

松永は、彼らに訊いた。

「一三年前の神戸の地震で、何か奇妙な〝噂〟を耳にしていないか？」

するとやはり、同じような答えが返ってくる。

「〝噂〟くらいはあるさ。あの地震を前もって予知した人間がいるとか。人工地震だったとか。しかし、よくある話だ。根拠のない単なる風説だよ」

確かに、そうだ。あの地震ではラリー・シルバースタインのように、保険金で大儲けをしたアメリカ人は浮上していない。

一〇月九日、サム・ラングフォードから連絡が入った。証人名簿に名前が載っていた一人、坂井和人とアポイントメントが取れたという。坂井はあの地震の当日、バリ発ジャカルタ経由の『日本アジア航空222便』の機長として神戸上空を飛んでいた。この人物には、名簿に「○」が入っていない。つまり吉村も、証人としてリストアップしていながら会ってはいなかったということになる。

航空会社の社員は、秘密漏洩《ろうえい》に対して厳格だ。会見には、新聞社や通信社が航空会社の広報を通じての正式な手続きを踏まなくてはならない。フリーのジャーナリストが単独で会える相手ではない。

待ち合わせ場所の『全日空ホテル』のティー・ルームに、坂井は時間前に来て待っていた。地震の当時は四一歳。いまは五十代の半ばに差し掛かっているが、いかにもパイロット然とした落ち着いた人物だった。物静かで、スーツの着こなしから口調に至るまで隙がない。現在は機長としての現役を退き、後進の指導に当たっているという。

コーヒーを飲みながら、穏やかに話が始まった。だが松永が阪神淡路大震災について触れると、坂井は一瞬、戸惑いの色を見せた。

「その話でしたか……。『ガーディアン』の担当者の方からは、まったく聞いていませんでしたね……」

どうやらサムは、別件の取材という名目で坂井にアポイントメントを取ったらしい。あの男なら、やりかねないことだ。

「まずいですか？」

松永が、静かに訊いた。坂井は、しばらく考えていた。

「いや、予期していなかったので驚いただけです。それに、一三年も前の話ですからね。いいでしょう。ただし、ここだけの話にしてください。そして、何かを書かれる時に私の名前は出さないこと。それが条件です」

「わかりました。お約束します」

坂井はコーヒーを一口すると、淡々と話しはじめた。

一九九五年一月一七日、未明——。

坂井は乗客一四九人を乗せた222便——DC—10——の機長として、関西国際空港に向けて飛行中だった。副操縦士は島村興一、当時三四歳。天候は薄曇りで、ほぼ無風。ジャカルタのトランジットでちょっとしたトラブルがあり、予定が一五分ほど遅れてはいたが、その他は大旨、順調だった。

「その〝トラブル〟というのは？」

松永が訊いた。

「いえ、大したことではありません。ジャカルタで日本人乗客に急患が出て、その搬出に手間取ったんです。よくあることですよ。しかし、あれがなかったらと思うと、後で恐ろしくはなりましたが……」

ちょうど着陸予定時刻の午前五時四五分頃、２２２便はまだ関空の手前約三〇キロの上空を飛行中だった。高度五〇〇〇フィート、時速三七〇キロ。そこにちょうど地上管制塔からの「ランウェイ（滑走路）０６へ進入せよ」との無線が入り、坂井はフラップを下げて着陸態勢に入った。眼下に、神戸の美しい夜景が見えていたことを覚えている。

「ちょうど、地震の一分前ですね。神戸の夜景に、何か異変は感じませんでしたか？」

「いえ、特にありませんね。いつもどおりの、美しい夜景でした……」

ＤＣ―10は、左に大きく旋回しながら高度を下げはじめた。神戸の夜景が、コクピットの左側の窓に迫ってくる。だが、次の瞬間だった。神戸港からポートアイランド、さらに市街地から六甲山にかけて、神戸の町を二つに切り裂くように白い閃光《せんこう》が走り抜けるのが見えた。

その強い光に、坂井は一瞬、視力を失った。危険を感じ、本能的に操縦桿を引いた。遠ざかる神戸の夜景の中で、次々と地上の明かりが消えていった。

「それが地震の瞬間だったわけですね？」

「おそらく。地上にいて揺れそのものを体感したわけではないので、本当に〝瞬間〟であったのかどうかはわかりませんが。しかし、その直後に地上管制塔から緊急連絡が入ったことは確かです」

――エマージェンシー、エマージェンシー……。ウィ・ハブ・ビッグ・アースクエイク……ウィ・ハブ・ビッグ・アースクエイク──。

無線は、昂奮《こうふん》した声で同じ言葉を繰り返していた。その緊急連絡によって、坂井と島村は初めて地震が起きたことを知った。この時、午前五時四七分。さらに地上から無線連絡が入り、222便は六〇〇〇フィートまで高度を上げて待機した。

「結局その日は、関空に着陸できたのですか？」

「ええ。地上の反応が尋常ではなかったもので、一時は名古屋か成田に向かう覚悟もしたのですが……。地上の運用管理室の方で滑走路の点検が終わり、一六分後には着陸許可が出ました」

「もしジャカルタの急患がなくて、定刻どおりに飛行していたとしたら？」

松永が訊くと、コーヒーに伸ばした坂井の手が止まった。

「もし着陸と同時にあの地震に襲われたとしたら……。大惨事になっていた可能性は否定できませんね」

松永は、考えた。急患が出たことは、偶然なのか……。

「あとはその〝光〟ですね。白い閃光ですか。坂井さんは、何があったのだと思いました？」

坂井はその質問に、しばらく考え込んだ。話すべきなのかどうか、迷っているようにも見えた。

「私は、瞬間的に、何か〝爆発〟があったのだと思いました。地下で巨大な爆発が起き、その光が地表の割れ目から、噴出した……」

「爆発、ですか？」

「そうです。私は民間の航空会社に移る前は航空自衛隊のパイロットでした。爆発物に関してはあらゆる教育と訓練を受けていますし、実際に自分がミサイルの発射演習に参加した経験もあります。その私が、〝爆発〟だと直感したんです……」

坂井はそこで言葉を切り、静かに松永の目を見つめた。初秋の陽光が射し込むティー・ルームの空気は、平穏だった。誰も、二人の会話に気付いてはいない。だが松永は、背筋がざわつくような肌寒さを感じていた。

「爆発だとしたら、どんな……」

坂井は、あくまでも冷静に応じた。

「〝爆発〟とはいっても、一般のＴＮＴのような火薬を用いた爆発物とは質が違うと思いますね。私は白煙を確認していないし、炎の色と強さも違う。色の質としては、核融合によるものか、テルミット（アルミと磁性酸化物の混合物）を用いた爆発物に近いかもしれない。もしくは、爆発ではないが、プラズマか。まあ、そのような人工物による巨大な爆発など、有り得ませんけどね……」

だが、そうだろうか。あの『９１１』の時も同じだった。南タワーと北タワー。ツインタワーが崩壊を始める直前から、航空機の突入とは無関係な階で奇妙な爆発を目撃、もしくは音を聞いたという証言が多発していた。

最初は、誰も相手にしなかった。だが、現場のVTRが各方面で解析されるにつれて、証人のいっていることが真実であることがわかってきた。何本もの動画映像に、ビルが爆破される光景がはっきりと映っていたのだ——。

「どうかしたのですか?」

坂井が訊いた。

「いや、別に……」

松永は、コーヒーカップを手にした。その手が、かすかに震えていた。

4

翌週、アメリカから荷物が届いた。

ニューヨークから発送する時に日本側の荷受け代理人として指定した横浜の『共栄貿易』に確認の電話を入れると、すでに通関手続きも完了しているとのことだった。

六本木のトヨタレンタカーでカローラのバンを借り、ジョージ・松永は横浜に向かった。支払いは、いつものようにアメックスのクレジットカードですませた。日本に戻ってからは、ホテルや新幹線の代金、レストランの食事代までほとんどこのカードを使っている。当然、〝カンパニー〟の連中にも足跡を残していることになる。奴らはおそらく、松永が日本にいることも、神戸に行ったことも、いまは東京に住んでいて夕食に何を食べたのかまで知っているはずだ。

危険なことはわかっている。だがいまの松永には、この一枚のカード以外に頼るものが何もない。まだ使用停止にされないだけましだと思わなくてはならない。

『共栄貿易』は、本牧埠頭《ほんもくふとう》の倉庫街の一角にある小さな通関業者だった。最新式のナビで場所を確かめ、薄暗い事務所に入っていく。顔に傷のある目つきの鋭い男に案内されて、倉庫の奥に向かった。他のコンテナの谷間に、松永の荷物が肩をすくめるようにして置かれていた。

段ボール箱七つ分の、小さな荷物だ。もちろんその中には長年愛用したオーク材のデスクも、お気に入りだった八四年式のメルセデスも入っていない。自分のニューヨークでの生活が、これだけの大きさに納まってしまったのかと思うと悲しかった。

箱には、開けられた跡があった。

「税関で検査を受けたんでね。何も問題はないよ」

目つきの鋭い男が、松永の気持ちを察したようにいった。松永は、黙って頷いた。そうだろう。何も問題はない。荷物が税関の検査を受けるのは、当然のことだ。そしておそらく、ニューヨークを出る前にも〝カンパニー〟の連中が中を調べているはずだ。箱の中にコカインを入れるなどの罠《わな》を仕掛けられなかっただけでも、幸運だったと感謝すべきなのかもしれない。

インボイス（仕切り状）にサインして、荷物を受け取った。目つきの鋭い男が、段ボール箱をカローラの荷台に積み込むのを手伝ってくれた。日本人に、悪い人間はいない。

高速の渋滞を抜けて、東麻布のフラットに戻った。荷物を運び込むと狭い部屋がさらに狭くなり、その分だけ生活の温もりが増したような気がした。

松永はまず、「PHOTO」と書かれた小さな箱を開けた。中には、何冊かのアルバムとプライベートの写真が入っている。

中からキャシー・ディキンソンの写真を納めた額を取り出し、松永はそれをキャビネットの上に置いた。二人で、メキシコからコスタリカに旅行した時の写真だ。腰にパレオを巻いた水着姿のキャシーは、長い濡れた髪の中からはにかむように松永を見つめている。その笑顔を見ていたら、暗い部屋の中が少し華やいだような気がした。

一九九五年の一月一七日から数日間に、神戸で撮影したポジフィルムも何本か出てきた。崩壊したビルと高速道路の高架。瓦礫の山の中で立ち尽くす人々。そして炎と遺体。照明に当てて写真を見ていると、当時の光景が脳裏に蘇《よみがえ》ってくる。

モバイルが鳴った。この番号に電話をかけてくる人間は限られている。携帯を開くと、やはり『ガーディアン』紙のアジア太平洋支局長、サム・ラングフォードからだった。

——まだ〝カンパニー〟の奴らにタマは抜かれていないか？——。

サムの、太い声が聞こえてきた。

「タマは無事だよ。もうピーナッツの方は食われちまったかもしれないけどな」

松永がいうと、サムが低く笑った。

——おれのピーナッツもとっくに食われちまったよ。女房にな。それで、先週のインタビューはどうだった？——。

松永は先週の週末に『日本アジア航空』の坂井と話してから、サムにまだ何も報告していなかったことを思い出した。

「非常に、興味深い会見だったよ。〝彼〟は紳士だった。いまは〝学校〟で、〝高校生〟を相手に教えているらしい」

——何を訳のわからないことをいってるんだ。その部屋なら、〝クリーニング〟はすんでるぞ——。

サムのいう〝クリーニング〟……とは、「盗聴器は仕掛けられていない……」という意味だ。『ガーディアン』が使っている部屋なら、当然だろう。だが、松永はいった。

「わかっている。しかし今日、ニューヨークから自分の荷物が届いたんだ。そちらの方の〝クリーニング〟がまだ終わっていない。それで、電話の要件は？」

——こちらもちょっと、話があったんだ。例の、〝グランパ〟の件だ——。

〝グランパ〟とは、二人の間の村山富市元首相のニックネームだ。

「それなら、食事でもしながら話そう。いつもの店に、荷物の整理が終わったら行くよ」

——了解。先にニョッキを注文して待っている——。

松永は電話を切り、息をついた。時計を見ると、午後五時を過ぎていた。窓の外は黄昏《たそがれ》に染まり、東京タワーにも明かりが灯《とも》りはじめていた。

荷物の整理を再開した。ニューヨーク時代に着ていたスーツやジャケット、そして靴。大切な本と、バインダーなどに納められた資料、DVD、旧《ふる》いキヤノンF―1とミノックスの二台のカメラのセット。他にはコレクションのナバホやホピのインディアン・ジュエリーが少々。ひと通りは調べてみたが、それらしいものは何も見当たらなかった。

最後に、ウィンドウズのデスクトップパソコンが入った箱だけがひとつ残った。一年前に買った新しい型だが、これは囮《おとり》だ。中には『911』関連の取材データが入っているが、誰に見られてもいいような古い資料や原稿ばかりだ。

もちろん〝奴ら〟も、これが囮であることはわかっているはずだ。だが、盗聴器を仕掛けるとしたらこの中しか有り得ない。

これは、松永と〝カンパニー〟の間のゲームなのだ。自分が騙された振りをして、相手を騙す。相手を騙したつもりでいて、自分が騙されている。お互いに、承知だ。最後にジョーカーを引いた者が、負けになる。

松永は、ウィンドウズを起動させた。インターネットで検索し、エリック・クラプトンの『ハロー・オールド・フレンド』をダウンロードした。その曲をリピートするようにセッティングし、音楽を流した。

古い友人に、プレゼントを――。

荷物の中からジーンズとM―65ジャケットを選んで着替え、『レッドソックス』のキャップを被《かぶ》り、部屋の外に出た。

5

サム・ラングフォードはいつものトラットリア・バーの、いつもの席に座っていた。

すでにニョッキをひと皿たいらげ、ペパロニとブラックオリーブの載ったピザがテーブルに置かれていた。松永はそれを見て、溜め息を洩らした。サムと付き合っていると一カ月で一〇ポンドは体重が増えそうだ。ある意味で、その事実は、〝カンパニー〟の圧力よりも恐ろしい。

ジョッキのビールを注文し、松永は半分ほどを一気に体に流し込んで息をついた。さりげなく、周囲を見渡す。相変わらず国籍不明の外国人客や若い男女で店内は混み合っていた。

カウンターに、アルマーニのスーツを着た日本人の男が一人。前にもこの店で見たことがあるような気がした。いや、気のせいだ。もしそうであったとしても、単なる常連客だろう。

「気にするな。ここには〝カンパニー〟の連中はこない」

サムがビールを飲みながら、おっとりと笑う。

「わかってるさ。ニョッキが不味《まず》いからだ。しかし、おれたちは、この一週間で三回もそのニョッキを食っている」

「偶然だよ。あのアルマーニの男も、ここのニョッキが好きなだけなのかもしれない。それで、坂井キャプテンの話は？」

松永は息を吐き、頷いた。

「それが、奇妙なんだ。彼はあの日、午前五時四六分に、高度五〇〇〇フィートの上空から神戸の市街地を走り抜ける白い閃光を見たといっている……」

「他の証人も見たといっていた、あの光だろう？」

「そうだ。おそらく、同じ光だと思う。しかし坂井の証言は、他と少し違っているんだ……」

松永は、今度はビールをゆっくりと口に含み、説明した。神戸で出会った他の証人は、地震の瞬間に周囲の空間、もしくは「空が光った」と表現した。だが高度五〇〇〇フィートの機内にいた坂井は、町を二つに切り裂くように「地上が光った」と判断した。

「微妙な差だな」

サムが、冷めたピザを銜《くわ》えていった。

「確かに、微妙だ。しかし、大きな差でもある。空が光ったのか。もしくは地上が光ったのか。実はもう一人、地上が光ったと証言した人間がいる」

「誰だ？」

「ここ何日か暇を持てあましていたんで、インターネットを検索していて引っ掛かってきたんだ。帝産観光バスのドライバーだよ。彼はあの時、阪神高速道路の神戸線を走っていた」

野本義夫、当時三七歳。その名前は吉村武士が残したリストにも載っている。

「その男のことなら、聞いたことがある。有名な男だ。確か、高速の高架から前輪が落ちかけたバスの写真が、『ワシントンポスト』の一面を飾った……」

「そうだ。その男の証言が、当時のいろんな新聞や雑誌に載ってるんだ」

野本義夫は、こう証言している。地震の直前に、「左前方のポートアイランドから六甲山にかけて、目が潰れるような強い閃光が走り抜けた」と――。つまり、光ったのは地上だった――。

「君が何をいわんとしているのかわからない」サムがいった。「そのバスのドライバーは、地震の瞬間に阪神高速の高架の上にいた。坂井キャプテンは五〇〇〇フィートの上空だ。しかし、他の証人は地上にいた。ようするに、目線の高さによって光る場所が違って見えたということか？」

「そうだ……」

この矛盾を理論的に説明する方法はひとつしかない。あの大地震の瞬間に、ポートアイランドから六甲山にかけて地表に亀裂が走り、その裂け目から何らかの光が空に向かって噴出したということになる。

「坂井キャプテンは何といってたんだ。つまり、彼は、その光を何だと思ったのか……」

松永は、サムの質問に一瞬、グラスに伸ばした手を止めた。だが、サムに隠しても何もはじまらない。

「彼は、〝爆発〟だといっていたよ。閃光を見た瞬間に、地下で何か巨大な〝爆発〟が起きて、その光が地表の割れ目から噴出したのだと思ったと……」

サムが、松永を見つめている。二人、静かに、ビールを口に含んだ。

「馬鹿な……。有り得ない……」

「そうだ。そんな巨大な爆発など、有り得ない。しかし坂井キャプテンは、民間の航空会社に移る前は日本のエアフォースのパイロットだった。ミサイルの訓練などで、あらゆる爆発物の知識に精通していた。その彼が、〝爆発〟だといったんだ。しかも、光の質から、その爆発物の種類まで推定した。一般のTNTのような火薬とは違う。核か、テルミットか、もしくは爆発物ではないがプラズマのような光だったと……」

「頭が痛くなるような話だな。ビールじゃやってられん」サムがそういって、ウェイターにシーバスリーガルのオン・ザ・ロックスを注文した。「しかし、GEQの時の発光現象は、他の地震でも確認されている。阪神淡路大震災だけではない。科学的には原因は解明されていないがね。例えば、八九年のサンフランシスコや阪神の前年のロサンゼルスのGEQでも……」

サムが、そこまでいいかけて言葉を止めた。松永が、頷く。どうやら二人同時に、同じことに思い当たったらしい。グラスで濡れたテーブルの上に、サムが人さし指で〝11

７〟と書いた。

そうだ。サンフランシスコ大地震が起きたのが一九八九年の一〇月一七日。ロサンゼルス大地震が起きたのが一九九四年の一月一七日。そして阪神淡路大震災が、翌九五年の同じ一月一七日に起きている。

フリーメーソンや一部のキリスト教原理主義の数霊術には、〝０〟という概念が存在しない。つまり二〇世紀末の代表的な三大地震は、すべて〝１１７〟という数字の日付に起きたことになる。ちなみに、『第一次湾岸戦争』が起きたのは一九九一年の一月一七日だった――。

「奇妙な〝偶然〟だな」

松永が、皮肉を込めていった。

「本当に、神がこの世にいるとしか思えない〝偶然〟だ」

サムが、シーバスリーガルを口に含んだ。

そうだ、偶然なのだ。だが例の『９１１』だけでなく阪神淡路大震災の周辺にも、あまりにも偶然が多すぎる。日付に限ったことではない。なぜあの地震が起きる当日から、同じ被災地となった大阪市内で『日米都市防災会議』が開催される予定になっていたのか。なぜ世界最大のトラス吊橋である『明石海峡大橋』の建設中に、淡路島側のアンカレイジから一・五キロの海底を震源地としてＭ７・２の大地震が起きたのか。そしてなぜ、阪神淡路大震災の謎を取材していた吉村武士が、二〇〇四年の一二月二六日にバンダ・アチェの大地震で行方不明になったのか――。

偶然は、要因がひとつだからこそ〝偶然〟なのだ。それが二つ重なれば、偶然であることに疑いを持つべきだ。そして三つ以上の要因が重なれば、それは最早《もはや》〝偶然〟ではなく、〝必然〟となる。これは、哲学における森羅万象の真理だ。

松永は、ジャック・ダニエルズのオン・ザ・ロックスを注文した。確かにサムのいうとおり、ビールやワインではやってられない。

「それで、君の用件は何なんだ。話があったんだろう?」

運ばれてきたウイスキーを口に含み、松永が訊いた。

「そうだ。例の〝グランパ〟の件だ。インタビューを申し込んだんだが、断られたよ」

そうだ……それもきわめて奇妙な〝偶然〟のひとつだ。なぜあの阪神淡路大震災の起きた年に限り、戦後二度目、四七年振りの社会党連立政権だったのか――。

村山元首相は、吉村武士が残したリストの筆頭にその名前が書き込まれていた。だがその名前の上に、会ったことを示す「〇」印は書き込まれていなかった。かわりに、「×」と書かれていた。つまり吉村も村山元首相を証人として重要視していながら、会えなかったということなのだろうか。

「あの地震については、話したくないということなのか?」

村山政権は阪神淡路大震災における初動対応の遅れに対し、後に各方面から責任を追及された経緯があった。二〇〇七年にも石原慎太郎東京都知事が「神戸の地震の時には首長

（県知事）の判断が遅かったために、二〇〇〇人は余計に亡くなった」と発言し、物議をかもした。当然その矛先は、村山富市元首相にも向けられていることになる。

「いや、そうではないだろう。こちらからは、地震のことについては何も触れていない。彼は、老齢だ。単純にもう表舞台には顔を出したくないというのが本音だろう」

村山富市は、一九二四年三月の生まれだ。今年――二〇〇七年一〇月の時点で――すでに八三歳になっている。だが村山は阪神淡路大震災を取材する上ではキーマンの一人だ。

「他に、誰かいないかな。当時の事情を、内政側から話せるような人間が……」

「そう思って調べてみた」サムが、ポケットから手帳を取り出して開いた。「当時、震災の現場で被災した政治家が何人かいた。その中の一人に、村山政権と連立を組んでいた『新党さきがけ』の高岡陽二という男がいる。その男と、アポイントメントを取っておいた」

「あの地震のことを話してもいいと？」

「むしろ、話したがっている。彼は、政治家というよりも市民活動家だ。あの地震の後にも、内外のマスコミに対して積極的にインタビューに応じていた。時間は明後日の午後四時から三〇分間。場所は永田町二丁目にある議員会館の事務室だ。これを持っていくといい」

サムがそういって、『ガーディアン』のプレスカードをテーブルに置いた。

酔ってはいたが、寝つけなかった。

松永はベッドを抜け出し、Macを開いた。ウィンドウズの方は、まだバスルームで『ハロー・オールド・フレンド』を歌い続けている。もし盗聴器が仕掛けられているとしたら、〝カンパニー〟の連中はエリック・クラプトンを嫌いになっているだろう。

Macを起動させ、インターネットに接続し、〝村山富市〟で検索する。

6

村山政権——。

いま振り返ってみても、実に謎の多い政権だった。さらに奇妙なのはこの政権に疑問をもっていたのは主に海外のメディアの方で、当事者の日本の民衆は「時代の流れ」としてごく自然に成り行きを受け入れていたことだ。

村山富市は旧陸軍上がりの政治家で、社会党の内部では右派の筆頭として知られていた。その村山が党の国会対策委員長に就任したのが一九九一年四月。さらに九三年九月には、第一三代社会党委員長に選出された。これを機にそれまで野党第一党の域を脱しきれなかった社会党に、一気に政権奪取の機運が高まることになる。

村山政権の成立までの経緯を時系列で追ってみると、いかに不自然な内閣であったのかが浮かび上がってくる。

一九九三年七月三〇日、自由民主党の宮澤喜一首相が退陣し、河野洋平が党総裁に就任。一週間後の八月九日、日本新党の細川護熙内閣が発足し、それまでの自民党による一党独裁体制が崩壊した。同時に社会党の土井たか子委員長が衆議院議長に押し上げられ、日本の政局は大きな変換を遂げた。

この細川内閣は、日本新党、公明党、新党さきがけ、新生党、さらに社会党などによる非自民八党の連立政権だった。だが翌九四年四月、社会党は細川首相による国民福祉税案に反発して連立を離脱。これを機に細川内閣は総辞職し、代わって羽田孜政権が発足した。この時に連立離脱の責任を取って久保亘が社会党委員長（代理）を辞任。代わって委員長に就任したのが村山富市だった。

だが、少数与党内閣として発足した羽田政権もまた長くは続かなかった。日本新党、新生党、民社党が院内会派を結成する中で村山はこれに反発。社会党内部の反対も押し切って改めて連立離脱を表明。同年六月二五日、戦後二番目の早さで羽田内閣は総辞職に追い込まれた。

ここからの政治的な動きが、何とも奇妙なのだ。当時の自民党総裁の河野洋平が村山に〝自社さ共同政権構想〟を打診。社会党側はこれを受け入れ、六月三〇日、村山富市首班による自民、社会、さきがけの連立内閣が誕生した。

最大の謎が、ここにある。そもそも、なぜ〝村山首相〟だったのか。当時の三党の連立では、議席数を見ても第一党は明らかに自民党だった。普通は、その第一党の総裁である河野洋平が首班となる。社会党は九三年の総選挙で大敗して議席数を減らし、ただでさえ政治的影響力を低下させていた。その党首の村山富市に「首相をやってください」という美味《うま》い話は、常識的に考えても絶対に有り得ない。しかもこの時、自民党の河野洋平は自ら外相に甘んじている。

単純に考えれば、社会党を連立に誘い込むための〝餌〟だったということか。実際に政権の主導権は、常に自民党が握っていた感もある。だが、たとえ〝餌〟であったとしても、村山はなぜ安易にそれに食いついてしまったのか――。

だめだ。頭がはっきりとしない……。

松永は一度デスクを離れ、ラガブリンのソーダ割りを作って席に戻った。口に含み、喉を潤す。アイラ島のシングルモルト特有の香りとソーダの刺激で、少し思考力が戻ってきた。

そこで、もう一度、考えた。なぜ自民、社会、さきがけの連立だったのか。なぜ村山首相でなくてはならなかったのか。何か理由があるはずなのだ……。

松永は、時間を溯《さかのぼ》って考えてみることにした。あの時――村山政権が誕生する以前に――世界情勢において何が起きていたのか。インターネットで検索するうちに、興味深い情報が引っ掛かってきた。

『PKO』――国際平和維持活動――協力法の成立――。

当時の国会によるPKO法案の議論の中で、『憲法第九条』を楯《たて》に取り、社会党の国会対策委員長として強硬に反対の立場を取っていたのが村山富市だった。だが九二年六月一九日、宮澤政権においてPKO法案を修正した『PKO協力法』が成立。これにより自衛隊は同年九月にアンゴラ、カンボジアなどにPKO国際平和協力隊を派遣した。

前後して、もうひとつ興味深い事例がある。九三年から九四年に起きた、アメリカと北朝鮮によるいわゆる『北朝鮮危機』だ——。

北朝鮮はアメリカ側にプルトニウムの生産開始を含む核開発計画を通告。これに対しアメリカ側は「空爆により北朝鮮の核施設を破壊できる」として空母を日本海に派遣、圧力をかけた。さらにこれを受けて北朝鮮は「報復としてソウルを砲撃する」と発言し、米朝は一触即発の危機に直面した。

当時の北朝鮮の標的には、新開発ミサイルの射程圏内にあった日本も含まれていた。当然アメリカは、当事者である日本にも軍事的、もしくは政治的介入を期待する。だが細川、羽田、村山政権下にあった日本政府は、この隣国の脅威に対し、またしても『憲法第九条』をちらつかせて優柔不断な態度を取り続けた。

『憲法第九条』、か……。

簡単にいってしまえば、第九条は「戦争の放棄」、「戦力の不保持」、「交戦権の否認」の日本の平和主義の三大原則である。元は第二次世界大戦後にアメリカを中心とするGHQ側の指導により制定された日本国憲法の根幹を成す文言のひとつだが、近年の世界情勢の中においては逆に『日米安保条約』における足枷《あしかせ》になってしまっている。

考えてみると、自社さきがけの連立を組んだ新党さきがけもまた、「皇室重視・憲法第九条尊重」を主張するリベラルな政党だった。九一年の湾岸戦争。九二年からのPKO活動。九三年から九四年にかけての北朝鮮危機。なぜあの時期に、第九条の廃止を目論《もくろ》む自民党が、まったく逆の立場を取る社会党や新党さきがけと連立を組んだのか。単に目先の政権を睨《にら》んだ数合わせの理論にすぎないのか。それとも、他に裏があるのか。この辺りも大きな謎だ。

そして九五年一月一七日、阪神淡路大震災が発生。救援活動の初動の遅れが問題となり、『自衛隊法』に対する議論が再燃。三月二〇日にはオウム真理教による地下鉄サリン事件が起き、『破壊活動防止法』の適用への機運が高まりはじめる。それらの国防論の間隙《かんげき》を縫うように八月一五日に閣議決定されたのが、いわゆる「村山談話」だった——。

〈——遠くない過去の一時期、国策を誤り、戦争への道を歩んで国民を存亡の危機に陥れ、植民地支配と侵略によって、多くの国々、とりわけアジア諸国の人々に対して多大の被害と苦痛を与えました（中略）わが国は、深い反省に立ち、独善的なナショナリズムを排し、責任ある国際社会の一員として国際協調を促進し……（後略）〉

これが、第三の謎だ。戦後五〇年も経ってから——すでに『東京裁判』などで決着している戦争責任を——なぜ一国の総理大臣が改めて謝罪するような発言を行ったのか。国際政治の常識では、考えられない発言だ。

しかも、文面が奇妙だ。日本語の原文で読んでも、正確に意味が伝わってこない。当時、ＦＣＣＪ（日本外国特派員協会）の政治部の記者は、この村山談話をいかに自国の言語に翻訳すべきなのかを全員が苦慮していた。あまりにも表現が抽象的かつ曖昧《あいまい》で、直訳しようとすると何かの〝暗号文〟のようになってしまう。実際にこの談話を発表した村山首相は、記者会見で「〝国策を誤った政権〟とは具体的にどの政権を意味するのか」と問われ、何も答えることができなかった。

松永は、ウイスキーを口に含んだ。

改めて『村山談話』の原文を読んでみても、やはり明確な意味が伝わってこない。何かの〝暗号文〟だといわれるならば、確かにそうとも受け取れる。だとすれば、よくいわれるように、九三年に中国の国家主席に就任した江沢民に対するものであった可能性は否定できない。当時、江沢民は、国内で『愛国主義教育実施綱要』を法制化させて徹底的な〝反日教育〟を促進させていた。九五年五月にはロシアで開催された対独戦勝利五〇周年記念式典の演説で、「中国側の日中戦争時の被害者は三五〇〇万人……」と発言し、終戦直後の「約三二〇万人……」という数字（これも中国側の一方的な主張）を一〇倍以上に誇張した。その三カ月後に出された村山談話は、江沢民の暴言を暗に認めたことにもなりかねない。

村山談話からは、まったくといっていいほど日本の国益に通ずる意図が感じられない。もし少しでも日本の主張が織り込まれているとすれば、後半の部分だろう。だが「独善的なナショナリズム……」とは何を意味するのか。「責任ある国際社会の一員……」とはどのような国のことなのか。「国際協調を促進……」とは何を促進するのか。具体的なことは、何も書かれていない。

ともかく、この村山談話が村山内閣の致命傷となった。八月の閣議決定以来、国内外からの反発が高まり、村山政権は急速に求心力を低下させていく。翌九六年一月五日に村山富市首相が辞意を表明し、自民党の橋本龍太郎内閣が誕生した。

北朝鮮危機にはじまり、阪神淡路大震災、オウム真理教の一連の事件、そして村山談話と、村山政権は正に火中の栗を拾うために生まれた内閣だった。一連の出来事は、単なる偶然だったのか。それとも、必然だったのか……。

村山富市は、社会党内部では右派の筆頭だった。だからこそ、誕生し得た社会党政権であったのかもしれない。実際に村山は政権を取ると同時に、それまで社会党が主張し続けてきた「非武装中立論」に〝死亡宣言〟を与え、頑《かたく》なに反対し続けてきた『日米安全保障条約』についても「これを堅持する」と表明。さらに「自衛隊の合憲」を認めた。つまり村山はたった一回の政権を維持するために、歴史ある社会党のアイデンティティそのものをすべて切り捨てたことになる。

社会党は、死んだ。あの一年半の政権と引き換えに、日本の政局の中での存在価値を完全に失ったのだ。日本社会党は一九九六年一月の第六四回党大会で社会民主党と名称変更を決定。同年三月の第一回大会でこれを承認し、分裂した。さらに同年四月に結成された民主党に野党第一党の座を譲り、日本は名実共に〝保守王国〟の道を歩みはじめることになった。

この一連の動きの中で、誰が得をしたのか。ひとつは自民党をはじめとする日本の保守系の政治家たちだろう。そして、もうひとつは、アメリカか。だが、阪神淡路大震災との関連がまったくわからない……。

いつの間にか、窓の外では夜が明けていた。松永はＭａｃを閉じ、乱れたベッドの上に体を投げ出した。

その日、松永は、なぜか樋口麻紀の夢を見た。

7

地下鉄の国会議事堂前の駅で降りて、松永は永田町の町を歩いた。

途中で、日本の政治の中枢である国会議事堂を見上げた。勇壮かつ、華麗な建造物だ。一八九〇年（明治二三年）に建設計画が発令され、設計は一般公募により宮内省技手だった渡辺福三案に決定した。竣工は一九三六年（昭和一一年）。当時の日本の文化と建築技術の粋を集めた国家威信の象徴でもある。

ちょうど国会議事堂が竣工した年の二月二六日に、この永田町を中心として「後の日本の命運を決した」ともいわれる『二・二六事件』が起きている。日中戦争、第二次世界大戦に至るまでのいくつかの閣議決定がここで為され、終戦案も模索された。戦後はGHQによる占領下の政局を見つめ続け、さらにその五〇年後には同じこの国会議事堂で村山談話が議決された。

日本の近代史を静かに見つめ続けてきた証人でもある。だが日本人には、古くなったからという理由だけで、歴史ある建造物を簡単に取り壊してしまう奇妙な悪癖がある。いま目の前にある国会議事堂もまた、いずれ近い将来にそのような運命を辿《たど》るのだろうか。

議員会館は、議事堂の裏側の道路に隣接していた。衆議院第一議員会館、同第二議員会館、さらに参議院議員会館の三棟の七階建てのビルが並んでいた。いずれの議員会館も、地下で国会議事堂に繋がっている。

松永は、指定された参議院議員会館に入った。高岡陽二は新党さきがけの解散後は民主党の公認を得て衆議院選に出馬したが、これに落選。いまは保守系無所属の参議院議員として政治活動を続けている。

受付でプレスカードを提示し、来意を告げる。何枚かの書類にサインさせられた後で、四階にある事務室に案内された。

事務室の中では何人かの男女が慌ただしく立ち働いていた。全員が、Tシャツもしくはポロシャツという姿だった。その中に、年齢が五十代と思われる男が一人。日に焼けて、いかにも頑健そうな体躯《たいく》をしていた。一見して、政治家には見えない。だがこの男が、高岡陽二だった。

松永の顔を見ると、高岡は白い歯を見せて笑った。

「ごたごたしていて、すまないね。今日はこれから、地元から陳情団が来るんだ。三〇分……いや、四〇分は取れるかな。とりあえず、そこで待っていてくれ」

高岡は松永をソファーに座らせ、自分でコーヒーを二つ淹《い》れて戻ってきた。そして訊いた。

「それで、阪神大震災だって？　どうしてまた、いまさらそんなことを調べてるんだね」

政治家とは、皆こうなのだろうか。かなり性急な性格をしているようだ。だが、かえってその方がやりやすい場合もある。松永は、あえてストレートに疑問をぶつけてみることにした。

「あの地震には、奇妙な点がいろいろとあります。普通では考えられないような〝偶然〟が重なっている」

「と、いうと？」

「ひとつは、村山政権です。なぜあの地震が起きた時に、戦後四七年振りの社会党政権だったのか……」

〝村山政権〟と聞いて、高岡に明らかに反応があった。一瞬、笑いが消え、表情が強張《こわば》った。だが高岡は、すぐに元の自分を取り戻した。

「それは〝偶然〟だろう。まさか村山さんが首相になった時点で、誰もあの地震が起きることなど予測し得なかったわけだからね。それで私は、何を話せばいいのかね」

軽く、かわされた感じだった。

「わかりました。いま私は、地震当日の現場にいた人々の証言を集めています。あの日、あなたも神戸にいた。そこで見たもの、経験したことを話していただきたいんです」

高岡は腕を組み、頷いた。

「私が見たものは、地獄だよ……」

コーヒーをひと口飲み、息を整えると、高岡は自分の記憶を嚙《か》みしめるように話しはじめた。

一九九五年一月一七日の阪神淡路大震災当日——正確にいえばその二日前から——高岡は地元選挙区の神戸市東灘区にある自分の家に戻っていた。高岡の家は、同区住吉本町にあるマンションの三階だった。当日は家族を東京に残し、部屋にいたのは高岡一人だった。

午前五時四六分、高岡は下から突き上げるような強い揺れで目を覚ました。家具が宙を飛びかうように倒れ、頑強なマンションが音をたてて歪《ゆが》み、壁に亀裂が疾《はし》る。だがベッドの上に横になっていた高岡は、金縛りにあったように動けなかった。

数十秒間の揺れが治まり、高岡はやっとベッドの上に起き上がった。割れたガラスから厳冬の冷たい風と共に、誰かの悲鳴や叫び声が聞こえてくる。スイッチを入れたが、明かりは点《つ》かなかった。

高岡は闇の中でジーンズと防寒着を着込み、マンションの外に出た。暗さに目が慣れるにしたがって、周囲の様子がわかってきた。目の前に広がる光景を見て、呆然《ぼうぜん》とした。昨夜まで、そこにあった町が無くなっていた。瓦礫の山と化した地獄のような闇の中を、寝間着姿や裸同然の男女が、血だらけで泣き叫びながら、幽霊のように徘徊《はいかい》していた。

高岡がここまで話した時に、松永は質問をはさんだ。

「なぜその時、高岡さんは一人だったのですか？　なぜ、神戸に戻っていたのですか？」

高岡は一瞬また、表情を硬くした。松永の質問の意図を察したようだ。

本来ならば、あの時期に新党さきがけの議員が地元に戻っているはずがないのだ。一七日には社会党執行部に新民主連合の山花貞夫ら二四名が会派離脱届を出すことが予測され、社会党は分裂の危機にあった。首相官邸には連立を組む自民党や新党さきがけの議員が出入りし、永田町は騒然とした空気に包まれていた。阪神淡路大震災は、その政治的局面のさなかに起きた災害でもあった。

だが、高岡はここも軽く受け流した。

「それは、〝偶然〟ですよ。地元の県議の応援か何かで、私だけ戻ってたんではなかったかな。古いことなので、よく憶えてはいないが……」

「わかりました。続けてください」

高岡は自宅のある住吉本町からJR住吉駅、さらに東灘区役所方面へと向かった。山の手から下町に入ると、地震の被害情況はさらにひどくなった。これは、尋常ではない。家屋のほとんどが倒壊し、その下に無数の人間が生き埋めになっている。助けを求める人々。だが、手の施しようがない。そのうちに、どこからともなく火の手が上がりはじめた。人が、生きたまま焼かれていく。

その時、高岡は、奇妙なことに気が付いた。あれだけの大地震が起こり、町は完全に破壊されている。しかも、すでに一時間以上が経過していた。それなのに、なぜ自衛隊の救援がこないのか――。

「あの時、私は考えていたんだ。あれだけの現場で、一人の人間としてできることはたかが知れている。それならば、政治家として何をやるべきかと……」

「それで、何をしたんですか?」

「自衛隊を呼ぼうとした。それしか方法はないでしょう」

高岡は、地震の発生直後から携帯電話を使ってあらゆる方面に連絡を取り続けていた。だが当時、阪神間の携帯基地局の内一四〇局がすでに機能停止。残る数局に電波が集中していたために、なかなか電話が繋がらない。だが七時近くになった時、当時議員会館に詰めていた秘書の坂口芳夫から電話がかかってきた。

「私の身を案じて、電話をしてきたんだ。その坂口君に、私はいった。とにかく、人が何百人も死んでいる。首相官邸か玉澤防衛庁長官に電話して、自衛隊の出動を要請しろと……」

玉澤徳一郎は防衛庁長官任期中に「第三次世界大戦に備えるべく軍備増強は必要不可欠」と発言した自民党の最右翼の議員の一人だ。

「それで、どうなりました?」

「坂口君は私との電話を繋いだまま、他に電話をかけた。しかし、村山首相はまだ自宅にいた。官邸には、危機管理のための当直すらいない。まったく埒《らち》が明かなかった」

「玉澤防衛庁長官の方は？」

「当時の自衛隊法を楯に取られて、秘書に断られたよ。総理大臣もしくは被災地の県知事の要請がなければ、自衛隊は派遣できないとね。しかも私がその時に目の前で見ている光景を、〝未確認情報〟だと突き放された……」

確かに、そうなのだ。当時の自衛隊法では県知事本人による要請と第八三条による複雑な手続き、もしくは総理大臣による命令がなければ災害派遣は不可能だった。信じ難いことに、自衛隊の長である防衛庁長官ですらその権限を持っていなかった。そして自衛隊にその足枷をはめたのは、社会党だった……。

高岡はその後も各方面に連絡を取り続けた。だが自衛隊の姫路駐屯地が県庁から〝非公式〟の要請を受けたのが地震発生からすでに五時間近くが経過した午前一〇時過ぎ。大渋滞の中を現地に向かい、長田区に入ったのが午後〇時三〇分。東灘区に第一陣が到着したのが午後二時近く。すでに瓦礫の山と化した町は大半が焦土と化し、生き埋めになった市民のほとんどが焼死していた。

「あの時ほど、自分が無力だと感じたことはなかった……」

高岡は、表情に苦渋を滲《にじ》ませた。その高岡に、松永は訊いた。

「もしあの時、社会党政権ではなかったとしたら……」

高岡が、怪訝《けげん》そうな目で松永を見た。

「君は、何がいいたいのかね？」

「つまり、こういうことです。もし運悪く戦後四七年振りの社会党政権でなかったとしたら、あの地震の時の自衛隊の災害派遣はもっとスムーズにいっていたのではないかと。もしかしたら、六〇〇〇人以上もの市民が死ななくてもすんだ。高岡さんは、そうは思いませんか？」

高岡は、しばらく松永を見つめていた。だがやがて、静かに頷いた。

「確かに、君のいうとおりだ。石原都知事のいうように、村山さんが〝数千人を見殺しにした〟かどうかはわからないがね。もし地震から一時間以内に自衛隊の派遣が決定され、迅速に消火活動が行われていたら、一〇〇〇人は助かっていたかもしれない。しかもそれは、政治的にはけっして不可能ではなかった……」

「技術的には？」

「それは私の専門外だな。あとは、姫路の駐屯地に行って直接調べてみるといい。彼らは、良くも悪くも軍人だよ。たとえそれが災害派遣であれ何であれ、命を賭《か》けて国民を守ることに誇りとプライドを持っている。おそらく、当時のことを本音で語ってくれるだろう。さて、時間だ。この辺でいいかな」

席を立とうとする高岡に、松永がいった。

「もうひとつだけ……」

「何だね？」

「先程、伺った質問です。高岡さんは、なぜあの日、一人で、神戸に戻っていたのですか。

社会党の新民主連合が会派離脱届を出すという噂がある中で、連立を組む新党さきがけの議員が地元に戻っているような場合ではなかったはずです」

高岡の表情が、固まった。鋭い目が、松永を見つめる。

「君は、あの地震の何を調べているんだね？」

「真実を」

「どこまで調べる気なのかね」

「徹底的に、最後まで」

「それが何を意味するのかわかっているのか？」

「わかっているつもりです」

松永がいうと、高岡は大きく息を吐いた。

「わかった。私の、負けだ。ただしこれから私が話すことは、あくまでオフレコだよ。何の根拠もない冗談だと思ってくれ。いいね？」

「承知しました」

高岡は、冷めたコーヒーを口に含んだ。そして、いった。

「年が明けた頃だったか……。当時の内閣の政治家連中の間に、奇妙な噂が流れたんだ。一月一六日から一八日の間に、関西地区で、何か〝大きな事件〟が起きる。だから、神戸や大阪には近付かない方がいいと……」

松永は、息を呑んだ。あの『９１１』テロの時とまったく同じだ。当時のライス大統領補佐官は、政府の閣僚や財界の要人に「九月一一日には飛行機に乗らない方がいい」と事前に警告していた。

「その話を、信じたのですか?」

「そうだ。当時、オウム真理教のことが問題になっていたろう。あの教団が、ハルマゲドンが起こるとかいったような、単なる風説にすぎなかったんだが。それなのに、あの時はなぜか、誰もがそれを半ば信じていた……」

「噂の発信源は?」

「わからない。自然発生的なものだったと思う。ともかく、私もその噂を信じた一人だった。なぜか、あの時はね」

「それなのに、なぜ高岡さんは神戸に戻ったのですか」

「ひとつは、好奇心だよ。本当に何かが起きるなら、自分の目で確かめてみようと思った。もうひとつは、自分の主義かな。私は政治家である以前に、一人の市民活動家だ。もし何かが起こるなら、何かをしなければならない。そのためには、現場にいなくてはならない。結局、何もできなかったがね。そうしたら本当に、あの地震が起きた……」

「それも〝偶然〟だと思いますか?」

「わからない。おそらく、偶然なのだろう。しかし、後からいろいろと調べてみて、面白いことに気がついた……」

「面白いこと?」

高岡が、頷く。

「神戸や大阪……特に被害の大きかった芦屋地区には……政治家や財閥の関係者が多い。ところがその中から、私の知る限りでは地震の犠牲者が一人も出ていない。本人だけでなく、家族や親族にもだ」

「まさか……」

「これも、偶然かもしれない。しかし、確率としては、奇跡に近い。やはり、調べてみてわかったんだよ。あの日、あの時間に、政界や財界の関係者はほとんど阪神地区にいなかった。自宅にもだ。それがどういうことか、わかるだろう」

「わかります……」

高岡が、席を立った。松永が右手を差し出すと、それを力強く握った。

「頑張ってくれ。期待しているよ」

松永を見る目に、なぜか優しさが感じられた。この男はやはり、良い意味で、政治家には見えなかった。

8

夕方から、冷たい雨が降りはじめた。

松永はジャケットの襟を立て、町を歩いた。赤坂見附《みつけ》のハンバーガー・ショップで食事をすませ、酒屋に立ち寄り、ジャック・ダニエルズを一本買ってフラットに戻った。誰もいない部屋で、キャシー・ディキンソンの写真が物憂げに微笑んでいた。

何もやることがなかった。松永はジャック・ダニエルズのソーダ割りを作り、そのグラスを片手にMａcを開く。特にあてがあるわけでもなく、インターネットに接続する。

様々な情報が、液晶のモニターの中で交錯する。『９１１』――村山政権――そして阪神淡路大震災――。何の脈絡もない。だがそのうちに、小さな疑問が湧いた。

阪神淡路大震災によって、日本の自衛隊法はどのように変わったのか……。

検索した。やはり、思ったとおりだった。内閣府の防災情報ページなどで、関連情報の概要がヒットした。阪神淡路大震災を機に、日本の『自衛隊法施行令』は、関連する他の法令と共に大幅に改訂されていた。

最初の動きがあったのは、地震から四三日後の九五年の三月一日だった。「防衛庁は阪神大震災の教訓を踏まえ、災害時の自衛隊の活動権限を拡大する方針を固め、災害対策基本法や自衛隊法など関係法の改正作業に着手した」とある。内閣府のページには、次のように書かれている。

〈○自衛隊の災害派遣
・阪神淡路大震災の教訓を踏まえ、平成7年12月の災害対策基本法の改正において、自衛隊への派遣要請に関する市町村の権限について規定がなされた。（法律１３２号）〉

ここまでは、理解できる。阪神淡路大震災の失態を考えれば、国としての当然の措置だ。

だが、興味深いのは次の記述だ。

〈原子力災害対策特別措置法（平成11年制定）において、原子力災害対策本部長（内閣総理大臣）が緊急事態応急対策を的確かつ迅速に行うため、防衛庁長官に対して自衛隊の支援を要請することができると規定されたことに伴い、自衛隊法を一部改正し、1原子力災害対策本部長の要請により、部隊などを支援のために派遣することができる、2原子力災害派遣を命ぜられた自衛官が必要な権限を行使できる、3原子力災害派遣についても、必要に応じ特別の部隊を臨時に編成することなどができる、4原子力災害派遣を行う場合についても、即応予備自衛官に招集命令を発することができる、こととした（後略）〉

なぜだ……。

この後にも、原子力災害派遣時の規程についての記述が綿々と続いている。

松永は、胸騒ぎを覚えた。阪神淡路大震災の教訓を踏まえた自衛隊法の改正であるはずなのに、なぜ〝原子力災害〟なのか。あたり前に考えれば、原子力発電所の事故に対応するということなのだろう。だが、それにしては〝地震災害〟よりも明らかに〝原子力災害〟を重視しているのが不自然だ。これは単なる災害派遣法の改正ではない。視点を変えれば、〝核戦争準備〟とも受け取れる——。

モバイルの着信音で、松永は我に返った。

最近はなぜか、携帯が鳴ると心臓を鷲掴《わしづか》みにされたような恐怖がかすめる。開くと、麻紀からのメールが入っていた。

〈——会いたくて死にそう。いますぐに会わないと、私はまた壊れてしまう……〉

メールには、写真が添付されていた。携帯のカメラで、自分で撮ったのだろうか。暗いビルのフロアで、泣き叫ぶような麻紀の写真。涙で、化粧が崩れていた。

松永は、返信を打った。

〈——私も、君に会いたい。しかし私には、翼が生えていない——〉

また、メールが返ってきた。

〈——それなら私が飛んでいく……〉

メールを読み終わるのと同時に、部屋のチャイムが鳴った。すでに夜一〇時を過ぎていた。こんな時間に、誰だろう。松永は携帯を置き、ドアに向かった。覗き穴を見ると、そこに黒いコートを着た麻紀が立っていた。

ドアを開けた。雨と涙に濡れた麻紀が、松永の腕の中に飛び込んできた。

二人は何もいわずに唇を合わせ、お互いの温もりを求め合った。

9

ハリー・ミルズは、冷めたエスプレッソを味わっていた。いつもの『スターバックス』のラージサイズだ。

フェデラルプラザ二六番地の高層ビルの二六階にあるオフィスには、窓から晩秋の陽光が燦々《さんさん》と差し込んでいる。気分のいい朝だ。ハリーはコーヒーをすすり、おっとりと窓の外を眺めた。遥か眼下に、マンハッタン島の風景が霞《かす》んでいた。

その風景の中に一瞬、ハリーはワールド・トレードセンターのツインタワーの姿を見たような気がした。だが、幻だ。あの目ざわりな役立たずのビルは、六年前に消えた。旧約聖書のソドムとゴモラの挿話のように、天から降る硫黄《いおう》の炎に焼かれて灰になったのだ。あの光景の、何と美しかったことか。

ハリーは肩を伸ばし、太く短い首をほぐすと、耳にヘッドホンを当てた。Ｍａｃのボリュームを上げる。またあの耳ざわりな音楽が聞こえてきた。

エリック・クラプトンの、『ハロー・オールド・フレンド』——。

東京のエージェントから送られてきた音声メールだ。昨日から、何度この曲を聞いているだろう。同じ曲が、延々と繰り返されている。しかも、録音の状態が良くない。音楽の合間に、様々な雑音が入る。周囲の電波の混信。数時間に一度、水を流すような音。そしてジョージ・松永とCHISATOのセックスを楽しむ声。まるで安物のポルノテープだ。いま頃あのウィンドウズのデスクトップは、東京の東麻布にある『ガーディアン』のフラットのバスルームで歌い続けているのだろう。

オールド・フレンドだって？

冗談じゃない。ジョージ・松永……私と君は〝友達〟でも何でもない。ただ、賢明な隣人の一人として、私は君の人生に対して有意義な忠告をしているにすぎない。

もしもうひとつ忠告を付け加えさせてもらえるなら、ガールフレンドとのセックスはバスルームはやめた方がいい。ベッドルームで楽しむべきだ。少なくとも私が結婚していた時には、そうしていた。

ハリーは薄くなった頭からヘッドホンを外し、溜め息をついた。疲れているはずのない目を揉《も》み、また窓の外の風景を眺めた。マンハッタンの町並みは、いつ見ても素晴らしい。ここは確かに、世界の中心だ。

まあ、いいだろう。ジョージ・松永、君の行動は我々がすべて把握している。君は神戸から東京に戻り、昔のジャーナリスト仲間のサム・ラングフォードという男を頼って『ガーディアン』――あの忌々しい『ガーディアン』だ――に職を得た。一応、生活の目処《めど》がついたことには祝辞を送ろう。

二人は、週に二度か三度の割合で六本木の『ジアンカーノ』というトラットリア・バーで食事をしている。ハリーも、東京に出張した時に一度その店に行ったことがあった。ニョッキの他に、何も食べるものがない店だ。

松永が、ラングフォードと何を話しているのかもだいたいはわかっている。一九九五年の一月一七日に日本の阪神地区で起きた、歴史的なＧＥＱについてだ。そして松永は、東京で二人の証人――『日本アジア航空』の坂井和人元機長と国会議員の高岡陽二――に会った。そこで奴がどのような情報を得たのかは、いまのところ未確認だ。

だが、心配はいらない。あの二人は、阪神地区で起きたＧＥＱの重要証人とはいえない。Ａランクではなく、Ｂランクの証人だ。それにもしこれからも松永が取材を続けるとしても、Ａランクの証人と〝物証〟についてはほとんど〝掃除〟はすんでいる。もし、落ち度さえなければ……。

問題があるとすれば、むしろそれはジョージ・松永という男の、ジャーナリストとしての勘と分析力だ。少なくともハリーは、その点については松永の能力を〝友人〟として認めていた。あの『９１１』の時もそうだった。奴を含め、何人かのジャーナリストや知識人は、〝カンパニー〟が完璧《かんぺき》だと考えていたシステムの網の目をかい潜り、こちらの領域に踏み込んできた。

おかげで〝カンパニー〟は対応に追われた。あの厄介で世話の焼ける無知な大統領を守るために。だが、その任期もあと一年だ。次はアメリカの歴史が始まって以来の女性大統領になるか、それとも黒人大統領になるのかはわからないが、いずれにしても負の遺産に苦しめられることになるだろう。

気になるのは、ジョージ・松永のインターネットのアクセス記録だ。奴は過去の阪神地区のGEQの報道記録の他に、日本の自衛隊法に関するデータに頻繁にアクセスを繰り返している。こちらのラインの方が、むしろ危険かもしれない。〝カンパニー〟が、政治的な手続きを踏まずに簡単に介入できない部分でもある。

だが、まだ動くべきではない。もう少し、奴を泳がして様子を見るべきだ。これからのために、データを収集するという意味においても。それに日本では、カウンター・インテリジェンスは実行しにくい。

どうせ奴は、〝ティン・バード（ブリキの小鳥）〟だ。いくらあがいても、飛ぶことはできない。その気になれば、いつでも叩き潰すことができる。

ハリーは冷めたエスプレッソを口に含み、また薄くなりはじめた頭にヘッドホンを被った。ハロー・オールド・フレンド！　聞き飽きた音楽に耳を傾けながら、くたびれたリーガルの靴を履いた足でリズムを取りはじめた。

第四章　二〇〇八年・神戸

1

　カーテンの隙間から差し込む陽光で、目を覚ました。

　ジョージ・松永は、まどろみながらベッドの中を探った。確かな体温がある。麻紀の体だった。何も身に着けていない。

　滑らかな肌に手を這《は》わせ、唇を吸った。その口を首から胸へと移し、小さな固い痼《しこり》を含む。麻紀が、小さな声を出した。

「……どうしたの……。またするの？……」

　麻紀がいった。

「そうだ。ぼくは、君の中毒になっているらしい」

「わかったわ。それなら私が、してあげる……」

　麻紀が体を起こし、松永に舌を這わせた。ゆっくりと、静かに楽しみ、上になった。松永を見つめながら、かすかに微笑む。そして、長い黒髪を振った。

美しい体だった。鞣《なめ》し革のような肌。細く、しなやかなウェスト。胸は小ぶりだが、つんと上を向いている。

どこも似ていない。だが松永は、死んだキャシー・ディキンソンの姿をその光景に重ねた。そして、思う。麻紀を抱き、キャシーを思い出す度に、麻紀への愛がつのる。

それでいい。自分は、キャシーを忘れることはできない。キャシーを忘れてはいけない。

キャシーはいまもリビングのキャビネットの額の中で、二人の愛の交歓をやさしく見守っている。

すべてが終わった後で、麻紀が松永の上に崩れた。荒い息遣い。耳元で、小さな声でいった。

「良かった？」

「ああ、とても……」

「私と、あの写真の人と、どっちがいい？」

「両方だ……」

「こら——」

麻紀がそういって、松永の耳を咬《か》んだ。

二人で、裸のままバスルームに入った。お互いの体に石鹸《せっけん》を塗り、泡にまみれながら、熱いシャワーの下で唇を求め合った。ガラスのドアの向こうでは、ウィンドウズのデスクトップが『ハロー・オールド・フレンド』を歌い続けている。

バスタオルを体に巻き、リビングに戻った。松永がトーストを焼いてコーヒーを淹《い》れ、麻紀がハム・アンド・エッグスを作る。二人、向かい合って朝食のテーブルに着いた。

「今日は仕事？」

麻紀が訊《き》いた。

「そうだ。少しは仕事をしないと、せっかく雇ってもらった『ガーディアン』をクビになる。この部屋にもいられなくなる」

「行ってらっしゃい。私は東京の町を散歩でもしてるわ」

平穏な時間。キャシーがキャビネットの上で笑っている。

エディー・バウアーの冬物のジャケットを着て、玄関に立った。ネクタイを締めるのは久し振りだ。オールデンの靴を履き、ドアを開けると、麻紀が裸足《はだし》で追ってきて抱きつき、キスをした。体に巻いていたバスタオルが、床に落ちた。

「夕方には帰る。そのままの恰好《かっこう》で待っててくれ」

「もちろん……」

部屋の外に出た。松永の手の中に、いつまでも麻紀の体の感触が残っていた。

午前中は、『ガーディアン』のオフィスに寄った。アジア太平洋支局長のサム・ラングフォードと簡単な打ち合わせをすませ、昼食の後、二人で外国人記者クラブの定例の記者会見の会場に向かった。この日の会見の中心は、日本の郵政民営化について。一〇月一日に行われた『日本郵政会社（西川善文社長）』の発足式を受けて、民主、社民、国民新党の野党三党が参議院で統一会派を結成。一〇月二三日の第一六八回国会に郵政見直し法案を共同提出した経緯についての説明が行われた。

「どう思う？」

サムが松永に訊いた。壇上には統一会派側の代表者が次々と立ち、原稿を読み上げる。だがその内容は、すでに記者会見が始まる時に各出席者に配布された英文の原稿と何ら変わらない。しかも同じ統一会派の中でも民主党と国民新党の間にはかなりの温度差がある。さらに、郵政民営化を促進する自民党内部からも、反発の声が上がっている。実際に二〇〇五年八月八日の参議院本会議では、自民党からも造反議員が出て、郵政民営化関連法案は一時否決された事実がある。

「どこの国でも同じだよ。ひとつの法案を巡って誰が一番、得をするのか。もしくは、損をするのか。最終的にはそれに尽きる。今回の場合もそうだ。本当の意味で郵政民営化について理念を持って対している政治家は、むしろ少数派だ」

「あとは、アメリカか……」

「そうだ。アメリカを抜きにして考えると、日本の政治問題はすべてぼやけてしまうことになる」

「日本政府は、常にアメリカの傀儡《かいらい》政権だからな」

「もしくは、〝植民地〟といってもいい」

松永がいうと、サムが声を殺して笑った。

『ガーディアン』紙で松永が日本の郵政民営化問題を担当することになったのは、以前日本にいた一九九六年の第一次橋本内閣当時に『ＵＰＩ』で行政改革会議を扱っていた経験を買われてのことだった。いくら契約記者とはいっても、何も仕事をせずに遊んでいるわけにはいかない。阪神淡路大震災に関しては、もし記事になるとしてもまだかなり先の話になる。それならばあまり興味のない材料とはいえ、郵政民営化を扱わせてもらえることはかえってありがたかった。〝カンパニー〟の目を欺くためにも、都合はいい。

だが郵政民営化は、調べはじめてみるとなかなか興味深い素材だった。まず、動きだしたのが一九九六年。第一次橋本内閣で組織された行政改革会議において、中央省庁再編について議論されたことに端を発する。翌年の八月には、長いこと懸案となっていた〝郵政民営化〟という文言が、初めて政府の中間報告書に記載されている。

一九九六年といえば、あの阪神淡路大震災の一年後だ。偶然だとは思うが、あまりにも時系列が一致しすぎている。

当初の民営化案は、郵便貯金と簡易保険は民営化、郵便事業は国営のままという中途半端なものだった。だが最終報告では郵政三事業一体の公社による民営化という案に固まっていく。

いずれにしても郵政民営化のキーマンは、元首相の小泉純一郎である。小泉は、良くも悪くも日本に数少ない〝本物〟の政治家の一人だ。カリスマ性を持ち、単独でも日本の政治を動かす資質と力を有している。その小泉が郵政民営化を持論として掲げたのが第二次大平内閣で大蔵政務次官を務めていた一九七九年。その後も一貫して意志を通し、第二次橋本内閣の厚生大臣時代には、「郵政民営化が無理ならば大臣を辞める」と発言して物議をかもした。そして自らが総理大臣時代の二〇〇五年七月五日、衆議院本会議において自民党内部からの反発も押し切り、僅《わず》か五票差で『郵政民営化関連法案』を強引に可決させた。

この小泉の後ろにちらつくのが、アメリカの影だ。アメリカはかねてから日本の構造改革、さらに市場開放を迫り、二〇〇四年一〇月に示した『年次改革要望書』の中に郵政民営化の要求を明記している。アメリカの狙いが、「世界最大の預金残高」といわれる郵便貯金と「資産一二〇兆円」にもなる簡易保険にあることは明らかだ。特にアメリカは簡易保険に関し、「全株を市場に開放して完全民営化せよ」という〞命令〟とも受け取れる要求を日本政府に突きつけている。実際に小泉内閣時代の二〇〇四年以降、米政府と日本政府、さらに米保険業者との間で、計一八回もの簡保民営化の協議が秘密裏に行われていた事実がある。

もし一二〇兆円――二〇〇七年現在約一兆一〇〇〇億ドル――もの巨大資産の一部がアメリカの保険業界に流れ込めば、世界の経済市況は劇的に変化する。アメリカは〞植民地〟としての日本をしゃぶり尽くし、世界経済のイニシアティブを握ることができる。

小泉純一郎とは、いったい何者なのか。〞小泉劇場〟、もしくは〞小泉チルドレン〟といった政治家としてのポジティブな面だけが彼の素顔ではない。むしろ、裏の部分にこそ、小泉純一郎の本質の部分が見え隠れしている。

ジョージ・W・ブッシュとの関係もそのひとつだ。小泉は『911』――米同時多発テロ――の後も一貫してブッシュ大統領の行動と発言を支持。国内に『テロ対策特別措置法』を成立させてまでアメリカの対テロ戦略に協力した。その結果、自衛隊を米軍のアフガニスタン侵攻における後方支援に回しただけでなく、イラク戦争の戦後処理への派遣も実現した。これらの一連の経緯により、日本はイギリスと並ぶアメリカの盟友としての地位を得ただけでなく、自衛隊は事実上の〝軍隊〟と化した。

すべては自然の流れであったのかもしれない。だがその重要な分岐点に、『阪神淡路大震災』と『911』が存在したことは事実だ。

「何を考えているんだ？」

メモも取らずにぼんやりと考え事をしている松永に、サムが訊いた。

「別に……。郵政民営化の本当の意義はどこにあるのか、それを日本の政治家の立場に立って考えていただけさ……」

記者会見は、退屈な時間を過ごしただけで終わった。野党三党の代表は最初に配布した英文の原稿を日本語に置き換えて朗読しただけで、一二〇兆円の簡易保険の資金の行方についてば最後まで触れなかった。何人かの『FCCJ（日本外国特派員協会）』の記者が質問に立ったが、肩すかしを食わせるような差し障りのない答えが返ってきただけだった。

日本の政治関連の記者会見は、正に東洋の神秘だ。常にファジーで、摑《つか》み所がなく、その裏に甘い毒の蜜を含んでいる。

『ガーディアン』の編集部に戻り、松永はその日のうちに原稿を書いた。だが、記者会見の内容にはほとんど触れなかった。配布された原稿を一応の参考にし、一二〇兆円の簡易保険資金の行方、さらにジョージ・W・ブッシュと小泉純一郎の思わくについて論説した。イギリスの新聞らしく、ユーモアとウイットを込めて。

書き上げた原稿を読むと、サムが口元を歪《ゆが》めて笑った。

「さすがだな。これだけ書ける奴は、うちの若い記者の中にはいない」

「だてに歳はとっていないさ。まだ〝カンパニー〟の連中にタマは抜かれていないんでね」

「どうだ、これから食事をしないか？」

「またニョッキか。いや、やめておくよ。今日は部屋に客を待たせているんだ」

「女か？」

「まあ、そんなところだ」

「いいことだ。お前はまだ若い。少しは女にピーナッツを食ってもらった方がいい」

サムがそういって片目を閉じた。

東麻布のフラットに戻ると、麻紀が本当にそのままの恰好で待っていた。ドアを開けると、細く長い腕を松永の首にからませて抱きついてきた。唇を合わせる。松永はそのまま麻紀を抱き上げ、リビングに運んだ。

「服を着ろよ。風邪をひくぞ」

ソファーに押し倒し、いった。

「どうして？」

「腹が減った。食事をしにいこう。何を食べる？」

「中華料理……」

「おい、またかよ。おれは、ピータンが苦手なんだ」

「ピータンは私が全部食べる。あなたにはスイート・サワー・ポークとフライドライスを注文するわ」

「それならＯＫだ」

二人で夜の町に出た。六本木から乃木坂《のぎざか》まで歩き、昔からある『東風』という小ぢんまりとした店に入った。二階の窓際のテーブルに席を取り、以前と同じように麻紀がメニューを見て注文した。何種類かの点心とメインの料理、そして二人分のビール。心が、奇妙なほどに穏やかだった。こんな気分は、何年振りだろう。どこかに忘れてきたものを見つけたような、そんな時間が流れていく。

「私、中国に行ってみたいな」

麻紀がいった。

「中華料理を食べに？」

「違うわ。来年の、北京オリンピックよ。私、小学生の頃から水泳をやってたの。姉と同じスイミングスクールに通ってた。オリンピックに出るのが夢だった。あの地震で、みんな駄目になっちゃったけど……」

麻紀が、少し淋《さび》しそうに笑った。

何事もなく、静かな日々が過ぎていった。麻紀は一〇日に一度の割りで東京に来て、二日か三日、泊まっていく。松永は週に一度か二度、日本の政局や経済問題を中心に『ガーディアン』に記事やコラムを書いた。

郵政民営化問題は、その後も目まぐるしく動き続けた。一一月七日、見直し法案をなかなか委員会に付託しない民主党に対し、国民新党は統一会派解消を楯《たて》に早急な対応を要求。一二月四日、参議院総務委員会で民主党側の法案提出理由が説明され、改めて審議入りとなった。そして一二月一二日、参議院は野党統一会派による郵政見直し法案をようやく可決。衆議院に送付した。これで郵政民営化に関する与野党のせめぎ合いは、一応の小康状態に入ったことになる。

松永は、そのいかにも日本的な優柔不断な動きを興味深く見守っていた。日本人には常に、本音と建前の二つの顔がある。巨額の郵便貯金や簡易保険の資金が、どこに流れるのか。誰のものなのか。分け前をどうするのか。誰も本音には触れず、建前だけで駆け引きをしようとするから何も決まらない。問題の解決を長引かせる。

日本政府の演ずるシェークスピアに、もうこれ以上は付き合う気はなかった。『ハロー・オールド・フレンド』も聞きたくはない。年末が迫ったある日、松永は中古家電の買い取り店に電話し、バスルームで歌い続けていたウィンドウズのデスクトップを売り払った。

大晦日《おおみそか》の午後に、麻紀が東京にやってきた。二人で料理を作り、ジャック・ダニエルズとシャンパンで酔い、ベッドでお互いの温《ぬく》もりを確かめ合いながら新年を迎えた。

「神戸へ戻ろう」

松永が、腕の中の麻紀にいった。

2

辺りは、まだ暗い。

凛《りん》とした大気の闇の中に、人々の静かな気配がある。

二〇〇八年一月一七日未明、神戸市三宮『東遊園地』――。

朝五時に記帳受付をすませたジョージ・松永と樋口麻紀は、震災から一四年目を迎えた『1・17のつどい』の会場にいた。会場に集まった何千人もの人々が、一人ずつ、もしくは家族と共に献花台へと向かう。花を供え、祈る。一人の老婆が跪《ひざまず》き、何かを呟《つぶや》きながら泣き崩れた。

松永も、麻紀と共に花を供えた。胸で十字を切り、祈った。それが正しい行為なのか、疑問に思いながら。だが、そうするよりなかった。隣を見ると、麻紀の頬に涙が伝っていた。

犠牲者の数と同じ、六四三四本の竹筒に蠟燭《ろうそく》の火が灯《とも》されている。その穏やかな光が、会場にいる人々の顔を照らす。

五時四六分、時報。その時報と共に、会場に集まる全員が黙禱《もくとう》を捧《ささ》げた。どこからか、すすり泣く声が聞こえてくる。

神戸は、生まれ変わった。だがあの震災は、まだ終わってはいない。人々の心の中に、永遠に生き続ける。

祈りに送られながら、松永は会場を後にした。歩きながら、麻紀の細い肩を抱いた。彼女は何もいわず、ただ松永の胸に顔を埋め、泣いた。慰めの言葉さえも、思い浮かばなかった。

早朝の町を歩き続ける。白い息を吐き、背を丸めながら。松永は、自分に何ができるのかを考えた。だが、いまの自分はあまりにも無力だ。猫に追われる鼠《ねずみ》のように、暗い穴の中で息をひそめている。いつの間にか東の空が、朝焼けに染まりはじめていた。

麻紀の部屋は、三宮の琴ノ緒町《ことのおちょう》の住宅地の中にあった。日本流にいうならば、八畳間がひと部屋だけの狭いマンションだった。寒く、暗い。部屋の大部分を占めるセミダブルのベッドに、小さなソファーとテーブルがひとつ。その他のスペースは、着替えやオーディオセットで埋まっている。だが、この部屋が、しばらくは松永と麻紀の生活の空間になる。

とにかく、何かをやらねばならない。アクションを起こせば、必ず何らかのリアクショ
ンがある。それが摂理だ。この問題に〝カンパニー〟の奴らが興味を持っているのかどう
かも、松永が動くことによって次第に明らかになってくるだろう。

麻紀が、コーヒーを淹れた。インスタントだった。だがミルクと砂糖をたっぷりと入れ
ると、冷えきった体と心が少し温まった。

「彼は……吉村武士は何といっていたんだ。あの地震について」

松永が訊いた。幾度となく繰り返した、同じ質問だった。そして麻紀からは、同じ答え
が返ってくる。

「彼は、私にはほとんど何も話さなかったわ。あの地震には裏がある。ジョージ・松永な
ら何とかなるかもしれない。私が聞いていたのはそれだけ……」

「他にもあるはずだ。彼が、何といっていたのか。思い出すんだ」

麻紀は、考える。遠い記憶の迷路に、迷い込むように。苛立《いらだ》たしげに、額に皺《しわ》を寄せた。

そして目を閉じる。しばらくして、いった。

「こんなこともいっていたわ。あの地震の陰で、得をした人間がいる……」

「得をした人間？」

「そうよ。誰かが、莫大《ばくだい》なお金を儲《もう》けた……」

松永は、考えた。得をした人間。アメリカの『911』同時多発テロの陰では、ユダヤ

人の富豪ラリー・シルバースタインが厄介な三棟のビルを無料で解体し、その上に四六億ドル——約五〇〇〇億円——もの保険金を手に入れた。あの時、日本にもそのような人間がいたということなのか。だが当時の報道には、そのような人物もしくは団体の名前はまったく浮上していなかった。

「吉村は、何を調べていたんだ。あの名簿に載っている証人に会っていたことはわかる。しかし、それだけではないはずだ」

麻紀が、コーヒーを口に含む。考え、そしていった。

「武士はよく、〝防災未来センター〟に行っていたわ」

「防災未来……。何だ、それは？」

「中央区の海岸通にできたあの震災の記念館のようなものよ。建物の中に資料室みたいな場所があるの。そこに、何回か通っていた。私も一度、一緒に行ったことがあるわ」

おそらく、公共の施設だ。一般論としては、取材の対象として期待度は低い。だがそのような場所に限って、本来は抹消されるべき情報が網の目を潜って残っている可能性もある。吉村武士が通っていたのなら、他の人間が気付かない〝何か〟があるのかもしれない。

「わかった。明日、その場所に行ってみよう」

松永がいった。

3

防災未来センターは、神戸市中央区のHAT神戸内にあった。

正確には、『人と防災未来センター』という。神戸港を見下ろす海辺の広大なスペースに、二〇〇二年四月に開館した「防災未来館」、さらに二〇〇三年四月に開館した「ひと未来館」の二棟の巨大なビルが連絡通路で結ばれている。

日本流に表現するなら、いわゆる〝箱もの〟だ。松永は、二棟のビルを見上げて怒りにも似た違和感を覚えた。あの大震災からの復興の最中に――人々の生活を置き去りにしてまで――なぜこのような施設に莫大な予算が割かれたのか。なぜこの前衛的かつ奇抜なデザインの建物が、「阪神淡路大震災記念」なのか――。

「入ってみる？」

麻紀が、松永の顔色を窺《うかが》うようにいった。

「そうだな。入ってみよう」

二棟のビルに囲まれたスペースに立ち、午前九時三〇分の開館を待った。人は少ない。観光客らしい何人かの中年の男女と、小学生らしき二〇人程の団体がいるだけだ。人の列に並び、入口で五〇〇円の入館料を支払って『防災未来館』の中に入る。巨大で無機質な空間の中に、人々が消えるように散っていく。

松永と麻紀は、最後から館内を回った。一階はガイダンスルーム。二階が防災・減災体験フロア。三階は震災の記憶フロアと題し、震災当時の災害現場から集められた生々しい生活用具などが展示されていた。だが、何ひとつ機能しているようには見えない。

四階は、震災追体験フロア。大震災をシミュレーションしたCG映像を上映するシアターの他に、震災直後の神戸の町並みを模型でジオラマ化した展示スペースがある。だが、いずれにしても陳腐で安物のテーマパーク然としている。これを作るだけの予算と労力があれば、あの震災で被災した何人の人々が、本来の生活を取り戻すことができたのか――。

資料室は、最上階の五階にあった。静かで明るい空間にコンピューターや書棚が整然と並び、阪神淡路大震災に関する膨大な資料が保存されていた。管理人が一人いるだけで、広大な室内は閑散としていた。だがこの空間だけが、巨大で無駄な施設の中で唯一まともな場所のように思えた。

資料室は、設置されたコンピューターですべての資料を検索、閲覧できるシステムになっていた。松永はコンピューターの前に座り、まず「犠牲者・政治家・家族」のキーワードで検索を行った。参議院議員の高岡陽二がいっていた、「政治家や財閥の関係者から一人も犠牲者が出ていない……」という言葉が引っ掛かっていたからだ。

だが、このキーワードでは何も情報がヒットしなかった。検索の内容を少しずつ変えてみたが、結果は同じだった。情報が何者かによって削除されてしまったのか。それとも、最初から誰も検証していなかったのか……。

次に松永は、「犠牲者・外国人」で検索を行った。震災発生後の一月一九日から二〇日にかけて、米国人を中心とする欧米人約四〇〇人が大型のチャーター船で関空のポートターミナルから脱出した。その記事は二月一一日付の『讀賣新聞』の社会面にも載ったし、後に『ワシントンポスト』の記者ウイリアム・バーンズも調べていた。だが、あれだけの大震災なのだから、当然欧米人からも犠牲者が出ているはずだ。

該当する項目がヒットした。簡単な数字のデータだった。だが松永は、その数字に目を疑った。

〈震災当時の兵庫県内の外国人居住者——約一〇万人——。
外国人の死亡者——一六六人——。
内、韓国・朝鮮籍——一〇八人——。
中国籍——四一人——。
その他、ベトナム、ラオス、インド……〉

まさか……。

韓国、朝鮮、中国籍の犠牲者の数は合計一四九人。これを外国人犠牲者の総数一六六人から差し引くと、残りは一七名。ここからさらにベトナム、ラオス、インド国籍の犠牲者の数を引くと、最終的に国籍不明者として残るのは数人のみだ。しかもこの中に、少なくともデータの上では、米国人と見られる犠牲者は一人も存在しない。他の資料を見ても、米国人らしき犠牲者は未確認の二名だけだ……。

神戸は、関西地区最大の貿易都市だ。しかも古くから外国人居留地を持ち、欧米人も多く居住していた。韓国、朝鮮、中国ほどではないにしても、米国人はかなりの数がいたはずだ。その米国人の中に――あれだけの大震災の中で――ほとんど犠牲者が出なかったなどということが有り得るのだろうか……。

松永はさらに、一九九五年一月一一日付の『讀賣新聞』の記事を検索した。当時はさほど気に留めてもいなかったのだが、もう一度、確認しておきたかった。だが、いくら検索を繰り返しても、該当する記事が出てこない。

「どうしたの?」

松永の異変に気付き、隣で他の項目を検索していた麻紀が訊いた。

「おかしいんだ。存在するはずの新聞記事が、出てこないんだ」

「どういうこと?」

「わからない。確認してくる」

松永は席を立ち、受付に向かった。カウンターの中に若い男が一人、座っている。その男に声を掛けた。

「すまない。訊きたいことがあるのだが……」

「何でしょう」

男がメタルフレームの眼鏡を上げながら、振り返った。

「新聞記事を探しているんだ。たぶん、一九九五年二月一二日の『讀賣新聞』だと思う。あの震災の直後に約四〇〇人の欧米人がチャーター船で関空から脱出したというような内容なのだが……」

「ああ、あの記事ですね」男が、笑みを浮かべた。「すぐに出てくると思いますよ」

男がそういって、自分のデスクのコンピューターに向かった。キーボードを操作し、余裕のある表情で画面を見つめる。だがその表情が、少しずつ曇りはじめた。

「おかしいな……」若い男がいった。「私もその記事は記憶にあるんですが、データベースの中には出てきませんね……」

「どういうことだろう。誰かが、〝消した〟ということ？」

「まさか。そんなことは有り得ませんよ。ここでは、一度データベース化された情報は特別な理由でもない限り削除しないんです。原本の方を調べてみましょう」

若い男がそういってカウンターから出てきた。高い棚に囲まれた、リノリウムの狭い通路を歩く。松永は、その後ろについていった。周囲には書籍や写真集、その他雑誌や新聞のスクラップなどが隙間もないほどに並んでいる。すべて、阪神淡路大震災に関連する文書や発行物だ。

若い男が、足を止めた。

「ここにあるはずです……」

そういって、一冊の厚いスクラップを取り出した。それを閲覧室のデスクに運び、開く。

「ありましたか？」

松永が訊いた。だが、男は首を傾《かし》げた。

「おかしいな……。無くなっている……」

「無くなってる？」

「ええ……」

松永が、スクラップブックを覗《のぞ》き込む。二月一一日付の『讀賣新聞』は、確かにそこに存在した。だが記事の載っていたはずの社会面の項だけがスクラップの中から、消えていた。

「誰かが、持ち去ったということなのかな」

「そうかもしれませんね。ここには、一般の人も出入りするから……」

「すまなかった。ありがとう」

松永は、自分の席に向かった。新聞記事は、本社に問い合わせれば入手できる。にもかかわらず、誰があの記事をこの資料室から持ち去り、データベースからも削除したのか。それほどまでにして、あの小さな記事を人の目に触れさせたくない〝何者〟かがいるということなのか――。

『阪神淡路大震災』は、あまりにもあの『911』同時多発テロに似ている。『911』ではワールド・トレードセンターの最大のユーザーである『モルガン・スタンレー』が、テロによる犠牲者をほとんど出さなかった。そして『阪神淡路大震災』当時、神戸市内に一四〇〇人弱は居住していたであろう米国人の住民からやはり犠牲者が出なかった。そしてどちらも、ある一定の者に都合が悪いと思えるような情報は、ウェブサイト上もしくはその他の場所から次々と掻《か》き消されていく。

コンピューターの前に戻ると、麻紀が待ちかまえていたようにいった。

「見つけたわ。このデータよ」

松永が、モニターを見る。資料は、膨大な数字の羅列だった。主な内容は『阪神淡路大震災』における「被害と経済復興・公共投資」について。だが、項目があまりにも多岐にわたりすぎていて漠然としている。その中から松永は、重要な数字だけを拾った。

〈――阪神淡路大震災による総被害額――つまり非経済効果――は、民間・公共施設を含み約九兆九〇〇〇億円。これに対する国の震災関係費――復興予算――は、九四年度予備費一四八億円。同二次補正予算一兆二二三億円。九五年度公共事業予算一三二八億円。九五年度第一次補正予算一兆四二九三億円。同第二次補正予算七七八二億円。九六年度当初予算二八八五億円。同補正予算二九四五億円。さらに九七年度当初予算二八二九億円。同補正予算一二〇八億円。これに阪神淡路大震災関係費を加え、総額約四兆三六〇〇億円――〉

いわゆる、震災特需だ。国は『阪神淡路大震災』からの復興のために、湯水のごとく予算をばら蒔《ま》いた。しかもこれらの数字は、あくまでも国からの公共投資だ。民間からの数字は、含まれていない。そして松永は、次の報告と試算された数字を見て愕然《がくぜん》とした。

〈――「平成一二年大阪府地域間産業関連表」を用いた大阪府、他近畿、近畿外で発生する阪神淡路大震災における経済波及効果。大阪府一兆五四〇七億円。他近畿七兆四八二七億円。近畿外三兆八六九九億円。計一二兆八九三三億円。その他粗付加価値額が全国で六兆四二一四億円。総計一九兆三一四七億円――（関西学院大学教授・伊藤正一他）〉

非経済効果ではない。あくまでも〝経済効果〟だ。震災当時九兆九〇〇〇億円ものマイナスだった震災被害が、それから僅か五年後の平成一二年（二〇〇〇年）には、逆に全国で二〇兆円近い経済波及効果を生んでいる。つまり、単純計算でプラス一〇兆円。日本は一九九一年から二年にかけてそれまでのバブル経済が崩壊し、震災当時には経済的低迷期にあった。あえて視点を変えれば、「日本は『阪神淡路大震災』をきっかけにして経済を立て直した」ということもできる。

「どう？」

モニターを食い入るように見つめる松永に、麻紀が訊いた。

「面白い。きわめて、興味深い……」

松永は、さらに資料を追った。他にも様々な数字が出てきた。たとえば都道府県の行政投資額も、前年度を六・四パーセント、三兆六五七億円上回っている。これを国民一人あたりに換算すると、全国平均で約二万二七七八円。すべて震災復興に対する投資と考えられる。内訳は道路交通網、水道、電気、ガスなどのインフラに加え公共建造物、一般住宅、港湾その他多岐にわたる。ところがその〝金〟が具体的にどの企業に流れたのか、重要なデータは存在しない。

だが、二〇兆円近い莫大な金が日本経済――おそらくその一部は欧米の企業にも――流通したことは事実だ。考えるまでもなく、バブル後の停滞する経済の中では強烈なカンフル剤としての役割をはたしたことになる。

松永は受付のカウンターに行き、必要な資料をすべてプリントアウトした。

「出よう。とりあえず、ここにはもう用がない」

外に出ると、陽光がちょうど二棟のビルの谷間に差し込んでいた。南から、穏やかな風が潮の香りを運んできた。ビルを見上げる松永に、麻紀がいった。

「どうする？『ひと未来館』の方にも入ってみる？」

「何があるんだ」

「命……自然……コミュニケーション……。人工のブナの森の中で、フクロウや小鳥の模型が歌っているわ。あの莫大な復興予算の一部を使って建てられた、難解で無意味なテーマパークよ」

の方が魅力的だ」

「興味ないな。私はもう、四二歳だ。それよりもいまは、マックダーナルのハンバーガー

「その意見に賛成よ」

道路を渡って向かいのハンバーガー・ショップで昼食を買い、それを持って海岸に行った。誰もいない海岸線は、延々と公園のようにコンクリートで整備され、意味不明のオブジェで飾られていた。おそらくこれも、震災復興資金の恩恵の一部なのだろう。人々の暮らしには直接関係はないが、誰かが気紛れで哲学的な気分に浸ったり、犬を散歩させたりするには有意義な施設かもしれない。

階段状のコンクリートの上に座り、冷たい風に凍えながらハンバーガーを食べた。遠く水平線に、外国船籍の貨物船が行き来している。麻紀がパンを千切って空に投げると、集まってきた海鳥がそれを銜《くわ》えて飛び去っていった。

「わかったでしょう……」麻紀がいった。

「あの地震のために、二〇兆円ものお金が流れた。誰かが、大儲けしたのよ」

確かに、そうだ。しかし……と、松永は思う。

あの『911』の時にも、ラリー・シルバースタインをはじめ何人もの人間が莫大な利益を懐にした。だが、それは計画を潤滑に遂行するために発生した、余剰現象にすぎない。本来の目的は、イラク戦争のためにアメリカの世論を動かすというまったく別の所にあった。

しかも『911』と『阪神淡路大震災』の間には、決定的な差がある。テロは人災だが、地震は自然災害だ。あくまでも、基本的には……。

ハンバーガーを食べ終え、松永はコーヒーを飲んだ。

「君のいわんとしていることはわかる。誰かがあの地震を予知していて、それを利用し、計画的に利益を得た……」

松永がいうと、麻紀がマールボロのメンソールに火を付けて頷《うなず》いた。

「予知……そう、予知ね。私は、それ以上の可能性も考えているけど……」

松永には、その言葉の意味も理解できた。だが、たとえそうだとしても、単なる経済効果だけが目的ではないはずだ。

「わかった。しかしその前に、調べてみなくてはならないことがある」

頭の後ろで手を組み、松永がコンクリートの上に横になった。

高い空に、海鳥が舞い続けていた。

4

夕焼け空に、二棟の高層ビルの影が聳《そび》えていた。『兵庫県庁』の二号館、三号館のビルだ。

ジョージ・松永は、下山手通の向かいから巨大なビルを見上げた。あの日——一九九五年の一月一七日——様々なドラマの舞台となった場所だ。当時は三号館の前の歩道に仮設トイレが並び、手前には崩壊した栄光教会の煉瓦《れんが》の瓦礫《がれき》の山があった。建物の二〇〇〇枚のガラスが割れ、周囲に散乱していた。そして二号館ビルの一室と姫路駐屯地陸上自衛隊第三特科連隊の間では、出動要請を巡る緊迫した交渉が行われていた。

午後六時——。

いつの間にか夕焼けは色彩を失い、黄昏《たそがれ》が辺りを包みはじめた。松永はパタゴニアのダウンパーカの襟を立て、黒いニットのキャップで耳を被《おお》い、冷たい北風に耐え続けていた。ビルの壁面に並ぶ窓の明かりがひとつ、またひとつと消えていく。庁舎からは職員が人の波となって押し出されてくる。

ポケットの中で握るモバイルのマナーモードが作動した。麻紀からだった。

——いま〝ターゲット〟が出てきたわ。下山手通を渡って、そっちに向かっている——。

それだけをいって、電話が切れた。

松永は、ビルの陰に隠れてターゲットを待った。事前に、顔は確認している。間もなく松永の前を、黒いコートを着た三人連れの男が通った。その中の一人がターゲットであることはすぐにわかった。身長約一七〇センチ。中肉。薄くなりかけた髪は短く、穏やかな顔つきをしている。震災当時に四三歳だったとすれば、現在は五六歳になっているはずだ。

松永は三人の男が通り過ぎるのを待ち、その後を尾《つ》けた。

神戸で、どうしても会わなければならない男が二人いた。一人は兵庫県庁の消防交通安全課防災係長（当時）の野間元一。もう一人は陸上自衛隊第三特科連隊警備幹部三尉（当時）の中尾浩だ。二人とも吉村武士が残した証人リストの上位五人の中に名を連ねている。いずれも阪神淡路大震災の当日、「県庁と自衛隊の間に何があったのか――」を知る当事者だ。

神戸に戻ってから、松永はこの二人に再三連絡を取ろうと試みてきた。野間とは県庁の内線を通じ直接、話もしている。だが、震災当時の取材に関しては「何も話すことはない」とあっさりと断られた。野間は、頑《かたく》なだ。さらに自衛隊の中尾については、『ガーディアン』から直接防衛省に取材を申し込んでいるが、まったく反応はない。

吉村は、リストの二人の名前の頭に「×」を書き込んでいる。つまり、取材不可という意味か。だが、松永の前に、いまその内の一人の野間元一が歩いている。

松永は、すでに野間の行動パターンをある程度は調べていた。現在は、県庁の消防交通安全課長。毎週、月曜日から金曜日まで第二庁舎一二階の消防交通安全課に登庁し、通常は午前八時半から勤務。午後五時半か六時頃に退庁する。退庁後は元町駅まで歩き、JR神戸線で自宅のある垂水区の垂水駅まで戻る。駅から旭が丘の自宅までは、自転車で約一〇分。同じ町内に住む同僚と帰ることが多く、一人になる機会は少ない。

だが、この日の行動パターンはいつもと違っていた。野間は元町駅には向かわず、手前にある地下鉄西神・山手線の県庁前駅の階段を降りていった。今日は、金曜日だ。同僚とどこかに飲みにでも出るつもりなのかもしれない。
松永は、間に何人かの人を入れて野間に付いていった。三人が乗ったのは、野間の自宅とは逆の新神戸方面の電車だった。松永も、同じ車輛《しゃりょう》に乗り込む。野間は松永の存在にまったく気付いていない。同僚の二人と笑いながら話し、吊《つ》り革に摑まって揺られている。
三人は、ひとつ目の三宮駅で降りた。階段を登って〝さんちかビル〟から地上に出ると、道路を渡り繁華街に向かって歩きだした。松永は、三人の後ろを歩きながら麻紀にメールを入れた。

〈――ターゲットは三宮で降りた。今夜は、お楽しみらしい――〉

一分も待たずに、返信があった。

〈――私も今夜は三宮の『ＳＷＩＮＧ』で歌っているわ。何かあったら呼んで――〉

三人は商店街から細く込み入った道へと入っていった。周囲には看板や赤提灯《ちょうちん》が並び、狭い路地に酒や食べ物の匂いが充満していた。欧米にはない、アジア特有の空間だ。アメリカで人生の大半を暮らしてきた松永には馴《な》染《じ》みのない雰囲気だが、なぜか郷愁をそそられる。そして、食欲を刺激される。自分の体の中に、アジアの血が流れていることを思い出す。

しばらくして、三人は『源九郎』という赤い看板の店に入っていった。どうやら、居酒屋らしい。間口は狭いが、入口から覗くと中は広く、会社帰りの客で混み合っていた。

松永は一度その店の前を素通りし、しばらく行った所で戻ってきた。同じ店に入るか。もしくは別の場所で待つか。

ちょうど三人が入った店の正面に、同じような居酒屋があった。こちらは、先程の店のようには混んでいない。しかも窓際に、都合良く二人掛けの小さな席が空いていた。

松永は暖簾《のれん》を潜り、席に座った。思ったとおり、ここからならば三人が入った店の入口が見渡せる。

店員が注文を取りにきた。まず生ビールを注文し、メニューを見る。数十種類はある品書きの中に〝鯨〟の文字を見つけ、松永は思わず口元に笑みを浮かべた。もしシーシェパードの奴らが見つけたら、この店に火焔瓶《かえんびん》を投げ込もうとするだろう。

松永は、生ビールを運んできた店員に鯨のステーキを注文した。アングロサクソンが日本人に「鯨を食わずに牛を食え」という発想は、ネイティブ・アメリカンやオーストラリアのアボリジニーに「服を着ろ」というキリスト教的支配主義の延長だ。奴らは何でも自分たちの価値観が世界基準であると決めつけ、他民族の宗教や生活習慣、文化を否定する。従わない者を、〝野蛮人〟と決めつける。だから、戦争が起きる。アメリカのやり方はその典型だ。

鯨のステーキを食べながら、松永は前の店の入口を見張った。初めて口にする鯨の肉は軟らかく豊潤で、素直に牛の肉よりも旨《うま》かった。自分が、日本人であったことを再確認できた。この味を理解できない者の方が、文化レベルでは明らかに劣っている。

『源九郎』という店には、客が頻繁に出入りしていた。二時間近く待っただろうか。格子戸が開き、中から三人の男が出てきた。その中の一人は、野間元一だった。

松永はテーブルの上に五千円札を置き、店の外に出た。三人は多少ふらつきながら、繁華街から駅へと向かう。その後を追った。途中、地下鉄の駅の前で立ち止まり、挨拶《あいさつ》をすると、同僚の二人が階段を降りていった。

野間が一人になった。冷たい風に背を丸め、JR三ノ宮駅に歩きはじめる。国道を渡るために信号待ちをしているところで、背後から声を掛けた。

「消防交通安全課長の野間さんですね」

野間が、ゆっくりと振り返った。

「あなたは?」

怪訝《けげん》そうに、いった。

「先日、電話でお話しした『ガーディアン』の松永です。覚えていますか?」

「ああ……あなたですか……」信号が変わり、横断歩道を渡りはじめる。「電話でもいいましたが、あの地震については何もお話しすることはありません」

松永は、野間と肩を並べて歩いた。

「話すことはないというのは、〝話せない〟という意味ですか。誰かに、圧力を掛けられている。そうなんですね？」

「まさか……。そういうわけじゃない……」野間は歯切れが悪い。「あなたはいまさら、あの地震の何を聞きたいんですか。もう、あれから一三年も経っているんですよ」

「あの日、県庁の防災本部で何があったのか。最終的に自衛隊に派遣要請を出したのは、野間さんだと聞いています。あなたと、姫路第三特科連隊の責任者との間にどのようなやり取りがあったのか。県知事をはじめ、その場にいた県庁の責任者の間でどのような会話があったのか。なぜ自衛隊の派遣が遅れたのか。私が知りたいのは、それだけです」

野間は、しばらく黙っていた。だがしばらくして、自分にいい聞かせるようにいった。

「無理です。話せません……」

「なぜなんです。先程、あなたはいいましたよね。もうあの地震から、一三年が経ってるんだ。それなのに、なぜ話せないんですか」

野間が、足早に歩く。

「とにかく、話せないんだ。あの地震の当事者は、まだ生きてるんだ。私が話せば、誰かが傷付くことになる……」

松永は、野間の肩に手を掛けて止めた。目を見つめ、いった。

「傷付く？　いったい誰が、どのように傷付くんですか。あの地震では、六〇〇〇人以上の人間が死んでるんだ。一〇万人以上の人が家族や親戚《しんせき》を亡くし、五〇万人以上の人間が仕事や生活、家を失った。一三年が過ぎても、傷は癒《い》えていない」

野間は、暗い路面に視線を落とした。体が、かすかに震えている。

「わかってるんだ……。そんなことは、十分にわかってるんですよ。しかし、私の立場も理解してくれ……」

「立場、ですか……」松永は、白い息を吐き出した。「仕方ありませんね……」

「すみません……」

野間が、頭を下げた。

「話せないのなら、仕方がない。そのかわり、ひとつだけお願いがあるんです」

「何でしょう？」

「これから一時間……いや、三〇分でいい。私に時間をくれませんか。ウイスキーを飲みながら、私とジャズを聴いてほしいんです」

「ジャズ……ですか？」

野間が、不思議そうに松永の顔を見た。

5

狭い階段を降りていくと、地下からかすかにジャズの音色が聞こえてきた。

重い扉を開ける。ライヴ・ハウス『ＳＷＩＮＧ』は、半分ほどの席が客で埋まっていた。

ステージではCHISATO——麻紀——が歌っていた。松永はステージの正面の、奥のボックス席に野間と共に座った。以前に来た時と、同じテーブルだった。

ボーイにジャック・ダニエルズのソーダ割りと、野間にバランタインの水割りを注文した。グラスを合わせ、音楽に耳を傾ける。濃いメイクをし、胸の開いたドレスを着て歌うCHISATOは、松永の知るいつもの麻紀とは別人のように見えた。

「なぜ、この店に？」

野間が、小さな声で訊いた。

「彼女の両親と姉が、あの地震の時に焼け死んだんです……」

松永が、ウイスキーを口に含み、いった。

曲はスタンダード・ナンバーの『The End of the World』だった。

——Why does the sun go on shining?
Why do the birds go on singing?
Don't they know it's the end of the world——

CHISATOが歌いながら、時折、松永のテーブルを見つめる。彼女の英語の発音は、むしろたどたどしい。だが彼女の歌声には、聴く者の魂を揺さぶる何かがある。それは松永が、初めてこの店でCHISATOの歌を聴いた時にも感じたことだ。

曲目が変わった。いつか聴いた、『毎日がバースデイ』というタイトルのオリジナルの曲だ。

――生まれてから今日まで
いくつの星数えました
生まれてから今日まで
いくつの願いかなえました――

松永は、隣に座る野間の様子を見た。野間は、静かにCHISATOの歌に聴き入っている。いつの間にかその頬に、光るものが伝っていた。

ステージが終わった。照明が落ち、ライヴがCDのBGMに入れ替わる。黒いドレスを着た麻紀が、二人のテーブルに歩いてきた。

「紹介しよう」松永がいった。「こちらの女性は樋口麻紀さん。こちらは県庁消防交通安全課の野間さんだ」

「知っているわ……」

麻紀がそういって椅子に座った。ボーイに、松永と同じジャック・ダニエルズを注文する。

「野間さん、約束までまだ少し時間が残っている。この女性の話を、聞いてやってくれないか。私は、話が終わるまで席を外している」

麻紀に目くばせをし、松永は席を立った。カウンターのスツールに座り、二人の様子を見守る。

麻紀が、何かを話している。野間は俯《うつむ》き、黙って聞いている。松永は、腕のオメガを見た。いつの間にか、野間との約束の時間は過ぎていた。しばらくして麻紀が席を立ち、カウンターに歩いてきた。そして松永にいった。

「私の話は、終わったわ」

松永が、ボックス席に戻る。野間は、肩を震わせて泣いていた。両膝《ひざ》の上で拳《こぶし》を固く握り締め、その上に涙が落ちる。松永が肩に手を置くと、野間は何もいわず、ただ小さく頷いた。

「話してくれますか」

松永が、穏やかな声でいった。

長く、そして静かな夜になった。以前に行った広く低いカウンターのあるバーに、松永と野間は場所を移した。麻紀は横で、二人の話を黙って聞いている。

すでに終電の時間も迫っているのに、野間は気にかける様子もない。何かに憑《つ》かれたように、話し続けた。

一九九五年一月一七日、阪神淡路大震災の当日——。

野間は、神戸市垂水区旭が丘の自宅で激しい揺れに目を覚ました。気が付くと家具は倒れ、ガラスが割れて、家の中はめちゃくちゃになっていた。これは、大変なことになった……と直感した。

妻と二人の子供の無事を確認し、家を出た。この時、午前六時を少し過ぎていたと記憶している。周囲は、まだ暗かった。停電のために、街灯などの明かりもない。野間はすべての交通機関も止まっていることを想定し、自分の車で県庁へと向かった。

道はすでに、避難する車で溢《あふ》れていた。国道に、延々とテールランプの光が連なっていた。県庁の二号館に辿《たど》り着いたのが、六時四五分。自宅から県庁までの僅か一〇キロの距離を、車で四〇分以上もかかったことになる。

野間はこの時点ですでに、途中の市街地の情況を見て被害の大きさをある程度は把握していた。最もひどかったのが、麻紀の住む長田区だった。古い家屋のほとんどが倒壊していた。県庁のビルを見上げると、事態はさらに深刻であることがわかった。最新式の耐震設計を施されたビルの、窓ガラスがほとんど割れてしまっていた。野間の見ている目の前でも、ガラスが空から降ってくる。

このビルも、倒壊するかもしれない。野間は、そう思った。だが、一刻の猶予もない。降り注ぐガラスの雨を掻い潜り、野間は消防交通安全課のある一二階まで階段を駆け登った。

防災本部の室内は、惨憺《さんたん》たる光景だった。まるで爆弾でも投げ込まれたように、デスクや棚、書類の束が散乱していた。ガラスの割れた窓から差し込むかすかな光の中で、回線の生きている無数の電話だけが悲鳴を上げるように鳴り続けていた。

その時、野間は、奇妙なことに気が付いた。五時四六分の地震発生から、すでに一時間以上が経過している。野間は、県庁の防災担当としては自分が最も遅い登庁だと思っていた。ところが、室内には誰もいない。

それだけではない。通信衛星を使った専用無線など、完璧《かんぺき》だったはずの県庁の防災機能はすべてシステムダウンしていた。鳴り響く受話器を取っても、聞こえてくるのは市民の悲鳴だけだ。いったい神戸に、何が起きているのか――。

野間が登庁して五分後に、副知事の芦尾長司が防災室に入ってきた。だが、二人ではどうにもならない。七時少し前に、県警警備本部の石渡から電話。野間はその電話で初めて、県警港島庁舎の災害対策室も壊滅的な被害を受け、機能不全に陥っていることを知った。

松永は訊いた。

「最初に自衛隊の姫路の駐屯地から連絡が入ったのは、何時頃でしたか」

「確か、八時一〇分頃だったと思います。第三特科連隊の中尾浩さんという方から電話が入りました……」

すでに、この時点で地震発生から二時間半近くが過ぎていたことになる。

「どのような内容の電話でしたか」

「姫路駐屯地では、すでに出動態勢を整えていると。連絡幹部の先遣隊はもうこちらに向かっている。被害情況と、派遣地域の指示をお願いしたいと……」

「それだけですか?」

「いえ、もうひとつ重要な用件がありました。すみやかに出動要請を出してほしいと、そういわれたんです……」

だが、野間に出動要請を出す権限はない。その権限を持つのは県庁では唯一、県知事だけだ。ところがその貝原俊民県知事が、この時点でまだ登庁していない。

野間は、現実に直面して青くなった。すでに市内の各方面から、火災発生の情報が入りはじめていた。にもかかわらず、地震発生から二時間半が経ついまも自衛隊は動いていない。このままでは未曾有《みぞう》の大惨事になる——。

「野間さんが、最初に自衛隊の必要性を感じたのはどの時点ですか」

松永が訊いた。

「どの時点……。家を出て、すぐですよ。長田区の惨状を見て、まずそう思いました。これは、一〇〇〇人以上は死んでいる、と……」

登庁して、さらにその思いは強くなった。県庁、警察、そしてもちろん消防も機能を停止している。この窮状を打破できる可能性があるとすれば、自衛隊だけだ。

「ところがその自衛隊が、動けなかったわけですね」

「そうです。私はそれ以前に、県のトップからすでに自衛隊の方には要請が行っていて、もう出動しているものと思い込んでいたんです。電話を受け、初めて本隊が姫路の駐屯地で足止めされていることを知った……」

すでに野間は、後から登庁した他の職員に貝原知事を車で迎えにやらせていた。自衛隊の災害派遣要請は複雑だ。自衛隊法八三条に則《のっと》る正式な手続きの他に、県知事からの要請という絶対条件を必要とする。だが当の貝原知事が登庁してきたのは、姫路駐屯地からの電話の一〇分後、八時二〇分を過ぎてからだった。

直後に、第一回対策本部会議が招集された。庁舎でも比較的被害の少なかった五階県庁会議室に、貝原知事、芦尾副知事をはじめ総務部長、商工部長、都市住宅部長などが集まった。二一人の防災責任者の内の、僅か五人だ。他はまだ、この時点で登庁すらしていない。野間もこの会議に呼ばれ、意見を求められた。

「会議では、どのようなことが話し合われたのですか」

松永が訊いた。

「まず最初に、被害情況を訊かれました。しかし、私のところにも公式の情報は何も入ってきていなかった。市内の各地で建物が倒壊している。人が何十人、何百人の単位で生き埋めになっている。至る所で火事が発生し、死者も出ている。交通やすべてのライフラインは、完全に止まっている。他には答えようがなかった……」

野間はグラスを空け、新しい水割りを注文した。バーに移ってから、もう三杯目だ。表情や顔色から、かなり酔っているのがわかる。だが、頭の中は覚醒《かくせい》しているのか、話の内容にはぶれがない。

「自衛隊の出動要請については?」

「もちろん、進言しました。八時一〇分に姫路の駐屯地から電話があったことを伝え、私と先方との話の内容もすべて報告しました。その上で、一刻も早く派遣要請を決断してほしいと……」

「ところが、決断は下されなかった。そうですね?」

「そのとおりです。誰も、うんといわない。ただお互いに、相手の顔色を探り合っている。そんな空気でした」

「貝原知事は?」

野間は、新しいグラスから水割りを口に含んだ。

「ただ黙っていただけです。何も、意思を表明しない。動かない方がいい。そのうちに、誰かがこんなことをいったんです。〝上から〟の指示があるまでは、動かない方がいい、と……」

「〝上から〟、ですか。しかしその会議の場には、知事がいたわけですよね」

「そうなんです……。私もその時は、気が動転していて気が付かなかったんです。後から考えて、これは奇妙だと思った……」

確かに、奇妙だ。〝上から〟という言葉は、国——つまり政府——という意味なのか。だが自衛隊の災害派遣要請に関しては、県知事に全権が与えられているはずだ。本来、その〝上〟は存在しない。

野間は、呆《あき》れてものがいえなかった。会議の場から逃れ、現場に戻った。だが、できることといえば電話の応対だけだ。その間にも次々と、兵庫県内の各地から凄惨《せいさん》な被害情況の訴えが飛び込んできた。

助けてくれ。とにかく、何とかしてくれ。だが、電話口から噴出する悲鳴や怒号に、応《こた》える術《すべ》はない。

午前一〇時ちょうどに、姫路駐屯地から二度目の電話が入った。

「中尾三尉は、怒っていました。県庁は、いったい何をやっているのか、と……。しかし、私は何もいえなかった。県の上層部は、あれから二時間近くもだらだらと会議をやっていたんです……」

松永は、野間の言葉が信じられなかった。その間にも、何千人もの市民が次々と死んでいるのだ。

「他には、どんなことを話しましたか」

「中尾三尉に、いわれました。県知事の正式な要請など、どうでもいいと。自分が責任を取る。だから、どこへ行けばいいのか、それだけでも教えてくれと。怒るというよりも、最後は懇願するような口調でした……」

「それで？」

「私は、いいました。神戸市内全域、並びに淡路島北淡地区への出動をお願いする、と。権限を超越した行為であることは、わかっていました。しかし、そうするよりなかった…

…」

電話口で、中尾三尉がいった。──午前一〇時、陸上自衛隊第三特科連隊は県の派遣要請を受諾しました──と。その結果、史上初の実務者レベルによる自衛隊派遣要請が実現した。同時に、第三特科連隊の総勢約七〇〇人が動きだした。

だがこの時すでに、地震発生から四時間以上が経過していた。寸断された道路交通網を辿り、大渋滞に阻まれながら本隊の第一陣が長田区に入ったのが午後〇時三〇分。長田区は一面の焦土と化していた。

「私が知っているのは、それだけです……」

野間は、ウイスキーのグラスを呷《あお》った。そして俯き、目を閉じると、静かにカウンターの上に酔い潰《つぶ》れた。

松永は、野間を店の外に担ぎ出した。タクシーを停めて乗せ、運転手に野間の自宅の住所を告げる。

走り去るタクシーを見ながら、松永は麻紀の肩を抱いた。

「もし地震と同時に自衛隊が動いてくれていたら、お父さんも、お母さんも、お姉さんも死ななかったかもしれない……」

麻紀が、小さな声でいった。

「そうだな。しかし、彼は必死に闘ったんだ。誰だって、苦しんでいる」

「そうね……。あの人は、とても誠実で、いい人だった……」

二人は体を寄せ合い、深夜の街に歩きだした。

6

日々は、何事もなく過ぎていく。

麻紀は週に三日か四日、市内のライヴ・ハウスやホテルのバーで歌い、昼間も何日か派遣のアルバイトに出掛けていく。松永は東京から送られてくる資料やインタビューテープを元に、『ガーディアン』の記事やコラムの原稿を書きながら麻紀の帰りを待った。時間があれば麻紀の歌を聴き、どこかで食事をして狭く寒い部屋に帰る。小さな石油ストーブで体を温めながら、将来と、自分たちの夢を語り合った。

松永はその間にも、吉村のリストに載っている何人かの証人に連絡を取った。神戸市東灘区深江本町に住む高橋喜三郎もその一人だった。

地震当日、阪神高速道路の神戸線の高架は深江本町で五〇〇メートル以上にわたり倒壊。その横倒しになった写真は各通信社から世界へと配信され、阪神淡路大震災の衝撃のひとつの象徴となった。高橋は、その神戸線高架の倒壊の瞬間を目撃した貴重な証人の一人でもある。

高橋はすでに七九歳になっていた。七歳下の妻、輝子と共に、一三年前と同じ国道四三号線沿いのマンションの六階に住んでいた。

「そりゃ凄《すご》かったわ。まるで映画を見てるみたいやったで」そういって高橋が、お茶を運ぶ妻に同意を求める。「なあ、凄かったよなあ」

「なんやの、あんた。映画みたいやなんて。そんなこといってると、罰が当たるで」

二人は、屈託なく話す。松永は久し振りに、証人に気軽に話を訊くことができた。だが、軽口を叩《たた》いていても、二人のやり取りの裏には、まだ癒えきらぬ心の傷が見え隠れしていた。

あの日、高橋は、下から突き上げるような衝撃と爆発音にも似た轟音《ごうおん》で目を覚ました。高橋は第二次世界大戦当時の一九四五年に、大阪で米軍の空襲を経験している。瞬間的に、「爆撃だと思った」という。強い揺れが、三〇秒以上も続いた。それで初めて、地震であると気が付いた。

「でもこの人、優しいとこもあるんよ」妻の輝子がいった。「私の上に被さって、守ってくれてな」

「当たり前や。お前が死んでもたら誰が飯、作るんや」

家具は倒れ、ガラスはすべて割れていた。ガスの臭いを感じ、高橋は輝子と二人で部屋の外に逃げた。廊下に、同じマンションの住人が次々と出てきた。だが、すでに停電していたためにエレベーターは動かない。高橋は他の住人と共に、マンションの北東側の非常階段に向かった。五階の踊り場まで下りた時に、背後から地響きのような轟音を聞いた。振り返ると、阪神高速道路の高架が巨大なドミノ倒しのように崩れていった。

「特等席やからな。そりゃあもう……。まるで夢でも見てるようやったわ」

「地震が起きてから高速の高架が倒壊するまで、どのくらいの時間差がありましたか」

松永が訊いた。

「そうやな……五分くらいやったんと違うか」

高橋がそういって妻を見る。

「二～三分ですやろ。私ら地震があってから、すぐに逃げたんやから……」

この辺りの記憶は、二人共あやふやだった。

松永は高橋に案内され、地震当日に高架の倒壊を見たという非常階段に向かった。五階の踊り場に立つと、目の前に修復された阪神高速道路神戸線の巨大な高架が走っていた。

高橋がいうとおり、確かにここは特等席だ。

「特撮のスペクタクル映画みたいやったで。ライトを点けたままのトラックや乗用車が、まるで玩具《おもちゃ》みたいにスローモーションで滑り落ちてってな……」

「しかし、なぜこんなに大きな建造物が倒壊したんでしょうね。高架が崩れても、このマンションは倒れなかった……」

「そやな。このマンションが倒れんかったのは、わしら運が良かったんやな。だけど、それは重さやろ。あの高速の高架は、頑丈やけど重すぎたんや。明るくなってから見に行ったら、ごっつい コンクリートの支柱がひしゃげて潰れとったからな」

重さ、か……。

松永も『人と防災未来センター』に行った時に、保存されている阪神高速の支柱の一部を見ていた。オブジェのようにカットオフされたその巨大なコンクリートの固まりは、斜めに圧縮されて断裂するほどの亀裂が入り、くの字に曲がった無数の鉄筋が外壁を突き破って飛び出していた。おそらく、下からの突き上げによる一瞬の衝撃で押し潰されたのだろう。そしてその後の横揺れに耐えられなくなり、数分後に倒壊した。

だが、直径二メートル以上ものコンクリートの固まりを一瞬で破壊するエネルギーとは、どのようなものなのか――。

地震の瞬間の〝突き上げ〟の凄さを記憶する証人は、何人もいる。須磨区寺田町一丁目に住む山口恒男もそうだった。山口は地震当時四四歳。いまは五七歳になっていた。

山口は、地震から一三年が経ったいまも、明らかにPTSD（心的外傷後ストレス障害）の症状が残っていた。須磨区寺田町の自宅を訪ね、地震の話を訊くと、時折視線を宙に漂わせながら深く息を吸った。

「これが、前の家の地震直後の写真です。たまたま近所の方がカメラを持っていて、撮ってくれはったんです。これを見て、どうなっているのかわかりまっか？」

そういって山口が、一枚の写真をテーブルの上に置いた。古い平屋の小さな家が、瓦礫の上に傾いて載っているように見えた。

「しかし……平屋ではなかった。二階家だったんですね？」

「そうなんですわ……」

夜明け前に、突き上げるような衝撃と何かが砕けるような音を聞いた。大きな揺れを感じ、その直後に体が宙に浮き、落ちていくような感覚があった。気が付くと倒れてきた本棚の下敷きになり、体が動かなかった。

本の山の中からやっとのことで這い出し、横に寝ていた妻の洋子を助け出した。隣の部屋に行き、二人の子供の無事を確かめ、階下に降りようと階段に向かった。ところがそこにあるはずの階段が、なくなっていた。

最初は、何が起きたのかまったく理解できなかった。だが、家は完全に傾いてしまっている。何とか逃げなくてはならないと思い、ガラスの割れた窓から外を見た。

異様な光景が目に入った。昨夜までそこにあったはずの町並みが、瓦礫の山に変わっていた。数メートル下にあるはずの道路の路面が、すぐ目の前にあった。山口はそこで初めて、何が起きたのかを理解した。

「一階が、完全に潰れてたんですわ……」

山口の話す声は、かすかに震えている。

「本来は二階にあったはずの窓が、一階の高さになっていた？」

「そうです。最初に〝ドン〟ときた衝撃が地震の揺れで、しばらくして宙に浮いたような感覚が家が潰れた時なんやと思いますわ。あれで死なんかったのは、運が良かった。しかし……」

階下には、山口の父の恒次郎と母の史恵が寝ていた。二人共、生き埋めになった。

「お父様とお母様は……」

松永が訊いた。

「駄目でしたわ……。おっ母は昼頃までは生きてたんやけどな。瓦礫の中から、声がしてたんや。助けて……助けて……ってな。でも、どうにもならんやった。自衛隊がもう少し早う来てくれとったらな……」

結局、自衛隊が寺田町に入ったのは午後三時近くになってからだった。すでに生存の反応がないということで山口の両親の救出は後回しにされ、翌一八日の早朝、二人は遺体で発見された。

突き上げるような衝撃――。

あの日、地震を体験したほとんどの証人が同じような言葉を口にする。高橋喜三郎や山口恒男だけではない。三宮の町を歩いていてハイヒールの踵が折れた中根里子も、長田区の自宅マンションで地震を体験した宮口秀豊も、北淡町の断層の真上にいた野崎カナエもそうだった。全員が申し合わせたように、「突き上げるような衝撃」だったという。

あのくらいの巨大地震ならば、それが当然なのかもしれない。人間の感覚として、素直に受け入れてしまう。だが、何かがおかしい……。

松永はその日、昼間の派遣の仕事を終えた麻紀と三宮で待ち合わせた。南京町の中華街に行きたがる麻紀を説得し、三宮の飲み屋街にある小さな居酒屋に誘った。先日、県庁の野間元一を尾行した時に入った店だ。

「なぜ、この店なの？」

麻紀が訊いた。

「この店のメニューに、鯨のステーキがあるんだ。君は、鯨の肉を食べたことはある？」

「もちろんあるわ。ステーキにベーコン、それにお刺身。でも、どうして？」

「鯨の、刺身もあるのか……。私はこの前、初めて鯨のステーキを食べたんだ。あんなに美味しい肉は、この世に他にないと思った」

「変な人……」

食事をしながら麻紀と話した。松永が会ってきた証人の話を、麻紀は黙って聞いていた。

「いままで会った証人のほとんど全員が、下から突き上げるような衝撃を受けたといっている。君はあの日、長田区にいた。やはり、そうだったのか？」

松永が訊くと、麻紀が不思議そうな顔をした。

「そうよ。確かに突き上げるような衝撃を受けた記憶はあるわ。その直後に家が崩れて、後は何が何だかわからなくなったけど。どうして？」

「奇妙だとは思わないか。淡路島に行った時、野島断層を見ただろう。南北に疾《はし》る断層の東側が隆起し、西側は沈んでいた。これは素人の感覚なのだが、隆起した側にいた人間が突き上げられるのは理解できる。しかし沈んだ側にいた人間は、逆に〝落ちる〟ように感じるものだと思うんだが……」

「そうかしら」麻紀が生ビールを飲みながらいった。「あれだけの地震があったんだから、縦揺れで突き上げられるのは当然だと思うけど。でも、不思議だわ……」

「不思議？」

「いま思い出したのよ。吉村武士も、あなたと同じようなことをいっていた……」

その時、松永のモバイルがマナーモードの震動をはじめた。開く。知らない携帯の番号からだった。誰だろう……。

この番号を知っているのは『ガーディアン』のスタッフと麻紀、あとはここ数日間に出会った何人かの証人だけだ。松永はモバイルを持って店の外に出ると、電話を繋《つな》いだ。

――松永さんかね？――。

低く、沈んだ男の声が聞こえてきた。

「そうですが……」

――一三年前の地震の時の、自衛隊派遣について調べていると聞いた。自分は、あなたの疑問に応える知識と準備がある――。

「失礼ですが、あなたは？」

――名前は、山田太郎としておく。怪しい者ではない。もし興味があるのなら、これから言う場所と時間に、一人で来てほしい――。

後は日時と場所、当日の自分の服装だけを指定して電話が切れた。

店に戻ると、麻紀が松永に訊いた。

「誰から？」

「わからない。名前は山田太郎だといっていた。自衛隊の事情に詳しいらしい。私に、話があるといっている」

「山田太郎……。アメリカでいえば、ジミー・ブラウン。日本人の、最も有り触れた名前。おそらく、偽名だわ」

「わかっている」

「会うつもりなの？」

「そのつもりだ」

「危険よ。やめた方がいい……」

麻紀が、不安げにいった。

7

〝山田太郎〟と名乗る男が指定した待ち合わせ場所は、須磨区にある『須磨離宮公園《すまりきゅう》』だった。時間は日曜日の午前九時頃。公園内にある滝山寺の近くで、というアバウトな約束だった。

松永はJR神戸線の鷹取《たかとり》駅からタクシーで公園に向かった。滝山寺に近い駐車場で降りる。空にはいまにも雪が舞いそうな、厚い雲がたれこめていた。寒い冬の朝ということもあり、駐車場には数台の車しか駐《と》まっていない。その中に、姫路ナンバーのミニバンが一台あった。

落葉した森の中の静かな小道を歩きはじめる。須磨離宮公園は、東須磨の丘陵に広がる面積八二・四ヘクタールの広大な緑地公園だ。前身の武庫《むこ》離宮が一九六七年に今上天皇(当時・皇太子)の御成婚記念として宮内庁より神戸市に下賜されたもので、公園内には天井川などの川が流れる他、滝山寺、海成寺の二つの寺院がある。現在植物園になっている旧岡崎財閥邸の洋館は、一九九五年の阪神淡路大震災で一度焼失している。

山田某という男は、電話で自らを〝自分〟と呼んでいた。おそらく、自衛隊もしくは軍の関係者であることが窺える。須磨離宮公園は、軍人との会見にはふさわしい場所のように思えた。

滝山寺は、すぐにわかった。天井川に架かる橋を渡り、少し下流に戻った所にあった。落葉した樹木の中に佇《たたず》む、古く静寂な寺だ。

松永は、しばらく寺の周囲を歩いた。山田某は、電話で赤いダウンパーカを着ているといっていた。だが、そのような男は見当たらない。

樟《くすのき》の大木の下を通り過ぎた時だった。突然、気配もなく、背後から声を掛けられた。

「松永さんですね」

振り返ると、そこに赤いダウンパーカを着た男が立っていた。背はあまり高くない。年齢は六〇歳くらいだろうか。短く刈り込んだ髪と鼻の下にたくわえた髭《ひげ》に、白いものが交ざっている。だが、厚いダウンパーカの上からでもその下の筋肉がわかる。この男は、間違いなく〝軍人〟だ。

「松永です。山田さんですか？」

松永が訊くと、男の細く鋭い目が、かすかに笑ったように見えた。

「そうです。自分が先日電話をした山田です。歩きながら話しませんか」

山田がそういって、落ち葉の積もる小道をゆっくりと歩きはじめた。

「どなたから、私の連絡先を聞いたのですか？」

松永が山田に肩を並べ、訊いた。

「それはいえません。自分はある人物に、あの地震のあった日に姫路駐屯地の第三特科連隊に何があったのかを話すように依頼された。それだけです。松永さんが何を知りたいのか、教えてください。自分は、知っている範囲でお答えします」

男は、あくまでも毅然《きぜん》としていた。

「わかりました。端的にお訊きします。私がまず知りたいのは、当日の朝に第三特科連隊と県庁の間でどのようなやり取りがあったのか。なぜ自衛隊の災害派遣が遅れたのか。そのいきさつです」

「わかりました。ではその点について、御説明します」

男は、歩きながら淡々と話しはじめた。

一月一七日早朝、山田は姫路駐屯地内の官舎で強い揺れを感じ目を覚ました。やはり最初に突き上げるような縦揺れがあり、その後に長い横揺れが続いた。

強い地震であることはすぐにわかった。まだ揺れている途中、闇の中で腕時計を見て時間を確認する。五時四七分だった。

二分近い揺れが治まり、テレビのスイッチを入れた。NHKの画面を見ていると、間もなく地震情報が流れた。大阪、京都は震度5、姫路周辺も震度5と発表された。ところが、その中間の神戸周辺と淡路島の北淡町周辺の震度が出ない。山田はこの時点で第三特科連隊の本部に電話を入れ、当直者に「災害派遣の準備を整え待機せよ」と最初の命令を出した。

電話で派遣部隊の編制の指示を出している間に、神戸の情報が初めてテレビの画面に出た。震度6……。その場で部隊の編制を三倍にするように指令し、官舎を飛び出した。六時ちょうどだった。

「ちょっと待って下さい」松永が口をはさむ。「すると山田さんは、地震直後の段階で自衛隊の出動の必要性を認めていたということになりますね」

「当然です。通常、震度5の地震が起きれば我々は災害派遣に備えて待機します。震度6ならば、確実に建造物の倒壊や人的被害が出ている。それまでの前例を見ても、自衛隊が出動するのは常識です」

周囲には誰もいない。だが山田は、辺りの気配を気にするように小さな声で話す。静かな森の中に、落ち葉を踏む二人の足音だけが響く。

「第三特科連隊の出動準備が整ったのは？」

「あくまでも段階的にですが、六時三〇分の時点では先遣隊の出動準備は終えていました。我々は、いつでも出動できる態勢にあった……」

通常、災害派遣の折には、まず県知事からの電話要請を受け、後に文書で正式な手続きを交換する慣例になっている。ところがいつまでたっても、県知事からの連絡が入らない。こちらから県庁に電話を掛けたが、交換業務は停止。消防交通安全課の直通回線も繫がらない。

「首相官邸には連絡したのですか？」

松永が訊いた。

「幕僚部を通じ、連絡を入れました。しかし、その後の報道などで御承知でしょうが、その頃はまだ村山首相はお休みでした」

「防衛庁には？」

「もちろんです。しかし、現地の情報は未確認。県知事からの要請があるまで待機するように、とのことでした」

時間は、刻々と過ぎていく。県知事の身に何かあったことを想定し、七時過ぎに、ＬＯ（連絡幹部）が二台の車輛に分乗して県庁に向かった。だがこのＬＯも、途中で渋滞につかまり身動きが取れなくなった。警察や消防に電話を入れたが、いずれも「被害甚大」と繰り返すだけで要領を得ない。

八時一〇分、地震から二時間半近くが経って、やっと県庁消防交通安全課の直通電話と繋がった。

「連絡を取ったのは、警備幹部三尉の中尾浩さんという方でしたね。県庁側は、防災係長の野間元一氏……」

松永が確認すると、男は一瞬、表情を強張らせた。そして、いった。

「そうです。その名前も、何度かマスコミに報道されていますね。自分も、その場にいました」

「中尾三尉は、電話で何といっていましたか？」

「こちらは災害派遣の準備は整っている、と。いつでも出動できるので、一刻も早く県知事の派遣要請がほしい、と……」

「しかし、知事はまだ登庁していなかった」

「そうです。それを聞いて、中尾三尉は呆然としていた。あんたら何をやってるんだと、電話口で怒鳴ったのを覚えています……」

「報道では県庁の野間さんが、いずれ正式に派遣を要請するといったことになっていますね。暗に、出動を要請する意思表示だった、と……」

「自分も、それは知っています。後で、何かの記事で読んだことはある。しかし中尾三尉は、そんなことは聞いていないといっていた。〝軍隊〟は、上からの正式な命令がなくては動けない。そういう組織なんです……」

当時の報道でも、県庁と自衛隊側とでは微妙にいい分が食い違っていた。一部では、それが責任のなすり合いとも受け取られた。だが、地震から二時間半が経過した時点で、命令系統のトップにいるはずの貝原県知事が登庁すらしていなかったことは歴然とした事実だ。

県からの出動要請は午前一〇時。それも県知事からの正式な要請ではなく、電話口に出た中尾三尉と野間係長の間でやり取りされた暫定的なものだった。「とにかく派遣場所だけでもいってくれ」と懇願する中尾に、野間が「それでは神戸市内全域と、淡路島の北淡地区へ……」といった。その一言を、中尾三尉は「県からの出動要請」と受け取った。この時、東京の村山富市首相は、まだ定例の閣僚会議などに出席していた。

システムの欠陥による、単なる人為的なミスなのか。もしくはその裏に、何らかの目に見えぬ意思が介在した結果なのか――。

七〇〇名の第三特科連隊が各地の現場に到達したのは、午後になってからだった。正式な活動開始時刻は、午後〇時三〇分と記録されている。この時点で、地震発生からすでに七時間近くが経過していたことになる。完全に、手遅れだった。

男が続けた。

「各地で、被災者にいわれました。自衛隊は、何をやっていたのか、と。なぜもっと早く出動しなかったのか、と。あと一時間早く来てくれていたら、私の家族は死ななかった、と……」

男は、冷静に話し続ける。表情に、苦渋の色は見せない。

「一部で、糾弾されましたね。もし県知事が地震の直後に派遣要請を出していたら、数千人の命を救えたはずだと……」

松永の問いに、男はしばらく考えていた。

「それは自分が判断すべきものではありません。いずれにしても、推察の域は出ない。しかし、これだけはいえます。もし数時間……いや、三〇分でも現場に早く入ることができていれば、救える命がいくつもあったことは事実です」

「問題は、時間だけですか。救助活動の方法論にも、手落ちがあったのでは？」

「空からの消火活動のことをいっているのですね」

「そうです」

海上自衛隊では、昭和四十年代から五十年代にかけて、対潜水艦飛行艇ＰＳ—１を消火飛行艦として活用する計画が進められていた。すでに試作機が完成し、計四六回、一五九時間にも及ぶ空中消火の実験も行われ、成果を挙げていた。だが消防側との確執により、計画が中止された経緯があった。

阪神淡路大震災の折にも、後に「自衛隊はヘリコプターを使って空からの消火が可能だった」とする議論が持ち上がった。実際に自衛隊は、山火事などの緊急時には消火用ヘリを出動させる。だが、あの地震に限りなぜ空からの消火が行われなかったのか——。

「確かに、ヘリによる消火は可能でした。陸自や海自の方でも、やろうという話はあった。もしやっていれば、長田地区などではかなりの確率で延焼が食い止められていたでしょう。

しかし〝ある方面〟からの圧力により、中止せざるをえませんでした」

「〝ある方面〟とは、消防のことですね」

神戸市消防局は、自衛隊に対しあらゆる消火活動を認めない方針であったことが後の報道によって明らかにされている。

「それは自分の口から申し上げるべきことではありません。御想像におまかせします」

「理由は……なぜ空からの消火をやめろといわれたのですか」

「自衛隊のヘリが火災地区を飛行すれば、ローターが巻き起こす風によりかえって延焼を増長させると。もしくは、事故があった場合に誰が責任を取るのか。そのような理由だったと思います」

松永は、呆れてものがいえなかった。市街地、山林を問わず、広範囲の火災の折にはヘリによる空からの消火は世界の常識だ。実際に、確実な効果があることは多くの前例が証明している。ヘリが飛ぶことによって延焼が増長するなどという奇妙な理屈は聞いたこともない。それにあの日は、テレビや新聞などのマスコミ関係をはじめ、警察や消防など何十機ものヘリが神戸の上空を飛び回っていたではないか……。

「自衛隊は、完全に手足を縛られていたことになりますね」

松永がいった。

「その表現が正しいかどうかは別として、自分はあえて否定はしません」

男が、事務的に答えた。

「しかし、長田区などの人口密集地域に大火が発生すればどうなるのか。消防や自衛隊は事前にある程度、予測していたはずでしょう」

「予測……というか、想定はしていました。いや、正確には完全なシミュレーションを行っていたというべきでしょう」

「シミュレーション？」

「そうです。実はそのような話になるのではないかと思い、こんなものを用意してきました」

男はそういって、ダウンパーカのポケットから封筒を取り出した。中には、折り畳んだ書類の束が入っていた。

松永はベンチに座り、書類を広げた。何かの資料のコピーのようだ。冒頭に「大震災地誌・京阪神編」と表題が入り、「陸上幕僚監部」と書かれている。

作成は一九九四年五月。阪神淡路大震災の起きるおよそ八カ月前だ。表紙をめくると、最初のページに次のような一文がある。

〈本地誌は、特定観測地域に指定されている京阪神地域の地震災害特性を明らかにし、災害に関する研究・見積及び災害派遣の準備・実施に資する基礎資料とするために作成した。〉

松永は、資料を読み進んだ。そこに書かれていたあまりの内容に、恐怖と怒りで体が震えはじめた。

8

森でコジュケイが鳴いた。

だがその声は、ジョージ・松永の耳には届かなかった。ベンチの脇には〝山田太郎〟と名乗る男が立ち、周囲に気を配っていた。

松永は『大震災地誌・京阪神編』のコピーのページを捲《めく》り、目で文字を追った。報告書では紀伊《きい》半島沖の海洋プレートで発生するマグニチュード8・4、震度5〜6の地震を想定して調査。その結果、起こり得るであろう被害を綿密に予測し、報告している。

「これは、いったい……」

松永は、男を見上げた。

「我々陸上自衛隊が、防衛庁の依頼により調査作成した報告書です。目的は災害出動を想定した準備。事前の資料はすべて各自治体から提供を受けています。私も、調査委員会のメンバーの一人でした」

男は、自分が陸自の人間であることを隠さなかった。

「この調査書は、政府の要請により作られたわけですね。つまり当然、政府に報告されてていますﾞ」

「勿論《もちろん》です。完成したのが、そのコピーの冒頭にもあるようにあの震災の八ヵ月前の一九九四年五月です。その後すみやかに、陸自の中部総監を通じて政府に報告されました。その他にも大阪、兵庫、滋賀、奈良、和歌山の各県の自治体にも第三師団から直接報告されています」

つまり国も兵庫県も、内容を把握していたことになる。

調査は各地域別に分けられ、ライフライン、交通網、建造物、さらには人的な被害から救援、復旧の見積りに至るまで多岐にわたっている。例えば「第4章の7・被害様相（1）交通機関」の項目には、次のような記述がある。

〈神戸市北部地域において、崖《がけ》崩れによる軌道、トンネル、駅舎等構造物の損壊が予想される。（中略）JR東海道・山陽本線及び東海道・山陽新幹線は淀川《よどがわ》地域、神崎川《かんざきがわ》流域において地震動及び液状化現象による線路・橋梁《きょうりょう》等構造物の損壊及び六甲山系内における崖崩等、軌道、トンネルへの被害が発生した場合、比較的長期間にわたり、住民生活に与える影響が大きい〉

報告は、正確だった。まるで後に起きる『阪神淡路大震災』を想定していたかのようだ。家屋などの建造物の倒壊や火災被害については、「第3章の1・建造物密集地域」の項目に興味深い考察が報告されている。

〈大阪府北部地域（豊中《とよなか》市）、中〜東部地域（大阪市、寝屋川《ねやがわ》市、守口《もりぐち》市、門真《かどま》市、東大阪市）及び尼崎市〜神戸市南部地域（長田区）は、木造建造物が密集しており、地震に伴う家屋の倒壊及び火災の発生・延焼等の危険性が高い地域である。（中略）兵庫県内対象地域はいずれも40％以上の高い焼失率が見積もられている〉

松永は、息を呑んだ。報告書には明確に、〝長田区〟の文字が記述されていた。さらに「第3章の5・被害様相（2）火災」の項には、まるで後に起こることを〝予言〟したとも取れる一文が存在した。

〈これらの火災は各地域において地震発災後5〜6時間で最盛期となる。後逐時鎮火の方向に向かい概《おおむ》ね23〜24時間で鎮火するものと予想される〉

信じられない。政府はあの大震災が起きる前に、長田区を含む神戸市南部地域が焼失率四〇パーセント以上の〝危険地帯〟であることを知っていた。さらに兵庫県庁は、地震発生後五〜六時間で各地域の火災が最盛期となることも把握していた。にもかかわらず、自衛隊の災害派遣を含む対応を遅らせたのだ。

県庁が、〝非公式に〟姫路の第三特科連隊に出動要請を出したのが、一月一七日の午前一〇時。すでにこの時点で、震度7の地震が発生してから四時間一四分が経過していた。もし長田区などの火災が地震発生後五～六時間で最盛期を迎えるという推測が正しいとするならば、その直前だ。それから出動しても、派遣部隊が現地に到着する頃には火災はピークを過ぎている。完全に手遅れなことは、わかりきっていた。

最早《もはや》、行政側はいい逃れはできない。これは明らかに、〝未必の故意〟だ。

松永はもう一度、報告書の日付を確認した。やはり、間違いはない。作成は一九九四年の五月と記されている。あの地震の八ヵ月前だ。偶然なのか。それとも、綿密に計画された何者かによる必然なのか――。

あの二〇〇一年九月一一日に起きた『911』同時多発テロもそうだった。その一一ヵ月前の二〇〇〇年一〇月、『NORAD』――北米航空宇宙防衛司令部――はペンタゴンに民間旅客機が激突したことを想定した軍事演習を行い、その報告書を政府に提出していた。

どうしてこうも都合よく、日米の政府が軍を使って調査もしくは演習を行った〝最悪の事態〟が数ヵ月後に現実に起きてしまうのか。しかも『NORAD』の演習に参加したメンバーの一人のチャールズ・バーリンゲームは、後に本当に『アメリカン航空77便』の機長としてペンタゴンに突入した。そして自衛隊の『大震災地誌』の委員会のメンバーだった山田太郎と名乗る男は、やはり八ヵ月後に起きた大震災の時にも救援活動の当事者となっている。こんなことが、偶然であるわけがない。もし『911』が謀略であったとするならば、『阪神淡路大震災』もまた同じ可能性として〝謀略〟だったと判断すべきだ。

「何を考えているのですか」

男が訊いた。

「いや、別に……。ところでこの報告書は現在も実物を閲覧することができるのでしょうか」

松永の言葉に、男は小さく溜め息をついた。

「それは難しいと思いますね。自衛隊の内部ではすでにごく一部の関係者を除いて閲覧不能……つまり機密扱いになっています。たまたま自分は、それが可能な立場にあっただけです。政府の方も、期待はできないでしょう。もし可能性があるとすれば、一九九四年当時、この報告書が配布された自治体の方かもしれませんね。大阪府や兵庫県は無理だとしても、奈良や和歌山あたりの消防防災課の担当者ならばいまでも手元に残しているかもしれない」

松永の予想していたとおりの答えが返ってきた。だが、市当局の防災課の担当者レベルでも期待はできそうもない。

「このコピーは、いただいてもかまいませんか」

松永が訊いた。

「自分が持ち帰るといっても、松永さんは承知なさらないでしょう。そのコピーは、差し上げます。ただし、約束をいくつか守っていただきたい」

「約束？」

「そうです。まずひとつは、そのコピーをむやみに他人に見せないこと。その書類を所持していることによって生ずるすべてのリスクに対し、松永さん個人の自己責任とすること。そして山田太郎という人間のことはこの場で忘れていただき、以後は一切の詮索《せんさく》をしないこと。それだけです」

「わかりました。お約束します」

松永はそういうとポケットからモバイルを出し、アドレス帳から着信履歴に至るまで、男の見ている前ですべての〝山田太郎〟の記録を消去した。

時間は、いつの間にか過ぎていた。気が付くと空の雲も疎《まば》らになり、落葉した森の中に暖かい薄日が差し込んでいた。日曜の午前中ということもあり、公園の中には少しずつ人影も増えはじめていた。

「山田太郎は、そろそろ消えることにします。もう、お会いすることもないでしょう」

男がいった。松永はベンチを立ち、右手を差し出して握手を交わした。いかにも軍人らしい、無骨で力強い手だった。

男は小さく頷くと、一度も振り返ることなく、森の中に歩き去った。あの山田太郎と名乗る男が、誰に頼まれて松永に会ったのかはわからない。県庁消防交通安全課の野間元一なのか。もしくは、参議院議員の高岡陽二なのか。だが、そんなことはどうでもいい。少なくともあの山田太郎という男は、松永の側の人間であることは確かだった。

松永は森を抜けて丘の上に立ち、冷たい風に吹かれた。しばらくすると車のエンジン音が聞こえ、広い駐車場から姫路ナンバーのミニバンが走り去るのが見えた。

9

三宮のマンションの部屋に戻ると、麻紀は出掛けていた。小さなテーブルの上に、置き手紙が残っていた。


〈友達と買物にいってくる。夕方には戻ります。

麻紀〉

松永は石油ストーブに火を点け、インスタントのコーヒーを淹れた。部屋と体が温まるのを待つのももどかしく、山田太郎という男から渡された書類を開いた。あらためて読み返しても、奇妙な内容だった。京阪神地域に大地震が起きることを想定した調査報告書というよりも、むしろ旧約聖書のイザヤの〝預言書〟を想わせる内容だった。

最も理解に苦しむのは、冒頭のページに記された次の一文だった。

〈本地誌は、特定観測地域に指定されている京阪神地域の地震災害特性を明らかにし――〉

松永は、何度もその一文を読み返した。本地誌のいう「特定観測地域」とは何を意味するのか。なぜ政府は京阪神地域を「特定観測地域」に指定して自衛隊に調査させたのか。本文をいくら読み返しても、その明確な理由が説明されていない。

元来、大阪・神戸を中心とする阪神地区は、地震国の日本の中ではむしろ地盤の安定した地域として認識されていたはずだ。神戸周辺に活断層が集中していたことが一般に知られたのはあの大震災の後になってからで、それまでは地震が起きることを不安視されたことすらなかった。実際に神戸では、二〇〇〇年近く大きな地震は起きていなかった。その京阪神地域が、なぜ「特定観測地域」なのか――。

何度か本文を読み返すうちに、松永はもうひとつ奇妙なことに気が付いた。大地震発生時における自衛隊の災害派遣を綿密に調査したレポートでありながら、〝ヘリコプター〟の文字が見当たらない。空からの消火の可能性が、まったく検証されていないのだ。単なる手落ちなのか。それとも、何か意味があるのか……。

松永はＭａｃのｉＢｏｏｋを開いた。インターネットに接続し、〝阪神淡路大震災　ヘリコプター　消火〟のキーワードで検索する。〝山田太郎〟と名乗る男はいっていた。あの地震の折、ヘリによる空中消火は可能だった。もしやっていれば、長田地区などではかなりの効果があったはずだ。だが、〝ある方面〟からの圧力により〝中止〟された、と——。

やはり思ったとおり、様々な項目がヒットした。その中には、興味深いものもあった。

〈中部方面総監部は午前六時半（地震発生から四五分後）に非常呼集を完了。大阪府八尾《やお》の基地から午前七時に海上自衛隊の偵察用ヘリ一機が離陸し、神戸上空を偵察。被害情況を把握した上で、午前八時までに防衛庁に報告を行った〉

これも、奇妙だ。もしこの記述が事実ならば、玉澤防衛庁長官は午前八時の時点で、海自からの的確な情報の報告を受けていたことになる。ところが村山総理大臣は、この時はまだ自宅にいた。首相官邸への出邸は八時二六分。しかもその後も大震災のことなど忘れたかのように、定例閣僚会議や地球環境を議題とした懇話会などに出席していた。

村山総理大臣の態度に初めて明確な変化があったのは、昼過ぎから行われた政府与党首脳連絡会議の途中だった。秘書官から〈正午現在、死者二〇三人〉と書かれたメモを渡され、やっと事態の重大さを把握した。この経緯はすでに震災直後から多くの媒体によって報道され、既成事実として認識されている。

松永は、疑問を感じた。ごく当たり前に考えて、玉澤防衛庁長官は午前中の閣僚会議の席にも昼からの政府与党首脳連絡会議にも村山総理大臣と同席していたはずだ。にもかかわらず、海自の現場からの報告が村山には届いていなかったということなのか。兵庫県庁消防交通安全課の野間元一は、家を出て長田区の惨状を見た時点で「これは一〇〇〇人以上は死んでいると思った……」と証言した。海自の偵察ヘリは、高度な情報分析システムを搭載している。その現場からの判断は、個人の視点とは比較できないほど正確であったはずだ。

もし村山が玉澤からの報告を受けていたとすれば——当然そうでなくてはならないのだが——あれほどのんびりとしていたはずがない。少なくとも〝死者二〇三人〟という数字を見て、驚くはずがないのだ——。

どこか、きな臭い。単なる連絡ミスなのか。もしくは、あえて村山にだけは情報が伏せられていたのか。考えてみれば阪神淡路大震災の災害派遣における村山の失策を機に、日本の自衛隊関連法は大きく右回りに転換した。単なる結果論であったのか、もしくは計画的なものであったのかは別として、村山総理大臣と社会党は「罠《わな》にはめられた」と取れなくもない。

松永は、さらに検索を続けた。試しに〝阪神淡路大震災　政府　予見〟のキーワードを打ち込んでみた。するとまた、とんでもない情報が引っ掛かってきた。

〈〇仮設住宅用地追加

一月二四日、政府は阪神大震災の避難住民に対し、新たに仮設住宅用地として国有地二〇三万平方メートルを確保したと発表。これは大蔵省、建設省、運輸省、郵政省など一二省庁から提供されたもので、兵庫県内や大阪府に二〇〇ヵ所、計二万戸分の仮設住宅用地にのぼる。最大は大蔵省の六〇万平方メートルで、全体の約三割を占める。他に運輸省二万平方メートル、郵政省二万一二〇〇平方メートルなど……〉

二〇三万平方メートルといえば、単純計算でヤンキー・スタジアムの四〇個分以上に当たる。とてつもない広さだ。バブル経済が弾《はじ》けた不景気の最中に各省庁が神戸周辺にそれだけの余剰物件を所有していた事実だけでも驚きだが、問題はそれだけではない。情報には、関連する資料として提供された仮設住宅用地の一覧表が添付されていた。

一覧表には、各省庁が所有する土地の内訳が記載されていた。例えば大蔵省が持つ国有地のほとんどは、八〇年代から九〇年代初頭にかけてバブル経済の折に相続税などの対価として物納されたものだ。運輸省の土地は旧国鉄清算事業団の土地だ。以上は特に、不自然な要素はない。

問題は、郵政省が所有する土地だ。二万一二〇〇平方メートルの内、約八〇〇〇平方メートル二六件は郵便局や職員宿舎の跡地と記載されている。だが、残る一万三二〇〇平方メートルの土地を「なぜ所有していたのか」が不明瞭なのだ。

〇兵庫県姫路市・ＪＲ姫路駅前（四四〇〇平方メートル）――「地域文化活動支援施設建設予定地」

地」
○大阪市鶴見区（八八〇〇平方メートル）――「大阪新都市型加入者ホーム建設予定地」

松永は、これを見て首を傾げた。いずれも、取って付けたような名目だ。さらにこの広大な二物件を取得した時期を見ると、面白い事実が浮かび上がってくる。どちらも一九九三年から翌九四年にかけて、旧国鉄清算事業団から転売されていた。

なぜ郵政省は、バブル経済の後のあの時期に莫大な資産を投じて土地を買ったのか。ひとつは当時二六兆円ともいわれた旧国鉄の累積債務の穴埋めだろう。郵政省は、国鉄の赤字に資産数百兆円にものぼる郵貯や簡保の資金――つまり国民の資産――の一部を投じたのだ。

だが、それだけではない。松永は、三カ月前に東京で行われた外国人記者クラブの定例の記者会見を思い返していた。会見の内容は、郵政民営化に伴う日本郵政会社の発足式を受けて、野党三党の統一会派が国会に共同提出した郵政見直し法案に関する説明だった。

行政改革会議において郵政民営化が初めて議論されたのが一九九六年。阪神淡路大震災が起きたのが、前年の九五年。つまり郵政省は、莫大な資金を使い、その二年から三年前にかけて大地震の起きる阪神地区の広大な土地を買い漁《あさ》っていたことになる。

またしても偶然か。だが偶然だとしても、あまりにもタイミングがよすぎる。震災の直前、しかもバブル後の不景気の時期に買った土地は、後の震災復興と再開発によって地価が高騰する。当然、来《きた》るべき民営化の際には日本郵政会社の資産価値を押し上げる。

いや、もっと複雑な裏があるはずだ。もしその二件の土地が、仮設住宅の撤収後、経営難で問題になった『かんぽの宿』などの物件に紛れ込ませて民間企業に原価で払い下げられたとしたら。そこには莫大な利権が発生することになる。

もし地震が〝偶然〟だとしたら、すべての利権は合法的に処理される。だが〝必然〟だとすれば、誰かが計画的に不当な利益を得たことになる。

日本にも、あの『９１１』同時多発テロのラリー・シルバースタインが存在したのだ。だとしても、日本人のやり方はより狡猾《こうかつ》で抜け目ない。いったい裏で、誰が笑ったんだ？

ドアの鍵《かぎ》が開き、麻紀が帰ってきた。手に、駅前のスーパーの袋を提げていた。

「ただいま。遅くなったけど、いまから夕食の仕度をするわ。それで、今日の山田太郎という人はどうだった？」

麻紀が訊いた。

「彼は〝本物〟だよ。間違いなく、自衛隊の人間だった。食事の仕度の前に、これを読んでみないか」

あの男は、資料をむやみに他人に見せるなといった。だが麻紀は、松永の同志だ。その範疇《はんちゅう》には入らない。

麻紀はスーパーの袋を置き、しばらく資料に見入っていた。そして読み終わると、ふと笑いを洩《も》らした。

「やはりね。どうせそんなことだろうとは思っていたわ」

意外な反応だった。麻紀は、不思議だ。松永にしてみればささいなことで感情的になるかと思えば、物事の本質を突く重大な事実に対しては逆に冷静に受け止める。

麻紀が、夕食の仕度を始めた。日本料理の香りだった。その心地よい気配を楽しみながら、松永は物想いにふけった。

何が本物で、何が偽物なのか……。

だが、いずれにしても心に引っ掛かるキーワードがある。〝ヘリコプター〟だ。

「なあ、麻紀。今度、君が休みの日に京都に行ってみないか?」

小さなキッチンに立つ麻紀に、松永がいった。

10

静かな池の中に、黄金の館《やかた》が浮いている。その幻想的な大気の中に、日本人や外国人の観光客が息を呑むように立ち尽くしていた。美しく、そして静謐《せいひつ》な風景だった。

松永は麻紀と共に、目の前に存在する神秘的な景観に見とれていた。日本には延べ一〇年近く住んでいるが、松永は実物の金閣寺《きんかくじ》を見るのはこれが初めてだった。

黄金の国、ジパング――。

かつて一三世紀末、ヴェネツィアの商人マルコ・ポーロはアジアの旅の途中で日本に立ち寄り、『東方見聞録』に東洋の小さな島国のことをそう記したと伝えられている。だが、マルコ・ポーロが本当に日本を訪れ金閣寺を見たのかどうかは疑問だ。『東方見聞録』が書かれた時代と、金閣寺の黄金の舎利殿が建立された時代とではかなりの時間のずれがある。マルコ・ポーロはまた、日本のことを「人肉を食す野蛮な国」とも記している。

国宝の舎利殿は、一九五〇年に一度、一人の学僧の放火により焼失した。現在、松永の目の前にある金閣寺は、その五年後の一九五五年に再建されたものだ。だが、いまこうして金閣寺を眺めてみても、その美しさには一点の翳《かげ》りも感じられない。

東洋の小さな島国、日本は、二一世紀を迎えた現在もやはり黄金の国だ。そしてその美しい仮面の下には、確かに人肉を喰《く》らう野蛮な一面が潜んでいるのかもしれない。その意味ではマルコ・ポーロは、たとえ本当に日本を訪れていなかったとしても、七〇〇年以上も前に東洋の小さな島国の本質を予言していたことになる。

日本は、不思議な国だ。京都の地を訪れてみると、その思いを新たにする。中でも、清《きよ》水寺《みずでら》の通称〝清水の舞台〟に立ってみれば誰もがそう思うだろう。いったい日本人以外のどの民族が、木材を用いてこれほど豪壮で巨大な建造物を建てることを発想するだろうか。日本人は確かに悪魔のように繊細で、天使のように大胆だ。

松永は目の前の舎利殿の風景に見とれながら、〝山田太郎〟と名乗る男に託された奇妙な資料のことを思い起こしていた。あの資料には、一枚の表が付属していた。報告書が想定した紀伊半島沖で起きるM8・4の巨大地震の際の各地域別の「被害見積算定表」である。そこには京都市内における建造物の被害予想も、綿密に記載されていた。

もし想定どおりの巨大地震が起きていたら、京都に点在する国宝級の古刹《こさつ》は金閣寺や清水寺を含め、壊滅的な被害を受けていただろう。だが実際の地震は、京都圏外の神戸の活断層で起きた。結果として京都の古刹は、こうして無事な景観をいまに残している。

太平洋戦争末期、アメリカ軍南西太平洋方面総司令官だったダグラス・マッカーサーは、京都には重要文化財クラスの建造物が多く存在することから日本の本土空爆の爆撃目標から除外したという逸話が残っている。その気紛《きまぐ》れな判断の結果、東京や広島、長崎などが大空襲や原爆の犠牲になり、京都は何の被害もなく焼け残った。

今回の阪神淡路大震災の場合も同じだ。京都は助かり、神戸が犠牲になった。あくまでも〝皮肉な偶然〟の結果として――。

時計を見ると、時間は午後三時を回っていた。

「そろそろ行こう。約束の時間にはちょうどいい」

松永がいうと、麻紀が小さく頷いた。

舎利殿の建つ池の周りを一周し、松永は駐車場のレンタカーに戻った。いつものトヨタだ。エンジンを掛け、最新式のナビゲーション・システムに滋賀県大津市の住所を入力した。

「琵琶湖《びわこ》の近くね。海のように大きな湖が見えるわ」

ナビの液晶画面を見つめながら、麻紀がいった。

「私だって、そのくらいは知っているよ。アメリカで生まれても、日本人なんだ」

金閣寺から国道三六七号線の北大路橋《きたおおじ》で賀茂川《かもがわ》を渡り、東へと向かう。しばらくは、枯れた色彩の古都の風景が続く。北白川別当町《きたしらかわべっとうちょう》から山中越《やまなかごえ》の峠道に入り、間もなく県境を越えて大津市に入る。

二〇〇四年の一二月、バンダ・アチェに向かう直前に吉村武士が残したリストには、計三四名の証人の名前が書かれていた。内、日本人は三三名。現時点で亡くなっている者や何らかの理由で会えない人間を除き、すでに松永はほとんどの証人から話を聞いていた。残りは数名と、『Ｋ・Ｂ・Ｉ』という謎のアルファベットがひとつ。滋賀県大津市在住の『大津エアサービス』社長、久間康裕も残り数名の中の一人だった。

久間は大震災当時、四四歳。現在は五七歳になっているはずだ。なぜ吉村が、滋賀県に住むこの男を証人のリストに加えたのか、その理由はわからない。だが会社のホームページを調べてみると、松永が予想したとおり『大津エアサービス』はヘリコプターを数機所有する空撮や人員輸送を専門とする会社であることがわかった。

地図を見る限り、大津市は阪神淡路大震災の震源地から約七〇キロは離れている。当時の被災情況を考えても、久間はそれほど重要な証人とは思えなかった。だが、〝ヘリコプター〟というキーワードが心に引っ掛かり、松永は久間に会ってみる気になった。

リストに書いてある会社の番号に電話を入れると、久間は気軽に面会を承諾した。営業時間が終わる午後五時近くに、会社の方に来てほしいという。久間は、吉村のことを記憶していた。だが同じ用件ならば、「あまり期待しないでほしい」と付け加えた。

大津は松永が想っていた以上に大きな町だった。麻紀のいうように海のような広大な湖が広がり、大津港には『ミシガン』という名のアメリカのミシガン湖やミシシッピー川にあるような巨大な外輪を持つ観光船が浮かんでいた。日本人は、やはり不思議な民族だ。京都の古刹のような他民族には真似のできない奇跡の文化を持ちながら、なぜアメリカに媚びるようにその安っぽい見せかけだけの物質主義に憧《あこが》れるのか。

『大津エアサービス』は、琵琶湖の湖面を見下ろす高台にあった。それほど広くないヘリポートに、ローターを折り畳んだ小型ヘリコプターが二機。狭い格納庫の中にも一機見える。その他には二階建ての社屋があるだけの、小さな民間会社だった。

建物は、真新しい。階段で二階に上がっていくと、そこが事務所になっていた。小柄で肩幅の広いツナギを着た壮年の男と、それより少し若く見える女性事務員が雑然としたデスクに向かっていた。

松永と麻紀が事務所に入っていくと、二人が振り返った。男が、軽く手を上げて笑う。この男が、久間康裕だった。

事務所の窓際にある応接セットに案内されると、女性事務員がプラスチックのカップに入ったコーヒーを運んできた。久間はそのコーヒーをすすり、胸ポケットからタバコを出して火を付けた。そして煙と共に大きな溜め息をついた。

「それで、吉村さんの件やったね。あの人、元気にしてるんかい」

久間が、コーヒーを飲みながら訊いた。

「いえ、吉村は二〇〇四年の一二月二六日に、インドネシアのスマトラ島で行方不明になっています。あの、バンダ・アチェの大地震の日です。ニュースを見ませんでしたか？」

松永がいうと、久間は一瞬コーヒーを持つ手を止め、目を丸くした。

「そうやったんですか……。知らんかったな……。面白い人やったんに……」

どうやら久間は、吉村が行方不明になっていることを本当に知らなかったようだ。

「実は私たちが知りたいのは、その吉村武士のことなんです。彼はいつ、なぜここに来たのか。そして久間さんに何を訊いていったのか……」

「あの人がここに来たのは、二〇〇四年の一一月やと思いましたよ。確かあの時、翌月に地震の取材でインドネシアに行くとかいっとったから。私には何のことやら、さっぱりわからんかったんですがね。たぶん、その時ですやろ」

松永は、体に悪寒が走るのを感じた。やはり吉村がバンダ・アチェで死んだのは、偶然ではなかったのだ。彼は、インドネシアに地震の取材で行った。それも、あのバンダ・アチェの地震が起きる前にだ。麻紀は松永の横に座り、両手をプラスチックカップのコーヒーで温めながら、虚《うつ》ろな目で空間を見つめていた。

「彼はなぜ、ここに来たのですか。何か、理由をいっていませんでしたか？」

松永が訊いた。だが久間からは、意外な答えが返ってきた。

「特に、うちの会社に……というわけではなかったようですよ。何でも外人客を二人、ヘリに乗せんかったかどうやとか。うちを含めて関西地区のヘリの会社をすべて回ってるんやとかいっとったね」

「二人の外人客、ですか。それは、阪神淡路大震災の当日のことですか？」

「そうですわ。確かにあの日、うちは二人の外人客を乗せてたんで、その話をした覚えはありますな」

松永は、息を呑んだ。これまで、特定の〝二人の外人〟に該当する情報はまったく取材の周辺に浮上してきていない。〝外人〟に関連するとすれば二月一一日付の『讀賣新聞』社会面に載った〈欧米人約四〇〇人が大型のチャーター船で関空のポートターミナルから脱出した〉という記事と、吉村のリストに載るダン・セルゲニーというUCLAの地質学者くらいのものだ。

「その外人客というのは、白人ですね？」

「そうや。アメリカ人や何かはよう知らんが、確かに金髪の白人でしたわ。正確にいえば日本人の通訳みたいな男も一人乗ってたから、客は全部で三人やったと思いますな」

「その時のこと、もう少し詳しく話してもらえませんか」

「まあ、かまいまへんけど……」

一月一七日の阪神淡路大震災の当日、久間は通常よりも一時間以上も早く午前六時四〇分に出社した。朝、自宅で地震の強い揺れで目を覚まし、その後NHKのテレビで神戸の〝震度6〟という数字を見たからだった。当時から久間の会社は、ヘリコプターを三機所有していた。この日の朝は外資系の会社からの一件の予約しか入っていなかったが、場合によっては残る二機も報道関係の取材で稼動させることになると判断した。思ったとおり、出社して一〇分くらいの間に、残る二機も大手新聞社と地元テレビ局の予約で埋まった。

間もなくパイロット二人が出社し、七時三〇分頃までに最初の二機が神戸の被災現場に向けて飛び立った。八時少し前に、予約の入っていた外資系の客が三人来社した。フライトの予定は、八時からだった。だが、大阪から通っていたもう一人のパイロットが、地震による交通網の乱れで出社してこない。仕方なく、社長の久間が急遽《きゅうきょ》、操縦桿《そうじゅうかん》を握ることになった。

「まあ、私も元々はパイロットやからね。飛ぶことは問題ないんやが……」

「その外資系の企業の客というのが、例の外人二人を含む三人だったわけですね」

「そうです」

客は金髪の六十代くらいの男と、髪を短く刈った四〇歳くらいの大柄な男。どちらも高級そうなスーツとコートを着ていた。日本人の男も、四〇歳くらいだった。

「その会社の名前を覚えていますか？」

松永が訊くと、だが久間はなぜか表情を曇らせた。

「それなんや……。それについては、少々複雑な事情があってな。説明は後にしてくれませんか……」

「わかりました。話を続けてください」

午前八時、三人の客を乗せて離陸。当日の飛行計画は、明石海峡大橋の淡路島側アンカレイジにあるヘリポートまでの往復人員輸送だった。久間は予定どおり、機首を西に向けた。

松永は、淡々とした久間の話に黙って耳を傾けていた。だが、明石海峡大橋の〝淡路島側アンカレイジ〟という言葉を聞いた瞬間、背筋が凍るような悪寒を覚えた。あの大地震の震源地——そして地震の直前に『クイーンダイヤモンド号』の船長成村敏夫が謎の大型船を目撃した場所——から数キロの地点だ。

隣の麻紀を見た。コーヒーカップを持つ手が、かすかに震えている。暗くなりはじめた窓の外には、二機のヘリコプターが静かに佇んでいた。

久間は話し続けた。

「飛び立ってすぐに、日本人の男から奇妙な指示があったんですわ。大阪の市内から神戸の上空を飛び、舞子から明石海峡大橋に沿って淡路島に向かってほしい、と……」

あの大震災の、被災地の上空だ。松永は訊いた。

「なぜでしょうね」

「理由はいわんかったけど、地震の跡を見たかったんやないかな。ただの弥次馬《やじうま》ですやろ」

ヘリは間もなく大阪上空を通過。この時点ですでに、前方の神戸上空が煙で黒くかすんでいるのが見えた。さらに宝塚、東灘区の上空に差し掛かったあたりで久間は地上の惨状に目を疑った。神戸の市街地が一面瓦礫の山と化し、至る所から火の手が上がっていた。

「戦争の時の、空襲の後というのはあんなやったんやと思いますわ。その上を、報道のヘリが無数に飛び回ってましてね。まるで、地獄絵図ですわ……」

久間が心を落ち着かせようとするように、冷めたコーヒーを飲んでまたタバコに火を付けた。

「乗客の三人は、どんな様子でしたか」

「何だか、奇妙でしたな。三人で小声でこそこそ話し合って、いろいろと注文を付けるんですわ」

「注文？」

「ええ。私はその時、高度二〇〇メートルあたりの所を飛んでたんやけど、日本人の男がもっと下げてくれとかね。まあそれは、火事の延焼を煽《あお》るから無理だと断ったんやけど……」

「他には？」

「もっとゆっくり飛んでくれやとか、もう一度、同じ所を回ってくれとか……」

「なぜでしょうね。ただ、地震の惨状を見物したかったのか……」

「いや、それだけやないと思いますわ。彼らは、上空から被災地を撮影していたんですわ。日本人の男はカメラを持っていたし、白人の金髪の男の方はソニーのビデオカメラを回しとりましたからな」

確かに、奇妙だ。ヘリコプターに乗る時に、たまたま一人がスチールのカメラを持っていたことくらいは頷ける。だが普通は、よほどのマニアでもない限りビデオカメラまでは用意しない。

女性事務員が、帰り支度をはじめた。三人分の新しいコーヒーをテーブルに運び、挨拶をして事務所を出ていった。

久間は話を続けた。

やがてヘリはポートアイランドを左手に見て、長田区上空を通過する。この辺りの火災が、最もひどく見えた。煙がヘリの機内にまで入ってきた。人の肉が焼けるような臭いがしたことを覚えている。久間の話を聞きながら、麻紀は自分の細い肩を抱き、凍えるように震え続けていた。

須磨の上空を過ぎると、やっとヘリは煙の中を抜けた。久間は舞子の上空で針路を南西に向け、明石海峡大橋に沿って南下した。

海面が、淡い朝日に輝いていた。不思議なほどに、美しい風景だった。眼下に連なる巨大な橋の橋脚は、あれほどの地震を受けてもまったく被害を受けていないように超然と海に聳えていた。

間もなくヘリは、淡路島側アンカレイジ上空に差し掛かった。ヘリポートを目視し、高度を下げる。だが、その時にまた、日本人の男から奇妙な指示を受けた。

「着陸せんでいいというんですわ。そのまま同じコースを飛んで、大津に戻ってくれと……」

「おかしいですね。最初の飛行計画では、アンカレイジのヘリポートに着陸する予定になっていたんでしょう？」

「そうです。あの地震で、何かトラブルでもあって急遽予定が変更にでもなったんやないですかね」

「その三人は、携帯電話か何かで地上と連絡を取っていたのですか？」

「いや、そんな様子はなかったですな……」

やはり、おかしい。もし大津を離陸した後に予定の変更があったとしたら、少なくとも何らかの方法で地上と連絡を取っていなくてはならない。もしくは、確認のために目的地に着陸くらいはするはずだ。

松永は、いった。

「それとも、その三人の飛行の目的は最初から被災地の視察だったのか……」

久間が、それを聞いて苦笑した。

「それは有り得まへんな」

「なぜです？」

「だってその三人は、一週間も前にフライト予約を入れてたんですわ。そしたらそんな前に、あの地震が起きることを知ってたことになりますやろ。絶対に有り得ませんわ」

確かに、そうだ。もし三人が一週間前にフライト予約を入れていたのだとすれば、被災地の視察が目的だった可能性は理屈として有り得ない。だが、松永は思う。その三人は、一週間前に知っていたのだ。一月一七日の早朝に、神戸で未曾有の大地震が起きることを——。

久間は日本人の男に指示されたとおり、同じコースを飛行して大津に戻った。上空から見る被災地は、行きよりも帰りの方が火災の延焼がひどくなっていた。神戸は、壊滅した。この時点ですでに久間は、数千人規模の犠牲者が出ていることを予測していた。その間にも三人の客は被災地の写真を撮り、ビデオカメラを回しながら、小声で話し続けていた。

松永はその時、小さな疑問が浮かんだ。

「その三人は、英語で話していたのですか？」

「ええ……英語やと思ったけど……」だが久間はそこまでいって、ふと首を傾げた。「そういえば金髪の男は、何か時々、変な言葉で話しとったな……」

「変な言葉、ですか？」

「ええ、そうなんですわ。ヘリのローターの音なんかで、ようは聞こえんかったんですが……。そうだ、思い出した。何となく、ロシア語やないかと思ったんですわ。それで、この人はロシア人やないかと……」

ロシア人——。

これも、意外だった。いままでの一連の取材の中に、〝ロシア人〟というキーワードもまたまったく浮上してきていない。もしあの大地震が何らかの謀略であったとすれば、黒幕として可能性があるのはアメリカのＣＩＡであると想像していたのだが……。

「ところで、その三人の素性です」松永が訊いた。「先程、その三人の会社についてお訊ねした時に、何か不都合があるようでしたね。事情があるのですか？」

「いや、不都合というわけでもないんですがね……」

久間が顔を顰《しか》め、なぜか困ったような表情を松永に向けた。

「どういうことなんでしょう」

「実はお恥ずかしい話なんやけど、その会社の社名も三人の男の名前も、初めてのお客さんだったもんでまったく覚えてないんですわ。それで最初にお電話をいただいた時に、あまり期待しないでほしいといったのは、そういう訳やったんです……」

確かに初めての客の社名や人名など、いちいち記憶してはいないだろう。

「しかし、ヘリコプターでも搭乗者名簿を残す義務があるはずですよね。それを見れば……」

「それが、その搭乗者名簿がないんですわ」

「どうしてです。処分してしまったんですか？」

「違います。うちでも通常は、一五年は捨てずに取っておきます。ところが一九九五年以前のものは、焼失してしまったんですわ……」

「焼失した？」

松永を、嫌な予感が襲った。

「そうなんですわ。あの年の七月でしたか。震災の半年ほど後に、会社の事務所が火事になりましてな。夜中にガソリンか何かを撒《ま》かれて放火されたらしくて、社屋だけでなく書類も全部燃えてしもうたんですわ。当時はまだ事務処理にコンピューターなんか使ってませんでしたし、だからうちの社には、それ以前の記録が何も残っとらんのですよ……」

松永は、麻紀と顔を見合わせた。インターネット上の情報と同じだ。謀略の隠蔽に都合の悪い証拠は、次々と消去されていく。

何者かによって、〝クリーニング〟されたのだ――。

11

夜は京都に一泊した。

松永は河原町通《かわらまちどおり》のホテルに部屋を取り、麻紀と二人で夜の京都の町を歩いた。

久し振りの京都だった。八坂《やさか》神社に参拝し、祇園《ぎおん》の古い街並みを抜ける。途中で、おこぼ下駄《げた》を鳴らす舞妓《まいこ》とすれちがった。日本の、古き良き情景。だが松永は、せっかくの旅の風情を心から楽しむことはできなかった。

三条《さんじょう》大橋で鴨川《かもがわ》を渡り、先斗町《ぽんとちょう》に向かう。橋の上に立ち止まり、冷たい風にダウンパーカの襟を立てて暗い川面《かわも》を眺めた。早春のこの季節には、納涼床もまだ川に出ていない。

だが松永は、その閑散とした様子を、いつか見たタイのメコン川の風景に重ねていた。

どこか、似ていた。アジアはみな、同じなのだ。甘く、ねっとりとして、光と影の織りなす華やかな表情の裏に常に深い闇を忍ばせている。時に辛辣《しんらつ》で、摑み所がない。

先斗町の、狭い路地に足を踏み入れる。風は止み、辺りを熱気が押し包んでいた。特にあてもなく、古い小さな料理屋の入口を潜った。〝おばんざい〟と呼ばれる京料理特有の店だった。台所の前のカウンターに大皿がいくつも並び、その上に得体の知れない料理が山のように盛られている。

ここも、アジアそのものだった。クアラルンプールやサンダカンの屋台と同じだ。京都には、外部の者をけっして本心では受け入れない何かがある。この町に迷い込めば、他の観光客と同じように、松永もまた〝外人〟の一人にすぎない。

店の奥の席に座り、大皿のいくつかの料理を注文し、静かに酒を飲んだ。

「どうしたの。何を考えてるの？」

麻紀が、マールボロに火を付けながら訊いた。

「別に……。ただ、ちょっと引っ掛かることがあるんだ……」

「さっきの久間さんという人の話ね」

「それもある。しかしもうひとつ、大事なことを忘れていたような気がするんだ。ちょっと、東京に電話を掛けてくる」

松永がそういってモバイルを手にし、席を立った。

店の外に出て、モバイルを開いた。『ガーディアン』のサム・ラングフォードの番号を呼び出した。

「やあ、サム。君のピーナッツの調子はどうだ」

――ジョージか。前にいったろう。おれのピーナッツは女房に食いつくされちまったよ。ひと粒も残っていないんだ。それで、神戸の方はどうだい？――。

「あれから何人か証人と話をしたよ。今日も一人、会ってきた。その件については、今度ゆっくりと話す。実はひとつ、頼みがあるんだ」

――何でもいってくれ――。

「以前、『ワシントンポスト』の東京支局にウイリアム・バーンズという記者がいたのを覚えていないか」

――ああ、覚えてるよ。それがどうかしたのか？――。

ウイリアム・バーンズ。例の一九九五年二月一一日付の『讀賣新聞』の社会面に載った、震災直後に欧米人約四〇〇人が大型チャーター船で関空のポートターミナルから脱出した件を追っていた記者だ。松永がUPIの大阪支局を離れ、ニューヨーク支局に転属になった一九九七年の三月までは確か日本にいたはずだが、こちらに戻ってからは一度も噂を聞いていない。

「彼はいま、どうしているんだ。もし居場所がわかったら、連絡を取りたいんだが……」

――もう一〇年近く、『FCCJ（日本外国特派員協会）』の集まりでも顔を見ていないな。日本にいないことは確かだ。しかし、『ワシントンポスト』には知り合いも多い。調べようと思えば、すぐに居場所は摑めるだろう――。

「調べてみてくれないか」

——ラジャー。何かわかったら、連絡する——。

そういって、電話が切れた。

店内に戻ると、暗い奥の席で麻紀が松永の顔を見て微笑んだ。その一角に、ほのかに明かりが灯されたような気がした。いまの松永にもし心の安らぎがあるとすれば、麻紀の温もりと笑顔だけだ。

「誰に電話したの？」

麻紀が、穏やかな口調で訊いた。

「東京の記者仲間だよ。『ガーディアン』の、私のボスだ。調べてもらいたいことがあってね」

麻紀はそれ以上、電話の件については訊かなかった。なぜか気怠《けだる》そうに笑みを浮かべながら、熱燗《あつかん》の日本酒を喉《のど》に流し込んだ。唐突に、麻紀が欲しくなった。もしこの空間からすべての人が消えてくれたら、松永は迷うことなく麻紀を抱いていただろう。

日本酒を、口に含む。頭の芯《しん》が溶けていくような、ねっとりとした味がした。

「なぜ今夜は、京都に泊まることにしたの？」

麻紀が、潤むような漆黒の瞳《ひとみ》で松永を見つめた。

「君をたまには、あの狭い部屋以外の場所で抱きたかった」

「それだけ？」

松永が、ふと笑いを洩《も》らした。

「もうひとつ、ある。明日、大阪で会ってみたい証人がいる」

そういって松永がポケットから証人のリストを出し、上から三番目に書かれている〈梨元和明（61）〉という大阪府茨木市在住の男の名前を指さした。麻紀はその名前を見て、小さく首を横に振った。

「だめよ。この人は、死んでるわ……」

そうだ。確かに名前の後に吉村の文字で「死亡」と書き込まれ、「95年8月26日」と日付が入っていた。名前も二本の線で消されている。だが梨元という男は、震災当時まだ六一歳だった。その半年後に――理由は何であれ――死亡したというのはいかにも不自然だった。しかも久間の会社、『大津エアサービス』の社屋にガソリンが撒かれて放火されたのが同年の七月。その僅か一ヵ月後だ。偶然かどうかは別として、事情を確認しておく必要はある。

「本人は死んでいたとしても、遺族はまだこの場所に残っているかもしれない。吉村がわざわざ大阪に住む人間をリストに載せたのだから、何か意味があるはずなんだ」

「期待はできないわね……」

「わかっている。しかしこの梨元和明という男が、どこでなぜ死んだのか。それだけでも知っておきたいんだ」

「そうね……」

テーブルの上で、モバイルのマナーモードが振動した。サム・ラングフォードからだった。松永はモバイルを手に、また店の外に出た。

「何かわかったか？」

松永が訊いた。

――いろいろとね。『ワシントンポスト』の支局長に訊いたら、ウイリアム・バーンズのことはすぐに調べがついたよ――。

「それで？」

――まずバーンズは、一九九七年の一二月付で東京から台湾の台北《タイペイ》支局に転勤になっている。さらにその二年後に、タイのバンコク支局に異動。日本流にいうなら、都落ちというやつだな――。

「それで、現在は？」

――まあそう急《せ》かすな。順を追って話す。記録によると、バーンズは二〇〇五年の八月付でインドのニューデリー支局に転勤……――。

嫌な予感がした。

「それから？」

――同じ年の一〇月八日、パキスタンのカシミール地方を取材中に死亡。享年四九歳。それだけだ――。

「まさか……」

――そう。例の『パキスタン地震』だよ。たまたま宿泊していたムザファラバードのホテルが倒壊した事故だったそうだ。つまりバーンズは、君の友人の吉村武士と同じように、まったく別の大地震で、〝偶然〟に死んだことになる――。

電話を切った。松永は、しばらくその場を動けなかった。

先斗町の狭い路地に、冷たい川風が吹き抜けていった。汗に濡れた背中が、氷るように凍えた。

だが、松永は思う。

自分が進むべき道は、間違ってはいない。

12

ジョージ・松永は、目の前の光景を呆然と見つめた。

吉村武士の残した証人のリストの中に、梨元和明の連絡先――電話番号――は書かれていない。載っているのはその人物の名前と大震災当時の年齢、そして大阪府茨木市上野町の住所だけだった。

松永はレンタカーのナビゲーション・システムにその住所を設定し、ここまで辿り着いた。周囲は願成寺という寺に隣接した閑静な住宅地だった。住所は、間違っていない。だがそこに、梨元和明の家は存在しなかった。ただ杭《くい》に張り巡らされた針金と古いブロック壁に囲まれた、一〇〇平米ほどの小さな空き地があっただけだ。

空き地には、枯れ草が折り重なるように地面を被っていた。

「何があったのかしら……」

麻紀が、車の横に佇みながらいった。

「火事があったらしい」

松永は、そういって周囲のブロック壁を指さした。表面が焼け焦げ、煤《すす》で黒く変色している。背筋に、悪寒が這い登ってきた。『大津エアサービス』が放火され、社屋とすべての書類が焼かれたのが一九九五年の七月。そして、梨元の家も火事で焼けていた。

大津市と茨木市は、直線距離で四〇キロ近く離れている。二カ所の土地には、一見して何の脈絡もない。だが吉村の残した一枚のリストが、この遠く離れた土地で起きた二つの火事を〝必然〟として結び付けている。

向かいの家の門の陰から、その家の主婦らしき女が様子を窺っていた。六〇歳くらいだろうか。松永は、その女に歩み寄った。

「お伺いしたいことがあるのですが……」

女が、訝《いぶか》しげに松永を見た。

「何です？」

「実は梨元和明さんを訪ねてきたのですが、確かこの場所に家があったはずですね」

「そうですよ。知りまへんでしたか。火事で焼けたんですよ」

「いつ頃の話ですか？」

関西人らしく、話好きな女だった。火事があったのは、阪神淡路大震災があった年の夏だった。当時は放火の疑いがあり、警察と消防がかなり調べていたという。その火事で、主人の梨元和明と妻の喜子の二人が焼死した。

「それは、八月の二六日ではありませんでしたか」

松永が訊いた。

「そうやったかもしれまへんね。古いことなんで、よう覚えてまへんけども……」

「御夫婦が二人で住んでたんですか。他に御家族の方とかは？」

「二人ですよ。他に息子さんがいらしたと思うけど、その時はもう家を出られて一緒には暮らしてなかったはずですよ」

「放火というと、梨元さんは何かトラブルに巻き込まれていたんでしょうか」

「知りまへん。そんなことないと思いますよ。お二人共いい人やったし、御主人は堅い職業の方やったから」

「梨元さんは、どんなお仕事を？」

「学者さんというか、気象庁のお役人ですよ。何でも、地震の研究をしてらっしゃったとか……」

地震……。

そのひと言を聞いて、松永は横に立つ麻紀と顔を見合わせた。

「しかし、亡くなられた当時には定年で引退なされていたはずですよね」

「そうです。確か一年くらい前に定年になったんやと思いますよ。でも引退する前から、お庭に小さなプレハブを建てましてね。コンピューターやら震度計やらぎょうさん揃えて、地震の研究は続けていたと聞いとりましたけどな。それも全部、あの火事で焼けてしもうたけど……」

すべて、『大津エアサービス』の火事と同じだ。放火、そして資料の焼失。何者かが証拠隠滅のために行った〝クリーニング〟の可能性が高い。だが梨元の家の火事では、二人の人間が死んでいる。

「先程、梨元さんには息子さんがいらしたといいましたね。その息子さんの連絡先はわかりませんか？」

「さあ……知りまへんね。あの火事以来、一度もお見掛けしていまへんから……」

女が知っているのは、それだけだった。話し終えると、家の中に姿を消した。松永と麻紀だけが、空き地の前に取り残された。

「ねえ、何かがあるわ」

空き地を眺めていた麻紀がいった。松永が、囲いの針金に近付く。枯れ草に埋もれるように、小さな立て札のようなものが立っていた。

「何だろう……」

「不動産屋の看板みたいね」

確かに、そうらしい。長年の風雨に晒《さら》されて文字は掠《かす》れていたが、板の上の方に赤く「売り地」と書かれていた。その下に、不動産屋の社名らしき文字と電話番号が入っている。

「何とか読めるな。電話をしてみよう」

松永はモバイルを開き、番号を入力した。

『(有)小峰不動産』は、阪急千里《せんり》線の豊津《とよつ》駅南口にある小さな不動産業者だった。松永が「茨木市上野町の宅地の件で」と断って事務所を訪ねると、赤ら顔の小太りの男が満面に笑みを浮かべて待っていた。

「あの土地はお買い得でっせ。環境もよろしおますし、お値段もお安くなっとりますさかいにな。何でしたら、売り主さんに交渉してもう少し勉強さしてもらいまっせ」

松永と麻紀を客だと思ったのか、男は一方的にまくし立てた。だが二人が土地を買いにきたのではないことがわかると、空気が抜けたように大人しくなった。

「実は、売り主さんを紹介していただきたいのです。どのような方なのか……」

松永がいうと、男は大きく息を吐いた。

「それはあきまへんな。直接交渉されても困りますし、売り主さんのプライバシーの問題もございます。できない決まりになっとるんですわ」

「実は、私はこういう者です」松永が『ガーディアン』の記者証と名刺を差し出した。

「あの土地は、一九九五年の八月二十六日に火事になってますね。その火事で、二人の人間が亡くなっている」

男の視線が、落ち着きなく動きだした。

「よう御存知ですな。別に、隠しとったわけではありまへんのやけど……」

「当時は放火の噂もあったそうですね。私は、その火事について調べているんです。あの土地の売り主さんなら、何か事情を知っているのじゃないかと思いましてね。お会いできないかどうか、先方に連絡だけでも取ってみてもらえませんか」

男がまた、大きく溜め息をついた。

「わかりました。訊くだけきいてみますわ。でも、駄目やいうたら諦めてくださいよ」

男が席を立ち、事務所の奥に向かった。どこかに、電話を掛けている。事情の説明に、少し手間取っているようだった。だが男は、しばらくするとメモを片手に席に戻ってきた。

「会ってもいいそうですわ。これが、売り主さんの連絡先です」

男がそういって、松永にメモを渡した。小さな紙に、売り主の名前と携帯電話の番号が書いてあった。

土地の売り主は梨元英樹という人物だった。おそらく、亡くなった梨元和明の息子か何かだろう。だが、梨元英樹は慎重だった。会う場所と時間、待ち合わせ場所には必ず一人でくることなどを細かく指定した。

「先方は、一対一で会うことを希望している。残念だが、君は連れていけない」

松永が麻紀にいった。

「私はかまわないわ。ホテルで読書でもしながら、のんびりと待ってるから」

梨元が指定したのは、阪神梅田《うめだ》駅に近い『ヒルトンプラザ』の中にある大きな書店だった。時間は、午後六時。梨元は松永の服装、特徴などを訊きだし、「自分の方から探す」という。人込みの中でこのような待ち合わせ方をするということは、相手が警戒し、何か不審な点があれば会わずに立ち去るという意思表示でもある。

書店は仕事帰りの会社員などで込み合っていた。松永は約束どおり、エディー・バウアーのグリーンのジャケットを着て客を装いながら待った。六時を一五分くらい過ぎた頃に、横に五十代くらいに見える小柄な男が立った。男は立ち読みをする振りをしながら、一人言を呟くように話しかけてきた。

「松永さんですね。私に、そ知らぬ振りをして付いてきてもらえますか」

男は本を置き、書店を出た。松永はその後を、距離を保ちながら付いていった。向かった先は、ホテルのティー・ルームだった。店はやはり、夕刻の待ち合わせ客で混んでいた。奥のテーブルに座り、コーヒーを注文した。男が、周囲に気を配りながらいった。

「小さな声で話しましょう。どこで、誰が聞いているかわからない。失礼ですが、あなたが『ガーディアン』の記者だということを証明するものがありますか？」

やはり、かなり警戒しているようだ。松永は『ガーディアン』の名刺を差し出し、プレスカードを見せた。男が、頷く。

「あなたは、梨元和明さんの息子さんですね？」

松永が訊いた。

「そうです。確かに梨元和明の長男です。しかしまた、なぜいま頃になってあの火事のことを調べてるんですか」

梨元が訊いた。松永は阪神淡路大震災のことを調べているうちに、梨元和明に行き当ったことを簡単に説明した。

「なるほど、そういうことでしたか。それなら納得できます」

梨元が、運ばれてきたコーヒーを口に含んだ。〝阪神淡路大震災〟という言葉を耳にしても、特に不思議がる様子はない。むしろそれが当然であるかのように、無表情で受け止めている。

「あの火事は、放火だという噂がありましたね」

その言葉に、梨元がかすかに反応した。

「確かに、放火でした。いや、むしろ……〝殺人〟といってもいい。私の父と母は、殺されたんです。しかし、警察は精査しなかった」

「どういうことなのでしょう」

「警察は、父の自殺だったといっているのですよ……」

梨元が、事情の説明をはじめた。火事が起きたのは一九九五年八月二六日未明。炎は火元の梨元の家から燃え広がり、両隣と裏の家を含めて四軒が焼けた。梨元の家は、全焼だった。

両親の遺体は、父の和明が庭の〝研究室〟の焼け跡から、母の喜子は母屋の寝室のあった辺りから発見された。両親共、肺の中に火事による一酸化炭素と煤煙《ばいえん》を吸い込んでいた。さらに父の和明の左腕には、自分で動脈を切ったと思われる自殺痕《こん》があった。出火場所は和明が発見されたプレハブの研究室で、焼け方がひどく、後に灯油のようなものが撒かれていたことがわかった。

『大津エアサービス』の火事と似ている。あの火事でも、ガソリンが撒かれていた……。

「つまり、警察はこう考えたわけですね。お父様が手首を切り、灯油を撒いて火を付けて自殺した」

「そうです」

「しかし梨元さんは、自殺ではなかったと考えている。その理由は？」

「まず、父は自殺するような人間ではありませんでした。それは息子として断言できます。そして、慎重でした。確かに研究室には石油ストーブが置いてありましたが、夏場に灯油を残しておくような人ではなかったんです」

梨元は冷静に、淡々と話し続ける。おそらく父の和明も、このような人物だったのだろう。

「それだけですか？」

「いえ、もうひとつ根拠があります。実は火事の一週間ほど前に、急に父から電話があって会いたいといってきたんです。その時は二人だけで食事をしたのですが、父が奇妙なことをいっていたんです」

「奇妙なこと？」

「ええ……。自分は、命を狙われているのかもしれないと……」

「もしかしたら、例の大震災が理由ですか？」

梨元がコーヒーを飲み、静かに頷いた。

「そうです。父は以前、気象庁の地震観測員だったんです。引退後も研究室に震度計やコンピューターを揃え、趣味で地震観測を続けていた。気象庁のものより正確だと、いつも自慢していました」

「当然、例の地震も観測していたはずですね」

梨元が頷く。

「綿密な観測データを持っていました。これまでに前例のない、奇妙な地震だったといっていました」

「どういうことでしょう」

「私は素人なので、よくはわかりません。しかし、父のいっていたことで二つだけ印象に残っている言葉があります。一つは、地震の揺れを示す観測波形です。気象庁が発表したものとは、まったく異なるということ。もう一つは、震源地が二ヵ所あったということと……

……」

松永は、首を傾げた。

「震源地が二つ？」

「そうなんです。地震後に発表された淡路島から神戸市街へと抜ける活断層の線上に、数キロ離れて震源地が二ヵ所存在した。その二ヵ所の震源地が、僅か数秒の時間差で、ほぼ同時に動いた。普通は、自然界では絶対に起こり得ないことだそうです……」

松永は、息を呑んだ。考えてみると、気象庁の発表は当時からどこかおかしかった。震度の特定のみならず、震源地やその他の観測データの発表が二転三転した。何かを、隠していたとしか思えない……。

「お父様の持っていたデータは、その後どうなったのですか？」

「何人かの信頼できる研究者に、見せたそうです。そのデータが、どこからか外部に洩れたらしい。父がコンピューターに保存していた分は、例の火事ですべて焼失してしまいました……」

やはり〝クリーニング〟だ。

「お父様がデータを見せた研究者というのは？」

「父は、気象庁の人間も含めて、それに関わりのある大学の研究者などはまったく信用していませんでした。彼らは裏で繋がっていて、都合のいいようにお互いのデータをすり合わせているというのが父のいい分でした。父が信用していたのは、仲間内のごく一部の個人研究者です。私が知っているのは、二人です。しかしその二人共、父と前後して亡くなっています……」

一人は交通事故、一人は病死だった。偶然かどうかはわからない。

「すると、お父様が観測したデータはもう何も残っていないということになりますね」

「はい、何も残っていません。父はその観測データが元で、命を狙われていると思い込んでいたんです……」だが梨元は、そこで初めて迷うような素振りを見せた。「実は、ごく一部は私の手元にあるのですが……」

梨元が、松永の目を見つめた。あなたを信用していいのか。そう問い掛けているように思えた。

「見せていただけませんか」

松永がいうと、梨元は重い息を吐き出した。

「わかりました。実は、ここに持ってきているんです。しかし、素人の私が見ても何もわからない……」

梨元が革のブリーフケースを開け、中から小さな茶封筒を出した。それを、テーブルの上に差し出した。中を見ると、折り畳まれたＡ４のプリント用紙が数枚入っていた。

一枚は、グラフのようなものだ。そこに波形の線が横に入り、一部が大きく乱れている。日付は、一九九五年の一月一七日。左側の縦のラインに、波動の大きさを示す「gal（ガル）」という単位と数値が書き込まれている。おそらく阪神淡路大震災の観測波形のグラフだろう。

もう一枚、同じようなグラフがあった。やはり、観測波形だ。だがこちらにはKMC波、KOB波、FKI波、ASY波、FKE波の五本の波形が書き込まれている。それぞれの波形は、微妙に形が異なっている。

三枚目のグラフ。これも観測波形らしいが、他の二枚とはまったく表記の仕方が違う。何本もの実線や点線、矢印のようなマークが、一見して無秩序にグラフの中にちりばめられていた。

最後の一枚は、地図だ。不明瞭《ふめいりよう》だが、神戸周辺の地形図であることがわかる。淡路島の北部からポートアイランドの西、さらに神戸市内にかけて震源となった活断層らしき線が入っている。その周囲に、様々な記号や数値。活断層上には淡路島北端の海上にA、数キロ北のポートアイランド西側の海上にBのマークが入り、それぞれに「Hypocenter」——震源地——と手書きで書き込まれている。だが、松永が見てもまったく意味が理解できなかった。

「これは……」

松永が訊いた。

「父に最後に会った日に、託されたものです。自分に何かあるといけないので、これを持っていてくれと……」

「警察には、見せなかったのですか。もしかしたら、お父様が自殺でなかったことを証明できたかもしれない」

「見せませんでした。いままで、誰にも見せていません。今回、松永さんにお見せするのが初めてです」

「なぜですか？」

「父が、いったのです。警察や気象庁の関係者には見せるなと。それに……」

「それに？」

「父の死後しばらくして、男の声で不審な電話が何回か掛かってきたんです。忠告するといいますか、警告するような内容でした。父が、生前に何か地震の資料のようなものを残さなかったかどうか。もし残っていたら、他人には絶対に見せずに処分した方がいいと……」

「その男の名前を、覚えていませんか」

「さて、何といいましたか……。古いことなので……」

「もしかしたら、警視庁公安の〝田代〟と名乗りませんでしたか？」

松永がいうと、梨元はしばらく考え込んだ。そしてやがて、視線を上げた。

「そうかもしれません。確か、〝田代〟といったような気もします」

やはり、そうか。定期フェリー『クイーンダイヤモンド号』の船長成村敏夫も、その名前を記憶していた。だが、警視庁公安に〝田代〟という男は存在しない。いったい〝田代〟とは、何者なのか……。

「この書類を、お借りしてもよろしいですか」

「どうぞ。差し上げます。私はもう、それを持っていたくはない。本音をいえば、早く忘れたい。その資料に関わるのが恐いのですよ……」

だが、そこまでいって梨元は言葉を止めた。

「どうかしましたか？」

「ひとつ、大切なことを忘れていました。父が最後にいっていたのです。もし自分に何かあったら、その資料をＵＣＬＡ……カリフォルニア大学でしたか……ダン・セルゲニーという地質学者に送れと。しかし、私は恐ろしくてそれもできなかった……」

ダン・セルゲニー――。

松永は、その名前を知っていた。吉村武士が残した証人リストの最後に記されていた、唯一の外国人の名前だった。

13

神戸に戻ってから、松永は三宮の家電量販店に立ち寄り新しいＭａｃのノートパソコンを買った。

クレジットカードは、使わなかった。現金で支払いをすませ、さらに麻紀のバンド仲間の名義を借りてプロバイダーと契約し、匿名のメールアドレスを手に入れた。少なくともこの契約内容は、しばらくは〝カンパニー〟の連中に知られる心配はないだろう。

松永は新規のプロバイダーを使い、ダン・セルゲニーについて調べてみた。生年月日や出身地、現ＵＣＬＡ（カリフォルニア大学ロサンゼルス校）の地質学部長であることはすでに知っている。だが、さらに詳細に検索を繰り返すと、経歴の中に興味深い事実が浮かび上がってきた。

〈――一九九五年一月一七日～一九日、日本の大阪で開催された『日米都市防災会議』に出席。偶然に現地で一月一七日に発生した『阪神淡路大震災』に遭遇。その後二週間にわたり神戸に滞在し、被災地を調査――〉

当時の経験を元に三年後の一九九八年一月、著書『大都市崩壊・阪神淡路大震災』を発表した。だが、なぜ梨元和明が死の直前に資料の送り先としてセルゲニーを指定したのか、その接点がわからなかった。少なくとも梨元は、セルゲニーの阪神淡路大震災に関する著作は読んでいない。本が出版されたのは、梨元の死の二年五カ月後だ。

松永は、セルゲニーの著作を購入して読んでみた。内容は神戸を中心にした阪神地区の都市機能を緻密《ちみつ》に分析し、他の各国の大都市と比較しながら、大地震による影響と被害を論理的に解説したものだった。けっして学術書の域に止《とど》まるものではなく、一般読者にも理解しやすいように気配りがなされ、大地震を人類共通の身近な自然現象として警鐘を鳴らす。文章は時にユーモアとウイットに富み、しかも十分に読み応《ごた》えがあった。

阪神淡路大震災に関する分析は、すべて日本の気象庁が発表した正式なデータ、もしくは各大学の地質学者の調査資料に基づいている。これに、自らの足と目によって確認した〝事実〟のみによって結論を導き出している。一人の地震研究家として、きわめて誠実な論説だった。だが読み進むうちに、松永は本文の中に意外な記述を発見した。

〈――今回の阪神地区における大地震について、日本の気象庁は当初その地震エネルギーをM7・2と発表した。だが被災地の建造物やインフラの被害情況を観察すると、とてもその程度の地震規模とは思えないほど破壊の程度が大きい。まさか日本の建造物が、それほど耐震性が低いとは思えないのだが。

地震の直後に現地で出会った個人の地震研究家は、「自分の地震計はM7・6を記録し、震源地は二ヵ所あり、それがほぼ同時に変動した」と証言していた。おそらく地震計の誤差によるものだとは思うが、これが事実だとしたら大変なことだ。Mが0・4上がれば、地震エネルギーは約三・八倍になる。しかも震源地が二ヵ所あるなどということは、人工的に何らかの力が加わらない限り、絶対に有り得ないからだ。だが被災地の被害情況を見ると、M7・6という数字は有り得なくはないようにも思える――〉

まさか……。

松永は、梨元英樹から預かった資料を確認した。やはり、そうだ。各観測波形のグラフの左上に、すべて「Ｍ７・６」の文字が小さく入っていた。見落としていたのだ――。

考えてみれば、最初からおかしかった。日本の気象庁は地震直後に神戸や北淡町を「震度６」と発表し、その後に「震度７」に訂正した。「Ｍ７・２」という数値も大震災から六年も経った二〇〇一年になって、「計算方法が変わった」ことを理由に「Ｍ７・３」に訂正している。

震災の当時から、気象庁が発表した地震エネルギーの数値と実際の被害の大きさの差が各方面で問題になっていた。Ｍの数値が０・１上がれば、地震エネルギーは約一・四倍になる。悪意を持って見れば、辻褄《つじつま》合わせに訂正したとも取れなくはない。

そして、セルゲニーが被災地の現場で出会った個人の地震研究家とは誰なのか。名前は書かれていない。だがその人物こそ、梨元和明ではなかったのか――。

さらに読み進む。数行後に阪神淡路大震災に意図的に関連付けるかのように、次のように書かれていた。

〈――近年、世界各地で自然界では起こり得ないような地震、地殻変動、もしくは地震に付随する異常現象が多発している。例えば一九九五年の阪神淡路大震災の直前にも、やはり自然界には存在し得ない巨大な電磁波が米軍により観測され、問題となっていた。通常、このような電磁波は、いかなる大規模地震においても前例が報告されていない。

ちなみに一九九一年四月、旧ソビエト連邦のイヴァン・エヌレエフ陸軍少将が、すでに人工地震兵器を開発、実験に成功したことを発表し物議をかもした。これは巨大な電磁波により大規模地震を発生させるもので、震源地を遠隔から操作することも可能だという。また近年ロシア議会の記録により、一九七〇年代にはすでにアメリカとソビエトの間で「地震兵器の不使用」に関する調停が締結されていたことが明らかになっている――〉

地震兵器――。

そのようなものが、存在するのか……。

だが、それ以上に松永を刺激したのがロシア――旧ソビエト連邦――というキーワードだった。『大津エアサービス』の社長、久間康裕はいっていた。一月一七日の大震災の当日、ヘリコプターに乗せた三人の客の内の一人、金髪の外国人の男は、「ロシア人ではなかったか」と――。

以後、本の中に人工地震に関する記述は出てこなかった。だが、たとえ数行であれ、ダン・セルゲニーほどの権威ある地質学者がなぜ地震兵器などに自らの著書で触れたのか。しかもその存在を、むしろ肯定しているように受け取れる。

いずれにしても、一度セルゲニー本人に直接会って確認する必要があるだろう。だが、いまの松永にはそれが難しい。セルゲニーに、連絡を取ることは可能だ。しかし松永がアメリカのイミグレーションを通過すれば、パスポートナンバーから即座に〝カンパニー〟に動きを察知される。

「何を読んでいるの？」

いつの間にか、麻紀が後ろにいた。首に、腕を回す。松永は座椅子に座ったまま振り返り、本を閉じて表紙を見せた。

「ダン・セルゲニーの著作だよ。彼はこの本の中に、あの大地震についてきわめて暗示的なことを書いている」

もちろん麻紀も、セルゲニーの名を知っている。そしてこの人物が、すべての謎を解く上でのキーマンの一人であるということも。

「あなたは完全に、あの地震の虜《とりこ》になってしまったわね」

「元はといえば、君のせいだ。アメリカのジャーナリストの間に、JFK症候群と呼ばれる病があるのを知ってる？」

「JFK？　それは何？」

「ジョン・F・ケネディーだよ。ケネディー暗殺の謎に足を踏み入れると、けっして抜け出せなくなる。毎日、熱病に冒されたようにうなされ、他のことが手につかなくなる。どうやら私の症状は、それに似ているらしい」

「治す方法は？」

「残念ながら、不治の病だ。唯一、特効薬があるとすれば、その謎を解く鍵を探すことだ」

「でも、症状を軽くすることはできるかもしれないわ」

「どうやって？」

「こうするの……」

麻紀が松永の上に乗り、口付けをした。

松永は、服を脱ぐ麻紀を見ながら考えた。いまは、この美しい体の温もりがあれば十分だった。だが、これ以上神戸にいたとしても、何も為すべきことが思い浮かばなかった。

二月の末に、松永は東京に戻った。世間は、開催まで半年を切った北京オリンピックの期待に沸いていた。だが松永は東麻布の卵の殻のような小さな部屋に閉じ籠《こ》もり、気が向けば『ガーディアン』紙に記事やコラムを書き、夜はジャック・ダニエルズをすりながら静かな時を過ごした。

窓辺に光る東京タワーの夜景を眺めながら思う。『911』――『JFK』――そして『阪神淡路大震災』――。すべて、同じだ。後ろ姿は確かに見えるのに、奴らはけっしてその正体を明かさない。もし奴らの肩に手を掛け、振り向かせようとする者がいれば、その無謀な天使は自分がいかに愚かであったかを思い知らされることになる。

目の前に、厚く高い壁がある。それを越える方法があるのだろうか。もし突破口があるとすれば、無謀な天使は承知の上で、ロサンゼルスのダン・セルゲニーに会うことだけだ。

だが、三月に入って間もなく、意外な人物から電話が掛かってきた。以前に会った、『大津エアサービス』の久間からだった。

「お久し振りです。その後はいかがですか……」

松永がいった。だがその言葉を遮るように、久間がまくし立てた。

――松永さん、わかったんですわ。例の三人の客、名前とかいろいろ出てきたんですわ――。

「わかったって、どういうことです。記録はすべて、火事で焼けてしまったはずでしたよね」

――そうです。うちの社の分は焼けてもたんです。しかし、もしやと思うて保険会社の方に問い合わせてみたら、一九九五年一月一七日の搭乗者保険の記録が本社の書類に残ってたんですわ――。

「その記録、見ることができますか」

――もちろんです。いまから送りますわ。そこに、ファックスありまへんか――。

松永は部屋のファックス番号を教え、電話を切った。

待った。間もなく、ファックスの着信音が鳴った。受信と同時に青い小さなランプが点滅し、Ａ４のファックス用紙が一枚、吐き出された。紙には三人の男の名前と年齢、所属会社名などが手書きで書かれていた。久間が必要な部分だけを書き写したものだろう。

一人目、日本人。

名前――田代君照。年齢――四二歳。所属――Ｋ・Ｂ・Ｉ――。

プリントを持つ松永の手が震えた。〝田代〟という名前は、何度か出てきている。『クイーンダイヤモンド号』の船長成村敏夫や梨元英樹に〝忠告〟をした人物だ。だがこの男は、やはり警視庁の公安などではなかった。所属の『K・B・I』は、何らかの組織名、もしくは社名だ。

二人目、アメリカ人。

名前——マイケル・ブルックナー。年齢——三七歳。所属——アメリカ大使館——。

この男は知らない。だが、所属が〝アメリカ大使館〟というのは奇妙だ。なぜ外交官があの日、阪神淡路大震災の現地にいたのか。各国のアメリカ大使館やキリスト教原理主義系の教会は、〝カンパニー〟の連中の巣窟《そうくつ》だ。このブルックナーという男も、CIAのエージェントかもしれない。

三人目、ロシア人。

名前——ミハイル・イヴァノヴィチ・ロストフ。年齢——五九歳。所属——K・B・I——。

やはり、ロシア人だった。ダン・セルゲニーの著作の記述が頭に浮かぶ。

〈——旧ソビエト連邦のイヴァン・エヌレエフ陸軍少将が、すでに人工地震兵器を開発、実験に成功したことを発表し……〉

だが、なぜだ？　なぜロシア人があの大震災の被災地で、アメリカ大使館員と行動を共にしていたのだ？　そしてミハイル・ロストフとは何者なのか。『K・B・I』とは、いかなる組織なのか……。

松永はモバイルを開き、久間の番号に折り返した。

――どうですやろ。あれで、よろしおますか？――。

久間の屈託のない声が聞こえてきた。

「ありがとうございました。助かりました。いくつか、お訊きしたいことがあるのですが……」

――何ですやろ――。

「ひとつは、この三人の名前です。偽名ということはありませんか？」

――それはないと思いますよ。損害保険の申し込みですし、うちでもパスポートや身分証を確認したはずですから――。

「もうひとつ。この田代という男とロストフが所属していたＫ・Ｂ・Ｉというのは、いったい何なのでしょうか」

――ちょっと待ってください。手元に原本があるので確認してみますわ――。

しばらく、待った。間もなく、また久間が受話器を手に取る気配が伝わってきた。

「わかりましたか？」

――ええ……何か社名のようですね。土木会社か何からしい。Ｋ・Ｂ・Ｉは……ケニングス・ボーリング・インコーポレーションの略ですわ――。

『ケニングス・ボーリング・インコーポレーション』――。

なぜ、気が付かなかったのか。その社名を聞いた瞬間、松永の頭の中で巨大な氷山が音を立てて崩れはじめた。

14

ハリー・ミルズは機嫌が悪かった。

正確にいえば、ここ一ヵ月ほどは常に眉間に皺を寄せていた。

もしハリーに機嫌のいい時間があるとすれば、朝、フェデラルプラザ二六番地の高層ビルのオフィスで『スターバックス』のエスプレッソを味わっている時くらいのものだ。だからハリーは、少しでも気分のいい時間を長く保つために、いつもラージサイズを買うことにしていた。

だがこの日のハリーは、エスプレッソを飲んでいても苛立ちが納まらなかった。二六階のオフィスの窓に広がるマンハッタン島の風景は、早春の穏やかな陽射しに溢れている。その平穏な眺めも、この朝はいつになく色褪《いろあ》せて見えた。

頭痛の種は、ティン・バード——ジョージ・松永——の動きだった。

いまハリーの目の前に、日本のエージェントから送られてきたジョージ・松永に関する報告書が積まれていた。エージェントのコードネームは、ロック・フィッシュ。ハリーはこのロック・フィッシュという男について、ほとんど何も知らない。わかっているのはこの男が阪神淡路大震災の当時、〝田代君照〟という名前で『K・B・I』の社員として行動していたことくらいだ。顔も見たことはないし、年齢も現在の名前もわからない。

ハリーは眉間に皺を寄せ、冷めたエスプレッソを飲みながら報告書を読んだ。口には無意識の内に、パーカーのボールペンを銜えていた。これは三年前に禁煙に成功して以来の、後遺症の名残だった。

ティン・バードは、危険な動きをしていた。奴は神戸を中心に、あの一三年前のGEQの重要な証人に次々と接触している。おそらく奴は、バンダ・アチェで〝処分〟した吉村武士という日本人ジャーナリストが残した証人のリストを入手したのだろう。松永が日本でCHISATOと行動を共にしていることを考えれば、想定の範囲内ではあるが。

あの証人リストの周辺は、すでに念入りに〝掃除〟が施されている。心配はいらない。ロック・フィッシュも、報告書の中で、その点を強調している。

だがCIAのエージェントも、人間だ。〝完璧〟ということは有り得ない。あのJFKやウォーターゲート、そして『911』同時多発テロの時もそうだった。すべてのカウンター・インテリジェンスは蟻の這い出る隙もないほど緻密に仕組まれていたはずなのに、いざ蓋《ふた》を開けてみれば穴だらけだった。

〝神戸〟も、そうだ。あのGEQの秘密が現在まで保たれているのは、けっして計画が完璧だったからではない。ただ単に日本人が、アメリカ人よりも、お人好しの間抜けだったからにすぎない。

だが、ジョージ・松永は違う。あの男にはグークの劣等民族の血が流れているが、アメリカの教育を受けている。

奴が接触した証人の中で、極めて警戒すべき人物が何人かいる。一人は陸上自衛隊姫路駐屯地第三特科連隊の元警備幹部三尉、中尾浩だ。この男は現在、日本の自衛隊の幕僚だ。CIAが、安易に手を出せない部分でもある。

松永はあの男に会い、何を訊き出したのか。神戸のGEQ当日の自衛隊と兵庫県庁のやり取りに関する情報くらいならば問題はない。だがもし松永が、中尾から〝例の書類〟を入手していたとしたら……。

確か『大震災地誌――』とかいった。あのGEQの八ヵ月前に、自衛隊によって作成されたシミュレーションによる報告書だ。ハリーも一度、英訳されたものに目を通したことがあった。基本的には『911』の一一ヵ月前に、『NORAD』――北米航空宇宙防衛司令部――がペンタゴンに民間旅客機が激突したことを想定して作成した、軍事演習報告書と同じ性質のものだ。

ハリーは冷めたエスプレッソを飲み下し、溜め息をついた。

もしあの書類を松永が見てしまったとしたら、少し厄介になるかもしれない。それにしても、なぜ日本人はこうもお人好しの間抜けなのか。あれほど重要な報告書を、政府は各自治体にばら撒いてしまった。おかげでCIAは、その尻拭《しりぬぐ》いに奔走させられることになった。いまではほとんど〝掃除〟は済んでいるはずだが、一部は自衛隊の幕僚関係者が自由に閲覧できる状態に置かれている。まったく、危機管理意識が欠如している。これだから日本は、真の意味で、アメリカの同盟国とは成り得ないのだ。

他にも危険な証人が何人かいたはずだ。一人はあのＧＥＱの秘密を最初に解き明かした男、元気象庁の梨元和明。そして同じく当日に『Ｋ・Ｂ・Ｉ』の三人を運んだ『大津エアサービス』の久間康裕。だがこの二人に関しては、完璧な〝掃除〟が施されている。少なくとも、ロック・フィッシュはそう断言している。松永がすでに久間に接触したことは確認されているが、おそらく何も出てはこないだろう。

だがハリーは、そこまで考えて不安になった。もし、何らかの記録が残っていたとしたら……。

事実、吉村武士という日本人の二流のジャーナリストは、いかなる手段を使ったのかは別として事前にバンダ・アチェの一件を嗅《か》ぎつけていた。

問題は、『Ｋ・Ｂ・Ｉ』の三人だ。ロック・フィッシュに関しては心配いらない。あの男は現在まったく異なるカバー（偽の身分）で行動しているし、以前使っていた〝田代〟という人間はもうこの世には存在しない。

マイケル・ブルックナーについても、すべては解決している。彼は、ハリーのＣＩＡの同僚だった。日本で神戸のミッションに参加した後、東南アジアの何カ国かの大使館に潜入。二〇〇四年の一二月にはインドネシアでバンダ・アチェのミッションに参加していたが、翌二〇〇五年六月、イラクのバグダッドで『Ｋ・Ｂ・Ｉ』の社員として作戦行動中に殉職した。ブルックナーの死は、軍の文民スタッフの〝戦死〟として処理されている。トラブルが起こる可能性があるとすれば、ホワイト・モウル——ミハイル・イヴァノヴィチ・ロストフ——だ。ロシア人は、なぜこうも大胆で愚かなのだろう。「イヴァンの馬鹿」とはよくいったものだ。奴はCIAの方でカバーを用意すると提案したのに、最後までそれを拒んだ。くだらない虚栄心と名誉欲のために、本名を隠すことなく行動し続けている。そのために、吉村武士にバンダ・アチェの一件を嗅ぎつけられ、危機を招いた。

もし松永が、ホワイト・モウルの存在を知ったとしたら……。

それは想像するだけでも頭が痛くなるような可能性だ。現在ホワイト・モウルは、ここ数年の世界経済に多大な影響を与える重大なミッションに関わっている。もしそれを松永が察知すれば、すみやかに奴を〝処分〟しなくてはならなくなる。

だが奴は、ジャーナリストだ。一般人とは異なり、そう簡単にはいかない。下手に知識人に手を出せば、完全に世論を敵に回すことになる。あの有名作家、ハンター・S・トンプソンの一件がそうだった。トンプソンは『911』同時多発テロの陰謀説を裏付ける物証を入手し、それを自著で発表する直前だった。仕方なく単純な〝暗殺〟という手段で〝処分〟されたが、おかげでFBIの奴らに重大な借りを作ってしまった。

「イヴァンの馬鹿」の親玉のウラジーミル・プーチンは、自らの政敵となるジャーナリストをなりふりかまわずに片っ端から消している。だが、アメリカは建前として民主主義国家だ。報道の自由も、憲法で守られている。ロシア人のように、大胆にも愚かにもなれない。

ハリー・ミルズは冷めたエスプレッソを飲み干し、空いたカップを握り潰してダストボックスに放り込んだ。そして久し振りに、口元に笑いを浮かべた。

だが、方法がないわけではない。

ティン・バード――。

いつかお前のブリキの羽根を毟《むし》り取り、エスプレッソのカップのように握り潰してやる。

第五章　二〇〇八年・ロサンゼルス―中国

1

二〇〇八年三月、世界情勢は急激に動きはじめた。

三月二日、ロシア連邦大統領選挙の投票結果が開票された。その結果、それまで独裁的な権力を握っていたウラジーミル・プーチン大統領に代わり、ドミトリー・メドヴェージェフが第三代大統領に就任した。

メドヴェージェフは、事実上プーチンが実権を握るロシアエネルギー産業の最大手『ガスプロム』の会長だった男だ。すでにプーチンは、事前に自らの後継者として次期大統領にメドヴェージェフを指名していたことは周知の事実だった。実際にメドヴェージェフは大統領就任直後に、まず最初の〝仕事〟として自分のボスであるプーチンを与党統一ロシアの党首に指名。さらに、「これまでのプーチン路線を継承する」と発言した。大統領の首は挿《す》げ替えられたが、ロシアの支配体制は何も変わらない。

この動きを受けるように三月四日、次期アメリカ合衆国大統領選挙の予備選で、ジョン・マケインが共和党の指名を獲得した。すでに民主党の候補は、事実上バラク・オバマに決定している。その結果、来るべき一一月の大統領選挙で何が起こるのかは明らかだ。現在のマケインとオバマとでは、政治家としての求心力が違いすぎる。その結果、民主党は八年振りに政権を獲得し、アメリカ合衆国の歴史が始まって以来の黒人の大統領が誕生することになるだろう。

小さな事例だが、その二日後の三月六日、アメリカの国防総省はグーグル社の『グーグル・アース（Google Earth）』に、世界に点在する米軍基地の一部の画像を削除するように要請した。この動きの意味するものは謎だ。『グーグル・アース』は、二〇〇五年六月からサービスが開始された無料の地理検索ソフトである。アメリカ航空宇宙局の『ＮＡＳＡ・ワールド・ウィンド』とほぼ同様の機能を持ち、地球儀を回す要領で世界各地の衛星写真を閲覧することができる。このソフトから、一部の米軍基地の情報が削除された。ごく当たり前に考えれば、米国防総省は近い将来、米軍の大掛かりな再編制を秘密裏に予定しているということになる。

三月一三日、東京外国為替市場で急激な円高が進み、一時一ドル一〇〇円を割り込む場面があった。一ドルが一〇〇円を割ったのは、あの阪神淡路大震災が起きた一九九五年の一〇月以来、一二年五カ月振りのことだ。

そして三月一四日、後の世界経済に暗雲をもたらす決定的な事件が起きた。中国の〝火薬庫〟のひとつ、チベット自治区のラサ市で、大規模な暴動が発生。中国当局の発表だけでも、少なくとも一般市民一八人が死亡。三八〇人以上が負傷。チベット族の僧侶などを中心に、九五三人が逮捕拘束された。

ジョージ・松永は、『ガーディアン』の東京オフィスにいた。ソファーに座り、苦いコーヒーを飲みながら、CBS放送のチベット暴動のニュースを傍観していた。隣には、サム・ラングフォードが難しい顔をして座っていた。

「起こるべきものが起きたな……」

松永が、呟《つぶや》くようにいった。八月の北京オリンピックを前に、チベット自治区の火薬に火が付くのか。もしくは、新疆《しんきょう》ウイグル自治区なのか。いずれにしてもどちらかの火薬庫が爆発するのは、時間の問題だといわれていた。

「これで、北京オリンピックの行方がわからなくなった……」

サムが、そういって溜《た》め息をついた。

八月八日から行われる『北京オリンピック』は、「ひとつの世界、ひとつの夢」をスローガンに掲げている。マスコットの「福娃《フーワー》」は、幸福をもたらす五人の童子――すなわち中国の五五の少数民族――を表しているともいわれる。中国はこのオリンピックを機にその国力を世界に主張すると同時に、多民族国家としての団結を強めるという思わくがあった。だがそのオリンピックを目前に控え、チベット自治区で大規模な暴動が発生したことは、予想されたこととはいえあまりにも皮肉だった。

二人は、画面を見つめた。ＣＢＳの画面に流れるのは、チベット族の僧侶《そうりょ》の暴徒が漢族の経営する店舗などを焼き打ちにするような映像ばかりだ。完全に、中国政府の報道管制が敷かれている。さらに暴動が勃発《ぼっぱつ》する前日の一三日、中国外務省は「ダライ・ラマ派の集団がチベット分裂を画策し、一部のチベット族僧侶が動乱を引き起こそうとしている」という公式見解を発表していた。あくまでも表面的には、チベット族側が一方的な加害者であるように受け取れる。

だが、実態はまったく逆だ。元来、中国におけるチベット問題は、一九五一年に中国人民解放軍が首都ラサに侵攻したことに端を発する。それまで独立国であったチベットは全土を軍事制圧され、『チベット自治区』として強制的に植民地化された。この時に中国とチベットの間に『一七ヵ条協定』が結ばれたが、中国側はこれを無視してチベット族を迫害。その後ダライ・ラマ一四世が一九五九年にインドに亡命するまでの独立運動の間に、チベット族は中国政府により「一〇〇万人以上が虐殺された」ともいわれている。ちなみにダライ・ラマ一四世は一九八九年、漢族によるチベット族の迫害を国際社会に訴えてノーベル平和賞を受賞している。

中国によるチベット抑圧は、軍事制圧から五〇年以上が経過した現在も続いている。二〇〇六年には首都ラサまで青藏《チンザン》鉄道が開通し、漢族の流入が増加。チベット族に対する宗教迫害、不当逮捕、拷問、処刑は跡を絶たない。実際にヒマラヤを越えて亡命しようとするチベット族を、中国軍が射殺する映像がネット上に流出して問題となった。

今回のラサの暴動も、こうしたチベット問題の延長線上に存在する。発端は三月一〇日、チベット独立運動四九周年を唱えるデモで、チベット族側が北京五輪への抗議行動を行ったことだった。この時、デモ隊と中国公安がぶつかり、チベット族の僧侶が暴行を受けた。ひとつの事件を発端に事態は次第にエスカレートし、大規模な暴動に発展した。

いずれにしても国家主席の胡錦濤《こきんとう》は、中国の民族問題が一向に解決していないことを露呈させてしまった。ちなみに胡錦濤は、一九八九年三月にやはり大規模な暴動が起きた時にも、チベット自治区党委書記長を務め事実上の実権を握っていた。

「なあ、ジョージ。どのくらい死んでいると思う？」

サムがソファーに重い体を沈めたまま訊《き》いた。

「中国政府は十数人だといっているが、それは有り得ないな。例の天安門《てんあんもん》事件の例もある。ダライ・ラマの亡命政府は一四〇人以上のチベット人が殺されたといっているが、そちらの試算の方がむしろ正確だろうね」

「これから、この暴動はどうなると思う？」

「胡錦濤は自治区党委書記長を務めていた頃から、ダライ・ラマとチベット民族を毛嫌いしていた。おそらく武力弾圧するだろう。もしこの動きが新疆《しんきょう》ウイグル自治区にでも飛び火すれば、収拾がつかなくなる恐れがある」

「オリンピックはどうなる？」

「難しいな。一九八〇年のモスクワ五輪の二の舞になることは、十分に考えられる。最悪の場合には、中止か……。何か劇的なカンフル剤でも射たない限り、その可能性は回避できないと思う」

実際に、すでに各国の首脳からは、「オリンピックをボイコットする」という声が上がりはじめていた。本当に何かカンフル剤を射たない限り、中国政府は危機的情況を脱することは不可能だろう。だが、胡錦濤のことだ。すでにそのようなオプションを用意しているのかもしれないが……。

サムが訊いた。

「もしオリンピックが中止になれば、誰が笑うと思う？」

松永は、しばらく考えた。そして、いった。

「誰も笑えないだろう。ここ数年、世界経済は、アメリカもアジアもEUもすべて中国の国力に頼っている。中国が躓《つまず》けば、共倒れだ。もし笑える人間がいるとすれば、ダライ・ラマだけだ」

サムが、声を押し殺すように笑った。

「一番、泣くのは誰だ？」

「まず、中国だ。それは確かだ。次はアメリカと、そのバックにいるユダヤ資本だろうな。奴らは今回のオリンピックに、莫大《ばくだい》な金を投資している。もしオリンピックが中止になれば、天文学的な金が消えることになる」

「アメリカの共和党の議員の中からも、今回の暴動を受けて中国の少数民族政策を非難する声が上がってるぜ」

「それは単なる建前にすぎない。パフォーマンスだよ。いまアメリカは、例のサブプライム・ローンの問題でリーマン・ブラザーズやメリルリンチが破綻《はたん》しかかっている。北京オリンピックが中止になれば、ひとたまりもない。もしオリンピックが予定どおり開催されたとしても、延命措置にすぎないかもしれないがね。少なくともブッシュが引退するまで、問題を先送りにできる可能性は出てくる」

「君の分析力は常に冷静で的を射ている……」サムが大きく頷《うなず》く。そして続けた。「実は、折り入って頼みがある……」

「何だい？」

「中国に行ってくれないか。これからオリンピックまでの五ヵ月間に、あの国で何が起きるのか。君の目で確かめてきてほしい」

松永は、ふと笑いを洩《も》らした。

「よしてくれ。私は、中華料理が苦手なんだ。それに例の件……神戸のGEQについてもまだ片付いていない」

「あのGEQの取材は、いつでもできる。しかし、北京オリンピックは、今年だけなんだ。もし望むなら、開会式から他のあらゆる競技に至るまで、すべての取材用チケットを用意する。もしオリンピックが無事に開催されればだがね。そして、もうひとつ。『ガーディアン』は、君と正式に特派員契約を結ぶ用意がある」

「無理だよ。私は、中国語が話せないんだ。現地の記者クラブに出入りしているだけでは、収集できる情報もたかが知れている……」

だが、松永はそこまで話して考えた。

中国、か……。

中国はいまだに共産圏だ。近年は西側諸国との関係はうまくいっているが、それでもやはり高く厚い壁がある。

「頼むよ。君しか、適任はいない」

「わかった。少し考えさせてくれ」

松永が、テレビの画面を見つめながらいった。

2

中国四川《しせん》省成都《せいと》――。
人口約一一〇三万人、面積約一万二三九〇平方キロのこの大都市は、九区四市六県を管轄する四川省の省都である。海外からのツーリストの間では香辛料の強い四川料理の町、都江堰《とこうえん》や青城山《せいじょうさん》などの史跡や景勝地が点在する古都、もしくは珍獣パンダの故郷として人気がある。だが一方では、中国の火薬庫チベット自治区の首都ラサ市への玄関口としても知られている。

ジョージ・松永が成田からの直行便で成都双流《そうりゅう》国際空港に入ったのは、ラサ市の暴動から一週間以上が過ぎた三月二二日の午後だった。成都の地を踏むのは、これが初めてだった。空港の建物は事前に想い描いていたものとは違い、鉄骨とガラスで組み建てられたオブジェのような、中国のイメージとはかけ離れた近代的かつ前衛的な建築物だった。

あらかじめ〝カンパニー〟の連中のチェックが入ることを予想していたのだが、イミグレーションの手続きにはまったく手間取らなかった。中国はやはり共産圏の国だ。唯一、入管の審査で指摘されたのが、入国書類の職業欄に記入された〝ジャーナリスト〟の一言だった。審査官はそれを無言で指さしたが、松永が「オリンピック」と答えると、それでも何もいわずに頷いてスタンプを押した。成都を訪れる他国のジャーナリストがオリンピックには無関係であることなど、誰でも知っている。少なくとも中国は、オリンピックのおかげで、ある程度は融通の利く国になったと評価すべきだろう。

松永は半年前に日本に戻った時と同じように、ジャケットに小型のスーツケース、他にはハンティングワールドのショルダーバッグが一つという軽装で税関を出た。荷物も、ほとんど検査はされなかった。鉄骨がむき出しになった明るく広大な体育館のような到着ロビーを見渡すと、「J・MATSUNAGA WELCOME」と書かれたボードが目に入った。

持っているのは、まだ二十代の後半に見える小柄な東洋人の男だった。『ガーディアン』のサム・ラングフォードからは、現地ではコーディネーターを一人付けるといわれていた。この男がそうだろう。

松永は男の前に立ち、声を掛けた。

「ジョージ・松永だ」

小柄な男は、満面に笑みを浮かべた。中国四千年の奈落《ならく》の闇を、自分一人の魅力で拭《ぬぐ》い去ろうとするような笑顔だった。

「私、〝ガン〟といいます。貴方《あなた》のこと、待ってました。何でもお世話する。すべて、問題ない（No problem）です」

右手を差し出し、片言だが聞き取りやすい英語でそういった。〝ガン〟という名前が、中国語でどのように書くのかはわからなかった。だが松永はその手を握り、いった。

「サムから聞いている。よろしく頼む」

「問題ない。これから町に行く。まず最初にホテル？　それとも、お腹が減った？　すべて、問題ない」

このガンという青年は、英語の「問題ない（No problem）」が口癖らしい。

「まずホテルに入って、汗を流したい。それから、夕食だ」

「問題ない。道路、混んでません。車でホテルまで三〇分ね」

ガンがそういって、松永のスーツケースを手にした。

成都の市街地は、双流国際空港から北に一七キロほど離れていた。空港から市街地までは、機場《ジーチャン》高速公路と呼ばれるハイウェイで結ばれている。広大な道路には高級乗用車やりムジンバス、大型トラックが列を成して疾駆し、周囲には四川省ならではの広漠たる風景が広がっている。

両側には、まるで大地から生えてきたかのように巨大で近代的な建物が林立していた。一つひとつの建物は中国の歴史と文明とは何ら脈絡もなく、国籍すらも不明な外観を晒《さら》している。その合間に、中国本来の生活が息を潜めている。これが、進化というものなのか。成都だけではない。上海《シャンハイ》やオリンピックの行われる北京は、これ以上だと聞いている。おそらく、二〇世紀末から二一世紀にかけて、地球上で最も劇的に変化した国は中国であることに異論の余地はない。一〇年振りに上海を訪れた友人が、自分が以前に住んでいたマンションを探しながら、住み馴れた町であるはずなのに「そこがどこだかわからなかった」という話を聞いたことがある。

中国は、巨大な蛹《さなぎ》が成虫に羽化しようとするかのように、止《とど》まることなく変化を繰り返している。だが松永には、その変化の証《あかし》が、中国が巨大な闇を被《おお》い隠そうとするカーテンのようにしか見えなかった。

車は、淡々とハイウェイの流れを走り続ける。車種は中国製の新型の乗用車だった。外見は日本のトヨタに似ているが、後部座席に乗っていても、速度が上がると分解してしまうのではないかという不安に苛《さいな》まれる。

上辺だけの進化は、けっして本物を追い越すことはできない。だがいまの中国には、たとえ上辺だけであっても、変化することが必要なのかもしれない。

「この車、中国製。安いけど、壊れる。日本の車、もっといい。ドイツの車、一番いい」

ガンが、松永の気持ちを見すかしたようにいった。

やがて車は南三環路《ナンサンホアンルー》と呼ばれる環状線を越え、航空大道《ハンコンダアダオ》で成都の市街地へと入っていく。左前方に、豊かな緑と古都の景観が広がる。やっと、中国に入ったという実感が湧いた。だが、その古都の風景の中にも、車の排気ガスに霞《かす》むように不遠慮なビルの影が点々と聳《そび》えている。松永はその街並みをぼんやりと眺めながら、なぜか二〇年前のロサンゼルスの風景を思い出した。

ハイウェイを成都南駅で降り、人民南路《レンミンナンルー》を市の中心部に向かい北上する。成都の、メインストリートだ。この辺りにはまだ、古き良き中国の古都の面影が残っている。やがて道は雑踏を抜け、左手に『錦江賓館』などの由緒あるホテルを仰いで錦江《きんこう》の流れを渡る。正面に見えるのは、成都市の中心に位置する天府《テイエンフ》広場だ。広場には、巨大な白亜の毛沢東像が立っていた。これを人民中路《レンミンヂョンルー》で右に迂《う》回《かい》すると、中国の古都には似つかわしくない『シェラトン成都麗都ホテル』の高層ビルが見えてきた。

「豪華で清潔なホテル。日本人、アメリカ人、皆喜ぶ」

ホテルの玄関口に車を付け、トランクから松永のスーツケースを降ろしながらガンがいった。

「チェック・インをすませたら、シャワーを浴びて少し休みたい。その後で、夕食にしよう。いい店はあるか？」

松永が訊いた。

「ホテルのレストラン、とても高い」ガンが、ちょっと悲しそうな顔をした。「でも、問題ない。街に出る……安くて美味《おい》しいレストランあるよ」

松永はガンの大袈裟《おおげさ》な表情を見て、おかしくなった。

「わかった。二時間後にロビーで待ち合わせよう」

英国風の制服を着たボーイにドアを開けられ、ロビーに入っていく。どこからか、アメリカの匂いが流れてきたような錯覚があった。

3

一五階の部屋の窓の外には、新旧の中国が渾然《こんぜん》とした風景が広がっていた。すべての色彩が、沈んで見える。だが部屋は広く、ガンの言葉どおり清潔で、周囲の大気から隔絶されていた。

一八四〇年にイギリスが清王朝の植民地化を画策した阿片《あへん》戦争以前から、西洋の列強諸国はこのアジアの悠久の大地を蹂躙《じゅうりん》する足掛かりとして、自分たちの文化基準によるホテルを建設した。松永は、その心理が理解できるような気がした。彼らは、中国を恐れていたのだ。おそらく、中国の地にいながら殻の中に閉じ籠《こ》もり、中国を遠くから眺めていたかったのに違いない。

松永はシャワーを浴びて日本から持ち込んだ匂いを消し、西洋文明の象徴であるベッドの中で一時間ほど眠った。約束の時間にロビーに降りていくと、ガンの笑顔が待っていた。表情の裏を読むことのできない、頑《かたく》なな笑顔だった。だがいまの中国で、松永と外界との接点は、この辛辣《しんらつ》な笑顔だけだ。

「ミスタ・松永。疲れてる?」

ガンが訊いた。

「少しね」

「問題ない。四川料理、食べる。元気になる。すべて、だいじょうぶ」

ホテルの前で、タクシーに乗った。複雑な道を、どこをどう通ったのかはわからない。連れていかれたのは『同仁堂御膳宮』という成都建築の豪壮な店だった。ガンが店員に何かを交渉し、予約をしてあった席に通された。容赦のない香辛料と得体の知れない獣脂の臭いが漂う。松永は改めて、自分が中国の大地に呑《の》み込まれたことを実感した。

メニューは、薬膳《やくぜん》料理だった。観光客も訪れる有名店らしく、英語の説明書きもあるが、それを読んでも何もわからなかった。料理はすべて、ガンが注文した。

唯一の救いは、この中国の内陸のレストランにも冷たいビールがあったことだ。松永はビールを飲み、料理を待つ間に、日本に残してきた麻紀のことを思い出した。

麻紀ならば、この店を喜ぶのだろう。松永が中国に行くことを告げた時、彼女は表情を強張《こわば》らせた。そしてオリンピックが終わるまで日本には戻れないこと。その後も『ガーディアン』の特派員として中国に残る可能性があることを知ると、大きな瞳《ひとみ》に涙を溜めて抗議した。

——私は、どうなるの？　もしあなたが一人で中国に行ったら、誰が中華料理を注文するの？——。

料理が運ばれてきた。漢方薬の臭いのするスープと前菜。唐辛子で赤く染まった煮込み料理。何の小動物の肉だかわからない肉料理。口に含むと、頭が痛むような辛さだけでなく、舌が痺《しび》れるような山椒《さんしょう》の味がした。

中国は、やはり辛辣だ。そしてさらに強烈な毒をもって、物事の本質を包み隠そうとする。すべてを柔軟に受け入れる振りをして、けっして懐柔されることなく、本性を見せることもない。そして気が付くと、あらゆるものを逆に喰《く》らい尽くしている。歴史上、欧米の列強がことごとく中国に呑み込まれていったことが、それを証明している。

「料理、良い味ですか？　問題ない？」

ガンが、松永の表情を覗《のぞ》き込んだ。

「ああ……問題ないよ。すべてOKだ」

松永は、中国を口に含む。味を理解できなくても、食べられないことはない。冷たいビールで流し込めば……。

「それで、ミスタ・松永。明日から、どうする。都江堰、青城山、黄龍渓《ホワンロンシー》、パンダのいる成都大熊猫繁育研究基地。成都の近くには良い場所、沢山ある」

松永は口の中の痺れに耐えながら、静かに首を横に振った。

「ガン、違うんだ。私は、ここに観光にきたわけではない」

ガンが赤い煮込み料理を口にしながら、頷く。

「私、知ってる。ミスタ・松永は、ジャーナリスト。取材にきた」

「そうだ。チベット自治区のラサ市の暴動について調べにきた。まず、現地の情報がほしい」

「問題ない……」だがそこまでいいかけて、ガンは顔を曇らせた。「少し、問題ある。成都には、ラサの声は聞こえない……」

松永には、もちろん想定の範囲内だった。成都は、ラサへの玄関口だ。二つの都市の間は、直線距離で約一三〇〇キロ――中国の地図ではこの距離が目と鼻の先に見える――しか離れていない。だが中国の国内のこの距離は、地球上のあらゆる国と国との間よりも遠い。

「情報を得るには？」

「北京……。政府の発表がある……」

「北京には興味はない。できれば、ラサに入りたい。方法はあるか？」

ガンは、料理の香辛料が堪《こた》えたように表情を曇らせた。

「難しい……」

現在、中国の各都市からチベット自治区のラサに入るのにはいくつかのルートがある。

よく知られているのは、二〇〇六年七月に開通した青蔵鉄道を使う方法だ。青海省《せいかい》西寧《せいねい》とラサを結ぶ世界一の標高を運行する高原鉄道で、総延長は一九五六キロにも及ぶ。最高点標高は五〇七二メートルに達し、ヒマラヤの雄大な景観を楽しめるルートとして旅行客には人気がある。今回のラサの暴動も、青蔵鉄道により商業目的の漢民族がチベット自治区に大量に流入したことが原因の一端だと伝えられている。だがアクセスそのものに時間が掛かりすぎ、運行本数が少ないためにチケットも入手しにくいことから、あまり現実的な方法とはいえない。

一般的には、航空便を使う。現在は北京や上海をはじめ、国内の主な主要都市から定期便がラサに就航している。その中で、最も多いのが成都とラサを結ぶ週三九便。成都が、「チベット自治区の玄関」といわれる所以《ゆえん》である。

だが、問題は交通の手段ではない。目の前に立ちはだかる壁は、むしろ中国政府の外国人記者への対応だ。ガンが続けた。

「とても、難しい。西蔵《シーザン》自治区旅游局《リュウヨウジイ》はラサの暴動以来、外国人にチベット自治区の入境ビザを発給していない。西南《シーナン》航空は、チケットも売らない。ジャーナリストは、特に厳しいです。ラサからも、退去させられている」

あらかじめ得ていた情報のとおりだった。すでにこの時点で、四川省では成都を含む数十カ所でチベット族によるデモが起きていた。だがラサの暴動以来、一週間。中国政府は完全に、チベット問題を世界の目から隔絶し、武力鎮圧によってすべてを葬り去ろうとしていた。その中で何人のチベット民族が逮捕、監禁、虐殺されようが、正確な数字はけっして外部には漏れてこない。中国のソフトポイントである人権問題は、またしてもうやむやになる。いつもの中国のやり口だ。

松永は、豆腐料理を口に運んだ。香辛料の辛さが、山椒で麻痺《まひ》した舌に感じない。

ビザが下りないのならば、強引に潜り込めばいい。戦地や国際紛争を取材したジャーナリストならば、そのようなことは日常的に経験している。

「成都からラサまでも、鉄道の便があったはずだ」

「あります。一日に一本、四五時間はかかるよ。でも、外国人はチケット買えない。もし乗れても、公安が見張っている」

ガンはもう〝問題ない〟という言葉を使わなくなった。

「他にも、陸路がある」松永はそういって五万分の一の中国全土の地図を上着のポケットから出し、テーブルの上に広げた。「このルートと、もうひとつはこのルートだ。車で行けないか」

四川省からチベット自治区までは、南北に二本の主要道路で結ばれている。ガンが地図に見入り、いった。

「どちらも、無理。ゾンシャブ（新都橋）を越えるルートは、道はいい。でも、バタン（巴塘）までしか行けない。マルカム（馬爾康）を通るルートは、山を越えるから道が険しい。行けても、デルゲ（徳格）まで。それに、こちらの方が軍隊の検問が多い」

「なぜ」

松永が訊くと、ガンはナプキンで手を拭《ぬぐ》い、地図の一点を指し示した。

「ここだよ」

ガンが示したのは、成都の北西一〇〇キロほどのルート上にある汶川《ぶんせん》という町の近くだった。

「なるほど……」

「ミスタ・松永、理解しますか。ここに、アバ・チベット族チャン族自治州あります。他の町にも、チベット族が多い。中国政府は、ラサの暴動がこのルートを通って広がるのが一番、恐いです……」

考えてみれば、当然のことだ。アバ・チベット族チャン族自治州は、四川省内で二番目に大きなチベット族の自治州だ。しかも省都の成都に近く、住民の五五パーセント以上をチベット族が占めている。その意味では、チベット自治区を除く中国全土の中で、この一帯は最もチベット族の勢力が強い地域といえるかもしれない。

現在、中国政府が最も危惧《きぐ》しているのは、ラサの暴動がチベット自治区の外に広がることだ。そのために中国政府はすでにチベット自治区から外国人記者を排除して報道管制を敷き、鉄道も空路も封鎖するという形振《なりふ》りかまわぬ手段を講じている。だが、もし陸路を通じて暴動がアバ・チベット族チャン族自治州に飛び火すれば、火の手はチベット族の多い四川省全土に一気に燃え広がる。いくら人民解放軍を投入しても、収拾がつかなくなる。

胡錦濤は、破滅する。

ラサからデルゲ、マルカムを通って成都に至るこの山岳ルートは、その意味では現在の中国の生命線といえるのかもしれない。もしこのルートにチベット自治区から大量の暴徒が集中したら、どうなるのか。松永は、最悪のシナリオを頭に想い描いた。オリンピックが中止に追い込まれるだけでなく、その後は中国の国体そのものが危機に陥るだろう。中国株は大暴落を喫し、世界経済は破綻する……。

「アバ・チベット族チャン族自治州を見てみたい。入ることはできるか？」

松永が訊くと、ガンは一瞬、首を傾《かし》げた。

「わからない。行ってみる、だいじょうぶ。でも検問ある、入れない」

「わかった。それならば、汶川まで行ってみよう。もし軍隊がいたら、そのまま帰ってくればいい」

「問題ない。汶川に、美味しいものある」

ガンが久し振りに、笑顔になった。

4

翌日は早朝に、成都を発った。

市街地の雑然とした街並みを抜け、北西に向かう成灌《チャングアン》高速公路に入る。しばらくは、茫洋《ぼうよう》とした風景が続いた。だが、その風景の中にも、人と人の生活の痕跡《こんせき》が途切れることはない。

現在、中華人民共和国の人口は政府が把握しているだけでも約一三億三六三〇万人。約九六〇万平方キロ（日本の約二五倍）の国土全域が、人間で埋めつくされている。中国系の作家ユン・チアンは、その著書『マオ』の中に、「毛沢東（一八九三〜一九七六年）は文化大革命の名の下に国民約七〇〇〇万人以上を粛清（虐殺）した――」と書いている。この数字が正確かどうかは別として、中国では人の命が不当に政治の犠牲にされ続けてきたことは歴史が証明している。中国の闇は奈落が測れぬほどに深く、そして漆黒のごとく暗い。

中国製のブリキの玩具《おもちゃ》のような乗用車は、それでも前時代的なエンジンを唸《うな》らせながら砂塵《さじん》に霞むハイウェイを疾走する。小刻みに震えるステアリングを押さえつけるガンは、奇妙な建築物や、何の変哲もない風景を指さして解説を続ける。親切のつもりなのだろうが、松永にはほとんどその言葉は聞こえなかった。もしこの場で、この速度で事故が起きれば、安物のブリキの玩具は跡形もなくばらばらになるだろう。乗員は、絶対に助からない。あとは、何事もなく目的地に着けることを祈るだけだ。

道は褐色の大地を切り裂くように、北西に向かう。右手には延々と、金属の光るパイプが続いている。新疆ウイグル自治区に産出する石油を四川省の成都へと送る壮大な石油パイプラインだ。文化大革命以来、中国という巨人は周囲の他民族の歴史的領土を武力で制圧しながら、その生き血を爆食することによって貪欲《どんよく》な巨体を維持してきた。

遥か遠い前方に、紺碧《こんぺき》の空の下に絵筆の線を引いたように朝日に輝く白亜の山並みが見えてきた。

「チベット高原……」

ガンが、呟くようにいった。

まだ朝のうちに、都江堰という大きな町を通過した。この町を境に、周囲の風景は一変する。莫大な金を掛けて造られたハイウェイはここで終わり、道は粗末な街道へと入っていく。古いトラックやバスが延々と連なり、黒い排気ガスを吐き出しながら坂を登る。だが、その両脇にも、人々の生活が途切れることなく息を潜めていた。

北京や上海、そして成都などの都市だけが中国ではない。むしろ、中国の素顔は、貧しい農村部や山岳地にこそ息衝《いきづ》いている。

途中で映秀鎮《インシユーヂエン》、銀杏多《インシンドウオ》などいくつかの小さな集落を通り越し、何本かの川を渡った。川の水は、チベット高原からの雪解け水で白濁していた。この辺りから道はさらに険しさを増し、高度を上げていく。理屈ではなく、チベット族の領域に足を踏み入れたような気がした。だが、道は遅々として進まない。

「もうすぐだよ……」

ガンが最後にそういってから、すでに一時間が過ぎている。松永は中国製の乗用車のぎくしゃくしたサスペンションに揺られながら、どこまでも続く山並みと寒村の風景を眺めていた。

汶川に着く頃には、時計はすでに昼を回っていた。背後に四〇〇〇メートル級のチベット高原を控え、深い山々に囲まれた小さな町だった。町には戦前からの古い建物と、文化大革命以降に急速に建てられた煉瓦《れんが》造りやコンクリートの粗雑な建築物がとりとめもなく混在していた。

町は、静かだった。だが、商店街や市場の周辺には人が多い。チベット族やチャン族の民族衣裳に身を包み、身を潜めるようにして歩く人影を何人か見かけた。中にはエビ茶色の僧衣を着た僧侶の姿もある。

「お腹、減った？　何か、食べる？」

ガンが訊いた。

「そうしよう。できれば、辛くないものがいい」

「問題ない。美味しい、餃子《ギョーザ》がある」

連れていかれたのは、チベット族が経営する小さな食堂だった。店の看板はチベット文字で書かれ、入口にチベット族の旗ルンタが掲げられていた。路上に車を停め、ドアのない、原色のペンキで塗られた店内に入っていく。店の中は、昼時とあってかなり混み合っていた。

店の奥の丸いテーブルに他の客と相席し、料理を注文した。松永はトゥクパという麺《めん》と、ガンに勧められるままに餃子を選んだ。トゥクパは、日本の関西で食べるウドンのような食べ物だった。スープは淡白で食べやすい。前夜の四川料理の後では、ほっとするような味だった。餃子は確かに旨《うま》かったが、これまでに経験したことのない奇妙な肉の臭いがした。

「この餃子の肉は？」

松永が訊いた。

「ヤク……チベットの牛のような動物。問題ない」

ガンがそういって笑った。松永が、頷く。〝牛〟と聞いて、少しは安心できた。

食事を終え、ガンに通訳を頼み、店の主人らしき男に訊いた。今回のラサや成都の暴動を、どう思うか――。

だが明らかにチベット族と思われるその男は、怪訝《けげん》そうな顔で首を傾げた。

「ラサの暴動？　何かあったのか？　聞いていない……」

何かを隠しているような様子はなかった。この男は、本当に知らないのだ……。

他にも店の中に、チベット族らしい数人のグループがいた。バター茶を飲む男たちに、同じことを訊いた。だが、全員が顔を見合わせて、不思議そうな顔をした。誰も、何も知らない。

そのうちに、一人の男がいった。

「あそこでは、よく騒ぎがあるんだよ。特に三月は、五九年のチベット動乱があった月だからね。でも、すぐに治まるだろう。心配はいらないさ」

町は、不気味なほどに静かだった。ここではチベット族と漢族が、テーブルを並べて食事をしている。漢族の店でチベット族が買い物をし、チベット族の店で漢族が買い物をする。何事もなかったかのように、平穏だ。四川省内の数十ヵ所で起きているはずのデモや暴動は、どこに消えてしまったのか——。

店の外に出て何人かのチベット族を呼び止めて訊いてみたが、反応は同じだった。知らないだけでなく、この町に住む人々は、ラサの暴動にまったく興味を持っていない。

松永は、ガンに訊いた。

「なぜ誰も、何も知らないんだ。この町には、新聞やテレビのニュースというものがないのか?」

ガンが、困ったような顔をした。

「新聞……テレビ……あるよ。でも、ラサの暴動のことは、いわない。テレビでやるのは、オリンピックのことばかり……。中国、全部そうだよ……」

「それならなぜ、君はラサのことを知っていた?」

「先週、成都に来た、『ガーディアン』の記者の人に聞いた……」

力が、抜けた。そうなのだ。確かにラサの暴動のニュースは、全世界に配信されている。だが、そうしたニュースフィルムは、中国の国家が体面を保つために都合よく編集し、製作したものだ。海外には作為的な情報として流すが、国内にはほとんど放送しない。新聞の記事にもならない。

自国の国民には情報操作する以前に、すべてを隠してしまう。何も教えない。インターネットに一部の情報が流れたとしても、一瞬の後には抹消されてしまう。完全なる情報の遮断。中国はその徹底したやり方で、文化大革命以降、一三億以上もの国民を管理統制してきたのだ。

「わかった。チベット族の自治区の中に入ってみよう」

車に乗り、さらに奥地へと向かった。町を出ると道は急激に細くなり、間もなく舗装も途切れる。北西に岷山《ミンシャン》山脈の豪壮な風景を望み、周囲には荒涼とした大地に僅《わず》かばかりの線がしがみつく大草原が広がる。辺りにはまだ、雪が残っていた。

アバ・チベット族チャン族自治州は、四川省の北部に位置する広大な自治州である。北は青海、甘粛《かんしゅく》の各省と接し、南はカンゼ・チベット族自治州、西は四〇〇〇から五〇〇〇メートル級のチベット高原を越えてラサへと至る。州内に四川省第一六行政督察区の一三県を管轄し、一九八七年にチベット族自治州とチャン族自治州を合併して現在の呼称に改められた。本来〝アバ〟とは「収穫」を意味するチベット語の〝ガパ〟を意味し、自治州北部の町「阿壩《アーバア》」に由来する。

現在、自治州内の民族構成はチベット族五五・三パーセント、チャン族一八・八パーセント、回族三・一一パーセント、漢族二二・四パーセントとなっている。この数字を見ると、表面上は明らかにチベット族の勢力圏である。州内で九寨溝《ジョウジャイゴウ》と黄龍風景区の二カ所がユネスコの世界遺産に登録され、さらに臥竜《ウォーロン》、四姑娘山《スーグーニャンシャン》など七区がジャイアント・パンダの生息地として自然保護区に指定されている。

途中、荷台に岩石を満載した大型トラックと何台もすれ違った。この雄大な自然に囲まれた中で、中国は何の開発を行っているのか。

「あのトラックは、何だ?」

松永が訊いた。

「ケイ素……イリジウム……マンガン……レアメタルね。アメリカ人が見つけて、日本人が買う。中国に沢山お金が入る」

ガンがそういって、笑った。

レアメタル、か……。

中国はなぜ多大なリスクを抱えてまで、多民族を支配するのか。単に、国土を広げようとしているわけではない。その理由の大半は、チベット族やウイグル族の聖地に眠る地下資源を略取するためだ。

汶川から五〇キロほど北に上ったあたりに、自治区の入口となる茂汶《マオウェン》チャン族自治県がある。それを迂回し、マルカムを目指した。だが町への分岐点を過ぎたところで、人民解放軍の検問に止められた。

本来の検問所ではない。道の両側に軍用トラックが二台と、小型装甲車が一台。ガンが車を停めると、その周囲から銃を持った兵士が二〇人ほど姿を現した。

ガンが車の窓を開け、近寄ってきた兵士の一人と何かを話している。それまでは常に明るかったガンの表情が、かすかに強張っているのがわかった。

松永は、助手席側にきたもう一人の兵士に自分のパスポートとプレスカードを渡した。兵士はそれを持ち去り、装甲車の前に立つ公安らしき男に見せている。周囲の様子に、松永は気を配った。嫌な空気だ。無言の若い兵士たちは、銃を胸の位置に持ち、指をトリガーに添えている。この奇妙な緊張感は、世界のあらゆる場所の紛争地域と変わらない。

かすかに震える声で、ガンが松永にいった。

「貴方、ジャーナリスト。何を調べる。そう訊いている」

やはり、そうか。パスポートの職業欄に書かれた〝ジャーナリスト〟の文字と、『ガーディアン』紙のプレスカードが問題になっているらしい。

「大熊猫（ジャイアント・パンダ）を見に行くのだといってやれ」

松永がいうとガンは一瞬、戸惑ったように表情を硬くした。だが、小さく頷き、また兵士と何事かを話しはじめた。しばらくして、松永にいった。

「ここに、大熊猫いない。この先、誰も入れない。汶川に戻れといっている」

もう一人の兵士が、パスポートを返しにきた。松永はそれを受け取って上着のポケットに仕舞い、車の窓を閉めた。

「命令される覚えはないな。それならこの検問を、突破しよう」

松永がいうと、ガンは泣きそうな顔になった。

「それ、問題あります。止めた方がいい。貴方、中国の兵隊の怖さ知らない……」

不穏な空気を察したかのように、何人かの兵士が銃をゆっくりと腰の位置に降ろした。奴らは、本気だ。こちらの行動によっては、躊躇《ちゅうちょ》なく引き金を引くだろう。ここは素直に、ガンのいうことを聞いた方がよさそうだ。

「わかった。汶川に戻ろう」

「それ、とても利口です。中国は、人の命、銃の弾よりも安い……」

ガンが、安堵《あんど》の息を吐いた。

兵士に挨拶《あいさつ》をし、車をターンさせた。中国製のブリキの乗用車は、安物のサスペンションをきしませながら、また元の荒れた道を戻りはじめた。

松永は座り心地の悪いシートの背もたれに体を預け、チベット高原の穏やかな風景を眺めた。四川省北部の春はまだ浅い。午後四時を過ぎたばかりなのに、陽はすでに岷山山脈の影に沈もうとしていた。辺りは黄昏《たそがれ》に染まり、時は一瞬たりとも止まることを知らず、やがて広大な風景からすべての色彩を奪い去っていく。

「今日は、成都に帰れないです。でも、汶川にはいいホテルない。都江堰まで戻って、ホテル探す。明日、青城山を見て、成都に帰る。景色、とても綺麗《きれい》。何も、問題ない……」

運転をしながら、ガンが独り言のように呟いた。

そうだ。何も問題はない。ここまではむしろ、すべてが想定の範囲内だった。いまは、チベット自治区や自治州の周囲に、どのような空気が流れているのか。それを自分の目で確かめ、耳で聞き、肌で感じるだけで十分だった。

都江堰と青城山の観光に付き合わされ、成都に戻った翌日、松永はシェラトンの自室に籠もり一本の原稿を仕上げた。チベット自治区のラサの暴動に始まり、暴動がこれからの中国の内政とオリンピックに与える影響を論評したレポートだった。松永は、その最後の数行を次のような一文で結んだ。

〈――今回のラサの暴動は、中国政府が発表しているように簡単に治まるとは考えられない。いずれにしてもこの暴動が中国の人権問題を再燃させ、すでに四ヵ月後に迫った北京オリンピックが実現するか否かの最大の鍵《かぎ》となるだろう。

もしラサの暴動が中国各地に広がれば、政府は為す術《すべ》を失う。最悪の場合にはオリンピックが中止になるだけではなく、中国の国体の存続そのものが危ぶまれる。

暴動が飛び火する可能性を憂慮するとすれば、チベット自治区に隣接する四川省の中でも、チベット族の密度が最も高い省北部のアバ・チベット族チャン族自治州だろう。いわば成都から汶川、マルカム、チベット自治区のラサに通ずる高原の古い街道は、現在の中国の知られざる生命線――火薬庫に通ずる導火線――といえるかもしれない。もしこの導火線に火が放たれれば、中国はひとたまりもなく大爆発を起こす。連動して世界経済は、オリンピックを前に大混乱に陥る。

もしすべてを未然に防ぎたければ、一刻も早くこの導火線に水を掛けるべきだ。中国政府は、何らかの方法でこの危険地帯を巨大なダムで塞《ふさ》いでしまう必要に迫られるだろう。

世界は、この数ヵ月の間、忘れられたこの地域から目を離すべきではない――〉

最後に自分の署名を入れ、松永はそれを東京の『ガーディアン』の編集部に送った。

翌日、松永はガンに連絡を取った。上海までの航空便のチケットとホテルを手配させ、空港に向かった。チケットの支払いには、あえて自分のアメックスのクレジットカードを使った。〝カンパニー〟の連中に、中国国内での足跡を残すためだ。

ガンとは、来た時と同じように空港の発着ロビーで別れた。最後に手を握ると、ガンはその善良そうな小さな目に涙を溜めた。もう、この男と会うことはないのかもしれない。そう思うと、たった数日の付き合いだったにもかかわらず、感慨深いものがあった。

成都から上海までは、三時間ほどのフライトだった。上海は、中国最大の国際商業都市である。かつては、東洋の魔都とも呼ばれた大都会だ。タクシーの中から市内の東方明珠《とうほうめいじゅ》塔《とう》や林立する高層ビルの華やかなネオンを見ていると、内陸の四川省とはまったく別の国に迷い込んでしまったかのような錯覚があった。

予約を入れた旧フランス租界にある『ヒルトン上海』に部屋を取った。松永はここで記事の校正をすませ、『ガーディアン』のサム・ラングフォードにメールを一本入れた。

〈――今日、上海に移動した。取材のために、しばらくこの地を動いてみたい。一〇日間程、休みがほしい。その後、北京のオリンピック取材チームに合流する。

追伸・開会式のチケットを、一枚余分に追加してほしい――〉

さらに、神戸の麻紀にもメールを送った。

〈――君がいてくれないと、中華料理の注文の仕方がわからない。もしよければ、上海にこないか。四月の五日前後に、『ヒルトン上海』で落ち合おう。もし私がいなくても、部屋で待っていてくれ――〉

だが翌日、松永は上海のヒルトンに部屋をキープしたまま、中国から姿を消した。

5

二日後――。

ジョージ・松永は、メキシコにいた。上海からシンガポールを経由してメキシコシティに入り、バスで国境の町ティフアナへと向かった。チケットは、すべて現金で購入した。〝カンパニー〟の連中に、痕跡を残さないためにだ。

松永にとって、ティフアナは懐かしい土地だった。学生時代に一度。そして確か二〇〇〇年の春だったか、当時付き合っていたキャシー・ディキンソンと二人で車で遊びにきたこともある。

町は、何も変わっていなかった。レボルシオン通りの両側には原色に彩られた土産物屋が並び、革のジャケットやウェスタンブーツ、ソンブレロやプロレスのマスクなどを売っていた。以前、この町に来た時に、ソンブレロを被《かぶ》って戯《おど》けたキャシーの顔が目に浮かんだ。あの時のキャシーは輝くように美しく、永遠と思えるほどの生命力に満ち溢《あふ》れていた。

道路にはロバに引かせた小さな馬車が停まり、安物のシルバーのアクセサリーを売っていた。松永はそこで鯨《くじら》の形をしたペンダントを手に入れ、少し先に行った店でラメの入ったプロレスのマスクをひとつ買った。以前にも、同じようなものを買った気がする。だが、この町を歩くと、いつもなぜか、つまらないものを買いたくなる。

『ラ・プラシータ』というメキシコ料理の店に入り、コンビネーション・プレートとコロナを注文した。この店にも、以前キャシーと二人で入ったことがあった。どんな料理にも、山ほどのトルティーヤ・チップスとサルサソースが付いてくる。料理には香辛料が利いているが、成都の四川料理のように破滅的なほどには辛くない。

夕方まで時間を潰《つぶ》し、国境に向かった。この時間のイミグレーションは、メキシコからアメリカに戻る観光客で混み合う。松永は、スーツケースを上海のホテルの部屋に残してきていた。荷物は脇に抱えたジャケットと、新しいＭａｃのノートパソコンが入ったショルダーバッグがひとつ。それだけだ。手にアメリカのパスポートを持ち、イミグレーションの長い列に並んだ。

間もなく、入管の職員が一人、列に沿って歩いてきた。そして松永のパスポートを見て、いった。

「アメリカ人は前に行け。早く」

イミグレーションが混雑するこの時間、入念な入国審査を受けるのは他国からの旅行者とメキシコ人だけだ。ティファナでは、いつもそうだった。軽装のアメリカ人は、フリーパスでイミグレーションを通ることができる。

松永はいわれたとおり、列を前に進んだ。イミグレーションの出口のカウンターの前をパスポートの最初のページを開いて見せながら通過する。そのまま国境へと進み、銀色の鉄パイプでできた動物園の檻《おり》のような回転扉を抜けると、そこはもうサンディエゴ——アメリカ合衆国——だった。

もしアメリカに主要都市の空港から入国すれば、たちどころに〝カンパニー〟の奴らに察知されてしまう。だが、ティファナの国境を徒歩で抜ければ、松永がアメリカに入国した記録は残らない。日本を出国する前に中国に寄ったのも、そのためだ。共産圏の中国の出国記録は、〝カンパニー〟の連中には伝わらない。たとえ奴らがクレジットカードの支払い記録などで松永の動きを監視していたとしても、まだ上海までしか足跡を追っていないはずだ。まさか松永が、いまアメリカのサンディエゴにいるとは思いもよらないだろう。ジャーナリストにも、そのくらいの知恵はある。

松永は目の前のフリーウェイを渡り、サン・イシドロ駅に向かった。町を赤く染める夕刻の陽光と、肌を吹き抜ける乾いた風が懐かしかった。自分は、アメリカに戻ってきた。

駅からブルーライントロリーに乗り、サンディエゴに入った。ロサンゼルスは、もう目と鼻の先だ。

夜はダウンタウンを歩き、ガイドブックにも出ていないような小さなホテルに部屋を取った。支払いは、現金ですませた。もちろん宿泊カードには、実名などは書かない。だが、このようなホテルにも、インターネットのジャックくらいは付いている。

松永は部屋に入るとすぐにMａcをインターネットに接続し、メールを確認した。新しいメールは、二本。一本は『ガーディアン』のサム・ラングフォードからだった。

〈――前回の記事は、エキサイティングだった！　君の休暇は、大いに奨励する。そのかわり、また世界のピーナッツを食い尽くすような原稿を期待している――〉

松永は、サムにも今回のロサンゼルス行きを報告していない。情報が、どこから漏れるかわからないからだ。

もう一本のメールは、麻紀からだった。

〈――私は、鳥になる。上海に飛ぶ翼を買ったわ。心配しないで。これから中華料理はすべて、私が注文してあげる――〉

文面を読み、松永は思わず笑ってしまった。麻紀は、本当に鳥のようだ。いつでも自由に飛ぶ翼を持っている。

松永は二本のメールを閉じ、新たにメールを作成した。相手はＵＣＬＡの地質学部長、ダン・セルゲニーだった。

〈――今日、サンディエゴに入った。明日、午前中にはロサンゼルスに着く。Ｍ――〉

それだけの文面だった。

松永は、すでに何回かダン・セルゲニーと連絡を取り合っていた。自分がジョージ・松永という日系のジャーナリストであること。阪神淡路大震災の件で話があること。日本の梨元和明という地震研究家が残した奇妙なデータを入手したこと。さらに自分が〝カンパニー〟の連中に目を付けられていることなどは伝えている。

興味深いのは、セルゲニーの反応だった。彼は松永のことも、梨元のことも、そしてバンダ・アチェで死んだ吉村武士のこともすでに知っていた。その上で、松永に会いたいという意思を伝えてきている。そして最後に、〈――自分もＣＩＡに目を付けられている可能性はある――〉とメールに書き加えていた。

ダン・セルゲニーが、現在どちら側の人間なのかについては確証はない。松永の側の人間なのか。もしくは〝カンパニー〟の側の人間なのか。彼が一九九五年一月の『日米都市防災会議』に出席したメンバーならば、一応は〝カンパニー〟の側であることを疑う必要はある。だがセルゲニーは、自らの著書で地震兵器について触れ、さらに自分もＣＩＡに目を付けられていることを告白している。

いずれにしても現時点では、セルゲニーの言葉を信用するより他に方法はない。もし松永の勘が外れれば、勝負は負けだ。すべてが終わる。

中国には、「虎穴に入らずんば虎子を得ず」という古い諺《ことわざ》があると聞いたことがある。いかにも東洋的な、そして神秘的な言葉だ。つまり、もし運に見放されれば、その無謀な冒険者は虎に喰われるという意味でもある。

セルゲニーから、返信があった。

〈――明日、午後三時に、講義が終わる。もしよろしければ、大学の私の研究室に来てほしい。ここならすべての資料が揃っているし、考えられる限りで最も安全な場所でもある。

Ｓ――〉

松永はＭａｃを閉じ、息を吐いた。

今夜は町に出て、リブ・ステーキを食べよう。そう思った。バドワイザーで喉《のど》を潤し、カリフォルニア・ワインを味わい、最後はライヴ・ハウスに繰り出してジャック・ダニエルズを片手に長い夜を過ごす。

人生を、楽しめ。虎穴の虎に、喰われる前に――。

6

サンディエゴからロサンゼルスまでは、僅か一二〇マイルしか離れていない。松永はグレイハウンドでこの距離を移動し、さらに空港駅からアムトラックに乗り換えてウェストサイドを目指した。

周囲には、懐かしいアメリカの風景が続く。町に溢れる看板や標識の文字は、すべて英文だ。人々は、すべて英語を話している。どこに行っても〝アメリカ〟だった。そんな当たり前のことに、なぜか心が安まった。

だが松永は、アメリカに入国してからまったく自分の痕跡《こんせき》を残していない。移動のためにレンタカーを借りなかったのも、クレジットカードを使いたくなかったからだ。自分は透明人間のように、アメリカの風景の中に溶け込んでいる。

ウェストサイドは、サンタモニカのビーチシティと高級住宅地ハリウッドの中間にある。さらにその中心に、学生の町ウェストウッドが広がっている。

松永は、ウェストウッドの駅でアムトラックを降り、ＵＣＬＡの構内を歩いた。構内は大学のキャンパスというよりも、それ自体がひとつの大きな町だ。約一七〇〇ヘクタールという広大な敷地の中に約一七〇棟の大学施設の他、野球やフットボール、陸上競技のグラウンド、無数のカフェや学生食堂などが点在する。構内のほぼ中央にはまるで巨大なスーパーマーケットのような『アッカーマン・ユニオン』——大学生協——までが備わっている。

キャンパスには、輝くほどの陽光が溢れていた。学生が楽しげに語らいながら闊歩《かっぽ》し、楡《にれ》の木陰では芝の上で本を広げ、スポーツザックを背負う若者がマウンテンバイクで風を切るように走り過ぎていく。

松永はその光景を眺めながら、日本語の〝青春〟という言葉を思い出した。青い、春……。不思議な言葉だ。だが、確かに松永にも、二〇年前にはそのような時代があった。

松永は歩きながら、地質学部の研究室を探した。だが、大学のインフォメーション・センターは通さなかった。たとえ些細《ささい》なことでもリスクは極力、排除すべきだ。松永はアッカーマン・ユニオンに立ち寄って無料のキャンパスの地図を手に入れ、地質学部の施設へと向かった。静かな森に囲まれた、明るく近代的な建物だった。とても虎の潜む虎穴には見えない。

場所を確認し、オメガの腕時計に目をやった。まだ午後の一時にもなっていない。近くにカフェを探し、学生たちに囲まれながらハンバーガーの昼食を摂った。本物の、ビーフのハンバーガーだ。心の底からほっとするような、アメリカの味だった。

カフェを出て、またキャンパスを歩く。広い芝の公園にベンチを見つけ、その上に横になった。カリフォルニアの乾いた、それでいて心地好い風が肌を撫《な》でる。目映《まばゆ》い陽光をジャケットで遮り、うとうとと目を閉じる。季節はもう、春になっていた。

約束の三時になるのを待って、松永は地質学部の棟に向かった。入口に立ったところで、ちょうど講義が終わるベルが鳴った。教室のドアが開き、何か事件でも起きたような騒ぎと共に学生たちが飛び出してくる。松永は、その人の波を見つめた。学生たちは口々に何かを話しながら、まるでそこにいる松永の存在に気付かないように体をかすめていく。人の流れが落ち着いた所で、松永は黒人の女子学生に声を掛けた。

「失礼。教えてほしいんだが……ダン・セルゲニー教授の研究室はどこかな？」

学生は初めて松永の存在に気付いたように驚き、そしてカリフォルニアの太陽のような微笑みを浮かべた。

「この棟の三階よ。階段を登って、一番奥。ドアにプレートが貼ってあるからすぐにわかるわ」

「セルゲニー教授は、どんな人？」

一瞬、女子学生が考えるような素振りをした。そしてまた、はにかむように笑った。

「そう……素敵な人。もし教授があと二〇歳若かったら、私が放ってはおかない」

「ありがとう。楽しい大学生活を」

松永がウインクを送ると、学生もウインクを返した。

「どういたしまして」

体を弾《はず》ませるように、学生が陽光の中に走り去った。あの宝石のように輝く笑顔がある限り、アメリカもまだ捨てたものじゃない。

松永は、三階に上がった。学生のいなくなった棟は、まるで深夜の博物館のように静かだった。リノリウムの床に靴の踵《かかと》の音を響かせながら、長い廊下を歩く。奥に、オーク材の重厚なドアがあった。ドアには真鍮《しんちゅう》のプレートが埋め込まれ、「ダン・セルゲニー地質学部長」の名が彫られていた。

ドアをノックすると、中から低く穏やかな声が聞こえてきた。

「どうぞ」

重いドアを押した。室内は広く、窓からの光で明るかった。だが周囲の壁は膨大な量の書物とファイル、何台ものコンピューターで埋まっていた。手前にすり切れた革の応接セットがあり、奥にやはり磨き込まれた広いオーク材のデスクがひとつ。その後ろに、窓からの陽光を背に受けるようにして、白髪の初老の白人男性が座っていた。

男は椅子から立ち、デスクを回り込むようにして松永に歩み寄った。口元に穏やかな笑いを浮かべながら、右手を差し出した。

「ダン・セルゲニーです。遠路を遥々《はるばる》、ようこそ」

松永は、右手を握った。厚く、力強く、温かい掌《てのひら》だった。

「ジョージ・松永です。お会いできて光栄です。お世話になります」

「日本からの旅は、いかがでしたか。途中で、〝カンパニー〟の動きは？」

「中国を経由して、こちらにきました。イミグレーションは、メキシコのティフアナで越えました。連中はいまも、私が上海のどこかで包頭を食べていると思っているでしょう」

セルゲニーは、おかしそうに笑った。

「あなたは、頭がいい。いつでも、スパイになれる」

松永がソファーに座ると、セルゲニーがコーヒーを淹《い》れた。カップは使い古されたファイヤー・キングのマグカップだったが、中身は本物のフレンチ・ローストだった。セルゲニーは長身で、身ごなしが優雅だった。あの黒人の女子学生が、「放ってはおかない……」といった意味が頷ける。

「さっそくで申し訳ないが、ミスター・カズアキ・ナシモトの残したあの地震のデータというのを見せていただけませんか」

セルゲニーが、ソファーに座りながらいった。

「これです」松永はショルダーバッグからコピーした書類を取り出し、セルゲニーに渡した。「ところでミスター・セルゲニー……」

「ダンと呼んでくれたまえ」

「わかりました。ダン……なぜあなたは、梨元和明氏を知っているのですか？」

「あの地震が起きた翌日の一九九五年一月一八日に、被災地で出会いました。神戸のナダ（灘）という町です。その時、日本人の学者の通訳を入れて、少し話をした。彼は地震の研究者で、あのＧＥＱの興味深いデータを持っているといっていました」

セルゲニーは資料を喰い入るように見つめ、目を離すことなくそういった。やはり彼の著書、『大都市崩壊〜』に書かれていたとおりだ。彼が「地震の直後に現地で出会った個人の地震研究家――」とは、梨元和明だったのだ。

「なぜ、もっと早く彼に連絡を取らなかったのですか」

松永が訊いた。

「何度も、手紙を書きました。しかし、返事がこなかった。ところがあの年の夏に急に連絡がきて、ナシモトはデータを送ってくれると約束した。しかし、その直後にまた、連絡が取れなくなった……」

セルゲニーは、資料から目を離さずに話し続ける。

「梨元氏は、あの年の夏に亡くなったんです。八月二六日に、火事で焼死しました」

松永がいうと、セルゲニーがやっと視線を上げた。そして苦渋を表情に浮かべ、無言で首を横に振った。

しばらくの間、セルゲニーは資料に没頭した。松永はフレンチ・ローストのコーヒーを飲みながら、その様子を見守った。外から、学生たちのかすかな声が聞こえてきた。他には何も、音は存在しない。

窓の外の陽光が、ゆっくりと西に傾いていく。静かな午後だった。やがて、セルゲニーは大きな溜め息をつき、資料をテーブルの上に置いた。

「この資料は〝本物〟なのですか？」

「〝本物〟と考えていいと思います。梨元氏は、日本の気象庁の役人でした。いわば、地震観測のプロフェッショナルです。しかも私は、この資料を梨元氏の御子息から直接、預かりました。信じていただけるかどうかは別にして、〝偽物〟である理由は何ひとつ存在しない」

セルゲニーがまた、息を吐いた。

「わかりました。この資料が〝本物〟だとして話を進めましょう。データを見て、重大な事実が判明しました」

「と、いうと？」

セルゲニーの灰色の目が、松永を見据えた。

「もしこの資料に書かれているデータが正しければ、阪神淡路大震災は九九・九九パーセント以上の確率で……人工地震だったということになる……」

松永は目を閉じ、小さく頷いた。

7

九九・九九パーセント――。
ジョージ・松永は、その言葉の意味を考えた。

アメリカの知識人は〝確信〟の意味を表す時に、〝九〟という数字を並べることを好む。残りの〇・〇一パーセントは、神の悪戯《いたずら》が介在した確率にすぎない。

「その理由は?」

松永が訊くと、セルゲニーはテーブルの上の資料の地図の頁を開いた。

「ひとつは、震源地です。この地震には、震源地が二カ所ある。ここと、ここです」

一カ所は北緯三四度三六分、東経一三五度〇二分。淡路島の北淡町沖の明石海峡で確認された本来の震源地で、例の明石海峡大橋のアンカレイジ4Aと主塔3Pから僅か一・五キロしか離れていない。ここには梨元和明が手書きでAの記号と★印をひとつ、さらに「Hypocenter」——震源地——の文字を書き入れている。

二つ目の★はAから東北東に位置する大阪湾の海上、ポートアイランドとその南に位置する『神戸空港』(マリンエア)から西に二キロほどの地点にある。ここにはBの記号が入り、やはり同じように★印と「Hypocenter」の文字が書き込まれている。

「つまり、このAとBですね」

「そうです。そのAとBの二つの震源地が、他のグラフによると僅か二・五秒の時間差で活動を開始したのがわかる」

確かに地図上には震源地が二つ存在する。梨元の息子の梨元英樹もその点は指摘していたし、松永も最初にこの資料を見た時に確認していた。

「しかしそれは、必然ではないのですか。最初にAの震源地で地震が起こり、その破断エネルギーが伝わることによりBが連動した……」

だが、セルゲニーは首を横に振った。

「有り得ませんね。説明しましょう。まずAとBの二つの震源地は、まったく別の活断層上に存在している。それにこの地図は一〇万分の一の縮尺ですか……。この地図を見る限り、二点の距離は約一五キロは離れています。通常、地震による断層の破断が伝わる速度は秒速三キロメートルといわれている。この距離に地震波動が伝わるためには、最短でも五秒程度の時間を必要とします。つまり二つの震源地は、他方に関係なく〝個別〟に活動したことになる」

松永は、これまでの何人もの証人の言葉を思い起こした。例えば、淡路島に住む野崎カナエの証言もそうだった。彼女は、「地面の中を、何かが向かってくるような気がして……」といっていた。地震は、けっして一瞬に動き、一瞬に止まるわけではない。人間にも知覚できるほどの速度で、地中を伝わっていくのだ。

「〝偶然〟という可能性は？」

松永の言葉に、セルゲニーが笑いを浮かべた。

「神戸の位置する南海トラフでは、一〇〇年以上、もしくは四〇〇年に一度しかM７以上の大地震が起きていないんですよ。それが僅か二・五秒の時間差で、偶然に二つの地震が重なったというのですか？　可能性としては、確かに絶対にないとはいえません。しかしコンピューターで計算してみても、ゼロが億の単位で並ぶでしょう」

これ以上は、あえて反論することは無意味だった。二つの地震が二・五秒差で重なったことは、〝必然〟だ。そしてその必然は、〝人間〟という要因の介入しか有り得ない。

「他にも人工地震である可能性を証明するデータが含まれていますか？」

「もうひとつは、これです」セルゲニーが資料の頁を捲《めく》った。「この地震の観測波形をヘルツ（Hz）という単位で表したグラフです。このグラフにも、AとBの二種類がある。二つのグラフは、一見よく似ている。しかし、違いがわかりますか？」

「わかります……」

「ところがこの二つのグラフには、きわめて特徴的な共通点がある」セルゲニーがグラフの二ヵ所を指で示した。「どちらの波形も最初に大きな動きがあり、それが治まりかけたところで第二波……最大の揺れを観測している。これが奇妙なんです」

「どういうことでしょう？」

「二・五秒の時間差で起きた二つの地震がぶつかり合い、ひとつの大きな地震となった。それが二つのグラフの、第二波の部分です。第一波の部分を見ると、震源地Aが約M7・2、BがM7程度でしょう。その二つのエネルギーが合算したために、梨元氏の観測が正しければ、M7・6という巨大地震が発生した。そう考えていいと思います」

二つの地震がぶつかり合うという言葉にも、思い当たる節はあった。地震当時、震源地Aに向けて航行中だった『クイーンダイヤモンド号』の船長、成村敏夫はいっていた。左舷《げん》前方に青白い閃光《せんこう》を見た直後、〝ドーン〟という大きな音と共に、船が船底から巨大な力で突き上げられた。ちょうど外洋で「三角波を受けたような感覚だった」と。あの三角波は、二つの地震によって発生した津波が海上でぶつかり合ってできたものではなかったのか……。

「やはり、人工地震ですか」

「断言してもいいでしょう。理論的に、そう判断すべきだと思います」

「しかし、人工地震だとして……。そんなことが現代の科学技術で実際に可能なのでしょうか……」

セルゲニーは頷き、大きな息を洩らした。

「私の著作を読んだことは？」

「あります。『大都市崩壊・阪神淡路大震災』という本です。あの本でも確か、人工地震や旧ソビエトの地震兵器について触れられていましたね」

「それならば、話は早い。人工地震は、すでに一九世紀の末にはニコラ・テスラという科学者がニューヨークで実験に成功したといわれています。ソビエトは一九九一年四月に、すでに二〇年以上も前に地震兵器を開発していたと公表している。この二つはスカラー波と呼ばれるある種の電磁波を使用するという理論なのですが、私はそちらの方の専門ではないのでよくはわかりません。しかし、もっと簡単に地震を起こす方法はいくらでもありますよ」

「例えば？」

松永が訊くと、セルゲニーは人さし指を立てて子供のような笑いを浮かべた。

「一九九八年の五月三〇日に、パキスタンが地下核実験を行ったことを覚えてますか。あの時、現地ではM6・7の地震が観測されています。あの地震こそ、まぎれもなく人工地震ではないですか。1メガトン・クラスの核兵器のエネルギーは、M7クラスの地震に匹敵します。もし活断層の近くで核爆発を起こすならば、もっと小さなエネルギーでも簡単にM7以上のGEQ（巨大地震）を起こすことが可能でしょう。いずれにしても、人工地震を空想の産物と否定する根拠などまったく存在しない」

核爆発——。

確かに、その可能性は否定できない。一九九五年一月一七日午前五時四六分、あの地震の起きる直前に多くの人々が青白い閃光を目撃していた。『日本アジア航空222便』の坂井和人機長、阪神高速道路を運行中だった帝産観光バスの野本義夫運転手は、「地表を切り裂くように閃光が走り抜けた」ように見えたという。あの光は、地下で爆発した核の光が断層から地表に噴き出したものではなかったのか——。

「ダン……。あなたは阪神淡路大震災が人工地震だとしたら、何らかの核兵器、もしくはそれに類する何かが使われたと思いますか」

松永が訊いた。セルゲニーはしばらく考えていたが、やがて言葉を選ぶように慎重に話しはじめた。

「可能性は高いでしょう。A地点の震源地の深さは、公式データによると確か地下一四キロでしたね。確定報として、現在は一六キロに訂正されていますが。さらにB地点は、梨元氏の資料を信じるなら地下一二キロと記録されている。あらかじめ両方の地点の活断層を調査しておき、そこに核爆弾を仕掛けて爆発させれば、この程度の地震は簡単に起こすことができます」

明石海峡付近の地盤調査は、建設省が『神戸淡路鳴門自動車道』の工事実施計画を認可した一九七三年以来、あらゆる機関や組織により入念に行われていた。活断層の存在は、『明石海峡大橋』の主要関係者の間では公然の秘密だったはずだ。セルゲニーのいうように、あの巨大な橋を架けることを考えれば、人工地震などいとも簡単なことだっただろう。

「しかし……」セルゲニーが続けた。「AとB、二つの震源地はいずれも海底でしたね。だとしたら、もっと簡単な方法もあるかもしれない」

「と、いうと？」

「活断層の位置さえわかれば、そこに大量の水を注入するだけでも地震を起こすことが可能なのですよ……」

セルゲニーは話し続けた。人工地震の新たな仮説が偶然に発見されたのは、一九六二年にコロラド州のデンバーで起きたある〝事件〟が発端だった。当時、デンバー郊外に駐屯していたアメリカ陸軍が、兵器庫の有害廃水処理用に地下三六七一メートルもの深い井戸を掘削した。ところがこれに廃水を注水したところ、直下型の大型群発地震が発生した。

「なぜ、水くらいで……」

「いわゆる地球物理学の世界では、不思議でも何でもないことなんです。自然界でも水が地中深く浸入すれば、何らかの金属に触れて原子状の水素が発生する。日本でも鉄と水の反応を利用した携帯型の暖房用品が売られていますね。袋に入った中身を手で揉《も》んで混合させると、熱が発生する。原理は、あれと同じです。ところがこれがマグネシウムやアルミニウムに触れると、さらに激しい反応が起こり、場合によっては水素が爆発する……」

いわゆる、水素核融合だ。もし近くに活断層などがあれば、これが巨大地震を誘発する。デンバーの群発地震も、この水素核融合を偶然人工的に引き起こしてしまったことが原因だった。米国防総省はその時のデータを、いまも地震兵器の開発研究のために保存している。

「水素核融合ですか……」

「そうです。自然界でも、水素核融合が原因ではないかと思われる地震は、けっして少なくはないのです。デンバーの例以外にも、巨大ダム建設の現場などで人工的に地震を引き起こした例が何件か記録されている。そのような地震では……神戸でもそうでしたが……近隣の住人が強い閃光や爆発音を確認するという現象が起きています……」

松永は、頭痛を覚えた。これまではその可能性を考え、それでいて心で否定し続けてきた〝地震兵器〟という言葉が、急激に意識の中で現実味を帯びてきた。

「核兵器か、もしくは注水か。ダン……あなたは神戸のＧＥＱに、どちらが使われた可能性が高いと思いますか」

松永の問いに、セルゲニーはしばらく考えた。そして、いった。

「地震直後に被災地から微量でも放射能が検出されていれば核兵器、逆にヘリウムが検出されていれば水素核融合の可能性を疑うべきでしょうね。当時は私も被災地にいたのですが、残念なことにどちらの検知器も準備していなかった……」

松永は、成村が地震の直前に「赤い月を見た」といっていたことを思い出した。空気中に放射能、もしくはヘリウムの濃度が高くなると、月が赤く見えるなどということが起こり得るのだろうか。

「他に、判断基準はありませんか」

「もしあの地震の起きる時間、つまり一九九五年の一月一七日午前五時四六分があらかじめ綿密に計算されたものだとしたら、核兵器ということになるでしょう。地底に少しずつ注水する方法では、地震の時間設定は難しい。しかし……」

「しかし？」

「これは後から知ったのですが、神戸のＧＥＱが起きる数日前から震源地の近海で数多くの異変が記録されていましたね。水面が濁って泡立ったり、魚が浮いてきたり……」

「確かに、そうです」

『クイーンダイヤモンド号』船長の成村も証言している。地震の起きる数分前に海面が不自然に泡立ち、コノシロなどの小魚が水面を飛んだ。同じような現象を、タコ漁の漁船なども前日に確認している。

「それが事実だとすれば、注水による原子状水素ガスが海底から噴出していたと考えた方が妥当でしょう。しかし、核兵器か水素核融合か。あえてどちらかに限定するには無理があるし、その必要はないかもしれない」

「なぜでしょう？」

「二つの方法が複合的に用いられたと考えるべきではないでしょうか。注水により核融合を少しずつ引き起こし、活断層の破断エネルギーを臨界点ぎりぎりまで高めておく。そこで核兵器を爆発させれば、爆発の規模も最小限ですむし、地震を引き起こす時間も調整できる。もちろん、放射能も検知されない。実際にAとB、二つの震源地は二・五秒という僅かな時間差でほぼ同時に動いている」

「そんなことが、可能なんでしょうか……」

「別に、難しくはないでしょう。水素核融合型地震のデータを持っている米軍か、旧ソビエトで地震兵器の開発に関わった科学アカデミーの地質学者ならばやれるはずですよ。いずれにしても、活断層があるとわかっている海底に深さ十数キロの穴を掘るだけです。あとはそこにポンプで海水を注水するか、もしくは核兵器を仕掛けるか。油田開発に使う高性能な大型ボーリング船が一隻あれば、十分に可能でしょう」

大型ボーリング船……。

そのキーワードを耳にした瞬間、松永の脳裏にひとつの光景が浮かび上がった。あの地震が起きる一五分ほど前に、成村敏夫が明石海峡で見たという謎の大型船だ。タンカーや、貨物船ではない。あの船は、ボーリング船ではなかったのか。

ボーリング船ならば、確かに油田開発やその調査を専門とする会社が所有している。例えば『Ｋ・Ｂ・Ｉ』——あの『ケニングス・ボーリング・インコーポレーション』——のような会社ならば……。

「ダン……。あなたは『ケニングス・ボーリング・インコーポレーション』という会社を知っていますね？」

松永が訊くと、セルゲニーが大きく頷いた。

「もちろん、知っていますよ。油田開発、そして地質調査に関してはアメリカでも最大手だ。私のクラスの生徒も何人かあの会社に就職しているし、いまも綿密に情報交換は行っている。ある程度は、内部情報にもアクセスできます」

「調べていただきたいことがあります。あの会社が、明石海峡大橋の建設に関わっていたかどうか……」

「簡単です。こちらにきてください」

セルゲニーがそういってソファーを立った。壁際のデスクに向かい、コンピューターの前に座る。キーボードにパスワードを打ち込み、一般情報から内部情報にアクセスする。さらに業務内容から地域、ＪＡＰＡＮのキーワードで資料を検索していく。

「ありましたね……」セルゲニーがいった。「確かに『ケニングス・ボーリング・インコーポレーション』は、日本の明石海峡大橋の建設に参画している……」

松永は、画面を見て息を呑んだ。『ケニングス・ボーリング・インコーポレーション』は、一九九三年の三月から九五年の一月——阪神淡路大震災の起きた時点——まで、確かに明石海峡大橋の建設に関連する地質調査を請け負っていた。明石の『橋の科学館』の案内係、前畑という男の証言と寸分の狂いもなく一致した。

それだけではない。ほぼ同時期、『ケニングス・ボーリング・インコーポレーション』は、『神戸空港』の建設の地質調査にも参加していた——。

松永は、画面の文字を指さした。

「この会社は、あの地震の直前まで、梨元氏の資料が示すAとB二つの震源地のすぐ近くでボーリング調査を行っている……」

セルゲニーも、それだけで松永がいわんとしていることを理解したようだった。

「偶然ではないな。あの会社には、確かに以前からいろいろと黒い噂はあった……」

「もうひとつ、調べてもらえませんか。この会社が、大型のボーリング船を所有しているかどうか」

「やってみましょう」

やはり、出てきた。船名は『SEA　KENINGS　II』。高性能エコーや深海潜水作業艇まで搭載する二三〇〇総排水トンの大型ボーリング船だ。最大ボーリング能力は地下一万五〇〇〇メートル。阪神淡路大震災のA地点の震源地が地下一四キロとしても、十分にその範囲に入る。

日本の気象庁は、二〇〇六年の五月になって震央を北緯三四度三六分、東経一三五度〇二分、震源の深さを一六キロとする確定報を出している。なぜ地震から一年も経ってからデータを訂正したのかは謎だが、『ＳＥＡ ＫＥＮＩＮＧＳ Ⅱ』の最大ボーリング能力の数値との間に、微妙な駆け引きが見え隠れしている。

資料にはデータの他に、写真も添付されていた。成村がいったように、見るからに奇妙な形をした船だ。全体が濃い灰色に塗られ、船首がもうひとつ船体を被《かぶ》せたように大きく盛り上がっている。逆に後部は深く抉《えぐ》れ、その上に巨大な潜水艇を搭載し、ボーリング・マシンのための高い鉄柱が立っている。

「この船があれば、人工地震を起こすことが可能だと思いますか？」

松永が訊くと、セルゲニーが振り向いた。

「おそらく。十分に可能でしょう」

「この写真を保存して、後で私のコンピューターに転送していただけませんか。それから、もうひとつ」

「何だね」

「社員の中に田代君照、そしてミハイル・ロストフという名前があるかどうか検索してみていただけませんか」

「ロストフ……というのは、私も聞いたことがあります……」

セルゲニーがそういいながら、キーボードを打った。田代君照の名前では、何もヒットしなかった。だが、ミハイル・ロストフではファイルが存在した。

――本名、ミハイル・イヴァノヴィチ・ロストフ。一九三六年、旧ソビエト連邦のヤロスラブリ州出身。元ソビエト科学アカデミーの地質学部門会員。一九九一年一二月二五日のソビエト連邦崩壊の後、翌九二年六月にアメリカ合衆国の永住権を取得して移民。現在当社地質調査部最高顧問――。

ミハイル・ロストフは、やはり『ケニングス・ボーリング・インコーポレーション』の関係者だった。

「先程、ロストフという名前を聞いたことがあるといいましたね。それに、『ケニングス・ボーリング・インコーポレーション』に黒い噂があるとも」

セルゲニーが頷く。そして、キーボードを操作した。

「つまり、こういうことだよ」

――当社地質調査部は、一九九八年七月から二〇〇五年一月まで、インドネシアの東アチェ州を中心とした天然ガス田開発の地質調査に協力――。

何ということだ……。

二〇〇四年一二月二六日、吉村武士がバンダ・アチェの大地震で死んだあの日、『ケニングス・ボーリング・インコーポレーション』は同じインドネシアのスマトラ島の目と鼻の先で、天然ガスの地質調査を行っていたのだ——。

セルゲニーが続けた。

「そして、これもだ」

『ケニングス・ボーリング・インコーポレーション』は、一九九四年一月一七日に『ノースリッジ地震』の起きたロサンゼルス近郊の油田でも、一九八〇年以来恒久的に開発事業に携わっていた。

8

松永は、セルゲニーと留《と》め処《ど》なく話し合った。麻紀や『ガーディアン』のサム・ラングフォードは別として、久し振りに価値観を分かち合える友人に出会えたような気がした。しかもこの地は、松永を追い出した国、アメリカだ。

夕方の六時を過ぎ、キャンパスの森の風景は闇の中に沈むように消えた。学生たちの声も、いつの間にか聞こえなくなった。だが松永も、セルゲニーも、いつまでもこの研究室を出ようとはいいださなかった。

「もしよかったら、この研究室に泊まっていけばいい」セルゲニーがいった。「ゼミの共同研究の期間には、学生たちもよくここに泊まるんだ。奥の部屋にはベッドと毛布も揃っているし、冷蔵庫の中にはバドワイザーとカリフォルニア・ワインも詰まっている。何なら私も、今夜は付き合うよ」

「奥様は？」

「妻は留守だ。こんなことになることもあるかと思って、キューバに旅行に行くように勧めたんだ。もちろん、君のことは妻には話していない」

セルゲニーのその妻の写真は、デスクの上に置かれた額の中で笑っている。まだ四十代の前半だろうか。若く、美しい人だ。どこか、女優のファラ・フォーセットに似ている。昼間に会った黒人の女子学生は、セルゲニーが、「あと二〇歳若かったら私が放ってはおかない」といっていたが、この妻がいるのではいずれにしてもノー・チャンスだっただろう。

「それならば、ここに泊めさせてください。ホテルを探すより、その方が気楽かもしれない」

「それがいい。いずれにしても、その方が安全だ。そうと決まったら、夕食にしよう。近くに中華の美味しいデリバリーの店があるが、それでいいかな？」

「中華、ですか……。実は中国の成都という町で四川料理を食べて、ひどい目に遭ったばかりなんです……」

「心配ないさ。ここはカリフォルニアだよ。チリと豆腐の炒《いた》め物は、メニューにすら載っていないさ」

紙パックに入れて届けられた料理は、どれも典型的なアメリカン・チャイニーズ・フーズだった。松永の好物のスイート・サワー・ポークにフライドライス。他にビーフのモンゴリアン・ソースにシュリンプのフリッター。そしてスプリング・ロール。どれも懐かしい〝アメリカの味〟だ。どちらが〝本物〟かという議論はさておき、こちらの方が遥かに口に合う。

テーブルの上に料理を並べ、バドワイザーを開けた。ビールで喉を潤すと、目の前のセルゲニーの顔が少し若返ったように見えた。

松永は、自分の学生時代の頃を思い出した。自分もゼミの後でよくこうして教授の研究室に押し掛け、仲間たちとサンドイッチやピッツァを食べながらビールを飲んだものだ。深夜まで議論を交わし、そのまま寝袋に包《くる》まって泊まってしまったこともある。松永の目には、まだアメリカが輝いて見えた時代だった。

「ところで、ダン。あなたは前にメールで連絡した時、日本の吉村武士というジャーナリストを知っているといっていましたね」

「ああ、知ってはいる」

セルゲニーが、スプリング・ロールを食べながら答えた。

「会ったことがあるのですか？」

「いや、会ってはいない。例の『日米都市防災会議』の出席者名簿を見て、君と同じようにメールで連絡を取ってきただけだ。いくつかの彼の質問に答えた覚えがある」

「どんな質問でした？」

「あの神戸のＧＥＱが、人工地震であるかどうか。主に、そんな質問だったと思う。地質学者として確証はないが、可能性はあると答えたはずだ」

「他には？」

「ミハイル・ロストフのことを訊かれた。いや、正確には、ソビエト連邦崩壊の後にロシアからアメリカに亡命した人工地震の専門家を知らないかと。それで、ロストフの名前を調べてみた……」

セルゲニーは時折ビールを飲み、中華料理を口に運びながら、ロストフについて知っていることをゆっくりとした口調で話しはじめた。

ミハイル・イヴァノヴィチ・ロストフは、『ケニングス・ボーリング・インコーポレーション』の内部資料にもあったように、確かに旧ソビエト科学アカデミーの会員だった。ゴルバチョフ書記長のペレストロイカ時代には、アカデミー会員は議会の二〇議席が与えられる特権階級のシンクタンクだった。だが一九九一年のソ連崩壊と同時にアカデミーは一八の学術分野と三〇〇の研究機関に分散。これを機にアカデミー会員はそれまでの特権を失い、多くの科学者が専門知識と共に国外に流出した。ロストフも、その一人だった。

だがロストフは、科学アカデミー会員という表の顔以外にも様々な裏の顔を持っていた。旧ソビエトのＫＧＢ（ソ連国家保安委員会）と深い係わりを持ち、正式な身分として当時の陸軍にも籍を置いていた。さらに人工地震兵器の開発責任者イヴァン・エヌレエフ少将の直属の右腕としても知られていた。

「つまり、人工地震のエキスパートだった……」

「そういうことになるね。彼がアメリカに亡命した裏では、当然のことだが……CIAが動いたという噂もある」

「しかし、それだけの人物ならば、過去にもどこかで名前くらいは出てきているはずですね」

「出てきてはいたよ。アメリカに亡命後も、いくつかの地質学に関する論文を発表していたはずだ。しかし、それ以前に、彼を有名にしたひとつの事件があった……」

ロストフが最初に表舞台に登場したのは、一九八八年のアルメニアだった。当時、ソビエト連邦アゼルバイジャン共和国のナゴルノ・カラバフ自治州で、崩壊寸前のソ連からアルメニアへの帰属を求めるアルメニア系住民の暴動が発生。アゼルバイジャン系住民との間に内戦が勃発した。いわゆる『ナゴルノ・カラバフ紛争』である。これに対しソ連は軍を派遣して鎮静化を図るが、一方、本国のアルメニア共和国はこの動きに乗じて独立を画策。共和国軍をアゼルバイジャンに送り、ソ連軍とも衝突した。この独立紛争――内戦勃発――ソ連崩壊――という一触即発の危機に、同年一二月七日、アルメニア北西部に〝偶然〟に起きたのがM6・8の大地震だった。この地震によりレニナカン（現ギュムリ）では高層建築物の大半が倒壊。少なくとも二万五〇〇〇人以上が死亡し、四〇万人以上が住居を失った。アルメニア独立の機運は一気に鎮静化し、軍はナゴルノ・カラバフへの援助から撤退を余儀なくされた。

「あの地震は、確かに当時のソビエトにとってあまりにも都合がよかった。もし地震が起きていなければ、ソビエトはあと三年を待たずに一九八八年の時点で崩壊していたかもしれない……」

「我々、地震を専門とする地質学者や地球物理学者の間では、あの一九八八年のアルメニア大地震が人工的な地震兵器が使用された最初のケースではないかと定説になっている。誰にも確証はないがね。しかしあのアルメニア大地震が、地質学的にもきわめて不自然であったことは事実だ」

「しかし、あの地震とロストフにどのような関係が？」

「確か、ソビエトが崩壊した直後の一九九二年の四月だったと思う。ロストフ自身がロシアの『イズベスチャ』紙に実名でインタビューに応じ、意味深な発言をしている。これも一時、我々一部の地質学者の間では注目されていた」

「彼は、何と？」

「地震が起きた一九八八年一二月当時、ロストフは科学アカデミーの会員として、油田調査のためにトルコ東部に滞在していた。そこで、アルメニアの独立運動を阻止するために、新しい地質学的な技術を用いたある〝手段〟が使われた。その手段の技術責任者が、自分だったと証言したんだ……」

トルコ東部は、油田地帯だ。地震の起きたアルメニア北西部とは、国境で隣接している。

「しかしなぜロストフは、そのような際どい発言を行ったのでしょうね」

「簡単なことだよ。ソビエトの崩壊後に、西側諸国で自分を高く売るためだろう。当時の科学アカデミーの会員は、ほとんどが同じような自己ＰＲをやっていた」

松永は、二本目のバドワイザーを開けた。なるほど、そういうことか。ソビエト崩壊直後のロシアは、正に機密情報のフリー・マーケットと化していた。旧ＫＧＢの永久に封印されるべき極秘事項だけでなく、その中には科学アカデミーによる最新の核兵器やミサイルの技術情報までが含まれていた。混沌《こんとん》とした時代の中で、それらの国家や世界を揺るがす情報や人が金で売り買いされた。

　氾濫《はんらん》する機密情報ビジネスのカタログとして、ある種の触媒の役を果たしたのが『イズベスチャ』や『プラウダ』などロシアの国営新聞だった。ロストフもまた、こうした当時のロシアの社会情勢を利用した科学者の一人だった。『イズベスチャ』の証言を読めば、それが人工地震を指すことは誰にでもわかる。結果として記事がＣＩＡの目に留まり、ロストフはアメリカに亡命することに成功し、人工地震のエキスパートとして巨額の報酬で『ケニングス・ボーリング・インコーポレーション』に技術顧問として迎え入れられたわけだ。あの会社のバックには『国際石油資本』——すなわちユダヤ資本——が絡んでいる。『９１１』同時多発テロを実行した連中と、根幹は同じだ。

「先程、ノースリッジ地震……一九九四年のロサンゼルスのＧＥＱの話が出ましたね。まさかあの地震も？」

松永が訊くと、セルゲニーが頷いた。

「確証はないがね。しかし、人工地震であることを否定する根拠も存在しない。あの地震は神戸のGEQと同じように、早朝の四時三一分に起きている。そのために人的被害は最小限に止められた。しかもマグニチュードは6・7と小さかったが、震源は地下一四・六キロときわめて浅い。偶然というにはあまりにも共通点が多すぎると思わないかね」

確かに、そうだ。ノースリッジ地震では、それまでロサンゼルスの恒久的な大渋滞の元凶とされた国道一〇号線（サンタモニカ高速道路）や州道一四号線（アンテロープバレー高速道路）などが完全に破壊され、再建された経緯がある。他にも多くのハイウェイや公共施設が崩壊した。確かに一九九二年のハリケーン・アンドリュー以来の経済的損失をアメリカにもたらしたことは事実だが、その後の経済効果には計り知れないものがあった。

これもまた、阪神淡路大震災とまったく共通する図式だ。

しかも二つの地震は、同じ一月一七日に起きている。ちなみにこの日は――キリスト教原理主義者が最も嫌うアメリカの祝日――マーティン・ルーサー・キング師の記念日だった。

「二〇〇五年一〇月八日の『パキスタン地震』は？」

『ワシントンポスト』のウイリアム・バーンズが死んだ例の地震だ。

「あの地震に関してもUSGS（アメリカ地質調査所）が綿密なデータを持っている。確かマグニチュードは7・6、地下一〇キロという極端に浅い活断層が震源だったね。少なくとも人工地震の可能性を議論するための条件は、すべて揃っている」

「もし人工地震だとしたら、『ケニングス・ボーリング・インコーポレーション』が関与していた可能性は？」

「いまのところは、情報はないね。震源地のカシミール地方の周辺には、有力な油田や鉱物資源は見当たらない。もし有り得るとしたら、インド側がパキスタンとの国境付近で地下水を大量に汲み上げていたことくらいだ。しかし、当時あのあたりにはタリバンのウサマ・ビンラディンが潜伏していた。『Ｋ・Ｂ・Ｉ』はともかくとして、ＣＩＡは大量に人員を送り込んでいたことは事実だ。違うかね。そのあたりの事情は、ジャーナリストの君の方が詳しいはずだが」

事実、セルゲニーのいうとおりだ。地震の起きたカシミール地方は、一九四七年の第一次印パ戦争以来、インド・パキスタン間の領土問題で知られる紛争地帯だった。当時インドに攻撃を仕掛けるイスラム過激派の拠点があるという確度の高い情報があり、アメリカはインド側の国境付近に大量にＣＩＡ要員を配備してカウンター・インテリジェンス（秘密工作）を展開していた。しかも地震は、一〇月三日の印パ間『弾道ミサイル発射実験の事前通告協定』調印の僅か五日後に発生している。さらに地震直後にアメリカのブッシュ大統領はパキスタン側への被災地支援を表明。親米のインド軍と共に大量のアメリカ軍を、救助隊として大量かつ〝合法的〟に被災地に送り込み、パキスタンのムシャラフ大統領もこれを一部容認した。

『パキスタン地震』の政治的な意義は大きかった。地震から一〇日後には一九九〇年以来切断されていた印パ両国間の電話回線が復旧。イスラム過激派の戦闘能力は壊滅状態に至り、二〇〇二年五月に始まる両国間の全面核戦争の危機は、救援活動による感情緩和により回避された。

そして、ウサマ・ビンラディンだ。地震当時、あの『911』の首謀とされるあの男がカシミールのパキスタン側山中に潜伏していることは周知の事実であり、一時は欧米の各紙で死亡説まで報道された。もしこれが偶然だとすれば、あまりにも奇遇だ。『パキスタン地震』は、ラマダンの期間に発生したことが被害拡大の原因ともいわれている。その意味では〝幸運〟にも早朝に発生した阪神淡路大震災やロスのノースリッジ地震とは異なる。だが、ビンラディンの死亡率を高めるためにあえて被害の大きくなるラマダンの時間帯を選んだとすれば……。イスラム教徒に対しては、人命を配慮しないということなのか。

それにしても、ミハイル・イヴァノヴィチ・ロストフだ……。

松永はビールで頭を冷やし、セルゲニーに訊いた。

「ミハイル・ロストフの顔写真はありませんか」

「あの男の写真は、ほとんど出回っていない。しかし一枚だけ、私の手元にある。おそらく『イズベスチャ』のインタビューに応じた当時のものだろう。ちょっと待っていてくれ」セルゲニーがそういって席を立ち、コンピューターを操作して一枚の資料をプリントアウトした。「これが、ロストフだよ」

松永が、手渡された写真を受け取った。

まだ、おそらく五十代に差し掛かったばかりの頃の写真だった。だが長い金髪は、モノクロームの写真の中で、白髪に見えるほどに薄い。横に広い額。肉を削ぎ落としたような頬。艶《つや》のない肌の中で、どんよりとした冷たい目が正面を見据えていた。

これが地震兵器を使い、アルメニア、神戸、バンダ・アチェで少なくとも三〇万人以上の人間を殺したミハイル・イヴァノヴィチ・ロストフか……。

「この写真も、後で私のコンピューターの方に転送しておいていただけませんか」

松永がいった。

「それはかまわないが……。しかし君は、これらの情報をどうするつもりなのかね。まさか、発表するつもりでは……」

「そのつもりです。しかしダン。あなたに迷惑はかけません。その点は信じてください」

あの『９１１』同時多発テロの時もそうだった。結果的に、松永は権力の圧力に屈した。だが、もうこれ以上、真実から逃げるわけにはいかない。

「友人として、ひとつ忠告しておこう。これまで黙っていたのだが、『ケニングス・ボーリング・インコーポレーション』がバンダ・アチェに出入りしていることを吉村武士に教えたのは私だ。つまり、間接的には私が吉村の命を奪ったことになるのかもしれない。君もこの件にこれ以上深入りすれば、命を落とす可能性がある」

松永はビールを口に含み、ふと笑いを洩らした。

「すでにロストフのために、三〇万人以上の人間が死んでるんです。この上、私がもう一人地球上から消えたとしても、大した問題ではありません」

セルゲニーが目を閉じ、頷いた。

「わかった。それならば今夜は、とっておきのワインを開けよう」

そういって、かすかに笑った。

9

翌日も、松永はロサンゼルスにいた。

ダウンタウンの古く小さなホテルに部屋を取り、その薄暗い空間の中で息を殺して傷ついた獣のように潜んでいた。

何人かの人物に、新しいメールアドレスから連絡を取った。一人目は、『クイーンダイヤモンド号』の船長、成村敏夫だった。成村にはセルゲニーのコンピューターから転送された『SEA KENINGS II』の写真を送り、確認を要請した。一九九五年一月一七日未明、阪神淡路大震災の直前に明石海峡で見た大型船はこの船ではなかったのか――。

数時間後、成村から返信があった。

〈――古いことなので確かではないが、この写真の船は船首の盛り上がりの形がよく似ている。当時は後部にレーダーのような丸いものが見えた記憶があるが、それがこの写真にも写っている深海潜水艇だったのかもしれません――〉

それだけで十分だった。やはり『ＳＥＡ　ＫＥＮＩＮＧＳ　Ⅱ』は、地震があったあの日、明石海峡にいたのだ。そしておそらく地震の二日後に関西空港のポートターミナルに立ち寄り、関係者の何人かを回収して出国記録を残すことなく姿を消した。

米国人を中心とした欧米人の約四〇〇人が関空からチャーター船で脱出した件については、『ワシントンポスト』のウイリアム・バーンズが調べていた。そのバーンズは、二〇〇五年一〇月八日のパキスタンの大地震で死んだ。もしこの時期にパキスタンのカシミール地方に『ケニングス・ボーリング・インコーポレーション』が何らかの形で関わっていた事実さえ摑めば、『ＳＥＡ　ＫＥＮＩＮＧＳ　Ⅱ』と米国人の関空からの脱出を結びつける確証となる。

二人目は、『大津エアサービス』の久間康裕だった。久間には、ミハイル・ロストフの写真を送信した。地震当日にヘリに乗って大津から淡路島まで往復した三人の客の一人は、この男ではなかったのか――。

日本は早朝であったにもかかわらず、久間からは数分で返信が届いた。

〈――たぶん、間違いないと思います。あの三人の内の一人、ロシア語のような言葉を話していた金髪の外人によく似ています――〉

松永は、久間からのメールを読んで密《ひそ》かに笑いを浮かべた。まだ絵の完成していないジグソーパズルに、ピースがひとつずつはまっていく。だいじょうぶだ。自分は確実に、〝奴ら〟を追い詰めている。

二日後、松永はホテルを引き払い、タクシーでロサンゼルス国際空港に向かった。手荷物は、Ｍａｃと着替えが入っているショルダーバッグがひとつだけだ。だが今回は入国した時とは違い、空港のイミグレーションから堂々とアメリカを出国した。

パスポートのバーコードが空港のコンピューターによって処理された数分後には、ジョージ・松永の出国記録が〝カンパニー〟の連中の手元に届くだろう。だが、すでに手遅れだ。奴らは歯ぎしりをしながら悔しがるだろう。今回は、私の勝ちだ。

松永はボーディング・タイムの直前にイミグレーションを通り、ノースウエスト上海行きの直行便に乗った。

10

ハリー・ミルズは、コンピューターのモニターを呆然と見つめた。

ただでさえ大きな目が、いまにもこぼれ落ちそうに見開かれた。顔色が青ざめ、髪が後退した額に汗が滲《にじ》み出た。かすかに震える左手から、まだ三分の二以上が残っている『スターバックス』のエスプレッソのラージサイズをあやうく落としそうになった。

いつものように朝八時半にフェデラルプラザ二六番地のオフィスに登庁し、自分のコンピューターをＬＡＮに接続したばかりだった。ＣＩＡ局内の緊急連絡事項が一件。その信じ難い短い文面を、ハリーはもう一度、読み返した。

〈――本日午前七時一九分／要観察人物ファイルＣ―16／Ｎｏ．００２７２９／ジョージ・松永がロサンゼルス国際空港のイミグレーションを通過／同午前七時三〇分ロサンゼルス発・上海行きノースウエスト８０３便に搭乗／出国――〉

ハリーはエスプレッソを口に含み、心を落ち着かせた。

いったい、どういうことだ？　ジョージ・松永は、上海にいるはずじゃなかったのか？　なぜアメリカにいるはずのない人間が、アメリカから出国するんだ？

やられた……。

クレジットカードの使用歴から、最後に奴の所在を確認したのは一週間前だ。だが奴は『ヒルトン上海』に部屋をキープしたまま、いつの間にか中国を出国していたのだ。そしてカナダかメキシコの国境のどこかから、アメリカに入国した。完全に、出し抜かれた…

…。

ハリーは、左腕の古いタイメックスの時計を見た。時間はすでに、午前八時四〇分を過ぎている。いま頃、奴は太平洋の上だ。ティン・バード（ブリキの小鳥）が、空を飛んでいる。すでに、手の打ちようがない。

ハリーはもう一度、日付を確認した。今日は四月一日――エイプリル・フール――だ。この局内の連絡事項が、誰かの悪い冗談であることを祈った。だが〝カンパニー〟の内部には、ユーモアなどという堕落した感性は存在しない。

問題は奴が、ロサンゼルスから出国したという事実だ。ロサンゼルスに、何があるのか。そんなことは、考えるまでもない。奴はＵＣＬＡの地質学部長、あのダン・セルゲニーに会ったのだ。おそらく、すべてを知ったはずだ。これは、きわめて危機的な情況であると認めざるをえない。

ハリーは、愛用のＭａｃを操作した。パスワードを打ち込み、ジョージ・松永の名前を〈要観察人物ファイル〉から〈危険人物ファイル〉に移動させた。すでに、猶予はない。一刻も早く、ティン・バードを〝掃除〟しなくてはならない。

だが、ハリーはキーボードを打つ指の動きを止めた。ジョージ・松永は、いまは『ガーディアン』紙の特派員記者だ。これは、厄介な問題だ。ＣＩＡは、「イヴァンの馬鹿」の親玉のウラジーミル・プーチンとは違う。最大の同盟国であるイギリスの新聞記者を、簡単に処分するわけにはいかない……。

その時、ハリーの大きな目が左右に忙《せわ》しなく動きはじめた。何か名案が浮かんだ時の、これがハリーの癖だった。

奴は、一〇日前には四川省の成都にいたはずだ。その後、汶川まで足を延ばし、『ガーディアン』紙にラサの暴動に関する〝危険な記事〟を寄稿した。この一連の行動が、単なる〝偶然〟なのか。他に目的を含んだ〝必然〟なのかは、いまのところ情報は入っていない。だが、もう一度、奴を汶川にまで誘き寄せることができれば。汶川にはいま、あのホワイト・モウルがいる……。

きわめて合理的かつ安全確実に——一切の証拠を残すことなく——奴を地上から消し去ることができる。

ハリーの指が、またキーボードの上で動きはじめた。日本のエージェント、ロック・フィッシュ——田代君照——に緊急連絡を入れた。

〈——ティン・バードが要観察人物ファイルから削除され、新たに危険人物ファイルに編入された。彼は上海に飛んだ。現地にてターゲットを監視下に置き、待機せよ——〉

ハリーは伝言文を送信し、シャツのボタンが引きちぎれそうな腹を動かしてひくひくと笑った。ロック・フィッシュを餌に使えば、ティン・バードをたやすく籠《かご》の中に追い込むことができる。自分はなんと頭がいいのだろう。

しばらくして、またハリーの目が左右に動きだした。ロック・フィッシュ一人に、この事態をまかせておくわけにはいかない。自分が、現場に入るべきだ。安全な場所に待機し、あの忌々しいジョージ・松永が消滅する瞬間をこの目で確かめるのも悪くはない。ある程度のリスクは、覚悟の上だが――。

ハリーは局内の総務のコンピューターにアクセスし、約一カ月後の成都行きの航空チケットを手配した。もちろん、ファーストクラスでだ。チケットの予約を確認し、Ｍａｃを閉じ、満足そうにエスプレッソをすすった。

だが、そこで少し不安になった。

成都に、『スターバックス』はあっただろうか……。

11

四月五日、麻紀が上海に着いた。

松永が上海浦東《プドン》国際空港の二階到着ロビーで待っていると、麻紀は生活用具がすべて入るような巨大なサムソナイトを引きずりながらイミグレーションのゲートに姿を現した。長い足をリーバイスのジーンズに包み、シープスキンのジャケットを羽織っていた。長い髪を毛糸の帽子に隠し、レイバンの濃い色のサングラスを掛けていたが、遠くからでもそれが麻紀であることはすぐにわかった。

麻紀も、松永に気付いた。その瞬間、麻紀はたまたまそこにいたアメリカ人らしい旅行客にサムソナイトを預け、松永の元に走りだした。腕の中に飛び込み、体を抱き締めた。ロビーの中央でキスをする二人を、麻紀のサムソナイトを手にした男が立ち止まったまま見つめていた。

一五号門出口を出ると、白ナンバーのタクシーの運転手たちが二人を取り囲んだ。だが麻紀がその誘いを振り切り、正規の乗り場からタクシーに乗った。タクシーは古い車だったが、好運なことにフォルクス・ワーゲンのエンブレムが付いていた。

市内に入ると、早くも上海名物の大渋滞がはじまった。晴れているはずの空はどんよりと灰色に濁り、目に染みるほどの車の排気ガスが高層ビルの谷間に充満している。だが、窓の外の景色を眺める麻紀は、それでも機嫌がよかった。

「残念だけど、上海蟹《トンルー》《がに》のシーズンは終わっちゃったわね。でも今夜は『新光酒家』で食事をしたいわ。南京東路にある有名店なの」

「その店の料理には、チリは入っているのかい？」

「だいじょうぶ。四川料理のように辛くはないわ。その後は、ホテルのバーで飲みましょう。あのホテルには、いいバーが二軒入っているわ」

麻紀は上海に来るのが初めてのはずなのに、なぜか何度もこの町を訪れている松永よりも詳しかった。その秘密はどうやら、彼女が手に握っている聖書のように分厚い黄色い表紙の旅行案内書にあるらしい。この調子だとしばらくの間は、上海料理の名店巡りに付き合わされることになりそうだ。

『ヒルトン上海』の一二階の部屋に入ると、麻紀が窓のカーテンを開け放った。灰色の空の下に、静安《ジンアン》公園の緑が霞んでいた。松永が、その背後に立った。

「夕食にはまだ早い。近くに玉佛禅寺《ユイフォーチャンスー》という古い寺があるんだ。少し、近くを歩いてみないか？」

松永がいうと、麻紀が振り返った。

「お寺も上海蟹も、どうでもいい。私がいま欲しいのは、あなただけ……」

麻紀が、松永の体を引き寄せた。唇を合わす。その唇を離すことなく、お互いの服をもどかしく脱がせあった。松永は裸の麻紀を抱き上げ、そのままベッドの上に倒れ込んだ。

『新光酒家』の上海蟹の料理は、中華料理が苦手な松永が食べても逸品だった。アメリカで食べるスイート・サワー・ポーク以上に口に合った。松永は上海に戻ってから毎晩ホテルの地中海料理や鉄板焼きのレストランで夕食をすませていたが、これならば中華料理も悪くない。

麻紀はこの時点で、ビールと紹興酒でかなり酔っていた。それでも、バーで飲みなおすのだといって聞かなかった。結局、ホテルの最上階のバーに入った。松永はジャック・ダニエルズのソーダ割りを、麻紀は同じものをオン・ザ・ロックスで注文した。中国人のピアニストのジャズの弾き語りに耳を傾け、上海の夜景を眺めながら飲める静かなバーだった。

松永はジャック・ダニエルズのグラスを傾けながら、この数日間に起きたことを麻紀に話した。四川省の成都、さらに汶川の現在の様子。中国を抜け出し、ティファナからアメリカに入国してUCLAのダン・セルゲニーに会ったこと。『K・B・I』――『ケニングス・ボーリング・インコーポレーション』――と、そこで地質調査部最高顧問を務めるミハイル・イヴァノヴィチ・ロストフの正体。そしてアルメニア、神戸、バンダ・アチェと続いた、人工地震の連鎖――。

だが麻紀は特に驚く様子もなく、淡々とウイスキーを飲み続けながら、松永の話に聞き入っていた。そして小さな声で、いった。

「だからいったでしょう……。いまにあなたも、あの地震の恐ろしさがわかる。私の家族は……殺されたんだって……」

中国人のピアニストが、『アズ・タイム・ゴーズ・バイ』を歌っていた。心に沁《し》みるような曲だ。だがここは、モロッコのカサブランカではない。中国の、上海だ。

「君を上海に呼んだのは、私だ。しかし、事情が少し変わった。君がここにいるのは危険だ。〝カンパニー〟の奴らは、私がセルゲニーに会ったことを知っている。何か、この中国で動きがあるかもしれない。一度、日本に帰った方がいい。すべてに片が付いたら、また君をこちらに呼び寄せるよ……」

だが麻紀はグラスを片手に、首を横に振った。

「あなたは前に、アメリカから逃げたわ……」

「君にも何度か説明したはずだ。仕方なかったんだ……」

「例の『911』に関する本を書いたから？ それで、圧力を掛けられたから？ でも私は日本語に翻訳された本を読んだけど、何もわからなかったわ。他の人の本にも、同じようなことが書いてある……」

「日本語版では、その部分を削ってある」

「いったい、何を書いたの？」

「そうだったな……。それについては、まだ君に話していなかった……」

松永は、あの『911』同時多発テロでハイジャックされた四機の中の一機に搭乗していた乗客の一人を知っていた。名前は、オリヴァー・レイモンド（仮）。ある証券会社のファンド・マネージャーだった人物だ。松永はレイモンドを捜し当て、インタビューを取り、その主要部分をアメリカ版の『謀略の9・11』に掲載した。それが〝カンパニー〟の目に留まり、圧力を掛けられ、出版停止となった。

「どういうことなの？ 私には、意味がわからない。だってそのオリヴァー・レイモンドという人は、墜落事故で死んでしまったんでしょう？」

「違うんだ。彼は、いまもアメリカのどこかで生きているんだ……」

オリヴァー・レイモンドは、ファンド・マネージャーとして巨額の損失の穴を開けていた。証券界の地位を失っただけでなく、ニューヨークのマフィアのある組織からも命を狙われていた。

そのレイモンドの元に、ある日〝カンパニー〟から「九月一一日のある航空便に乗らないか」という奇妙な話が持ち掛けられた。同じ飛行機に乗っていたのは、組織犯罪の重要証人として命を狙われている者や、破産をした者、もしくは自分自身が罪を犯し当局と司法取引をした者など、いずれにしても人生をもう一度やり直す必要に迫られていた者ばかりだった。

乗客の全員に、多額の保険が掛けられていた。だが、その航空便ではテロもハイジャックも起きなかった。まったく別の空港に着陸し、乗客乗員の全員が高額の報酬と新しい身分を手に入れ、全米に散っていった。遺族には、高額の保険金が支払われた。

「不思議な話ね……。まるで御伽噺《おとぎばなし》みたい……」

「そうだ。現代の御伽噺だよ。しかし、これは事実なんだ」

「でも映画になったユナイテッド93便のボイスレコーダーには、テロリストと戦う乗客の様子が録音されていたと聞いたわ。それに、機内から携帯電話で家族と話をしていた人もいた……」

「考えてみてくれ。コクピットにあるボイスレコーダーに、客室の音は録音されない。だいたい高度一万メートルの上空を飛行中の機内から、地上の家族にモバイルが繋《つな》がるわけがないじゃないか」

「確かに、そうね……」

「すべては、〝やらせ〟だったのさ。私と同じように、ユナイテッドの93便やペンタゴンに激突したとされるアメリカン航空77便の乗客を捜し出した者がいた。作家の、ハンター・トンプソンだ。彼はそのインタビューを取って自著で発表しようとしたが、妻との電話中に何者かに銃で暗殺された。FBIの公式発表では自殺とされているがね」

麻紀が、ウイスキーの残りを飲み干した。もう一度、同じものを注文した。新しいグラスからウイスキーを口に含み、いった。

「それでも私は、逃げないわ。できるなら一九九五年の一月一七日に……いえ、一六日の夜に……戻りたい……」

「どうして?」

松永が訊くと、麻紀の口元がかすかに笑ったように見えた。

「あの地震が起きた前の夜に、私は姉とちょっとしたことで喧嘩《けんか》をしたの。原因は、もう何だったか忘れちゃったけど。でもその時は姉のことが憎らしくて、私は一人で居間のソファーで寝たの。だから私だけ、助かった。もし、あの日に戻れたら、私はいつものように姉と同じ部屋で寝るわ。そうすれば私も、みんなと一緒に死ぬことができる……」

麻紀の頬に、一滴の涙が伝った。

「馬鹿なことをいうな」

松永は、そういいながら自分のことを考えていた。もしあの日、二〇〇一年の九月一一日に時計を巻き戻すことができたら……。

キャシー・ディキンソンは、ツインタワーのオフィスにいた。彼女は、何も知らない。もし自分がマンハッタンにいて、キャシーの死が避け難い運命であるとしたら。自分は最後の時間を、どこで過ごそうと考えるだろう。

答は、ひとつしかない。自分も、ツインタワーのオフィスに駆けつける。キャシーと共に、ゴルゴタの丘の炎に焼かれる運命を選ぶだろう。

「私は、日本に帰らない。あなたと、いるわ。もう一人で生き残るのは、嫌なの……」

「何をいってるんだ。私は、死にはしない」

「嘘よ。あなたは、死ぬ覚悟をしているわ。私には、わかるの。男の人が、そうなる時を。吉村武士もそうだったわ。目の前にいるはずなのに、吉村も、あなたも、透明に見えてくるの……」

「よさないか」

「やめないわ。これからあなたの行く所には、どこにでも付いていく。私には、もう帰る場所がない。あなたが死ぬ時には、私も死ぬ……」

麻紀は、グラスのウイスキーを一気に呷《あお》った。目に涙を溜め、松永を見つめた。そして、よろけながら、立ち上がった。

「どこに行くんだ？」

「私、歌ってくる……」

麻紀は、ふらふらとピアノに向かって歩きだした。驚いた顔で彼女を見るピアニストから、マイクを取り上げた。ラウンジには、他にも何組かの客がいた。異変に気が付いたボーイが、慌てて麻紀を止めに入った。それでも麻紀は、マイクを離そうとしない。ピアニストが演奏を止め、店内が騒《ざわ》めきだした。松永は席を立ち、麻紀の元に向かった。

「麻紀、帰ろう。君は、酔っている」

だが麻紀は首を振る。マイクを握ったまま、抗議をするように座り込んだ。

「お願い。この人たちに説明して。私は、プロの歌手なの。歌うまで、私はここからどこにもいかない……」

松永が目を向けると、ピアニストとボーイの二人が困ったように首をすくめた。松永は、溜め息を洩らした。

「歌わせてやってくれないか。一曲だけでいい。彼女は本当に、プロのシンガーなんだ。迷惑は掛けない……」

松永がそういって、二人に一枚ずつ一〇〇元札を渡した。

「日本人……友だち」

ボーイが、片言の日本語でいった。

松永は手を差しのべ、麻紀を立たせた。麻紀の顔が、かすかに笑った。松永が席に戻るのを確かめ、マイクに向かった。

曲は、『Desperado』だった。麻紀が歌いはじめると、ピアニストがその後を追った。

――Desperado,
Why don't you come to your senses?
You been out ridin' fences for so long now. Oh, you're a hard one.

麻紀は、泣きながら歌い続けた。胸が張り裂けるような声で。自分の歩んできた道を振り返り、そしてこれから待ち受ける運命に語り掛けるように。

いつの間にか、ラウンジは静まり返っていた。ピアノの音が高まる。誰もが、麻紀の歌に聴き入っていた。そこにいるすべての人の視線が、麻紀を見つめている。その目に、涙が浮かんでいた。

松永はウイスキーを口に含み、窓の外を眺めた。上海の夜景が、滲《にじ》むように光っていた。

12

チベット暴動への対応が世界の非難を浴びる中で、中国政府は淡々と――ある意味では強硬に――オリンピックを進行させた。

三月二四日、聖火は国境なき記者団の妨害の中で、ギリシャのオリンピアにて採火。三〇日にもやはり「チベットに自由を……」と叫ぶ抗議運動の渦中にギリシャ側から中国の主催者側にトーチが移譲され、オリンピック史上最長となる一三万六九〇八キロ、二一カ国、一三〇日間にわたる聖火リレーのスタートを切った。聖火はエアチャイナのエアバスA330に積み込まれ、〝聖火防衛隊〟と名付けられた青いスポーツウエアの中国情報機関の男たちの護衛と共に世界を回りはじめた。

だが、その後も聖火リレーに対する妨害は続いた。四月二日、カザフスタンのアルマトイの聖火リレーでは、ウイグル族の活動家が抗議活動を行った。だが中国政府の圧力によりカザフスタン当局はこれをすみやかに拘束、本国に強制送還された。

翌三日のトルコのイスタンブールのリレーでも、聖火隊と在トルコのウイグル人が衝突した。彼らは中国の新疆ウイグル自治区独立に対する扱いに抗議したが、現地の警察により逮捕拘束された。本来は平和の使徒であるべき聖火リレーが、中世の十字軍の生まれ変わりのように世界に報道された。

四月六日、ロンドンの聖火リレーでは今回のオリンピックの問題点が一気に噴出した。予定されていた八〇人のリレーランナーの内、フランチェスカ・マルチネスとリチャード・ボーンの二人が聖火リレーをボイコット。他にも多くのランナーが中国の人権問題に対する蛮行を非難する声明を発表した。

一般民衆による抗議活動は、ウェンブリー・スタジアムをスタートした直後に始まった。途中で何度かトーチが奪われそうになり、消火器によって聖火が消されそうになるひと幕もあった。中国から随行した聖火防衛隊は抗議者に暴力をもって対抗した。ロンドンのケン・リビングストン市長は彼らを「ならず者」と評し、「我々はこの〝ならず者たち〟が中国の情報機関員だと知っていたら参加を承認しなかっただろう」とコメントを発表した。

ジョージ・松永が北京に入ったのは、ロンドンの聖火リレーの翌日の四月七日だった。この日も、パリで聖火リレーが行われていた。フランスのニコラ・サルコジ大統領は、チベット暴動の直後からオリンピック開会式のボイコットを示唆する発言を行っていた。もっともこの時点で中国政府を擁護している西側先進国の首脳は、アメリカのブッシュ大統領と日本の福田康夫首相くらいのものだが。いずれにしてもパリは、ロンドンにも増して荒れることになるだろう。

一〇年振りに立ち寄る北京の風景は、かつての面影もないほどに変わっていた。上海からの国内便で北京首都国際空港に降り、タクシーで市内を回る。故宮や天安門、景山《ジンシャン》公園などの旧跡や歴史的建造物は確かにまだ存在するのだが、周囲から新たな異文化がアメーバのように歴史を侵略しはじめている。変化という意味においては、上海と同等かもしれない。やがては、すべてが覆いつくされてしまうような不安と恐怖を覚える。

大型の軍用機が発着できそうな広大な道路には、排ガス規制など無関係な車が溢《あふ》れていた。古都の風景は、灰色のスモッグの中で殺伐としてくすんでいた。中国政府は一九九七年一二月に京都で開催された第三回地球温暖化防止会議（ＣＯＰ３）における京都議定書以来、自国が〝発展途上国〟であることを理由にアメリカと共にこれを拒絶し続けている。いったい何を根拠に途上国だといい張るのか。現在、中国が世界有数の経済大国であり貿易黒字国であることは誰の目にも明らかだ。アメリカやロシアと並ぶ軍事大国でもある。

中国は国内における経済格差をその理由に挙げるが、それは単なる内政事情にすぎない。中国は国内外の資源を爆食し、その塵《ちり》を地球上に撒《ま》き散らすことによって肥《ふと》り続けている。松永は、成都で出会ったガンという青年の言葉を思い出した。

——中国は、人の命、銃の弾よりも安い——。

いずれにしても中国は、自他国を問わず、人の命のことなど考えてはいない。まして人権問題になど、興味を持つわけがない。

市内を一周してオリンピック村に入ると、松永は自分がいまどこにいるのかさえ見失いそうになった。巨大で近代的なオリンピックセンターの建物。通称〝鳥の巣〟と呼ばれる国家スタジアム——メインスタジアム——の異相。広大な空白に点在する建築物は、どれも中国の文化や文明を拒絶するかのように灰色の空に聳《そび》えていた。

松永は、奇妙なことを考えていた。中国は、このオリンピックを機に、自分たちが中国人であることを捨てようとしているのではないのか——。

「オリンピックって、こんなに淋《さび》しい所でやるのね……」

麻紀がタクシーの窓から外を眺めながら、小さな声で呟《つぶや》いた。

ホテルは北京発展大廈の向かいにある『ヒルトン北京ホテル』に部屋を取ってあった。オリンピックの準備期間中、『ガーディアン』の特派員が常宿にしているホテルだ。オリンピック村から比較的近いために、アメリカやその他のEU諸国の記者も多い。メディア関係者の情報交換の場にもなっていた。

夜、松永は麻紀を連れ、先に現地入りしていた『ガーディアン』紙の特派員、ジェームズ・アディントンという男とアポイントメントを取った。元東京支局にいたサム・ラングフォードの部下で、松永が使っていた東麻布のフラットの先客だった男だ。

予約されていたレストランは、ホテル内のステーキハウスだった。麻紀は本場の北京料理でないことが不満そうだったが、松永は胸を撫《な》で下ろした。

「まず最初に礼をいっておかなくてはならない」松永がいった。「フラットに残っていたラガブリンの一六年を楽しませてもらった」

ジェームズが、穏やかに笑う。

「かまわないさ。君はどう見てもヒトラー、ブッシュ、ビンラディン、そして我が女王陛下の友人とは思えない」

食事を楽しみながら、しばらくは取り留めもない情報交換が続いた。いまの所、北京はきわめて平穏だった。チベット暴動の情報は、ほとんど流れてこない。北京市民は何事もなかったかのように、オリンピックの準備に勤《いそ》しんでいる。

アディントンは元来、文化とスポーツを専門にする記者だった。政治的な情報に関しては、あまり深い所を探ってはいない。

「しかし今日、町で面白いものを見かけたよ」

アディントンがジン・トニックを飲みながらいった。

「何をだ？」

「道路脇の歩道で、日本人のテレビクルーが発電機を持ち出して電気掃除機を回してたんだ」

「何のために？ この広い北京を掃除でもしていたのか？」

「まさか。掃除機の吸い込み口に、エア・フィルターを付けてたんだ。それを走る車に向けて、こんなに黒くなった、北京の空気は汚れているといって騒いでたのさ。まったく日本人というのは、何を考えているのか。そうか……君も麻紀も、日本人だったね」

松永は思わず、苦笑いを浮かべた。

「いや、いいんだ。確かに日本人は、変わっている」

食事を終えて麻紀を部屋に帰し、松永は『ガーディアン』の北京支局に立ち寄った。オフィスは商業地区として知られるCBD地区の、永安里《ヨンアンリー》駅に近いビルの中にあった。記者と中国人スタッフを含めて数人の小さな支局だ。

松永はアディントンと二人で、この日に行われたパリの聖火リレーの映像をインターネットのニュースでチェックした。予想していたとおり、聖火リレーは大混乱の中で行われた。フランスは、パリの市当局が中心となって中国に対する平和的抗議活動を行うことを公言。市役所には「パリは全世界の人権を擁護する」という横断幕を掲げた。

聖火がエッフェル塔をスタートしても、リレーは各地で妨害を受けた。中国の車椅子のフェンシング選手、金晶が聖火ランナーを務めた時には、何人ものチベット人抗議者が彼女からトーチを奪い取ろうとした。さらに他のランナーの時にも水や消火器によって五回にわたり聖火が消され、中間はバスによって移動するというひと幕もあった。コース途中のパリ市役所の前では人権団体として知られる『緑の党』がチベットの〝国旗〟を打ち振り、『国境なき記者団』はエッフェル塔やノートルダム大聖堂に中国の非人道的な政策を糾弾する横断幕を掲げた。シャイヨ宮などには数百人単位のチベット支持者が集結してデモを行い、これらの抗議活動には何人ものフランスの議員が参加した。この混乱によりパリ市による聖火リレーの記念セレモニーは中止となり、中国政府は政府系英字紙『チャイナ・デイリー』のコラムを通じ「パリは自らの顔を汚した」とする強烈な批判を行った。

――チベットに自由を――。

松永はニュースの全編に流れるその言葉を聞きながら、画面の映像を一九四〇年六月一四日のパリの風景に重ね合わせた。あの日、パリ市民は無血入城したドイツ軍に対し、腐ったトマトと生卵をもって出迎えた。その後も国民は総レジスタンスと化して、最後までナチス・ドイツと戦い抜いた。

パリ市民は〝侵略〟という言葉に敏感だ。そして、正義感が強い。人権のためになら、徹底的に戦う気質を持っている。

「まずいな……」アディントンが画面を見つめながらいった。「このままだとモスクワの二の舞になりかねない」

一九八〇年、冷戦下で行われたソビエト連邦（当時）唯一のモスクワオリンピックは、アメリカ、西ドイツ、日本など多くの西側諸国がこれをボイコットし、事実上の失敗に終わった。

「もしチベット問題が長引けば、中止も有り得るんじゃないか」

松永がいうと、アディントンはしばらく考えていた。

「それはないだろう。私は、そう信じたいね。しかし、フランスを始めとするEU諸国のボイコットは、きわめて現実的な問題として有り得ると思う」

誰もが考えることは同じだ。このままでは、楽観的に見ても、北京オリンピックが平穏無事に開催されるとはとても思えない。だが、もしEU諸国がオリンピックをボイコットすれば、その影響はモスクワの比ではない。世界を牽引《けんいん》する中国経済は一夜にして崩壊し、連動するユダヤ資本は悲鳴を上げるだろう。

「画面を見ていて、何か不自然なことに気が付かないか」

松永がいった。

「金晶だろう。なぜ中国が、わざわざ金晶を最も危険なパリに連れてきたのか……」

ニュースの画面には幾度となく、聖火を奪われそうになる金晶の姿が映し出されていた。彼女は襲われる度に、トーチを身を挺《てい》して守ろうとする。

「金晶が抗議団体に狙われることは、中国政府としては計算の上なんじゃないか。彼女を襲わせて、同情を買う。人権問題を感情論にすり替えるには、効果的な方法だ」

「もしくは、襲う方も含めて〝やらせ〟なのか。中国ならやりかねないな」

「まさか。いずれにしても、金晶はこれで中国の英雄になることは間違いないがね」

「そう……英雄だよ。だとすればなぜ金晶をパリに持ってきたのかも理解できる。中国は金晶を、ジャンヌ・ダルクに仕立てたかったんじゃないか。中国人は、何でも真似をしたがるからね」

「面白い記事が書けそうだ」

「君は、書くべきだよ。しかしそんな記事を書いたら、中国人だけでなくパリ市民からも腐ったトマトをぶつけられるぞ」

アディントンが、いかにもイギリス人らしい皮肉な笑いを浮かべた。

北京での生活は、同じ国内で少数民族の暴動と殺りくが起きているとは思えないほど平穏だった。町の風景を見る限り、一三億の国民が一致団結して北京オリンピックの開催に向け邁進《まいしん》している。

松永はアディントンと共に毎日のようにオリンピックセンターに取材に出向き、『ガーディアン』紙に何本かの記事やコラムを送った。ほとんどがオリンピックと経済、もしくは政治的な思惑を絡めた内容だった。麻紀はその間に故宮や天安門、天壇などの探索に出掛け、いつの間にか北京料理の優秀な評論家になっていた。

一方、聖火リレーは世界各国で波紋を投じた。四月九日、サンフランシスコでは直前にコースが変更され、別ルートで秘密裏にリレーが行われた。このオリンピック史上初の珍事に対し、アーロン・ペスキン市議会議長は「驚くべき金の影響力による、ブッシュ政権と中国政府を喜ばせるためのシニカルな手段」と揶揄《やゆ》した。すでにサンフランシスコ市議会は四月一日付で「中国の人権問題についての懸念を示す決議」を可決。七日にはチベット擁護団体がゴールデンゲート・ブリッジに登り、「One World, One Dream. Free Tibet」と書かれた横断幕を掲げるシーンが全世界に配信されていた。だが、米政府と中国政府が結託し、聖火リレーのルートを公開しなかったために、混乱は未然に防がれた。

四月一六日のイスラマバードでの聖火リレーは、反中国抗議とテロへの脅威から、何と非公開のスタジアムの中で行われた。観衆もなく、数千人にも及ぶ兵士と警官の警護の中でのリレーは、当然のことながら何事も起きることなく終わった。だが、本来は平和の使徒であるはずの聖火リレーが犯罪者のように隔離された事実は、長いオリンピックの歴史にけっして消すことのできない汚点を残したことになる。

四月二一日、マレーシアのクアラルンプールでの聖火リレーでは〝事件〟が起きた。当日は中国の人権問題に対する抗議行動が予想されていたために、マレーシア政府は約一〇〇〇人の特別活動機動隊を配置してこれに備えていた。だが聖火リレーの前に五歳児を連れた日本人の夫婦がチベットの〝国旗〟を広げた直後、中国人の集団が突然これを襲い棒などで暴行を加えた。それまで体面上は〝被害者〟を装っていた中国が、完全に〝加害者〟としての馬脚を露《あら》わした瞬間だった。さらに中国人のボランティアが、別の場所で他のマレーシア人運動家に暴行を加えるシーンも映し出されていた。

四月二六日、日本の長野で行われた聖火リレーも、〝中国の暴虐〟が露呈した典型だった。すでにスタート地点として予定されていた善光寺《ぜんこうじ》は、「同じ仏教寺院としてチベットに対する配慮」を理由にこれを辞退していた。聖火リレーは新たなルートを設定され、沿道に三〇〇〇人もの警官を配置するという厳戒態勢の中で行われた。だが、そこに異様な光景が展開された。中国大使館が支援する在日中国人留学生組織『学友会』のメンバー約四〇〇〇人がバスをチャーターするなどして長野に集結し、揃いのＴシャツを着て、中国政府が用意した巨大な中国国旗を打ち振りはじめた。

松永はネットニュースの画面で、その光景を呆然《ぼうぜん》と見つめた。確かにマラソンなどのスポーツイベントでは、個人または私設団体の応援において自国の小旗が振られる光景はよく見かける。だが政府が組織した数千人もの団体が、他国で大量の大旗を振るなどという蛮行は見たことがない。もしこのような行為が許されるとすれば、軍事制圧された敵地に限定される。

中国は、日本を自国の一部とでも思っているのか。この行為は明らかに、日本国家に対する主権の侵害だ。中国は、狂い始めている……。

だが、その中国の蛮行を一方で支援したのは、信じ難いことに当の日本政府だった。外務省はリレーに先立ち日本に向かった人権活動家に対し、入国を拒否。式典エリアの若里公園内には日本人の観客すら立ち入り禁止の措置が取られたにもかかわらず、中国人留学生の暴徒には入場を認めた。さらに中国人留学生は各地で人権活動家に暴行を加えたが、日本の警官隊はこの行為を黙認。逆にチベット支援者が六人逮捕され、内三人が威力業務妨害容疑などで送検された。

松永は、思う。日本も、ブッシュ政権下のアメリカと同じだ。なぜ中国に対し、自らを卑下するのか。だが、たったひとつ確かなことがある。チベット問題は、世界でさらに拡大していくだろう。EU諸国が人権問題を理由にボイコットするかどうかは別として、北京オリンピックがこのまま無事に開催されるとは思えない。最悪の場合には、〝中止〟も有り得る。そして、オリンピック開催までの残り一〇〇日の間に、何かとてつもないことが起きる――。

四月二八日、その日も松永は日中をオリンピックセンターで過ごし、夕刻にホテルに戻った。フロントで鍵《かぎ》を受け取ろうとすると、顔見知りの中国人のフロントマンに呼び止められた。

「ミスタ・松永。メッセージが一通、届いております。日本人の、御友人からです」

ホテルの封筒に入った手紙を一通、手渡された。

「ありがとう」

松永はロビーをエレベーターに向かって歩きながら、封筒を開いた。中には同じホテルの便箋《びんせん》が一枚、入っていた。日本の友人といわれても、まったく心当たりがない。

だが、差出人の名前を見た時に、思わず足を止めた。

〈――田代君照――〉

いったい、どういうことだ？

松永は立ったまま、震える手で文面を読みはじめた。

13

ハリー・ミルズは、『スターバックス』のエスプレッソの最後のひと口を飲み干した。

デスクの上には、四月九日のサンフランシスコの聖火リレーの失態やチベット問題へのアメリカ政府の対応、さらにサブプライム・ローンに関する情報操作の案件が山積みになっていた。相変わらずブッシュ家の御子息は、いろいろと難題を持ち込んでくれる。

それでもハリーは、この日は朝から機嫌が良かった。エスプレッソを飲み終えても、晴れやかな気分は少しも変わらなかった。なぜなら昨夜遅く、北京から待ちに待った朗報が届いたからだった。

ロック・フィッシュは、ハリーの指示どおりに動いていた。上海でティン・バード――ジョージ・松永――を捕捉。二日後、北京へ移動。それからも奴はチベット問題や北京オリンピックに対して癇《かん》に障る記事を『ガーディアン』に書いているが、いまのところ神戸の件に関しては不穏な動きを見せていない。

四月二八日の時点で、ロック・フィッシュはジョージ・松永に接触。奴は、思ったとおり餌に食いついてきた。こちらの誘いに、乗った。

ハリーは、プリントアウトしたロック・フィッシュからの報告書をもう一度、読み返した。

〈――ミスター・ハリー・ミルズ

四月二八日、クライアントとの最初の接触に成功。ティン・バード氏は、当社のホワイト・モウル氏との会談を希望。近日中に〝夫妻〟は四川省の成都に移動するとのこと。最終的な商談は五月一五日前後、汶川の現地にて行われることになると予想されるが、追って時間と場所の指示を願う。

四月二九日北京発

ロック・フィッシュ――〉

ハリー・ミルズは、何度も報告書を確認した。報告書ではあえて〝夫妻〟となっている。つまり、ジョージ・松永だけでなく、ＣＨＩＳＡＴＯも同行するということを意味している。それならば、かえって都合がいい。厄介な案件を、すべてまとめて処理することができる。

文面をすべて記憶し、ハリーは同じ内容を局長のロバート・カーランドのコンピューターに転送した。プリントアウトしたA4の用紙は、シュレッダーに入れた。そして別のMacを開き、メールを作成した。

〈――ミスター・ホワイト・モウル
日本のクライアントとの、商談の目処《めど》がついた。近日中にティン・バード夫妻が成都へと向かう。汶川での夫妻の宿泊ホテルと、会合の場所の指示を願う。なお、今回の商談には私も同席する予定。
四月二九日ニューヨーク発
ハリー・ミルズ――〉

ハリーはMacを閉じた。そして、頭の中を整理した。成都までの航空券は、すでにファーストクラスで手配が済んでいる。汶川のセットアップも完璧《かんぺき》だ。三月六日の時点で、国防総省は『グーグル・アース』にも規制を掛けている。

問題はひとつ……。

汶川には『スターバックス』が一軒も存在しないことだけだ。

14

北京オリンピックまで、いつの間にか一〇〇日を切った。

五月に入るとゴールデンウイークと呼ばれる日本の連休が始まり、北京も日本人旅行客で混み合った。ホテルやオリンピックセンター、観光名所に行くと、ただでさえ多い北京の人口が倍になってしまったような錯覚を覚える。

松永は自分も日本人でありながら、日本人の気質に理解できない面があった。日常あれだけ人口密度の高い国に住んでいながら、なぜ休暇となるとそれ以上に人口の多い国に出掛けていくのだろう。しかも、この連休だ。一九八五年、日本経済のバブルの最盛期に、国会で『祝日法』が改正されてそれまでの飛び石連休が長期連休になった。その裏で日米の経済摩擦を解消するために、アメリカ側からの圧力があったことを日本国民は知らされていない。世界経済が最も動くといわれるこの時期に、すべての企業の長期休眠がどれだけ国益を妨げることになるのか。誰も考えようとしない。

五月五日、ジョージ・松永は北京の喧騒《けんそう》から逃れるように成都へと飛んだ。麻紀も、一緒だった。彼女を説得することは無駄であると諦《あきら》め、松永自身もすでに覚悟を決めていた。

これから先は、生きるにしても死ぬにしても、一生麻紀と離れることはない。

チベット問題は、相変わらず燻《くすぶ》り続けていた。一ヵ月前、四月七日のパリの聖火リレーの問題も尾を引いている。一二日にはダライ・ラマを支援しているとされるフランスの『LVMHグループ』が槍玉《やりだま》に挙げられ、その資本系列の大手スーパーマーケット『カルフール』の不買運動が中国のインターネット上で勃発《ぼっぱつ》した。中国政府はネット上のカルフールのボイコットに関する書き込みを削除し、『人民日報』の社説などで「秩序ある愛国主義」を呼び掛けているが、国内のフランスに対する悪感情は鎮静化の気配を見せない。これに対しフランスの『AFP』などの通信社や『ル・フィガロ』などの大手新聞社は、すでに北京オリンピックの取材を縮小しはじめている。このままではきわめて現実的な問題として、今回の北京オリンピックを正常な形で開催することは不可能だろう。

前回と同様に、ガンは成都双流国際空港の到着ロビーで待っていた。松永の姿を見つけると、満面に笑みを浮かべて駆け寄ってきた。二度と会うことはないと思っていたはずなのに、だがガンの顔を見ると、奇妙なほどに心が安まった。

「ミスタ・松永。久し振りね。また会えて、私とてもうれしい」

ガンが松永の手を握りながらいった。

「元気そうだな。今回も、よろしく頼む。彼女は、麻紀だ」

松永が、隣にいる麻紀を紹介した。

「おお、麻紀さん。ミスタ・松永の奥さん？」ガンが、麻紀の巨大なサムソナイトを見た。

「大きな荷物……でも、問題ない。私が持つよ」

ガンが麻紀のスーツケースを引き、歩き出した。松永は、例のごとくハンティングワールドのショルダーバッグがひとつだけだ。バッグの中から紙袋を取り出し、松永はそれをガンに渡した。

「ガン、プレゼントだ」

「私に？　ありがとう」

「開けてみろよ」

ガンが歩きながら、紙袋を開けた。中から、ティフアナで買ったラメ入りのプロレスのマスクが出てきた。

「这个好《チェイガハオ》！　何これ。とても素敵だね」

「メキシコの、英雄のマスクだ。これを被ると、強くなれる。不死身になるんだ」

「真了不起《チェンリヤオブチー》！　こんな良いもの、中国人誰も持ってないよ」

不快な振動の伝わる中国製の乗用車で、成都の市内に向かった。予約を入れてあるホテルも、窓から見える風景も前回と同じだった。ただ色彩の沈む市内にはいくらか緑の濃さが増し、松永の腕の中には麻紀が寄り添っていた。

「私は、あなたから離れない……」

窓の外を眺めながら、ここ数日間、幾度となく繰り返してきた同じ言葉を麻紀は囁《ささや》く。

「わかっている。私と君とは、ずっと一緒だ」

松永も、何かに取り憑《つ》かれたように同じ言葉を繰り返す。だが松永は上着の内ポケットから封筒を取り出し、それを麻紀に渡した。

「なぜこれを私に？」

中には北京オリンピックの八月八日の開会式と、その他の競技のチケットが何枚か入っていた。

「君の分だ。何かの時のために、君が持っていてほしい」

「あなたがまた透明に見えてきた……」

麻紀の体が松永の腕の中で、かすかに震えていた。

成都の町並みは、くすんだ大気の中で黄昏《たそがれ》に染まりはじめていた。松永は麻紀の体温を幾度となく確かめながら、消えていく光を見つめ続けた。この風景を、あの男もどこかで眺めているのだろうか。

田代君照――。

平凡で、摑《つか》み所がなく、不思議な男だった。初めてメッセージを受け取った日の翌日、松永は天安門広場で田代と名乗る男と会った。危険は覚悟していたが、男は一人で現れた。痩《や》せて小柄な体を、グレーの地味な背広で包んでいた。男は、まるで自分がそこに存在しないかのように、周囲の空気の中に溶け込んでいた。

東洋人であることがわかるだけの、何の特徴もない風貌《ふうぼう》。年齢さえも推し量ることはできない。数日前に会ったばかりなのに、すでに男の輪郭の記憶が消えかけている。印象に残っているのは、眼鏡のレンズの中で光る切れ長の目だけだ。だが、敵意は感じられなかった。

観光客で賑《にぎ》わう天安門広場を歩きながら、松永は男と話した。男はまず自分が田代君照であることを証明するために、一九九四年五月に発行された『ケニングス・ボーリング・インコーポレーション』の社員証を松永に差し出した。それが本物なのか、偽物なのかはわからない。

田代の話は、あまりにも意外だった。

ミハイル・イヴァノヴィチ・ロストフ博士が、松永に会いたがっている——。

なぜロストフが松永に会いたがっているのか。田代はその理由を、ロストフが松永のインタビューに応じ、『ガーディアン』に記事を書いてもらいたがっていると説明した。ロストフは以前にも、ロシアの『イズベスチャ』紙を利用して自分をアメリカに売り込むことに成功している。また、同じようなことを企んでいるのか。だが、なぜ松永がロストフに興味を持っていることを知っているのか、その情報が〝カンパニー〟によるものであるのかを訊《たず》ねても、田代は笑っているだけで何も答えなかった。

現在、ロストフは『ケニングス・ボーリング・インコーポレーション』の責任者として、四川省汶川郊外のレアメタル——田代はそれをマンガンとバナジウムだと説明した——採掘現場で地質調査を行っている。五月八日から一五日までの一週間に、ロストフは松永と会談する用意がある。ついては追って連絡するので、成都に入って待機していてほしい。それだけをいい残して、田代の小さな後ろ姿は天安門広場の雑踏の中に幻のように消えた。

「何を考えているの？」

松永の腕の中で、麻紀が訊《き》いた。

「別に、大したことじゃない。今夜は何を食べようかと考えていた」

「ここは成都よ。もちろん、四川料理……」

麻紀が悪戯《いたずら》っぽく微笑み、松永の首に腕を回した。

松永はその夜、例のごとく四川料理の辛さに辟易《へきえき》とし、麻紀は紹興酒《しょうこうしゅ》とウイスキーで酔い潰《つぶ》れた。ガンの手を借りて泥人形のようになった麻紀を部屋に運び、広いベッドに寝かしつけた。麻紀の寝息を聞きながら、松永はＭａｃを開いた。

インターネットに接続する。キーボードを操作して〝中国　四川省　レアメタル〟のキーワードを入力し、検索を開始する。

いくつかの、散発的な情報がヒットした。

〈――四川省汶川近郊は世界的なマンガンやバナジウム、イリジウムの産出地として知られている。合金鉄精錬に使われるシリコンマンガンは現地加工工場から直接供給され、日本はマンガンの輸入の大半を中国四川省の鉱山に頼っている――〉

関連しそうな情報は、それだけだった。鉱山の正確な位置を含め、マンガンやバナジウムの産出量などの数字は一切出てこない。情報が、あまりにも少なすぎる。誰かが、意図的に削除した気配がある。

松永はふと思いつき、『グーグル・アース』にアクセスした。世界各地の衛星写真を検索閲覧できるソフトだ。『グーグル・アース』ならば、汶川のレアメタル鉱山の位置と規模が確認できるはずだ。だが汶川郊外に地図を絞り込んでいくと、その一部分の画像がすっぽりと抜け落ちていた。

いったい、どういうことだ？

三月六日の時点で、『グーグル社』が米国防総省の要請により世界の米軍基地の一部の画像を削除したことはニュースにも流れていた。だが、中国のレアメタルの鉱山は、まったく無関係のはずだ。単なるシステム・エラーなのか。もしくは、何らかの意図により削除されたのか。

Ｍａｃのディスプレイを見つめる松永の手に、冷たい汗が滲んだ。

汶川で、何かが起きようとしている——。

15

翌五月六日——。

中国の胡錦濤主席は一〇日までの五日間の訪日の日程を組み、政府専用機で羽田空港に降り立った。中国国家主席の訪日は、一九九八年の江沢民以来一〇年振りのことになる。

今回の胡錦濤主席の訪日の目的に関しては、様々な憶測が流れた。来日に当たり中曽根康弘元首相に「日中の戦略的互恵関係を発展させたい」という意向を打診してきていた。日本政府はこれに対し、「胡氏が今春、主席に再選されて以来、初の外遊先に日本を選んだことは対日重視姿勢の表れ」として歓迎の意向を示した。

来日の当日、胡主席は福田首相との非公式の夕食会に臨み、新たにパンダ二頭の日本政府への貸与を発表した。翌七日には首相官邸において予定されていた日中首脳会談が行われ、年初頭に起きた中国毒ギョーザ事件の早期解決、チベット問題に対する理解、長野の聖火リレーに対する波紋、東シナ海の天然ガス田の共同開発などについて対話が持たれたとされている。その後も胡主席はチベット問題への抗議運動の中で早稲田大学で講演を行い、福田首相とテニスを楽しむなど精力的に活動して日中友好を強調。日本国民の中国に対する悪感情の懐柔に努めた。だが北京オリンピックを三カ月後に控え、国家の存亡さえ危惧《きぐ》されるチベット暴動の最中《さなか》に、なぜ五日間もの日程を割いて訪日してまで日中首脳会談を行ったのか。その真意は明らかにされていない。

五月一〇日、胡錦濤主席は「本国で急用ができた」という謎の言葉を残し、慌てて日本を発った。そしてこの行動が、後に世界のメディアに大きな波紋を投げ掛けることになる。

前日、五月九日フランクフルト――。

クルツ・ハルトヴィックは、この日も朝から自室に籠《こ》もっていた。

アパートの北側の窓からは、日中もほとんど陽光は差し込まない。暗い部屋の中で、六台のコンピューターのディスプレイだけが青白い光を放っていた。

ハルトヴィックは、数時間前から一台のウィンドウズの画面を注意深く見つめていた。いや、正確には、数日前からひとつのグラフの動きに注目し続けてきたといってもいい。

グラフには、中国の『成都潤凱国際貿易公司』の株価が表示されている。

濃いコーヒーを飲みながら、ハルトヴィックはグラフの値動きを目で追った。『成都潤凱国際貿易公司』は、主に四川省の鉱山から産出するレアメタル――イリジウム、マンガン、バナジウム――の国際取引によって業績を伸ばしてきた会社だった。ここ数年は国際的な中国株のブームとレアメタルの需要拡大の追い風を受けて、株価も年に二〇パーセントという安定した伸び率を示していた。

ところが五月に入ってから、その値動きが止まった。しかもこの三日ほどは、下げに転じている。下げ率は、一日に約一パーセント。この値動きは、明らかに異常だ。

ハルトヴィックの職業は、いわゆるフリーランスのデイ・トレーダーだった。フランクフルトの証券会社で一〇年以上株取引の現場を経験し、三年前に独立した。その後は世界的な好景気と中国株の高騰の波に乗り、着実に資産を増やしている。現在では個人で一二〇〇万ユーロもの大金を運用するまでになっていた。

長年の経験から、株の急激な値動きには必ずなんらかの理由があることを知っていた。

だが三カ月後にオリンピックを控え、特にマンガンの需要が中国国内でも増大。それによって主に日本などへの輸出価格も過去最高値に値上がりしている。いくら考えても、『成都潤凱国際貿易公司』の株価が下がる理由が思い浮かばなかった。

だが、何かがある……。

ハルトヴィックは別のコンピューターを使い、『グーグル・アース』にアクセスした。中国を検索する。縮尺の大きな地図でまず上海から入り、長江《ちょうこう》に沿って西へと向かっていく。杭州《こうしゅう》、南京、武漢《ぶかん》と大きな都市を通過し、さらに宜昌《ぎしょう》の西に二〇〇九年に完成予定の巨大な三峡《さんきょう》ダムがある。完成後は一八二〇万キロワットの発電量を誇る世界最大の水力発電ダムとなるが、すでに堤からの漏水やダム壁の崩壊が問題になりはじめていると聞いていた。

三峡ダムのリスクが、原因なのだろうか。いや、違う。もし三峡ダムならば、中国株のすべてが暴落するはずだ。それに四川省のレアメタルの主要産地とは、一〇〇〇キロ以上も距離が離れている。

さらに『グーグル・アース』の視点を、西に進める。重慶《じゅうけい》を通り越し、四川省に入る。成都から、さらに北西に上って汶川県へと辿《たど》る。レアメタルの産地は、この辺りだ。

ハルトヴィックは、ここで地図を拡大した。その時、異様な光景が目に入った。レアメタルの鉱山が点在する周辺が、広範囲にわたって地図上から削除されていた。

マグカップを手にしたまま、ハルトヴィックは考えた。理由はわからない。だが自分は、何か見てはならないものを〝発見〟してしまったのかもしれない。

ハルトヴィックは、自分の口座を確認した。まだ三〇〇万ユーロほどの未運用の残高がある。次の瞬間にはキーボードの上に指を走らせ、全額を信用取引で『成都潤凱国際貿易公司』株の〝売り〟に投資した。

冷めたコーヒーを飲みながら、画面のグラフを見つめる。ハルトヴィックは、口元に冷たい笑みを浮かべた。投資してから数分の間にも、株は一パーセント以上も値を下げていた。

理屈ではなく、直感だった。自分はここ数日の間に、とてつもない大金を手にするような予感があった。

16

成都に入って五日目に、田代君照から二度目の連絡があった。

松永は田代に、新しいメールアドレスは教えていない。メッセージは、『シェラトン成都麗都ホテル』の宿泊客ジョージ・松永宛てにファックスで届けられてきた。すべて、日本語だった。

〈――ジョージ・松永様。

ミハイル・ロストフ氏との会見の件について。

来《きた》る五月一一日、もしくは一二日に、ロストフ氏は汶川にてお会いしたいとのこと。つきましては前日までに汶川県内の紫錦里酒店に入り待機されたし。当日は二名までの同行者を認め、会談内容の録音、さらにロストフ氏の顔写真の撮影を許可するとのことです。
以上、よろしくお願いします。
五月九日
田代君照拝——〉

ファックス番号から確認すると、発信元は北京の『グランドハイアット北京』であることがわかった。つまり田代は、単なるメッセンジャーにすぎないということか。

松永はホテルにガンを呼び、ティー・ルームで昼食を摂《と》りながらミーティングを行った。サンドイッチにコーヒー、そしてオレンジジュース。体に優しい食事だ。だがガンは、浮かない顔をしていた。

「何か問題があるのか」

松永が訊いた。

「問題ない……いや、少し問題あるよ。『紫錦里酒店』というホテル、確かに汶川にある。汶川で一番、大きなホテルね。でも古くて、汚い。もっと新しくて、綺麗《きれい》なホテル他にあるよ」

「仕方ないんだ。先方がそのホテルを指定している」

「先方に連絡して、場所を変える。できませんか？」

「駄目だ。こちらから先方には、連絡が取れないんだ」

「仕方ないね」ガンが、溜《た》め息をついた。「それで私、何する？」

「明日から三日間、『紫錦里酒店』にシングルを二部屋、予約を入れておいてくれ」

「ひと部屋はツインにして」

麻紀が横から口を出した。松永が、頷《うなず》く。

「そうだ。ツインがひと部屋と、シングルがひと部屋だ。私と、麻紀と、君の分だ」

「私も行くのですか？」

「そうだ。君が行ってくれないと、汶川までの交通の手段がない」

「了解。私、あなたのこと何でも助ける。問題ない。でも、汶川は遠いよ……」

ガンがそういって、また溜め息をついた。


翌五月一〇日、松永はガンの運転する中国製の乗用車で汶川に向かった。以前と同じように、荒涼とした大地を割る成灌高速公路を延々と走り続けた。遥か前方に壁のように立ちはだかるチベット高原は、春から初夏へと移ろう季節を忘れたかのように白亜の雪に染まっている。ガンがいったように、汶川の町は確かに、地の果てのように遠い。

リアシートに座る松永の腕の中では、麻紀が凍えるように体を丸めていた。冷たく細い指を、松永の手に絡ませている。

今回の旅にだけは、麻紀を連れてきたくはなかった。だが、松永はその思いを口に出すことはできなかった。彼女は、壊れかけている。もし松永がいなくなれば、麻紀は自分一人で生きていくことを拒むだろう。この先、何が起きようとも、松永の手で彼女を守るしか方法はなかった。

途中、都江堰の町で昼食を摂った。この町に点在する離堆公園や青城山の風景の話をしても、どのような料理を注文しても、麻紀はどこかに心を置き忘れてきたかのように微笑むだけだ。いまの彼女にとって、松永の存在は世界のすべてなのかもしれない。もしくは、自分の前に見える運命を受け止めようとしているのか。

「ミスタ・松永。何を考えてますか？」

今日はガンも、朝から口数が少ない。松永と麻紀を気遣っているのか。それとも、彼も不安なのか。

「何でもないよ、ガン。だいじょうぶだ」

「そう、何も問題はない。すべてだいじょうぶ。でも、汶川は遠い。早く食べて、先を急ぎましょう」

車に乗り、旅を続けた。広い高速公路は終わり、土埃《つちぼこり》の舞う古い街道をバスやトラックと共に走り続ける。山岳の殺伐とした風景は、どこまでも果てしない。

松永は、思う。自分は、どこに向かおうとしているのか。汶川に、何があるのか。

一カ月半振りに訪れた汶川は、同じ町とは思えないほど空気が変わっていた。不自然なほどに、静かだった。まだ日没前だというのに、チベット族やチャン族の店はすべて閉まっていた。町に人通りもほとんどなく、閑散としていた。

正面から車が一台、走ってきた。人民解放軍の軍用車だった。軍用車は松永たちの車の手前で速度を落とすと、様子を窺《うかが》うようにしてゆっくりと進み、通り過ぎていった。

「何かあったようだね」

松永が、走り去る軍用車を振り返りながらいった。

「はい、少し変です。この前の、餃子《ギョーザ》の店も閉まっている……」

町を歩いているのは、漢族らしき人々だけだ。周囲を高い山々に囲まれた小さな町は、黄昏の淡い光の中で静まり返っている。以前に訪れた時も静かだったが、どこか、何かが違っている。

「アバの自治州の中で、何か起きてるんじゃないか」

「わからない。ニュース、何も流れてきていない。でも、問題ないです。ホテル、もうすぐそこ……」

『紫錦里酒店』は、一九六〇年代末頃の文化大革命の時代に建てられた、何かの役所か病院のように見える煉瓦《れんが》造りの古いホテルだった。建物の中は薄暗く、広く殺風景なロビーには人影もない。ベルを押すと、やっとフロントに白いシャツを着た男が出てきた。ガンが予約を入れてあることを告げると、なぜか男は一瞬、怪訝《けげん》そうな顔をした。そしてカウンターに、鍵を二つ置いた。

部屋は、最上階の四階だった。いまにも止まってしまいそうな前時代的なエレベーターで、麻紀の大きなサムソナイトを運んだ。部屋は広く、小さなベッドが二つと安物の古いテーブルに椅子があるだけで、冷たかった。カーテンを開けると渓にしがみつくような狭い町並みの背後に、チベット高原の暗く急な斜面が迫っていた。

「寒いわ……私を、温めて……」

麻紀が、小さな声でいった。時計が、静かに時を刻んでいた。

17

ハリー・ミルズは、二日前から汶川の町にいた。

情況は、最悪だった。予想していたとおり、汶川には『スターバックス』など一軒も存在しなかった。途中、成都の市内で、一度だけ緑の二重円の看板を掲げたカフェを見つけて飛び込んだ。中国では『スターバックス』を『星巴克』と書くことなど、ハリーにはどうでもよかった。

とにかく、エスプレッソのラージサイズを一杯、注文した。カップのデザインが違うことを不審に思いながら口に含むと、これがまったくの別物だった。つまり、偽物だった。

ハリーは、怒りを覚えた。中国人が日本の車やアメリカのディズニーランドを真似するくらいはかまわない。だが、『スターバックス』を冒瀆《ぼうとく》することだけは許せない。

それでもハリー・ミルズは、さほど機嫌が悪くはなかった。こんなこともあろうかと思い、アメリカからお気に入りのエスプレッソのインスタントを大量に持ってきていた。これさえあれば——『スターバックス』ほどではないが——一週間は中国で生きていける。

もうひとつ、ハリーには機嫌のいい理由があった。あと三カ月後の北京オリンピックの開会式以上のプラチナ・チケットを手にしていたからだ。これさえあれば、間もなく幕を開ける史上最大のショーを空の特等席から眺めることができる。しかもその壮大なスペクタクルは、ホワイト・モウル——ミハイル・イヴァノヴィチ・ロストフ博士——によるロシア訛《なま》りの英語の解説付きだ。人生でこれほどの好運に恵まれる者は、この世に何人も存在しない。

ハリーはいまもインスタントのエスプレッソを口に含みながら、汶川の『四川馬瑞飯店』ホテルの一室に籠もっていた。部屋の照明を落とし、外の風景を片目で覗《のぞ》く。道を一本隔て、斜向《はす》かいに古い『紫錦里酒店』ホテルの建物が見えた。明かりが灯っているのは、四階の二部屋だけだ。

奴らは前日の夕刻にホテルに入ってから、一度も外に出ていない。おそらく朝、昼、晩の三度の食事も、すべてホテル内の四川料理の店ですませているのだろう。ティン・バード……あの香辛料の固まりの毒のような料理が、君たちの口に合えばいいのだが。

ハリーは、中国時間に合わせたタイメックスの腕時計で日付と時間を確認した。五月一一日午後九時四〇分——。

当初の計画より、予定は丸二日早まっていた。ラサの暴動が予想より早くアバ・チベット族チャン族自治州に飛び火する気配があったことと、中国側の〝縁起の良い日〟を選ぶというのがその理由だ。そのために胡錦濤は訪日の予定を一日早く切り上げ、中国に戻っている。おそらくいま頃は北京でも、温家宝首相が現地に飛ぶ準備を進めていることだろう。

日本はアメリカの単なる属国にすぎない。二一世紀のアメリカのアジアにおける真の友人は、中国に他ならない。

いずれにしても、あと一七時間足らずだ。その瞬間に、世界は変わる。ティン・バード――ジョージ・松永――は、跡形もなくこの世から消える――。

その時、誰かがドアをノックした。

こんな時間に、誰だろう……。

ハリーは窓辺から離れ、部屋の入口に向かった。この中国の未開地のホテルのドアには、ベルも覗き穴もついていない。

「誰だね？」

ドアの前に立ち、訊いた。

「フロントの者です。ミハイル・ロストフ様という方からメッセージが届きましたので、お持ちしました」

東洋人独特の訛りの強い英語で、そう聞こえた。だが、ロストフ博士の名前を知る者は、汶川では〝関係者〟だけだ。ハリーは安心して、鍵とドアチェーンを外した。

突然、ドアが開いた。ハリーは突き飛ばされ、部屋の中によろめいた。同時に顔を黒い目出し帽で隠した男が、中国製のトカレフ自動拳銃《けんじゅう》を片手に押し入った。

「お……お前は……」

ハリーは汚れた絨毯《じゅうたん》の上に跪《ひざまず》き、大柄な男を見上げた。

「ハリー・ミルズ。おれの声を忘れてしまったのか？」

男がクロームメッキのトカレフを、ハリーの額に突き付けた。

18

時間が、静かに過ぎていく。

汶川に入って、二日目。今日も何事もなく長く退屈な一日が終わろうとしていた。

松永は暖房から洩《も》れるスチームの音を聞きながら、テーブルの上に置かれた電話機を見つめていた。緑のペンキの剝《は》げ落ちた古い電話機は、もう丸一日以上も沈黙を守り通していた。この電話機は、本当にベルが鳴ることがあるのだろうか。ミハイル・ロストフは、連絡してくるのだろうか——。

ベッドの上では麻紀が俯《うつぶ》せになり、薄い枕に顔を埋めて寝息を立てていた。最近は、いつもそうだ。夕方になると麻紀は早い時間からグラスを手にし、夜は意識があやふやになるまで飲み続ける。そして狂ったように松永を求め、深い眠りに落ちる。

どこから迷い込んできたのか、小さな蛾が裸電球の淡い光の中を舞い、鱗粉《りんぷん》を撒き散らしていた。松永は、緑の電話機を見つめ続けた。その時、不意に、心臓を鷲摑《わしづか》みにするような音が鳴った。

松永は二度目のベルで、受話器を取った。

「はい……」

だが、返答はない。松永は、しばらく待った。長い沈黙の後で、男の低い声が聞こえてきた。

——ジョージ・松永さんだね？——。

日本語だった。古い電話回線に雑音が入り、聞き取りにくい。だが、田代君照ではないことはすぐにわかった。

「そうだ。私は、松永だ。あなたは、いったい……」

——お久し振りです。私が、わかりませんか？——。

「まさか君は……」

——そうです。吉村武士です——。

松永は、亡霊の声を聞いた。

北緯三一・〇九九度、東経一〇三・二七九度。中国四川省汶川県アバ・チベット族チャン族自治州——。

ミハイル・イヴァノヴィチ・ロストフは、荒野の闇の中に立っていた。強い風が吹き、毛皮の襟を立てたコートと長い白髪が揺れた。

ロストフはロシア製ミル26大型ヘリコプターのエンジン音に耳を傾けながら、遠くチベット高原の稜線《りょうせん》を仰いだ。満天の星空にスポットライトの光を受けて、巨大なボーリング・マシンを支える鉄骨が聳えていた。

私の、愛すべき息子たち――。

だが、すでに地底では、水素核融合による地殻変動の兆候が始まっている。近隣の綿陽《ジンヤン》の市街地や汶川の町では、二日前からヒキガエルなどの小動物が大量移動しているとの報告を受けていた。もう間もなく、その他の設備を含め、すべては地中に消えることになるだろう。

「博士、計器の積み込みが終わりました」

ロストフは、ヘリのエンジン音の中で叫ぶ部下の声に振り返った。

「わかった。〝本部〟からの連絡は？」

「計画は予定どおり実行せよ、とのことです」

ロストフは、腕のロレックスの時計を見た。すでに日付は五月一二日に変わり、針は午前〇時三〇分を指していた。

あと、一四時間。ひとつの〝仕事〟が、終わる――。

「ここにいては危険だ。我々も、移動しよう」

ロストフは部下と共に、ヘリコプターに向かった。スポットライトの光を発する白い巨大な機体には、青いラインと、『K・B・I』というイニシャルが書き込まれていた。

ヘリのローターの回転数が上がった。ロストフが機体に乗り込み、ドアが閉まる。

白い金属の怪鳥は、闇を裂く轟音《ごうおん》と共に、チベット高原の澄んだ空に高度を上げはじめた。

19

古い受話器を握る手に、ねっとりとした汗が滲んだ。ジョージ・松永は、地の底から聞こえてくるような男の低い声に耳を傾けた。

――私のことを、覚えていてくれましたか――。

松永は一瞬、息を整えた。

「忘れるわけがない。君がいたからこそ、私はいまこの町にいる。しかし、まさか君が生きていたとは……」

――事情は後で説明します。それよりも、樋口麻紀はそこにいますか？――。

「いるよ。彼女はいま、眠っている」

――それならば、かえって都合がいい。彼女を、起こさないでください――。

「それはかまわないが……」

松永は声を潜め、麻紀を見た。彼女はベッドに体を沈め、規則正しい寝息を立てていた。

——あなたに、やってもらいたいことがあります——。

「何だね」

——麻紀が、旅行用のスーツケースを持ってきているはずです。サムソナイトの、大きなトランクです——。

松永は、部屋の隅に視線を移した。

「ここに、あるよ」

——それを、私の所に持ってきてもらえませんか——。

「どこにだ？」

——窓の外を見てください。ちょうどあなたの部屋から、道の斜め向かいにホテルが見えるはずです——。

松永は受話器を手にしたままカーテンを開け、外を見た。

「見える。『四川馬瑞飯店』というホテルだね」

——そうです。私はいま、そのホテルの三〇一号室にいます。あなたのホテルに一番近い、角の部屋です——。

三階にはひと部屋だけ、明かりが点《つ》いていた。窓に、人影が立っている。その人影が、手を振るのが見えた。

「確認した」

——三〇分後に、スーツケースをこの部屋に持ってきてください。中身はいらない。フロントには、もう誰もいないはずです。もし人がいたら、イノウエ・ケイジの部屋に行くといってください。私もその名前で、このホテルに泊まっている——。

それだけをいって、電話が切れた。

北京市西城《シーチョン》区中南海《チョンナンハイ》・首相官邸——。

温家宝首相は、午前一時を過ぎても執務室に詰めていた。

広い黒檀《こくたん》のデスクの上には三台の電話機が置かれ、その内の二台の受話器が外されて外線と繋《つな》がっていた。温首相は左手に持つ受話器を耳に当て、中国地震局の陳建民局長の悲《ひ》愴《そう》な声に聞き入っていた。

——昨日の午前中に雲南省の盈江《インジャン》市でＭ５・０の地震が起きたことは、もう首相のお耳にも届いているかと思います。すでに、竜門山断層一帯の地殻変動が始まっている。何とか〝計画〟は中止できないのでしょうか——。

「それは、無理だ。同志主席は、計画どおりにすべてを行うとおっしゃっている。すべては、決定事項なのだ……」

温首相は、そういって濃い中国茶を口に含んだ。

——それならばせめて、汶川県一帯に避難勧告を出させてください。このままでは……——。

「それも無理だ。そのようなことをしたら、どうなると思う。同志主席の立場が危うくなるだけではない。中国という国家そのものの存亡に関わる問題になる」

——しかし……——。

「とにかく、すべては計画どおりに進められる。君は、後の記者会見の言葉でも考えておきたまえ。それが党と同志主席に対する忠誠の証《あかし》だ」

——首相、お待ちください——。

だが温家宝はそこで電話を切り、右手に持つ受話器の郭伯雄中央軍事委員会副主席からの電話に出た。

「お待たせした。それで同志副主席は、いまどこにおられると？」

——成都軍区に、軍の視察に来ている。何しろ同志主席から計画が二日早まったことを聞いたのは、昨日のことでね。戸惑っているよ——。

「私もだよ。いや、私などは、この計画が本当に実行されるということさえ数日前まで知らされていなかった。それで、同志主席は何と？」

——先程、重要指示を受けた。成都軍区と済南軍区に、出動待機要請を出すようにとのことだ。もちろん、極秘だがね——。

「それで、現地の軍備だけでどうにかなるのか？」

——いや、無理だ。それにもう、半日しか時間がない。このままでは、想像を絶する大惨事になるぞ——。

想像を絶する大惨事。だがそれこそが、国家としての中国の目的でもある。

「今回のことに関しては、すでに日本とも話が付いているらしい。日本からの救援隊を受け入れると聞いている」

――知っているよ。信じられない話だが――。

「それから先程、地震局の陳建民からも電話があった。四川省の地震局ではすでに先月の二四日に、成都で緊急地震工作会議を開いている。そこで救助と避難措置について綿密に確認し合い、綿陽市では防災担当者の大量増員も行ったそうだ。直接、話してみるといい」

――わかった。そうしよう。それで同志温首相は、これからどう対応するつもりなのかね？――。

「まだ決めていない。少し、考えてみるつもりだ」

電話を切った。

温家宝は深い溜め息をついた。そしてゆっくりと背後を振り返った。

「同志、李克強。君はどう思う……」

名を呼ばれた国務院副総理の李克強は、ソファーの上で静かに目を開けた。

「同志主席がなぜ秘密裏に事を運んだのか。なぜ直前まで国務院の方には情報を漏らさなかったのか。その真意を考えるべきでしょうな」

「わかっている。同志主席が我々を政治的中枢から排斥しようとすることは、別に今回が初めてではない。彼はアメリカ、ロシア、さらに日本と手を結び、独裁者への道を歩み続けている……」

「しかし今回のことは、同志温首相にとっては千載一遇の好機かもしれません」

李克強が温家宝の目を見つめ、声を殺すようにいった。

「わかってはいる。しかし重要なのは、こちらがどのように対処すべきかだ」

温家宝がいうと、李克強の口元がかすかに笑った。

「先程、同志回良玉より情報が入りました。計画から六時間以内には、党本部において『抗震救災総指揮部』が立ち上げられる予定になっております。ならばこちらも予定どおり、それより早く動けばいい」

「例の計画かね？」

「そうです。とにかく、既成事実を作り上げてしまうのですよ。まず国務院側で、いまから救援部隊を準備させましょう。中国中央テレビの方には、私から話をつけてあります。あとは同志温首相、あなたが計画から一時間以内に救援機に飛び乗り、部隊と共に成都へと駆けつける……」

「同志主席には？」

「もちろん、内密に。数時間後には同志温首相は中国一三億の人民を味方につけ、『抗震救災総指揮部』の指揮官に納まっているでしょう。同志主席は、何も手を出せなくなります」

「なるほど……」

温家宝は席を立ち、東の窓辺へと向かった。外には故宮の壮麗な景観が、淡い照明の光の中に浮かび上がっていた。

被災地を飛び回り、人民の前で拳《こぶし》を振りながら、中国中央テレビのカメラに向けて熱弁を振るう自分の姿を想い浮かべた。

――全中華人民共和国の総力を挙げて、人民を救出することを基本に、救援活動を徹底的に実行する。この災害を一致団結して克服し、オリンピックを成功させよう！――。

温家宝は、故宮の景観に見とれた。何と素晴らしき風景だろう。だが一五時間後には、自分もこの故宮と並び称されるほどの英雄になっていることだろう。

孔子の言葉を、頭に思い浮かべた。子曰《いわ》く「黙して是を識《しる》し、学びて厭《いと》わず、人を誨《おし》えて倦《う》まず。何か我に有らんや」――。

いずれにしても、今回の事例は、中国四千年の暗黒の歴史を揺るがすほどのものではない――。

20

ドアを三度目にノックした時に、部屋の中から中国語の眠そうな声が聞こえた。

「是谁《シーシェイ》?」

松永はドアに口を寄せ、声を潜めた。

「ガン……私だ。ドアを開けてくれ」

チェーンを外す音が聞こえ、ドアが開いた。

「ミスタ・松永。こんな時間に、何がありましたか?」

松永がドアを引き、部屋の中に体を滑り込ませた。

「少し、事情が変わった。手を貸してほしい……」

ガンが不思議そうに、首を傾げた。

麻紀のサムソナイトのスーツケースの中身を出し、松永はホテルの廊下を運んだ。エレベーターで階下に降ろし、無人のフロントの前を通り過ぎる。ガンはすでにエントランスの前に車を寄せ、周囲に気を配りながら待っていた。

「早く。誰かに見られること、良くありません」

ガンがスーツケースを素早く車のトランクに積み込む。松永が泊まる『紫錦里酒店』と吉村武士が指定した『四川馬瑞飯店』は、一本の道を挟んで目と鼻の先だ。だがこの深夜に、まさか徒歩で大きなスーツケースを運ぶわけにはいかない。もし人民解放軍の兵士や警察官にでも見つかれば、ガンがいうまでもなく厄介なことになるだろう。

『四川馬瑞飯店』のフロントも、無人だった。広いロビーを横切り、ガンと共にエレベーターに向かう。三階で降り、三〇一号室の前に立った時には、吉村と名乗る男が指定したとおり電話からちょうど三〇分後になっていた。

ノックをすると、ドアの下から漏れる光の中で人の影が動くのが見えた。

「誰だ？」

男の低い声が聞こえた。確かに吉村武士の声に似ている。だが、どこか発音がおかしい。

「松永だ。スーツケースを持ってきた」

「あなたの他に、誰かいますね」

「心配はいらない。ガンという私のアシスタントだ」

鍵を回す音が聞こえ、ドアが開いた。ドアを押さえる男の脇をすり抜け、部屋に入る。黒いセーターを着た、体格のいい男だった。だが、顔が見えない。男は顔にも、黒い目出し帽を被っていた。

松永はその時、部屋の中のもうひとつの異様な光景に気が付いた。汚れた絨毯の床の上に、手足をロープで縛られ、猿轡《さるぐつわ》をされた白人の小柄な男が横たわっていた。

「松永さん、久し振りだ」

吉村がいった。だが松永は、床の上の男に視線を奪われた。

「この男は？」

「あなたも、知っているはずだ。〝カンパニー〟のハリー・ミルズだよ」

男が、怯《おび》えた目で松永を見上げている。名前は、知らない。だがその表情に、確かに見覚えがあった。二〇〇四年の九月にアメリカで出版した『9・11の極秘』の件で、松永にしつこく付きまといプレッシャーを掛けてきた男だ。

「なぜ、この男がここに？」

松永が訊いた。

「この男はバンダ・アチェの大地震があった二〇〇四年の一二月にも、スマトラ島にいた。そこまでいえばわかるでしょう」

松永はその言葉で、汶川で何が起こりつつあるのかを理解した。

「まさか……」

この町にいるのは、危険だ。

「とにかくいまは、時間がない。スーツケースをこちらへ」

松永が、スーツケースを渡した。吉村は、その蓋《ふた》を開けた。ポケットからビクトリノックスのナイフを出し、刃を起こす。それを蓋の裏に当て、内張りを切り裂いた。布をめくると小さなビニール袋が出てきた。中には、USBメモリーカードが一つ入っていた。

「それは……」

吉村が、メモリーカードを松永に手渡した。

「あなたに見てほしい。中には二〇〇四年の一二月までに私が取材した、阪神淡路大震災に関連するデータの一部が入っている。部分的なデータだが、あなたの取材した内容と突き合わせてほしい。そうすれば、何かが明らかになるかもしれない」

「しかし……」

「もうひとつ、頼みがある。このハリー・ミルズを、あなたに預かってもらいたい」

床にころがされた男が、松永と吉村を交互に見た。

「どういうことだ？」

「このスーツケースに入れて、あなたのホテルの部屋に運ぶんだ。そこで、見張っていてほしい。少なくともいまは、この男といた方が安全だ。私にはまだ、この町でやらなくてはならないことが残っている」

「ちょっと待ってくれ」松永は、吉村に視線を向けた。この男はまだ一度も、目出し帽を取っていない。「君が生きていたのなら、なぜ麻紀に連絡を取らなかった。それに君は、本当に吉村武士なのか？」

「長いこと、私は記憶を失っていたんだ。しかし、麻紀にはメールで連絡を取っていた。半年ほど前からだ。松永さん、あなたを騙《だま》すつもりはなかったんだが……」

松永は、すべてを察した。いわれてみれば、思い当たる節はあった。何も知らないはずの麻紀が、だが確実に、松永をこれまで目的地へと導いてきた。

「だから彼女は、この大きなスーツケースを中国に持ってきたのか。しかしそれならば、なぜ麻紀に会ってやらないんだ?」

「会えない、理由がある……」

「なぜだ。どんな理由があるというんだ」

「こういう訳だよ……」男はゆっくりと、目出し帽を取った。「私はバンダ・アチェで、自分の顔と人生を無くしたんだ……」

吉村武士には、顔が存在しなかった。ただ醜いケロイドの中に、二つの眼球と剝き出しの白い歯だけが残っていた。


汶川県映秀——。

現地時間五月一二日(月)午前七時三〇分、『中国工程物理研究院』映秀研究所の隆沢健本部長は、市内最大のホテル『北川大飯店』の自室で一本の電話を受けた。電話の主は『NNSA(国家核安全局・国家環境保護総局)』の呉暁青次官だった。

——たったいま、北京から連絡が入った。〝計画〟は、今日の午後に決まった——。

呉の重く低い声が、耳の奥で響いた。受話器を握る隆の手に、汗が滲んだ。予想していたよりも、急な展開だった。

「それで、予定時刻は?」

隆が訊くと、呉が数字の羅列を二度、繰り返した。それを反復し、デスクのメモ用紙に書きとめた。

──北京は計画の遂行から二四時間以内に、内外のメディアに対して当初の予定どおりの論評を発表する。そちらの準備は？──。

「滞りなく。すでに〝二人の天子〟は、地下一九キロと一四キロの地点で待機しております」

──それを聞いて安心した。すでに昨夜の段階で、〝ロシア人〟も自治区内の研究室を閉じている。君も早く、そこから避難した方がいい──。

「御心配には及びません。すでに三日前から軍のヘリコプターを待機させております。昼までには、成都に戻れるでしょう」

──それを聞いて安心した。お互いに、好運を──。

電話が切れた。だが隆沢健はしばらくの間、その場に立ち尽くしていた。

我に返り、受話器を置いた。五階の部屋の、窓辺に立つ。眼下に、人口二万の映秀の市街地が広がっている。

この四川省の標高一〇〇〇メートルの山奥に、これだけの大都市があることを誰が想像できるだろうか。すべては、『中国工程物理研究院』の映秀研究所があればこそだ。中国のロスアラモスと呼ばれた綿陽と共に、映秀は確かに我が国の核開発の聖地としての一端を担っていた。だがその歴史も、間もなく幕を閉じる。

隆は、左腕に光る日本製のセイコーの時計を見た。あと、およそ七時間後だ。映秀の市街地は都市機能と共に崩壊するだけでなく、人口二万の内の五〇パーセント以上──可能性としては八〇パーセント近く——の人命が一瞬の内に消滅するだろう。だがその大半は、チベット族とチャン族だ。

これが、仁者の決断というものなのか。いや、そもそも、仁者などがこの世に存在するのだろうか。

孔子もいっていたではないか。

「何ぞ仁にとどまらん。必ずや聖か」、と——。

21

いつの間にか、少し眠ったらしい。

ジョージ・松永は、窓からの穏やかな陽光に包まれて浅い夢を見ていた。

いつもの夢だ。日付は二〇〇一年九月一一日、場所はニューヨークのマンハッタンだった。目映《まばゆ》い光の中に、透き徹《とお》るような髪の長い女が一人、立っている。

キャシー・ディキンソン……。

松永は、彼女の名を呼ぶ。キャシーが、ゆっくりと振り向く。深いグリーンの瞳《ひとみ》が、松永を見つめる。

彼女の口元が動く。だが、何も言葉は聞こえない。やがて彼女は松永に背を向けると、天に聳える一対の巨大な摩天楼に向かって歩き去る。いくら名を呼んでも、その声もまたキャシーには届かない……。

「ジョージ、どうしたの？　だいじょうぶ？」

自分の名前を呼ぶ声で、目が覚めた。気が付くと目の前に、松永の表情を心配そうに覗き込む麻紀の顔があった。

「だいじょうぶだ。少し、眠っていたらしい……」

「誰かの名前を呼びながら、うなされていたわ」

「夢を見ていたんだ……。それより、どこからか連絡は？」

「何もないわ」

古いホテルの部屋の中は、何も変わってはいなかった。松永と、麻紀。そしてガンは、プロレスのマスクを目隠しがわりに被ってソファーに横になって眠っている。

時計を見た。時間はすでに、正午近くになっていた。急に、自分の周囲の世界がすべて崩れ去ってしまうかのような不安に襲われた。

だが、吉村武士はいっていた。ハリー・ミルズがこの町にいるうちは、安全だ。何も起こらないだろう、と。

そのミルズは吉村に身柄を拘束され、サムソナイトのスーツケースに詰め込まれてこの部屋に運ばれた。いまも椅子に縛られて座らされたまま、部屋の中の様子を不安げに見渡している。

「トイレに行かせてくれ……」

ミルズが、目を覚ました松永にいった。

「一時間前に行ったばかりだろう」

「それならば、エスプレッソを一杯、飲ませてくれ……」

「このホテルに、そんなものはない」

「私の部屋のスーツケースの中に、インスタントが入っているんだがね。蓋の裏のネットの中に……」

早朝から、同じやり取りの繰り返しだ。だがミルズの手荷物は、彼の部屋からＭａｃのコンピューターと共に吉村武士が持ち去ったまま戻ってきていない。

吉村は、何を考えているのか。なぜ、この汶川に姿を現したのか。麻紀との間に、どのようなやり取りがあったのか。

麻紀は窓辺の椅子に座り、マールボロのメンソールに火を付けた。彼女の表情も、奇妙なほどに何も変わらない。ハリー・ミルズが部屋に運び込まれた時も、松永が吉村武士に会ったと聞いても、特に驚いた様子は見せなかった。

松永は、吉村のことを麻紀に問い詰めた。だが、麻紀はたったひと言、彼は死んだはずだと答えただけだった。それ以上、松永は麻紀に何も訊かなかった。

いつの間にか、ガンが目を覚ました。ソファーの上に起きて体を伸ばし、あくびをする。

「もう昼だね。お腹が減ったよ……」

「私も」

麻紀が、松永の顔を見る。何事もなかったかのような――場違いな――平穏な会話だった。

「まさかこの男を置いて食事に出るわけにはいかないし、ルームサービスも無理だな……」

昨夜から、誰も何も食べていない。

「問題ない。それなら私が、外で点心を買ってくるよ。辛くない包頭に、ヤクの肉の餃子」

「あとは、飲み物がほしい。お茶と、この男はコーヒーが飲みたいらしい」

松永が、ハリー・ミルズを見た。

「わかった、コーヒーね。探してみる。問題ない」

ガンがそういって部屋を出ていった。

汶川の町は、何かを包み隠したように静かだった。チベット族やチャン族の店は閉まっていたが、漢族の店は普通に営業している。今日はなぜか、軍隊の姿を見かけなかった。

ガンとそんなとりとめもないことを話しながら、久し振りの食事を味わった。

ハリー・ミルズは口元に包頭を持っていっても、顔を背けて食べようとはしない。ただ泥水のように濁ったコーヒーをすすり、かすかに口元に笑いを浮かべた。

松永は、ミルズに訊いた。

「これから汶川で、何が起きるんだ。お前たちは、何を企んでいる？」

だがハリー・ミルズは、押し黙ったまま何も答えない。

すべてが、平穏だった。汶川で唯一のラジオ放送からは、梅艶芳の澄んだ歌声が流れていた。中国語はわからないが、おそらく悲恋の歌だろう。ガンがメキシコのプロレスのマスクを玩《もてあそ》びながら、その歌声に合わせて体をゆすっていた。

時計は、いつの間にか午後二時を過ぎていた。結局、今日も、何も起こらない……。

そう思った時だった。松永は、予期せぬ音を聞いた。ヘリコプターの、エンジン音だ。

気が付くと、ハリー・ミルズの様子がおかしかった。呆然とした表情で、窓の外を見上げている。

松永は窓辺に立ち、空を見上げた。砂塵《さじん》の舞う褐色の空に、一機のヘリコプターが浮かんでいた。ロシア製の、大型ヘリだった。

何気なく、機体を眺めた。色が白いところを見ると、軍のヘリではないらしい。機体に、何かが書いてある。松永は、その文字を読んだ。

K・B・I……。

全身に、電流が疾《はし》った。

「ちょっと出てくる」

松永がドアに向かった。

「どうしたの」

麻紀が呼び止めた。

「すぐに戻る。ここに居てくれ。ガン、麻紀とこの男を頼む」

松永はそういって、部屋を飛び出した。

ミハイル・イヴァノヴィチ・ロストフは、ミル26大型ヘリコプターの後部座席に座っていた。ヘリのエンジンは低く、正確に唸《うな》り、チベット高原から吹き下ろす複雑な気流の中で重く巨大な機体を安定させていた。

眼下には、深い渓の僅《わず》かな平地にしがみつくように汶川の市街地が横たわっていた。初夏の日射しの中で、土色の町は鈍い光と影を投げ掛けながら、うつらうつらと微睡《まどろ》んでいる。一本の道を挟み、『紫錦里酒店』と『四川馬瑞飯店』の二軒のホテルが向かい合っていた。

ロストフは、腕のロレックスを見た。スイス人が作ったこの時計は、常に正確だ。中国時間の五月一二日、午後二時二〇分――。

数分後には、眼下のすべての風景が瓦礫《がれき》の山と化すことになる。

ミル26大型ヘリコプターは地上から一〇〇メートルまで高度を下げ、『四川馬瑞飯店』の上空に移動した。ホテルの屋上に、軍が要人の送迎のために設置したヘリポートが見えた。その時、ロストフのヘッドホンにロシア語の操縦士の声が聞こえた。

――ただいま、目的地上空。上空からは、アメリカ人の〝客〟の姿は確認できません。どうしますか？――。

ロストフはもう一度、時計を確認した。午後二時二二分――。

「あと三分だけ待ってみよう、それで〝客〟が現れなければ高度を上げてくれ」

ロストフが、インカムのマイクに向かっていった。

――了解しました――。

双眼鏡を目に当て、ロストフはホテルの屋上を見守った。しばらくして、奇妙な光景が目に入った。誰か、人影が動いている。だが〝客〟の〝カンパニー〟の人間ではない。黒いセーターに目出し帽を被った男だった。

男が手に、光るものを握った。銃だ。次の瞬間、銃口から連続して火が放たれた。ミル26の機体に、何発かが被弾したのがわかった。

――糞《くそ》ったれ！――。

操縦士が叫ぶ声が、ヘッドホンの中で聞こえた。同時にミル26大型ヘリは右に大きく旋回し、チベット高原に向けて高度を上げた。

ハリー・ミルズは、震えていた。椅子に縛られ、充血した目を見開いたまま、涙をながしていた。

「た……助けてくれ……。もう……間に合わない……」

話しながら、歯が鳴った。

「どうしたの。またトイレに行きたいの？」

ガンが笑いながら訊いた。

「ち……違う……。このロープを、解いてくれ……。私は、あのヘリに乗らなくてはならないんだ……」

「何をいっているの？　もっとコーヒーを飲めば落ち着くわ」

麻紀が、ソファーから立った。その時、部屋の電話が鳴った。

「はい……」

受話器を取り、麻紀がいった。

——麻紀か。私だ——。

麻紀は一瞬、息を呑《の》んだ。

「武士……武士なのね？」

壁の時計を見た。長針が動き、二時二六分を指した。


ジョージ・松永は、空を見上げながら汶川の町を駆けた。

走る車を停めて道路を渡り、店の前を曲がって路地に飛び込む。途中で、何人かの歩行者にぶつかった。だが、止まらない。息を切らして走り続ける。周囲の人間が、物珍しそうに松永を振り返った。

ロシア製の大型ヘリは、『四川馬瑞飯店』裏手の上空でホバリングしていた。陽光を反射し、白い機体がビルの谷間で光っている。

手を伸ばせば、届くほどの高度だった。路地を抜け、ホテルの裏手の空地に出た。巨大なローターが大気を裂き、周囲に砂塵を巻き上げた。機体に『K・B・I』と書かれた大型ヘリが、目の前に浮いていた。

松永は息を切らし、足を止めた。ヘリの機体が、ゆっくりと回転して角度を変えた。窓枠に反射していた陽光が消え、ガラスの中に人の顔が見えた。

長い白髪に、冷たい灰色の目。ミハイル・イヴァノヴィチ・ロストフ——。

「ロストフ!」

松永は、力の限り叫んだ。だがその声は、巨大なエンジンとローターの音に搔《か》き消された。ロストフは、松永に気付いていない。

その時、何かが聞こえた。連続する、小さな爆発音。銃声だ——。

同時に大型ヘリの機体が、右に大きく旋回した。

「ロストフ!」

一瞬、ロストフと目が合ったような気がした。だが大型ヘリは、北西の空に向けて一気に高度を上げはじめた。

「ロストフ!」

また、銃声が聞こえた。松永は、大型ヘリを追った。ヘリは怪鳥のように汶川の上空に舞い上がると、川を越え、そこでまたホバリングをはじめた。

「ロストフ!」

松永は声が嗄《か》れんばかりに叫び、ヘリを追って走った。自分の声が、ロストフには届かないことはわかっていた。だが遠く彼方《かなた》の上空から、ロストフが灰色の目で自分のことを見ているような気がした。

「ロストフ!」

建物の間を走り、小さな民家が軒を並べる路地裏を抜けた。川沿いの道に出た。大型ヘリは、まだ上空に浮いていた。ロストフは、自分を待っている。そう思った。

「ロストフ!」

川に架かる古い石の橋を渡った。頭上に、ロストフがいた。松永は空を見上げ、ローターの巻き上げる強い風に向かい両手を広げた。

「ロストフ!」

瞬間、何かが起きた。

陽光を遮るほどの強い閃光《せんこう》が、辺りを包んだ。松永の視界から、ロストフの姿が消えた。

同時に、松永は感じた。

何か、とてつもないものが向かってくる。

地鳴りが、大気を裂いた。

空間が、歪《ゆが》んだ。

その時、轟音と共に大地が動きだした。

22

二〇〇八年五月一二日、現地時間午後二時二八分――。

北緯三〇・九八六度、東経一〇三・三六四度の中華人民共和国四川省汶川県アバ・チベット族チャン族自治州の地下一九キロを震源地として、M7・9（米国地質調査所発表）の巨大地震が発生した。チベット高原の境界に沿って北東に連なる竜門山断層帯の二つの逆断層が、計三〇〇キロ以上にもわたり破断。最大七メートルもの段差を記録した。その破壊エネルギーは地表を盛り上げる巨大な大地の津波となり、震源地から半径一〇〇キロ以内を一瞬の内に呑み込んだ。

山は動き、地表は割れ、川はその流れを変えた。建造物は人の命と共に倒壊し、瓦礫と化して粉塵《ふんじん》の中に消えた。

人知を超えた激震は、さらに中国全土へと急加速度をもって広がった。震源地から約一〇〇キロ離れた成都でも多くのビルや歴史的建造物が倒壊し、都市機能は完全に停止した。八〇〇キロ東の湖北省宜昌市では、三峡ダムの崩壊を恐れた人々が市内を逃げまどった。一二〇〇キロ離れた山東省内でも、激震は一五分以上にもわたり継続した。

四川省汶川県を震央とする巨大地震の破壊エネルギーは、遠く中国の首都、北京にも到達した。胡錦濤国家主席は、西城区中南海の中国共産党本部執務室のソファーに座り、その激震を嚙《か》みしめていた。いつ果てるともわからない、長い揺れが続いた。だが、この揺れが治まれば、すべての懸案は解決する。

やがて、長い激震は終わった。胡錦濤はソファーに体を沈め、静かに目を閉じた。同時に、執務室の何台もの電話のベルが、一斉に鳴りはじめた。

四川省汶川県を震央として起きたＧＥＱ（巨大地震）は、一瞬の内にその被害を中国全土に拡大した。中国国務院・四川省人民政府によると、人的被害は死者六万九一八一人、負傷三六万〇三五二人、行方不明一万八四九八人。建築物被害は損壊約二四五九万戸、倒壊約七七八・九一万戸（いずれも二〇〇八年六月二四日現在）と報告されている。だがこの数字は氷山の一角とされ、特に戸籍の曖昧《あいまい》な中国では、その死者と行方不明者の合計を二〇万人以上と推定する向きもある。

この未曾有《みぞう》の大惨事は、後に『中国四川大地震』として歴史の一頁に書き加えられることになった。

23

松永は、瓦礫の中で意識を取り戻した。

何が起きたのか、自分がいま、どこにいるのかさえしばらくはわからなかった。砂塵の中で揺らめく褐色の太陽を、ぼんやりと見つめていた。

中国語の、誰かが助けを求める声が聞こえた。松永は、ゆっくりと体を起こした。土埃の中に、亡霊のように徘徊《はいかい》する人影が見えた。

松永は、呆然と周囲の光景を見渡した。彼方まで延々と瓦礫の山が続き、いたる所から黒煙が立ち昇っていた。倒壊した民家の上では、血と埃にまみれた女が座り込み、泣きながら手で瓦礫を掘っていた。

「救命……。救命……」

少しずつ、何が起きたのかを理解しはじめた。

地震が起きたのだ。とてつもなく、巨大な地震が……。

松永は、かすかな記憶を探った。だがここは、一九九五年一月一七日の日本の神戸ではない。二〇〇八年五月一二日の、中国四川省の汶川だ……。

瓦礫の中に、立ち上がった。それまで自分の周囲に建っていたはずの民家も、ビルも、汶川の町のすべても消えてなくなっていた。手首のオメガの時計はガラスが割れ、針は二時二八分を指したまま止まっていた。

左足に、激痛が疾った。だが、何とか体を動かすことはできた。松永は痛みを堪《こら》え、瓦礫の中を歩きだした。

方向が、わからなかった。確か、川を渡ったはずだ。だが川は大量の土砂に塞《せ》き止められ、石造りの橋も落ちていた。

松永は土砂の上を伝い、川の反対の汶川の市街地へと向かった。だが、目印になるような建物はほとんどがなくなっていた。倒壊した小学校らしき建物の周囲には、生徒の親らしき人々の慟哭《どうこく》が溢れていた。瓦礫に埋もれた路地裏や民家の脇には、いたる所に血にまみれた遺体がころがっていた。

「救命……。救命……」

何度も、助けを求められた。中国語なので何をいっているのかがわからない。もしかしたら、瓦礫の下に埋まっている家族や友人を助けてくれといっているのかもしれなかった。だが松永は、首を横に振った。

「教えてくれ。『紫錦里酒店』はどこだ。私も、人を捜してるんだ……」

誰もが、迷っていた。自分のことだけしか、考えられなかった。血まみれの赤ん坊を抱き、母親が狂ったように泣き叫んでいた。瓦礫の下では体を潰された老人が、虚《うつ》ろな目で天を見上げながら横たわっていた。だが、誰も手を差し伸べることはできない。人の命は信じ難いほどに軽く、死はあまりにも身近に溢れていた。

「麻紀……」

松永は、さ迷い続けた。自分がどこに向かおうとしているのか。自分の運命に何が起きたのかさえ理解できずにいた。

しばらくして、見覚えのある建物が目に入った。建物は大きく歪み、半分以上が倒壊していた。だが裏口に、まだ建物の名を記した文字が残っていた。ハリー・ミルズと吉村武士が部屋を取っていた、『四川馬瑞飯店』の建物だった。

松永は倒壊した建物を乗り越え、ホテルの表に向かった。道の向こうには、松永が泊まっていた『紫錦里酒店』の建物が見えるはずだった。だが、何もない。粉塵に閉ざされて暗くかすんだ視界の中に、ただ巨大な瓦礫の山だけがむくろを晒《さら》していた。

「麻紀……。麻紀……」

松永は夢遊病者のように、道を渡った。道路はひび割れ、やはり瓦礫に埋もれていた。折れた街路樹や巨大なコンクリートの下には人が倒れ、何台もの車が潰れていた。一台の車には、見覚えがあった。ガンの持っていた、中国製の乗用車だった。その車の脇にも、人が倒れていた。

「ガン……」

松永は、ガンに歩み寄った。ガンは下半身を落ちてきた外壁に潰され、仰向《あおむ》けに倒れていた。なぜかガンは、その顔にプロレスのマスクを被っていた。

「ガン……。だいじょうぶか」

松永は跪き、ガンの頭を膝《ひざ》に抱いた。マスクを取る。だが、ガンの視線は虚空を見つめていた。最早、あの辛辣《しんらつ》で人懐っこい笑顔を見せることはなかった。

松永はガンの頭をそっと降ろし、胸で十字を切った。本当は手を合わせるべきなのか、それとも他にふさわしい方法があるのかはわからなかった。ただ心に浮かぶ祈りの言葉だけを唱え、立ち上がった。

「ガン……。すまない……」

松永はまた、歩き出した。自分がどこにいるのかが、またわからなくなった。二〇〇一年九月一一日のマンハッタンで、自分はキャシー・ディキンソンを捜している。いや、違う。ここは、二〇〇八年五月一二日の汶川だ……。

「麻紀……。どこにいるんだ……」

松永は、コンクリートの瓦礫の山を見上げた。そこがつい数時間前まで、ホテルの建物であったことが信じられなかった。だが、目の前の光景は、現実だった。麻紀が、この瓦礫の中に埋まっている……。

「麻紀……。いま助けてやるぞ……」

松永は、自分たちが泊まっていた部屋の位置を確かめた。確か、この辺りだ。いや、もっと向こうかもしれない。だが、何もわからない。辺りに、人の命の気配を感じない。

「麻紀……。返事をしてくれ……」

それでも松永は、瓦礫を掘った。素手でコンクリートの塊を投げ、折れた柱で隙間をこじ開けた。粉塵で白く変色した両手に、汗とも涙ともつかないものが滴った。

「麻紀……。生きているなら、何かいってくれ……」

松永は瓦礫を掘りながら、いつか麻紀がいっていた言葉を思い出していた。

――できるなら一九九五年の一月一七日に……いえ、一六日の夜に戻りたい――。

いまならば、その本当の意味が理解できるような気がした。何年も、何日も前でなくてもいい。もし許されるなら、ほんの数十分前の、この場所に戻りたかった。なぜ自分はあの時、ヘリコプターを追ってホテルの部屋を飛び出してしまったのか。

ミハイル・ロストフなどは、どうでもよかったのだ。あの男は、ただの幻にすぎなかった。自分にとって本当に大切なのは、麻紀だったはずだ。

もしあの時間に戻れるとしたら。自分は絶対に、麻紀から離れない。そしていまも、この瓦礫の下に二人でいることができた……。

「麻紀……。頼むから何か答えてくれ……」

松永は、瓦礫を掘り続けた。いつまでも、掘り続けた。やがて指先に血が滲み、赤く染まりはじめた。粉塵で汚れた手の甲には、止め処《とど》なく涙が滴り落ちた。

それでも、手を止めなかった。

麻紀の名を、呼び続けた。声が嗄れるまで、叫び続けた。

泣きながら、泣きながら、瓦礫の山を掘り続けた。

第六章　二〇〇八年八月八日・北京

黄昏《たそがれ》に染まる空に、網の目のように鉄骨が絡み合う異様なオブジェが浮かんでいた。

通称、バーズネスト（鳥の巣）——。

設計はスイスの建築家ユニット、ヘルツォーク&ド・ムーロン。デザインは中国の前衛芸術家、艾未未。正式名を『北京国家体育場』と呼ぶオリンピックのメインスタジアムである。

いまこの人知の粋を集めた偉大な建築物は、神々の祝福を受けて眩《まばゆ》いほどの赤い光に輝いていた。間もなく、全人類の夢の祝祭が幕を開けようとしていた。人々は歴史的な瞬間に立ち合うために集い、祝祭の象徴を埋め尽くしていた。さらにその周囲には巡礼者が長蛇の列を作り、自らも歴史の証人の一人になるために巨大な鳥の巣の中に呑《の》み込まれていく。

巡礼者の列の中に、ジョージ・松永の姿があった。おそらく松永をよく知る者が見ても、同一人物であることに気付かなかっただろう。髪は伸び、肌は陽に焼け、痩《や》せた頬は髯《ひげ》に被われていた。上着とシャツは、汗と埃《ほこり》に汚れていた。

松永は、ただ爛々《らんらん》と光る双眸《そうぼう》で、巨大なオブジェを見上げた。口元に、かすかな笑いが浮かぶ。人類はなぜこのような奇妙な物体を、次々と競い合うように地上に生み出すのだろう。まるで狂気に取り憑《つ》かれたように……。

松永は右手にオリンピックの開会式のチケットを握り、プレスの列に並んだ。列が少しずつ、前へと進んでいく。松永の長い旅が、間もなく終わろうとしていた。

五月一二日、M7・9の『四川大地震』の激震は、中国と北京オリンピック、さらにその周辺の世界情勢を一瞬の内に変えてしまった。震源地の四川省汶川県の近郊では、チベット族、チャン族などの少数民族が数万人規模で死亡、もしくは行方不明となった。生存者も道路や交通網の遮断と共に自治州内に取り残され、すべての情報と共に標高一〇〇〇メートル以上の山岳地に隔離幽閉された。

四川大地震をもって、三月一四日のラサの暴動に端を発したチベット問題は、事実上の終息を迎えた。同時に中国の少数民族に対する〝人権問題〟は、ものの見事に〝民族友愛〟にすり替えられてしまった。

この少数民族に対する悲劇は、オリンピックのスローガン〈One World One Dream（ひとつの世界、ひとつの夢）〉に対する象徴的な心象例として宣伝に利用された。地震発生の当日に被災地に飛んだ温家宝首相は、テレビカメラを前に、「民族救済、地震の悲劇を克服してオリンピックを成功させよう」と連呼し自らの姿を世界に配信した。その瞬間に、オリンピックは中国の民族統一と地震からの復興行事に位置付けられてしまった。同時にそれまで中国の人権問題に抗議していたフランスのサルコジ大統領などの各国首脳も、もう北京オリンピックをボイコットするとは口にも態度にも出せなくなった。

オリンピックの主催者側の、ある関係者はいった。

——あの四川大地震は、正にこれ以上もない天の助けだった——。

だが、なぜあのタイミングで、こうも都合良く『四川大地震』が起きたのか。しかもチベット問題の導火線を、巨大なダムで塞ぐかのように……だ。偶然であるわけがないのだ。何も真相を知らぬ者でさえ、「どこかがおかしい」と感じていたはずだ。

世紀の謀略は、歴史を塗り替えてしまった。もちろんその裏では、様々な矛盾と歪《ゆが》みが生じていた。そのひとつが、現地での放射能漏れの問題だった。だが中国政府は、これが海外のメディアに報道される前にすみやかに手を打った。まず五月二一日の北京紙『新京報』が、周生賢環境保護部部長の談話として「今回の地震で三二個の放射性物質が瓦礫《がれき》の下に埋もれた」という記事を掲載。さらに二二日の『新華社通信』も「内、三〇個を回収した」ことを明らかにし、事態の収拾を図った。これで以後に震源地周辺で観測される放射性物質は——それが人工地震による地下爆発のものであったとしても——すべて震源地周辺の核施設からの放射能漏れにすり替えられることになる。

また『中国地震局（ＣＥＡ）』が、震源地の位置を北緯三一・〇二一度、東経一〇三・

三六七度、深さ一四キロと発表してしまったことも物議をかもした。これは『米国地質調査所（USGS）』の発表と緯度が〇・〇三五度、経度が〇・〇〇三度ずれ、震源地の震度が五キロも浅く、さらに発生時間にも三秒の差があったことになる。つまり両方の観測データが正しいとすれば、『四川大地震』もまた『阪神淡路大震災』と同じように二つの震源地が存在し、それが三秒という時間差で破壊が始まったことを示している。しかも中国側が発表した地下一四キロという震源地は、奇妙な偶然とはいえ『阪神淡路大震災』の深さとまったく同じだった。

この本来は有り得ないような地震データに、科学的な辻褄《つじつま》を合わせたのがアメリカや日本の一部の地震学者だった。彼らは時間の誤差を巧妙に修正し、一〇〇キロも離れた二つの逆断層が数十秒の差で活動したと結論付けた。

だが、中国政府の最大の危機は、『四川大地震』の発生の翌日、北京で中央政府の新聞弁公室が開いた記者会見の席上だった。この席でシンガポールの『聯合早報』紙の女性記者が、壇上の張宏衛中国地震局報道官にとんでもない質問をぶつけた。

——我々は四川省地震局の七人の職員から重大な証言を得ている。今回の大地震は、数日前から地震局によって〝予知〟されていた。しかし政府上層部からの圧力により、事前に公表できなかったとのことだ。これは事実なのか——。

この質問に、張報道官の顔が見る間に青ざめた。

——予知などということは、科学的に有り得ないではないか——。

だが、女性記者はさらに続けた。

――もしくはバンダ・アチェと同じように、人工地震だったという噂もあるが――。

張報道官は、これには何も答えなかった。

『四川大地震』が人工地震ではないかという〝噂〟は、当初から跡を絶たなかった。だが、誰もそれを証明することはできなかった。中国中央政府はこれらの噂に対し、『中国石油天然気集団公司』だけでもその損害額が一七億八〇〇〇万元（約二六六億円）に達すると発表。さらに経済損失の規模は、総額八四五一億四〇〇〇〇万元（約一二兆六三〇〇億円）にものぼると主張し、噂の根拠を暗に否定した。

すべては、『阪神淡路大震災』と同じだ。あの地震当時の非経済効果は九兆九〇〇〇億円。だが僅《わず》か五年後には、全国で逆に二〇兆円もの経済波及効果を生んだ。バブル崩壊直後の日本経済にとって、最高のカンフル剤になった。

それが現在の世界経済の構造だ。何かを造り出す前には、まず何かを壊さなくてはならない。破壊は、むしろ経済のプラス成長に直結する。中国も、同じだ。オリンピックの後に訪れるといわれているバブル崩壊に、どのように対処するのか。現在の中国の経済力を考えれば、『四川大地震』による経済損失は、逆に一年も待たずに経済波及効果へと還元されるだろう。計画は、あまりにも完璧《かんぺき》だった。

松永は、背を丸めて歩いた。その姿は真夏の北京にあって、一人だけが北風に背を丸める旅人のように見えた。

人の列と共に鳥の巣に入ろうとすると、松永はプレス通用門の入口で警備員に止められた。チケットを見せた。だが警備員は、怪訝《けげん》そうな顔をして松永を通そうとはしない。

「ジャーナリストだ」

松永が、ひと言いった。

「それならば、プレスカードを見せろ」

警備員はしばらくの間、松永と『ガーディアン』紙のプレスカードの写真とを見比べていた。半年前に撮った時とは、かなり人相が変わっている。同一人物なのかどうか、判断しかねている様子だった。だがしばらくすると溜《た》め息をつき、あきらめたように松永をゲートに通した。

鳥の巣の内部は異次元の世界のように美しかった。あの汶川のチベット族の自治州と同じ国の一部とは思えないほど、明るい未来への希望の光に満ちていた。

松永は人の波に流され、周囲を見回しながら奥へと向かった。やがて前方の景色が開け、鳥の巣の全貌《ぜんぼう》が一望できた。松永は息を呑み、足がすくんだ。その景観は人間が創造したものとは思えないほど壮大で、あえて荘厳ですらあった。

松永は、目の前に広がる風景に見とれた。最近は、いつもそうだ。自分がいまどこにいるのかが、ふとわからなくなる瞬間がある。だが、すべてを見届けなくてはならない。迷える旅も、間もなく終わる……。

五月一二日の『四川大地震』以来、松永は二週間以上にもわたり汶川に留《とど》まっていた。

ガンの遺体は、地震から二日後に片付けられた。町の郊外に運ばれ、重機で掘られた大きな穴の中に他の死体と共に投棄されて埋められた。

麻紀の遺体を、捜さなくてはならなかった。だが、食料と水は、ほとんど手に入らなかった。それでも倒壊しかけた建物の陰で雨風を凌《しの》ぎ、毎日のように瓦礫を掘った。

手助けは、ほとんどなかった。汶川の町ではほぼすべての建物が倒壊し、その下には数千人単位の人間が埋まっていた。近くの小学校の建物の下には、数百人もの子供が埋まっているとの話もあった。皆、自分の家族や知人のことでせいいっぱいだった。麻紀が埋まっているはずの『紫錦里酒店』の瓦礫を掘っていたのは、松永とこのホテルの従業員の家族が数人だけだった。

その中に、漢族とチャン族の歳老いた夫婦がいた。ホテルで働いていた夫婦の長男が、この瓦礫の下に埋まっているという。二人は頑《かたく》なで、粘り強く、それでいて優しかった。言葉もわからない松永に、貴重な食料や水を分け与えてくれた。

もし中国が本当の意味での民族融和を目指すならば、この老夫婦こそが光を浴びるべきではなかったのか。だが夫婦は影の中に蹲《うずくま》り、誰に助けられることもなく、瓦礫に埋まる一人息子の遺体を掘り出そうとしていた。

地震から六日目に、瓦礫の下から二つの遺体が発見された。その内の一体が、夫婦の息子だった。だがあまりにも厖大《ぼうだい》な量の瓦礫の中に、ついに麻紀の遺体を発見することはできなかった。

汶川の自治州に軍隊が入っても、事態は何も変わらなかった。彼らは放射能検知器を持ち込み、常にその数値を気にし、地震によってできた決壊の恐れがあるダム湖の処理に追われていた。小学校の崩壊現場では多少の救助活動は行っていたが、その他の倒壊した建物には手も触れようとしなかった。

松永は、軍隊に排除された。麻紀の遺体を捜すことをあきらめ、汶川を追われた。だが、乗り物はない。道もいたる所で遮断されていた。難民と化した他の被災者と共に道を歩き、山を越え、川を渡った。夜は見ず知らずの人々と食料を分け合い、体を寄せ合って眠った。北川に日本の救助隊がいるという噂を聞いていってみたが、町に入るとすでに帰国した後だった。それからまた五日間歩き続け、都江堰に向かった。だが離堆公園や青城山で知られるこの美しい古都も、地震のために面影もないほどに崩壊していた。

六月一〇日、松永は何とか成都まで辿《たど》り着くことができた。成都もかなりの被害を受けていたが、ここにはまだ多少なりともインフラが残っていた。だが松永はこの町で倒れ、以来四〇日にも及ぶ入院生活を送っていた。その後、鉄道を乗り継ぎ、北京に戻ったのは数日前のことだった。

チケットを片手に、松永は鳥の巣を取り囲む広大な客席に自分の席を探した。階段を下りていくと、トラック正面の貴賓席の両側にプレス席があった。番号を確かめ、シートに座る。隣の席が、空いていた。

本来ならば、ここに麻紀がいたはずだ。だが、いまは誰もいない。

松永は、夜空を見上げた。巨大な鉄骨が網のように組まれた鳥の巣に、ぽっかりと穴が空き、遥《はる》か宇宙にまで深淵《しんえん》の闇が続いていた。遥かには黄金の巨塔が天に聳《そび》え、人類の罪を焼く聖火という名の炎が点火される時を待っていた。

場内の照明が、静かに落ちた。幻想的な大気の中で、古代中国の日時計によるカウントダウンがはじまった。二〇〇八人の奏者が現れ、ほとぎ（缶）と呼ばれる黄金の打楽器を打ち鳴らした。

二〇〇八年八月八日午後八時——。

カウントダウンがゼロを示すのと同時に、数千発の花火の爆発音と光が鳥の巣の夜空を焦がした。これを合図に、第二九回『北京オリンピック』が幕を開けた。二〇〇八人の打楽器奏者が声を合わせ、「朋《とも》有り遠方より来たる。また楽しからずや」と論語の一節を唱和した。中国が幾多の苦難を乗り越え、超大国としての威厳を誇示し、世界のあらゆる誹《ひ》謗《ぼう》と抗議を力ずくでねじ伏せた瞬間だった。

世紀の式典は、さらに続いた。北京市内の上空に、二九歩の巨人の足跡を象《かたど》る花火が打ち上げられる。広大な鳥の巣の空間を、仏教の天人〝飛天〟が浮遊する。九歳の少女、林妙可が歌い、中国を構成する多民族衣裳を着た子供たちが笑顔で踊った。

松永は、その光景を漠然と見守っていた。中国の少数民族問題を包み隠し、民族統一を主張するには恰好《かっこう》の演出だった。だが踊っている少年少女たちの大半は、少数民族を迫害する側の漢民族の子供たちだった。

すべては〝演出〟なのだ。今回の、オリンピックの開会式だけではない。世界の紛争、戦争、テロ、経済、そして人々が自然現象と信じる多くの出来事に至るまで、大半は一部の人間により画策された計算の産物にすぎないのだ。

『阪神淡路大震災』がそうだった。あの地震で日本の国政から、社会党という左派最大の第二政党が消えた。日本はこれを機にさらに右傾化に急転換し、自衛隊法も大きく変更された。後のイラク戦争後の現地への自衛隊派遣や、二〇〇八年現在インド洋で行われている多国籍軍への燃料補給は、あの大震災がなければけっして実現しなかった。

『911』同時多発テロもそうだ。あのテロで何が変わり、誰が得をしたのか。それを考えればテロの構造と本質が理解できる。ブッシュ政権はテロによって世論を動かし、タリバンとサダム・フセインを強引に結びつけ、イラク戦争に踏み切ることに成功した。若いアメリカ国民の命と引き換えにイラクの石油利権を掌握し、一部の資本家に莫大《ばくだい》な富をもたらした。

『パキスタン地震』は、キリスト教圏とイスラム教圏の歪みの中で起きた典型的な事例のひとつだった。なぜああも都合良く、核戦争勃発の危機にあるインドとパキスタンの停戦ラインであの地震が起きたのか。しかもあの時、カシミール地方のパキスタン側山岳地帯にはあのウサマ・ビンラディンが潜伏していた。結果としてアメリカを筆頭とする西側諸国は、国連の救援活動の名目で大量の軍備をカシミール地方に送り込むことに成功。巨大地震さえ起これればどこでも合理的に基地化できるという、好都合な前例を作ってしまった。

『バンダ・アチェ』の大地震も、考えるまでもなく構造は同じだった。現在、あの地震の津波により被災した海辺の多くの町に、対タリバンのために活動する多国籍軍の補給基地が建設されている。地震が起き、各国の救援軍が災害派遣されることによりイスラム国に基地の基礎を築いた。もしあの地震と津波が起きなければ、アメリカを主体とする多国籍軍はアフガニスタンにおける現在の作戦を維持できなかった。

そして、『四川大地震』だ。あの地震の目的は、あまりにも明確だった。もしあのタイミングで地震が起きなければ、中国は今日この日の北京オリンピックの開会式を無事に迎えることはできなかった。世界の経済は、中国と共にすでに破綻《はたん》していただろう――。

これからも、人工地震は跡を絶たないだろう。奴らは、地震さえ起こせば合理的に軍隊を派兵できることに味をしめてしまった。

例えば一九九五年に国連軍が撤退し、内戦が続くソマリア。もしくは二〇〇七年三月以来、六カ国協議への不参加を表明して核保有国への道を歩み続ける北朝鮮。そして二〇〇四年のアリスティド大統領の辞任以来、政情不安が続くハイチ――。

この中で最も可能性が高いのは、ハイチだろう。ハイチではここ二〇〇年以上、大きな地震が起きていない。だが、北アメリカプレートとカリブプレートの境界地点に位置する国であることが以前から知られている。しかも数年前から『アメリカ地質調査所（USGS）』が地質学者を現地に送り込み、首都ポルトープランス周辺で活断層を探して大地震が起きることを警告している。

もしハイチにM7以上の地震が起きれば、弱体化する国家は瞬時に崩壊するだろう。そしてアメリカを筆頭とする西側諸国は数万単位の〝援助隊〟を現地に送り込み、ハイチは事実上の保護下に置かれる。そうなればきわめて円満に、アメリカは隣国キューバの喉元に刃物を突き付けることになる。

松永は、隣の席を見た。誰もいない椅子の上に、だが麻紀の幻を見たような気がした。麻紀はこの日の開会式を、子供のように楽しみにしていた。

巨大なスクリーンに伝統の紙の製法が映し出され、古琴の演奏と共に巨大な巻物が登場した。孔子の門弟に扮《ふん》した三〇〇〇人が現れ、論語の一節を朗誦《ろうしょう》した。

いつの間にか式典は、各国の選手団の入場に移り変わっていた。選手が誇らしく自国の国旗を掲げ、笑顔で観客に手を振る。もしこの会場の演出の中で唯一、純粋なものがあるとすれば、このアスリートたちのスポーツ精神だけだろう。彼らは間違いなく全身全霊をささげ、極限まで自分を鍛え上げることによって名誉と誇りを追求する。

だがそのアスリートたちにも、政治的な反応は様々だった。中国の観客はアメリカやフランス、イギリスには盛大な拍手を送ったが、日本の選手団は冷淡に迎えられた。そして最後に赤いジャケットを着た中国の選手団が旗手、姚明と共に入場した時、場内は沸点に達した。観客席で振られる小さな国旗により会場全体が赤く染まり、歓声が巨大な鳥の巣全体を揺るがした。

だが松永は、その歓声をどこか遠くの出来事のように聞いていた。夏には似つかわしくない、上着のポケットの中のものに触れた。吉村武士から預かった、ＵＳＢメモリーカードだった。

カードの内容を確認したのは、北京に戻ってからだった。中には、重要なデータが二件入っていた。一件はバンダ・アチェ周辺における『Ｋ・Ｂ・Ｉ』――『ケニングス・ボーリング・インコーポレーション』の詳細な活動記録。もう一件は同社『Ｋ・Ｂ・Ｉ』の役員と、主な大口の株主のリストだった。

松永はそのリストを見て、ひとつの真実を悟った。役員の中に、アメリカの共和党政権の主要人物と関係者、大統領の親族までが何人も含まれていた。株主の中には『９１１』同時多発テロで莫大な利益を得た資本家たちと、同じユダヤ資本のアメリカの銀行、さらに中東の産油国の王族やタリバンの関係者までが名を連ねていた。

これらの事実が示すものは、最早《もはや》明白だった。彼らはすべて、同じ目的のために動いているということだ。誰かがマッチで火を付け、誰かが水を掛けてそれを消す。そうやって、世界の経済が回っていく。戦争も、テロも、大規模な自然災害も、世界の一部の特権階級が演出したパルプ・フィクションにすぎない――。

松永は、ふと我に返った。選手団の入場も終わり、式典は開会宣言のセレモニーへと移っていた。ジャック・ロゲＩＯＣ会長に引き続き、胡錦濤国家主席が演壇上に立って高らかに開会の宣言を行う。だが松永は、その光景を正視できなかった。

式典は、滞りなく進んでいく。過去のオリンピック選手らによって五輪旗が入場し、それが人民解放軍の儀仗兵《ぎじょう》によって掲揚された。子供たちがギリシャ語でオリンピック賛歌を歌い、卓球選手の張怡寧が選手宣誓を行う。

だが、すべては幻影にすぎない。自分も、この場所には存在していない。自分の姿は、誰の目にも見えていない。

いや、違う。自分だけが、見られている。誰かが、自分を呼んでいる……。

松永は、何かの気配に背後を振り返った。照明を落とされた観客席の中は、まるで壁が重なるように人々の顔で埋まっていた。無数の視線が、非現実的な空間で繰り広げられる世紀の瞬間に注がれていた。

気のせいだ。誰も自分を見ていない。時間はすでに、九日の午前〇時を過ぎようとしていた。場内に、最終聖火ランナーの李寧が登場する。松永は、視線を戻した。だがその時また、誰かに名前を呼ばれたような気がした。

——ジョージ……——。

振り返った。観客を、見渡す。何も変化はない。だがその時、広大な観客席の一点だけになぜか明かりが灯《とも》されているように見えた。

遥か上段の、観客席の境目の通路だった。かすかな光の中に、誰かが立っている。顔の見えない男と、髪の長い女。吉村武士と、麻紀……。

「麻紀……」松永が、席を立った。「麻紀……」

通路に出て、階段を登った。光の中で、麻紀が松永を見ていた。振り返り、背後の吉村と抱擁する。口付けを交わし、お互いに見つめ合って頷《うなず》く。そして吉村の腕の中を離れ、麻紀がこちらに向かってきた。

「麻紀……」

松永は走った。

「ジョージ……」

麻紀も駆け寄る。そして観客席の通路の中央で、お互いの体を抱き止めた。

場内では聖火の最終ランナーがワイヤーに吊《つる》され、まるで天使のごとく鳥の巣の上を飛んだ。その後を追うように、〝祥雲〟の文字が巨大なスクリーンに浮かび上がる。会場が、どよめく。

だが松永の耳には、何も届かない。麻紀の体を抱き締めた。唇を、合わせた。

「生きていたのか。会いたかった……」

「私も。もう、離れない……」

松永の視界から、いつの間にか吉村武士の姿が消えていた。

黄金の聖火台が、スポットライトの光軸に浮かび上がった。李寧が台の下の導火線に点火し、オリンピアより運ばれた聖火が鳥の巣の上空に燃え上がった。同時に数千発の花火が上がり、轟音《ごうおん》と共に北京の夜空を染めた。

松永と麻紀は、眩い炎の中で、いつまでもお互いの温《ぬく》もりを確かめていた。

参考文献

『阪神・淡路大震災復興誌〔第1巻〕』兵庫県　財団法人21世紀ひょうご創造協会
『阪神・淡路大震災誌――1995年兵庫県南部地震』朝日新聞大阪本社「阪神・淡路大震災誌」編集委員会編　朝日新聞社
『大震災地誌〔京阪神編〕』陸上幕僚監部
『架橋組曲～明石海峡大橋』財団法人海洋架橋調査会編
『大阪読売阪神大震災特別縮刷版』読売新聞社編
『ドキュメント阪神大震災全記録』毎日新聞社
『神戸市街地定点撮影1995―2001復活への軌跡』毎日新聞社
『阪神大震災』読売新聞社編
『CIA秘録　上・下』ティム・ワイナー　文藝春秋
『新版　300人委員会　上・下』ジョン・コールマン博士　成甲書房
『9・11テロ捏造　日本と世界を騙し続ける独裁国家アメリカ』ベンジャミン・フルフォード　徳間書店
『9・11陰謀は魔法のように世界を変えた』ジョン・コールマン博士　成甲書房
『暴かれた9・11疑惑の真相』ベンジャミン・フルフォード　扶桑社
『阪神大震災は闇の権力の謀略だった』池田昌昭　文芸社
『情報テロ――サイバースペースという戦場』江畑謙介　日経BP社
『そうじゃのう…』村山富市　インタビュー・辻元清美　第三書館

『流言兵庫』ニューズワーク阪神大震災取材チーム　碩文社
『ニコラ・テスラの地震兵器と超能力エネルギー』実藤遠　たま出版
【仮説】巨大地震は水素核融合で起きる!』山本寛　工学社
『インパクション88　特集・村山政権と自衛隊』インパクト出版会
『アメリカの経済支配者たち』広瀬隆　集英社
『原子爆弾　その理論と歴史』山田克哉　講談社
『フリーメイソン』吉村正和　講談社
『テロリストは誰?』ビデオ編集・フランク・ドリル　グローバルピースキャンペーン編　ハーモニクス出版
『911の嘘をくずせ』制作・ハーモニクスプロダクション　日本語版企画・グローバルピースキャンペーン
『マオ　上・下』ユン・チアン　ジョン・ハリデイ　講談社
『北京オリンピック総集編』NHKエンタープライズ
『実録　チベット暴動』大木崇　かもがわ出版
『中国はチベットからパンダを盗んだ』有本香　講談社
『地球の歩き方　D01　中国』ダイヤモンド・ビッグ社
読売新聞／朝日新聞／毎日新聞／神戸新聞／週刊文春／週刊読売／サンデー毎日／週刊朝日／週刊ポスト／日本共産党神戸市議団ニュース／週刊金曜日／週刊現代／FOCUS／FLASH／その他・公共資料

解説

池上冬樹

インターネットの時代に入り、さまざまな情報がインターネットを経由して流れるようになった。情報の精度の高さよりも即時性が求められ、事実がゆがめられ、伝聞や推測や噂のレベルになって広く流布している。取材して丹念に事実を集め、掘り起こす作業が軽んじられ、人はパソコンで検索したものを信じ、それを真実のように捉《とら》える。しかし検索で拾った記事（事実とおぼしきもの）も、元となるものがインターネットにある別の情報をもとにして作られたものであることも多く、ますます真実から遠のく。

インターネットの検索が当たり前になり、作家もジャーナリストたちも丹念に足で取材をすることが減ってきたのではないだろうか。博物館や図書館に通い、過去の新聞記事や封印のとかれた資料をひとつひとつあたるといった地道な作業を敬遠するようになったような気がするのだが、どうだろう。

そんななかで気をはいているのが、柴田哲孝である。柴田哲孝といえば『ＫＡＰＰＡ』や『ＴＥＮＧＵ』（大藪春彦賞受賞）などのスケールの大きな奇想天外な物語、さらに優れた短篇集『白い猫』などの小説で有名だが、ノンフィクションも手がけている。いや、もともと『バラマンディー オーストラリアに怪魚を追う』『ライスシャワー物語』などのノンフィクションの分野で活躍していたので、手法としてのノンフィクションを熟知している。とくに戦後の混乱期に起きた下山事件の闇の中に深くわけいった『下山事件 最後の証言』は日本推理作家協会賞の評論その他の部門を受賞したほど。

本書『GEQ 大地震』は、阪神《はんしん》淡路大震災の謎に迫る秀作であるが、『GEQ』の驚きを語る前に、短篇連作『THE WAR 異聞 太平洋戦記』（講談社、二〇一〇年）の話をしたい。この小説もまたノンフィクション系の素質をもつ柴田哲孝の長所がよく出ているし、何よりも充分に驚きに満ちているからである。

帯に「太平洋戦争は今なお謎に満ちている！ 東京大空襲にも真珠湾攻撃にも、史実ならざる〝真相〟があった！ 驚愕のノンフィクション・ノベル！」とあるけれど、まさに驚愕《きょうがく》の小説といえる。というのも、単なる戦争秘話の類《たぐい》ではなく、太平洋戦争の認識を一八〇度変えてしまうほどの事実が集められ、大胆な仮説を提示しているからである。

おりしも（二〇一一年の暮れに）『聯合艦隊司令長官山本五十六』（監督成島出、主演役所広司）という映画が製作・公開されて大きな反響をよんだ。多くの雑誌で山本五十六の特集が組まれ、ムックも多数出版されたけれど、そのほとんどが従来流布されてきたイメージ（日米開戦に反対しながら不本意な戦争を指揮した悲劇の大将のイメージ）から出ていないが、本書で描かれる山本五十六像は異なる。本書には五つの短篇が収録されているが、そのうちの二篇が山本五十六がテーマで、これがなかなか刺激的だ。

まず、「異聞　真珠湾攻撃」という副題のついた「目ン無い千鳥の群れ」は、真珠湾攻撃をめぐる日米の思惑を推理したものである。ルーズベルト大統領が日本の奇襲攻撃を予知していたのではないかとはよくいわれていることだが、同時に山本五十六もまた何かの思惑をひめて水深の浅い真珠湾を奇襲の地に選んだのではないか、ということを当時の資料を博捜して浮き彫りにする。そもそも山本五十六ともあろうものが、なぜ400万バレルの備蓄タンクと修理ドックを攻撃しなかったのか、していれば大打撃を与え、アメリカとの戦争を大いに有利に進めることができたはずなのにだ。

「目ン無い千鳥の群れ」のあとに置かれているのが、「ブーゲンビル日記―異聞　海軍甲事件―」である。山本五十六は敵機に撃たれ即死したとされているが、検死報告書にあたると数々の矛盾点が出てくる。死体が発見された日時もばらばらだし、どうみても「敵機銃弾による頭部貫通銃創のため機上即死」という軍部の発表には嘘があるとしか思えない。嘘があるとしたら、では何があったのか？　資料を駆使して推理をめぐらす安楽椅子探偵的興味が横溢《おういつ》する一篇で、作者が提示する仮説に思わずのけぞるほどである。

この二篇で語られる山本五十六像は映画ともムックとも異なるものだが、そもそも太平洋戦争そのものが謎に満ちていて、不思議だらけなのである。冒頭に置かれた「超空の要塞―異聞　東京大空襲―」で語られるのは、東京大空襲の起こる日を知っていた日本人がいたことや、アメリカは日本が反撃に出ないと知っていたかのように、B29（〝超空の要塞〟）はおそろしく無防備のままはるかに低空で爆弾を投下できたこと。いったい日本軍がそこまで攻撃して来ないとなぜ確信がもてたのか。

そのほか、沖縄戦のさなかに起きた旧日本軍による住民の虐殺事件の顚末《てんまつ》を描いた「鬼の棲む山―異聞　久米島事件―」、ノモンハン事件の前段階で起きた国境をめぐる事件の裏側「草原に咲く一輪の花―異聞　ノモンハン事件―」がある（余談になるが、この「草原に咲く一輪の花」のラスト一行の締めくくりが鮮やかだ）。

本書の扉に、「この物語はすべて事実に基づいたフィクションである」（作者）という言葉があるように事実をいくつも集めて、そこから唖然茫然《あぜんぼうぜん》の仮説を導く。奇をてらう珍説ではなく、歴史的封印がとかれた最新の資料をもとにしているから、なおさら説得力がある。そんなのありえないと思いつつも、作者が次々と繰り出す第一級の資料を考えれば、作者が強く押し立てている仮説はきわめて真実に近くなる。

この「事実に基づいたフィクション」であり、真実に近い仮説を打ち出しているという点で忘れてならないのが、本書『GEQ』である。天変地異に仮説もありはしないではないかと思われるかもしれないが、阪神淡路大震災もまた実は謎に満ちている。

物語はまず、一九九五年一月十七日に発生した阪神淡路大震災の様子を、現場に居合わせた人物たちの視点から語っていく。やがて舞台は、十三年後に移り、日系人ジャーナリストのジョージ・松永が知人の同業者のメモを手掛かりに、人物に取材を開始して、少しずつ疑問が増えていき、やがて驚くようなひとつの仮説をあぶりだすことになる。

GEQとはGREAT　EARTH　QUAKE（＝大地震）の略である。いまやGE

Q（大地震）といえば、二〇一一年三月十一日に起きた東日本大震災がいちばんに語られるようになったが、死者六四三四名を出した阪神淡路大震災もまた記録的な大災害だろう。本書はその大震災の謎をひとつひとつ追求していくミステリだ。

作者は次々に事実を列挙していく。まず、アメリカの船が地震一ヵ月前から寄港地を神戸港から名古屋港に変更していたこと。飛行機のほうがはるかに早くて便利なのになぜ船をチャーターしたのか。飛行場も港も使えないと考えたのか？　しかも、関西地区最大の貿易都市なのに米国人にほとんど犠牲者が出なかったのも不思議だ。それをいうなら、あの日、あの時間に、政界や財界の関係者はほとんど阪神地区にいなかったのも。

当時の内閣の政治家たちの間に、一月十六日から十八日の間に関西地区で何か〝大きな事件〟が起きる、だから神戸や大阪には近づかないほうがいいという奇妙な噂が流れたという。当時オウム真理教が話題になり、あの教団が、ハルマゲドンが起こるとかいったような、単なる風説に過ぎなかったのだが、しかし特に被害の大きかった芦屋《あしや》地区には政治家や財閥の関係者が多いのに、その中から〝私の知る限りでは地震の犠牲者が一人も出ていない。本人だけでなく、家族や親族にもだ〟〝あの日、あの時間に、政界や財界の関係者はほとんど阪神地区にいなかった。自宅にもだ〟（207頁）とはどういうことか。

このように次々に列挙しながら、そもそもなぜ自衛隊への派遣要請が遅れたのか、社会党の村山首相周辺では何が起きていたのか、なぜ自衛隊によるヘリコプターでの消火活動が妨げられたのかなど次々に俎上《そじょう》に載せていく。たんに事実を示すだけでなく、その事実の集合体として政治・経済界の動きを捉え直して、大胆な仮説を提示するのである。

本書では、松永の口から、9・11同時多発テロがアメリカの政権中枢にいる者たちの陰謀であったことが検証されているのだが（なかなか説得力がある）、こういう陰謀主観に違和感を覚える人もいるだろう。だが通説や定説といわれるものがいかに情報を制御されて作り上げられたものであるかは、過去の歴史をみればわかるはず（さきほどふれた山本五十六像や死の問題もそうである）。大地震を自然災害としてではなく、莫大《ばくだい》な経済効果や政治的解決を生み出すものとして捉える視点に眉《まゆ》をひそめる人もいるだろうが、ここまで〝事実〟を列挙されれば、浮かび上がる〝真実〟に目を背けることはできない。ありうるひとつの仮説として議論の対象にすべきだろう。実に刺激的な作品だ。

それにしても『下山事件　最後の証言』、本書『GEQ』、『THE WAR　異聞　太平洋戦記』を読んで思いだすのは、松本清張の『日本の黒い霧』『昭和史発掘』である。松本清張のみならず五木寛之は『戒厳令の夜』、開高健は『片隅の迷路』など、作家が実在の事件や事故の闇に迫り、新たな視点を提示することは、個人の知る権利や生きる尊厳などを問いただす意味でも大切な行為である。権力におもねることなく、定説や通説にさからい、ときに権力に対抗する形で真相を探り続け、真実へと到達する作業をかつての作家たちは行ったのに、近年の作家たちはそれをしない。事件や事故に背を向けて、権力者が流す都合のいい情報に異を唱えることをしなくなった。

先年、松本清張生誕百周年として大々的に顕彰されたけれど、清張が精力的にこなした昭和の事件の発掘・検証作業は話題にならなかった。作家が果たすべき役割（いや使命といってもいい）に、社会的な大事件を再検証し、通説を覆し、新たな歴史的視点を提示することがあるが、それを行う作家がほとんどいなくなったことの反映でもあるだろう。

だが、さいわい柴田哲孝がいる。前記三冊以外にも、中国問題に深く切り込んだ『中国毒』が上梓《じょうし》され、『GEQ』以上の問題作として北朝鮮問題に肉薄した『国境の雪』（「デジタル野性時代」連載中）が控えているから嬉《うれ》しくなる。おそらくふれてはいけない、書いてはいけない部分も多々あるだろうが、作者は屈することなく時代の深層に鋭く迫り、歴史の裏に隠された真実を追求する。しかも謎解きの面白さを十二分にたもちつつだ。

松本清張の『日本の黒い霧』『昭和史発掘』の後継者はいないのかとお嘆きの中高年の読者には最適の作家だろう。これからもこの路線を深く追求していってほしいと思う。

本書は2010年2月に小社より刊行された単行本を文庫化したものです。

GEQ《グレート・アース・クエイク》

大地震《だいじしん》

柴田哲孝《しばたてつたか》

平成24年 2月25日　初版発行
令和6年 12月20日　11版発行

発行者●山下直久

発行●株式会社KADOKAWA
〒102-8177　東京都千代田区富士見2-13-3
電話　0570-002-301(ナビダイヤル)

角川文庫 17264

印刷所●株式会社KADOKAWA
製本所●株式会社KADOKAWA

表紙画●和田三造

●お問い合わせ
https://www.kadokawa.co.jp/（「お問い合わせ」へお進みください）
※内容によっては、お答えできない場合があります。
※サポートは日本国内のみとさせていただきます。
※Japanese text only

ISBN978-4-04-100162-2　C0193